Coup de cœur

Du même auteur aux Éditions J'ai lu

Les illusionnistes (n° 3608)
Un secret trop précieux (n° 3932)
Ennemies (n° 4080)
L'impossible mensonge (n° 4275)
Meurtres au Montana (n° 4374)
Question de choix (n° 5053)
La rivale (n° 5438)
Ce soir et à jamais (n° 5532)
Comme une ombre dans la nuit
(n° 6224)
La villa (n° 6449)
Par une nuit sans mémoire
(n° 6640)
La fortune des Sullivan (n° 6664)
Bayou (n° 7394)
Un dangereux secret (n° 7808)
Les diamants du passé (n° 8058)
Les lumières du Nord (n° 8162)
Coup de cœur (n° 8332)
Douce revanche (n° 8638)
Les feux de la vengeance (n° 8822)
Le refuge de l'ange (n° 9067)
Si tu m'abandonnes (n° 9136)
La maison aux souvenirs (n° 9497)
Les collines de la chance (n° 9595)

Lieutenant Eve Dallas :
Lieutenant Eve Dallas (n° 4428)
Crimes pour l'exemple (n° 4454)
Au bénéfice du crime (n° 4481)
Crimes en cascade (n° 4711)
Cérémonie du crime (n° 4756)
Au cœur du crime (n° 4918)
Les bijoux du crime (n° 5981)
Conspiration du crime (n° 6027)
Candidat au crime (n° 6855)
Témoin du crime (n° 7323)
La loi du crime (n° 7334)
Au nom du crime (n° 7393)
Fascination du crime (n° 7575)
Réunion du crime (n° 7606)
Pureté du crime (n° 7797)
Portrait du crime (n° 7953)
Imitation du crime (n° 8024)
Division du crime (n° 8128)
Visions du crime (n° 8172)
Sauvée du crime (n° 8259)
Aux sources du crime (n° 8441)
Souvenir du crime (n° 8471)
Naissance du crime (n° 8583)
Candeur du crime (n° 8685)
L'art du crime (n° 8871)
Scandale du crime (n° 9037)
L'autel du crime (n° 9183)
Promesses du crime (n° 9370)
Filiation du crime (n° 9496)

Fantaisie du crime (n° 9703)
Addiction au crime (n° 9853)

Les trois sœurs :
Maggie la rebelle (n° 4102)
Douce Brianna (n° 4147)
Shannon apprivoisée (n° 4371)

Trois rêves :
Orgueilleuse Margo (n° 4560)
Kate l'indomptable (n° 4584)
La blessure de Laura (n° 4585)

Les frères Quinn :
Dans l'océan de tes yeux (n° 5106)
Sables mouvants (n° 5215)
À l'abri des tempêtes (n° 5306)
Les rivages de l'amour (n° 6444)

Magie irlandaise :
Les joyaux du soleil (n° 6144)
Les larmes de la lune (n° 6232)
Le cœur de la mer (n° 6357)

L'île des trois sœurs :
Nell (n° 6533)
Ripley (n° 6654)
Mia (n° 8693)

Les trois clés :
La quête de Malory (n° 7535)
La quête de Dana (n° 7617)
La quête de Zoé (n° 7855)

Le secret des fleurs :
Le dahlia bleu (n° 8388)
La rose noire (n° 8389)
Le lys pourpre (n° 8390)

Le cercle blanc :
La croix de Morrigan (n° 8905)
La danse des dieux (n° 8980)
La vallée du silence (n° 9014)

Le cycle des sept :
Le serment (n° 9211)
Le rituel (n° 9270)
La Pierre Païenne (n° 9317)

En grand format

Quatre saisons de fiançailles :
Rêves en blanc
Rêves en bleu
Rêves en rose
Rêves dorés

NORA ROBERTS

Coup de cœur

Traduit de l'américain par Alexandre Marlet

Titre original
HOT ICE

Éditeur original
Bantam Books, a division of Random House Inc., New York

À Bruce,
qui m'a démontré que l'amour
est l'aventure suprême.

1

Il courait pour sauver sa peau. Ce n'était pas la première fois et, tandis qu'il dépassait les élégantes vitrines de Tiffany, il espéra que ce ne serait pas la dernière. La nuit d'avril était fraîche, les trottoirs et la chaussée luisaient de pluie, la brise apportait un plaisant avant-goût de printemps, même à Manhattan. Pourtant, il suait à grosses gouttes. Ils le suivaient de près. De beaucoup trop près.

La Cinquième Avenue était paisible, voire endormie à cette heure-là. Les lampadaires faisaient des taches de lumière dans l'obscurité, la circulation était presque nulle. Ni l'endroit ni le moment propices pour se perdre dans la foule. Quand il traversa la 53ᵉ Rue, il envisagea de s'engouffrer dans le métro – sauf que s'ils le voyaient y entrer, il risquait de ne plus en sortir.

Entendant des pneus chuinter derrière lui, Doug vira au coin de la boutique Cartier. Il sentit une brûlure au bras en même temps que claquait la détonation étouffée par un silencieux, mais il ne ralentit pas sa course. L'odeur de son sang lui monta presque aussitôt aux narines. Ils devenaient méchants. Il les savait capables de bien pis.

Dans la 52ᵉ Rue, il y avait du monde – des groupes ici et là, certains marchaient, d'autres bavardaient sur place. Du bruit, aussi – des voix, des rires, de la musique. Sa respiration haletante passait inaperçue. Il se coula discrètement derrière une rousse sculpturale, qui ondulait au rythme de son baladeur, comme on s'abrite derrière un arbre pendant une tempête. Elle dépassait d'une tête son propre mètre quatre-vingts. Doug profita de ce répit pour reprendre haleine et se faire une idée de la gravité de sa blessure. Par réflexe, il subtilisa le foulard qui dépassait d'une poche de la rousse et s'en fit un garrot. Elle n'interrompit pas ses déhanchements tant il avait la main légère.

Il est plus difficile de tuer un homme dans la foule. En tout cas si on veut être précis et éviter les bavures. D'un pas mesuré, Doug se déplaça d'un groupe à l'autre tout en surveillant la progression feutrée de la grosse Lincoln noire.

Près de Lexington Avenue, il la vit s'arrêter le long du trottoir à une vingtaine de mètres derrière lui et trois hommes en costume sombre en descendre. Ils ne l'avaient pas encore repéré, mais cela ne saurait plus tarder. Réfléchissant à toute vitesse, il balaya du regard le groupe auquel il s'était mêlé. Le cuir noir avec la douzaine de fermetures à glissière chromées devrait faire l'affaire.

Il empoigna le garçon par le bras :

— Eh ! Cinquante dollars pour ton blouson.

Le jeune, coiffure d'Iroquois jaune vif et teint plombé, se dégagea d'un geste brusque.

— Déconne pas ! C'est du cuir.

Les trois hommes se rapprochaient.

— Cent.

L'offre éveilla un certain intérêt chez le porteur du blouson. Il se tourna vers Doug, qui put voir un vautour tatoué sur sa joue.

— Pour deux cents, je marche.

— À ce prix-là, tu me files aussi tes lunettes.

Le jeune lui tendit sans hésiter ses lunettes profilées aux verres miroirs. Doug lui arracha presque le blouson, fourra une liasse de billets dans sa main et enfila le vêtement en ressentant comme un coup de poignard

dans le bras gauche, ce qui lui fit pousser un gémissement de douleur. Le blouson avait gardé l'odeur peu
ragoûtante de son précédent propriétaire. Doug se
força à l'ignorer en faisant glisser la fermeture.

— Tu vois les trois types en tenue de croque-mort
qui vont passer dans une minute? Ils cherchent des
figurants pour un clip vidéo. Tes copains et toi devriez
vous faire remarquer.

— Ah, ouais?

Le jeune se retourna avec sa plus belle mine d'ado
blasé pendant que Doug s'engouffrait dans la porte la
plus proche.

À l'intérieur, lumières tamisées, tentures claires, pos-
ters arts déco, petites tables et nappes blanches. Des
rambardes de cuivre guidaient ceux qui le souhaitaient
d'un côté vers des salles plus intimes, de l'autre vers un
bar dont les contours se reflétaient à l'infini dans
un long miroir. Doug hésita un instant à forcer le passage défendu par un maître d'hôtel pour s'installer
à une table écartée avant de se décider pour un tabouret au comptoir. Affectant la mine du solitaire en proie
à l'ennui, il alla s'y accouder tout en calculant quand
et comment exécuter sa sortie.

— Whiskey, dit-il en rajustant ses lunettes. Laissez
la bouteille.

Penché sur le bar, il garda la tête légèrement tournée
vers la porte. Il avait des cheveux courts qui bouclaient
sur le col du blouson, le visage rasé de près. Derrière
les verres miroirs des lunettes, ses yeux restaient fixés
sur la porte pendant qu'il lampait son premier verre et
en remplissait aussitôt un deuxième, sans cesser de
passer en revue ses alternatives.

Il n'évitait pas la bagarre s'il avait l'avantage mais
il n'hésitait pas à utiliser ses jambes quand la situation l'exigeait. Il pouvait se montrer régulier ou étouf-
fer ses scrupules, selon ce qui serait le plus profitable.
Ce qu'il portait scotché sur sa poitrine comblerait,

peut-être, son goût pour le luxe et la vie facile, un goût qu'il cultivait depuis toujours. Ceux qui écumaient les rues à sa recherche mettraient, sans doute, un terme rapide et prématuré à son existence. L'alternative était claire, le choix était simple : Allons chercher l'or.

Un couple près de lui discutait du dernier roman d'un écrivain à la mode. Un petit groupe envisageait l'idée de finir la soirée dans un club de jazz où l'alcool coûtait moins cher. Le bar était surtout peuplé de solitaires venus noyer le stress d'une journée de travail et se mêler à d'autres esseulés. Il y avait un peu de tout, jupettes de cuir, costumes trois-pièces, baskets. Satisfait de son examen, Doug pêcha une cigarette. Il aurait pu tomber sur une plus mauvaise planque.

Une blonde en tailleur gris se hissa sur le tabouret à côté du sien, lui tendit son briquet allumé. Elle sentait quelque chose de chez Chanel et la vodka.

— Je ne vous avais encore jamais vu ici.

Doug observait le regard déjà trouble de son interlocutrice, son sourire carnassier. En d'autres circonstances, il aurait apprécié comme il convenait.

— C'est vrai, confirma-t-il en remplissant son verre.

Même imbibée de vodka, la blonde discerna chez son voisin de comptoir un côté arrogant, dangereux. Intéressée, elle se rapprocha.

— Mon bureau est à deux rues d'ici. Je suis architecte.

Il sentit ses cheveux se hérisser sur sa nuque quand ils entrèrent, tous trois élégants, l'allure prospère. Pardessus l'épaule de la blonde, Doug les vit se séparer. L'un resta près de la porte. La seule issue.

Attirée plutôt que rebutée par son absence de réaction, la blonde posa une main sur le bras de Doug.

— Et vous, qu'est-ce que vous faites ?

Il but une gorgée, la garda un instant dans sa bouche avant de l'avaler pour qu'elle se répande dans son système nerveux et l'apaise.

— Je suis un voleur, répondit-il parce que les gens ne croyaient presque jamais la vérité.

Avec un sourire provocant, elle prit une cigarette, lui tendit son briquet. Voyant qu'il ne réagissait pas, elle le lui reprit, l'alluma elle-même, souffla un mince filet de fumée.

— Fascinant. Offrez-moi donc un verre et racontez-moi tout cela en détail.

Dommage qu'il n'ait jamais utilisé cette entrée en matière dans sa technique de drague, pensa-t-il, elle semblait plus efficace qu'il ne l'aurait cru. Dommage aussi que le moment fût si mal choisi. Les formes de la blonde remplissaient son tailleur plus efficacement qu'un expert-comptable une déclaration fiscale.

— Pas ce soir, mon chou.

Doug se servit encore du whiskey en restant dans l'ombre. Son déguisement improvisé pourrait peut-être les tromper, espérait-il au moment où il sentit un canon de pistolet s'appuyer contre ses côtes.

— Sortez, Lord. M. Dimitri est mécontent que vous ne soyez pas venu à votre rendez-vous.

— Ah, oui ? Je me disais que je pouvais encore boire un verre avant d'y aller, Remo. Je n'ai pas dû voir le temps passer.

Le canon s'enfonça un peu plus dans ses côtes.

— M. Dimitri aime que ses employés soient ponctuels.

Doug vida son verre en regardant le miroir derrière le bar. Les deux autres gorilles prenaient maintenant position dans son dos, la blonde alla chercher fortune ailleurs.

— Je suis renvoyé ?

Il se versa un autre verre en calculant ses chances. Trois contre un, ils étaient armés, lui pas. Sauf que, des trois, Remo était le seul doté de ce qui pouvait passer pour un cerveau.

— M. Dimitri aime congédier personnellement ses employés, répondit Remo avec un sourire qui dévoila des dents trop parfaites pour être vraies sous une moustache fine comme un trait de crayon. Et il tient à vous signifier votre mise à pied d'une façon très solennelle.

Doug posa une main sur la bouteille, l'autre sur son verre.

— D'accord. Vous voulez boire un coup d'abord ?

— M. Dimitri n'aime pas qu'on boive pendant le service. Et vous êtes en retard, Lord. Très en retard.

— Ouais. C'est quand même dommage de gâcher du bon whiskey.

Il pivota sur lui-même en jetant le contenu de son verre dans les yeux de Remo et en lançant la bouteille dans la figure du gorille à sa droite. Du même élan, il se jeta de tout son poids sur le troisième, de sorte qu'ils atterrirent tous les deux sur le chariot des desserts dans un jaillissement de mousse au chocolat. S'étreignant comme des amants, ils roulèrent sur une tarte au citron. Quel gâchis, grommela Doug en aveuglant l'autre d'un jet de coulis de fraises. Puis, sachant que l'effet de surprise ne durerait guère, il usa d'un moyen de défense éprouvé en assenant un coup de genou dans les parties sensibles de son adversaire avant de partir en courant.

— Envoyez l'addition à Dimitri ! cria-t-il à la cantonade en slalomant entre les tables.

Il agrippa un serveur, le poussa avec son plateau chargé contre Remo qui s'élançait déjà à sa poursuite, arriva à la porte. Laissant le chaos derrière lui, il émergea enfin à l'air libre.

Il avait gagné du temps, cependant la traque reprendrait vite, et cette fois ils ne seraient pas seulement méchants, mais carrément vicieux. Pendant qu'il arpentait la rue, Doug se demanda pour la énième fois pourquoi on ne trouvait jamais de taxi quand on en avait besoin.

La circulation était fluide sur la Long Island Expressway lorsque Whitney la prit pour rentrer chez elle. Son vol en provenance de Paris avait atterri à Kennedy avec une heure de retard, le coffre et la banquette arrière de son coupé Mercedes débordaient de bagages et la radio diffusait un tube de Bruce Springsteen. Ce séjour de quinze jours en France représentait le cadeau qu'elle s'était offert pour avoir enfin eu le courage de rompre ses fiançailles d'avec Tad Carlyse IV. Quel qu'ait été le plaisir de ses parents à la perspective de cette union flatteuse, elle ne pouvait à aucun prix ni sous aucun prétexte épouser un homme qui assortissait la couleur de ses chaussettes à celle de sa cravate. Et vice versa.

Whitney chantonna gaiement en dépassant une voiture qui se traînait. À vingt-huit ans, elle était belle et ne réussissait pas trop mal dans sa profession tout en sachant que la fortune familiale pourrait la tirer d'un mauvais pas en cas de besoin. Accoutumée de naissance au luxe et aux marques de respect, elle n'avait jamais eu besoin de les conquérir – ils lui étaient dus. Il lui plaisait aussi de pouvoir arriver tard dans la nuit à l'un ou l'autre des clubs les plus fermés de New York et de le trouver peuplé de gens qu'elle connaissait.

Peu lui importait que les paparazzi la mitraillent ou que la presse à sensation s'interroge régulièrement sur son prochain esclandre. Elle expliquait souvent à son père scandalisé qu'elle n'était pas extravagante à dessein mais par nature.

Elle aimait les voitures rapides, les vieux films et les chaussures italiennes. Dans l'immédiat, elle se demandait si elle allait rentrer chez elle ou d'abord passer chez Elaine voir qui avait fait quoi depuis quinze jours. Elle ne souffrait pas du décalage horaire, plutôt d'un peu d'ennui. Plus qu'un peu, s'avoua-t-elle. Elle en suffoquait presque. La question se posait de savoir que faire pour le combattre.

Unique rejeton d'une fortune aussi récente que considérable, Whitney avait grandi avec le monde à portée de la main sans toujours le trouver assez intéressant pour la tendre. Quel défi relever ? se demandait-elle. Quel objectif atteindre ? Son cercle d'amis était vaste et, selon les apparences, varié. Mais quand on le voit de l'intérieur, quand on sait ce que cache la soie ou le cachemire, on ne découvre que l'uniformité de ces jeunes gâtés par l'argent. Qu'y a-t-il d'excitant là-dedans ? Vouloir aller au bout du monde n'est en rien stimulant s'il suffit de décrocher le téléphone pour affréter un jet privé.

Ses quinze jours à Paris avaient été calmes, apaisants – et végétatifs. Là se trouvait sans doute le nœud du problème. Elle voulait vivre quelque chose de neuf, d'inédit. Quelque chose qu'elle ne puisse pas se payer avec un chèque ou une carte de crédit. De l'action, du mouvement. De l'imprévisible. Et Whitney se connaissait assez bien pour savoir qu'un tel état d'esprit pouvait la rendre dangereuse.

Ce soir-là, elle n'était pas d'humeur à rentrer seule chez elle et à se contenter de défaire ses valises. Ni d'humeur à finir la nuit dans un club bondé de visages trop familiers. Elle pourrait en essayer un nouveau, peuplé d'inconnus, y boire un ou deux verres, échanger des conversations. Si elle le voulait, il lui suffirait de quelques mots dans les oreilles adéquates pour en faire un des musts de Manhattan. Être capable de créer l'événement ne la surprenait pas plus qu'elle n'en éprouvait de l'orgueil. C'était un simple fait.

Un feu rouge lui donna le temps de réfléchir un peu. Il ne se passait rien dans sa vie. Rien qui lui chauffe le sang, qui lui stimule l'esprit. Rien.

Elle fut plus étonnée qu'inquiète lorsque sa portière côté passager s'ouvrit brusquement. Un coup d'œil au blouson noir et aux lunettes miroirs provoqua son claquement de langue réprobateur.

— Vous ne vous tenez pas au courant de la mode, déclara-t-elle.

Doug regarda derrière lui. Si la rue était vide, elle ne le resterait sans doute pas longtemps. Il claqua la portière.

— Roulez.

— Je ne prends pas de types en guenilles dans ma voiture.

Doug plongea une main dans sa poche, imita de l'index le canon d'un pistolet et le braqua sur elle.

— Roulez, répéta-t-il.

Elle baissa les yeux sur sa poche, les releva vers son visage. À la radio, le présentateur annonça une heure de tubes de jadis et de naguère. Les Rolling Stones ouvrirent le feu.

— S'il y a vraiment une arme dans cette poche, je veux la voir. Sinon, dehors.

De toutes les voitures qu'il aurait pu choisir, il avait fallu qu'il tombe sur celle-là ! Pourquoi diable ne tremblait-elle pas, ne suppliait-elle pas comme n'importe quelle fille normale ?

— Je n'ai aucune envie de m'en servir, nom de Dieu ! Mais si vous ne démarrez pas dans les deux secondes qui viennent, je serai forcé de faire un trou dans votre jolie peau.

Whitney regarda son reflet dans les verres des lunettes.

— Vous déconnez, déclara-t-elle de son ton le plus raffiné.

Doug envisagea brièvement de l'assommer, de la pousser dehors. Un coup d'œil par-dessus son épaule lui suffit pour comprendre qu'il n'avait pas de temps à perdre.

— Écoutez, si vous ne démarrez pas immédiatement, les trois types qui nous suivent dans la Lincoln feront de gros dégâts à votre joli jouet.

Elle regarda dans le rétroviseur, vit la grosse voiture noire qui s'approchait en ralentissant.

— Mon père en a eu une comme celle-là, à un moment. Je l'appelais son corbillard.

— Possible. Démarrez, ou vous irez à mes obsèques.

Whitney fronça les sourcils sans quitter des yeux le rétroviseur et décida de voir ce qui se passerait. Elle appuya sur l'accélérateur, franchit le carrefour. La Lincoln en fit autant.

— Ils nous suivent, commenta-t-elle.

— Bien sûr qu'ils nous suivent ! fulmina Doug. Et si vous ne vous démenez pas un peu plus, ils vont passer par la lunette arrière et nous serrer amicalement la main.

Par curiosité, Whitney accéléra, tourna dans la 57e Rue. La Lincoln ne la lâchait pas d'un pouce. Pour la première fois depuis longtemps, elle sentit un délicieux petit frisson la parcourir.

— On dirait qu'ils nous suivent vraiment ! dit-elle avec un sourire épanoui.

— Il ne peut pas aller plus vite, votre char ? grommela Doug.

— Vous plaisantez ?

Elle écrasa l'accélérateur, et la voiture décolla comme une fusée. Whitney n'aurait pu imaginer manière plus stimulante de passer la soirée.

— Croyez-vous que je puisse les semer ? demanda-t-elle en tournant la tête pour regarder derrière elle. Avez-vous vu *Bullitt* ? Dommage qu'il n'y ait pas de ces collines...

— Attention !

Elle tourna la tête, regarda devant elle et braqua précipitamment pour éviter de percuter une voiture qui roulait au ralenti.

— Écoutez, fit Doug qui grinçait presque des dents, le but de l'opération est de rester en vie. Vous surveillez la route, je surveille la Lincoln, ça vous convient ?

— Inutile de pontifier, je sais ce que je fais.

— Mais regardez donc où vous allez, espèce d'idiote !

Doug agrippa le volant et braqua juste à temps pour éviter d'accrocher une voiture en stationnement.

— Vous m'insultez encore une fois et vous descendez !

Elle ralentit, s'approcha du trottoir.

— Ne vous arrêtez pas, nom de Dieu !

— Je ne tolère pas la grossièreté...

— Baissez-vous !

Doug l'empoigna par la nuque et la tira de côté une fraction de seconde avant que le pare-brise s'étoile en mosaïque. Il la maintenait si fort qu'elle ne put que relever la tête. Juste assez pour constater les dégâts.

— Mon auto ! cria-t-elle, indignée. Elle n'avait pas une égratignure. Je ne l'ai que depuis deux mois !

— Elle aura pire qu'une égratignure si vous ne remettez pas le pied sur l'accélérateur. Allez !

Toujours penché, les yeux au ras du tableau de bord, Doug braqua le volant vers la chaussée. Folle de rage, Whitney écrasa l'accélérateur tandis que Doug la maintenait d'une main plaquée sur le siège.

— Je ne peux pas conduire comme ça !

— On ne peut pas conduire non plus avec une balle dans la tête.

— Une balle ? répéta-t-elle d'une voix vibrante non pas de peur mais d'exaspération. Vous voulez dire qu'ils nous tirent dessus ?

— Qu'est-ce que vous croyez ? Ce ne sont pas des petits cailloux qu'ils nous jettent.

Il braqua de justesse mais ne put éviter le rebord du trottoir. Frustré de ne pas pouvoir prendre lui-même les commandes, il jeta un rapide regard derrière lui. Ils avaient gagné quelques secondes, mais la Lincoln était toujours là.

— Bon, redressez-vous sans trop lever la tête. Et ne ralentissez pas.

— Comment vais-je expliquer cela à la compagnie d'assurances ? gronda Whitney en essayant de trouver sur le pare-brise un coin moins opaque. Ils ne voudront jamais croire qu'on me tirait dessus ! Et j'ai déjà un de ces malus… vous ne pouvez même pas imaginer.

— De la manière dont vous conduisez, je n'ai pas besoin de l'imaginer.

— J'en ai plus qu'assez !

Les dents serrées, elle tourna dans la première rue à gauche.

— Mais… c'est un sens interdit ! cria Doug, accablé. Vous n'avez pas vu le panneau ?

— Je sais qu'elle est en sens interdit. Mais c'est aussi le chemin le plus rapide pour aller de l'autre côté de la ville.

— Oh, bon Dieu !…

Doug vit des phares foncer droit sur eux, s'accrocha d'instinct au tableau de bord, les jambes tendues, prêt à amortir le choc de son mieux. S'il devait mourir, pensait-il avec fatalisme, il aurait préféré une mort propre, d'une balle dans le cœur, plutôt que de finir en bouillie dans une rue de Manhattan.

Sans tenir compte des hurlements d'avertisseurs, Whitney slalomait entre les voitures. Il y a un dieu pour les fous, pensa Doug. Par chance, il était avec une folle furieuse.

— Ils nous suivent toujours, annonça Whitney.

Doug se retourna et observa la Lincoln. Il valait d'ailleurs mieux regarder derrière que devant pendant qu'il était ballotté d'un côté à l'autre. Dans un virage à angle droit, il fut projeté contre la portière avec une force qui réveilla la douleur de son bras blessé et lui fit lâcher une bordée de jurons.

— Allez-vous enfin adopter une attitude moins suicidaire ? s'irrita-t-il. Ils n'ont pas besoin de votre aide.

— Et vous, cessez donc de toujours vous plaindre ! Si vous voulez connaître le fond de ma pensée, vous n'avez rien d'un type marrant.

— Je ne vous cacherai pas que j'ai tendance à être de mauvaise humeur quand quelqu'un en veut à ma peau.

— Eh bien, prenez un peu les choses du bon côté, déclara-t-elle en heurtant encore un trottoir. Vous me rendez nerveuse.

Doug se tassa sur son siège en se demandant pourquoi, parmi toutes les possibilités de passer de vie à trépas, il fallait qu'il finisse en bouillie sanguinolente dans la Mercedes d'une cinglée. Il aurait pu suivre tranquillement Remo et laisser Dimitri l'exécuter à l'issue d'un certain rituel. Ç'aurait été une sortie plus digne.

Ils étaient revenus sur la Cinquième Avenue et roulaient vers le sud à plus de cent cinquante kilomètres à l'heure. Et malgré tout, la Lincoln était à moins de cent mètres derrière eux.

— Bon Dieu, ragea-t-il, ils ne vont pas nous lâcher !

Whitney n'aimait pas perdre. Elle jeta un coup d'œil dans le rétroviseur.

— Ah oui ? fit-elle, les dents serrées. Vous allez voir.

Avant que Doug ait pu lâcher un soupir, elle fit demi-tour après avoir bloqué le frein à main et fonça droit sur la Lincoln. Avec une terreur mêlée de fascination, Doug vit les phares se rapprocher, inéluctablement.

— Nom de Dieu…

Dans la Lincoln, Remo exprima un sentiment identique avant que son chauffeur, mû par son instinct de survie, ne donne un brusque coup de volant vers le trottoir. Emportée par son élan, l'imposante berline franchit la bordure, traversa le trottoir et ne stoppa qu'en pulvérisant la vitrine d'une boutique dans un impressionnant geyser de verre brisé. Sans même lever le pied de l'accélérateur, Whitney refit demi-tour en dérapant et reprit sa direction initiale.

Tassé sur son siège, Doug laissa échapper un long soupir.

— Vous avez plus de tripes que de cervelle, parvint-il à articuler.

— Et vous, déclara posément Whitney en abordant la rampe d'accès du parking d'un immeuble, vous me devez trois cents dollars pour le pare-brise.

— D'accord, je vous enverrai un chèque, répondit-il en se palpant pour vérifier qu'il était encore en un seul morceau.

— Non, cash. Et je vous prie de bien vouloir prendre mes bagages, dit-elle après s'être glissée dans son emplacement. J'ai besoin de boire quelque chose.

Elle déclencha l'ouverture du coffre et s'éloigna vers les ascenseurs sans se retourner. Ses jambes flageolaient, mais elle aurait préféré crever que de l'admettre.

Doug se tourna vers l'entrée du parking en se demandant quelles seraient ses chances de s'en tirer s'il en sortait maintenant. Rester à l'intérieur une heure ou deux lui donnerait peut-être l'occasion d'élaborer un plan à tête reposée. Et puis, il ne pouvait pas lâcher la fille comme cela, il lui devait quand même une sacrée chandelle, se dit-il en sortant les valises du coffre.

— Il y en a d'autres sur la banquette arrière, lui lança-t-elle par-dessus son épaule.

— Je redescendrai les chercher.

Chargé de trois valises – Gucci, remarqua-t-il avec un sourire amer, et elle fait des histoires pour trois cents malheureux dollars ! –, il la rejoignit devant l'ascenseur et lâcha les bagages sur le ciment.

— Vous revenez de voyage ?

— Une quinzaine de jours à Paris.

Doug baissa les yeux sur les trois grosses valises. Et il y en avait d'autres sur la banquette arrière, avait-elle dit.

— Quinze jours ? Vous aimez voyager léger.

— Je voyage comme il me plaît, répondit-elle avec hauteur. Êtes-vous jamais allé en Europe ? ajouta-t-elle en pressant le bouton du quarante-deuxième étage.

— Ça m'est arrivé.

Il avait répondu avec un large sourire et, malgré les lunettes qui lui cachaient les yeux, elle trouva son sourire attirant.

Ils se toisèrent en silence. Doug avait pour la première fois l'occasion de l'observer. Elle était plus grande qu'il ne s'y était attendu, bien qu'il ne sache pas en réalité à quoi il s'était attendu. Ce qu'il apercevait de ses cheveux, couverts par un feutre blanc, était d'un blond pâle. Si le rebord du chapeau lui cachait en partie le visage, il pouvait en voir la forme harmonieuse et un irréprochable teint d'ivoire. Elle avait les yeux de la couleur ambre du whiskey qu'il buvait plus tôt, une bouche bien dessinée. Il émanait d'elle le parfum d'un objet soyeux qu'on a envie de toucher dans une pièce obscure. Sans même distinguer ses formes sous la veste de zibeline et le pantalon de soie, il l'aurait volontiers qualifiée de superbe. Doug préférait les femmes aux charmes plus évidents, voire ostentatoires. Pourtant, il laissa sans effort son regard s'attarder sur elle.

— Ces lunettes sont ridicules, dit-elle en sortant son trousseau de clés de son sac en crocodile.

— C'est vrai, mais elles ont accompli leur mission.

Quand il les enleva, ses yeux la surprirent. Leur couleur vert clair paraissait incompatible avec son visage et son teint – jusqu'à ce qu'elle remarque à quel point le regard était perçant, attentif. Le regard d'un homme qui mesurait, qui jaugeait tout, objets et humains.

Jusqu'alors, il ne l'avait pas inquiétée. Les lunettes le lui avaient fait paraître puéril et inoffensif. Pour la première fois, Whitney éprouva une sorte de malaise. Qui diable était-il et pourquoi les hommes lancés à ses trousses voulaient-ils le tuer ?

Quand la porte de l'ascenseur s'ouvrit, il se pencha pour prendre les valises. Elle aperçut alors le mince filet rouge qui coulait le long de son poignet.

— Vous saignez ?

— Oui. De quel côté allons-nous ?

Elle savait se montrer aussi désinvolte que lui.

— À droite. Et ne tachez pas mes valises, je vous prie.

Malgré son agacement et sa douleur, il apprécia sa démarche fluide, l'élégant balancement de celle qui s'est habituée à ce que les hommes la regardent. Il s'avança donc délibérément à sa hauteur et elle le fixa brièvement avant d'ouvrir la porte. Les lumières allumées, elle traversa le salon vers le bar, où elle prit une bouteille de cognac dont elle versa deux portions généreuses.

Spectaculaire ! pensa Doug en découvrant l'appartement. La moquette était assez épaisse et moelleuse pour dormir dessus. S'il en savait assez pour reconnaître une influence française dans la décoration, il n'était pas initié au point d'en préciser le style. Les tentures saphir et moutarde équilibraient le blanc de la moquette. Il y avait beaucoup de meubles anciens, sans doute authentiques, et un Monet au mur, une excellente copie. S'il avait le temps de la négocier, il n'aurait plus de soucis d'argent pour un bon moment. Et s'il raflait discrètement une poignée des dizaines d'objets d'art disséminés dans la pièce, il aurait de quoi s'offrir un billet de première classe pour aller le plus loin possible de cette ville pourrie. Par malheur, il ne pouvait pas se permettre de contacter le moindre receleur maintenant que Dimitri avait sorti ses tentacules.

Bien que ne présentant pour lui aucune valeur marchande, les meubles lui plaisaient sans qu'il sache pourquoi. Normalement, il les aurait trouvés trop féminins, trop guindés. Une nuit de course effrénée lui avait peut-être donné envie du réconfort apaisant des coussins de soie et de dentelle.

Whitney lui apporta son verre en avalant une lampée du sien.

— Vous pouvez l'emporter dans la salle de bains, dit-elle. Je vais examiner votre bras.

Sans attendre de réponse, elle jeta négligemment sa zibeline sur le dossier d'un canapé et se dirigea vers une porte. Doug l'observa, perplexe. Les femmes sont censées poser des tas de questions, non ? Elle n'a pourtant pas l'air d'être idiote ni de manquer d'imagination. En tout cas, admit-il, elle a de la classe, c'est indéniable.

— Ôtez ce blouson et asseyez-vous, ordonna-t-elle en faisant couler de l'eau sur une serviette monogrammée.

Doug obtempéra en grinçant des dents, posa le blouson sur le bord de la baignoire et s'assit sur une chaise que n'importe qui aurait mise dans son salon. La manche de sa chemise était raide de sang. Avec un juron, il l'arracha pour dégager la plaie.

— Je peux le faire moi-même, grommela-t-il en tendant la main vers la serviette.

— Tenez-vous donc tranquille ! Je ne peux pas me rendre compte de la gravité de cette blessure sans l'avoir d'abord nettoyée.

Doug se laissa faire. L'eau tiède calmait la douleur, Whitney avait la main légère. Quel genre de femme est-elle ? se demanda-t-il en la regardant. Elle conduit comme un fou furieux, s'habille comme un magazine de mode et boit comme un marin en bordée – son verre de cognac était déjà vide. Il aurait préféré qu'elle manifeste au moins une touche de l'hystérie à laquelle il s'attendait.

— Vous ne voulez pas savoir ce qui s'est passé? demanda-t-il, agacé de son impassibilité.

Elle émit un vague grognement en posant une compresse neuve. Puisqu'il voulait qu'elle le lui demande, elle était déterminée à n'en rien faire.

— Une balle, déclara-t-il avec un plaisir sadique.

— Vraiment? fit-elle, intéressée malgré elle. Je n'avais encore jamais vu de blessure par balle.

Il avala une gorgée de cognac pour se remonter.

— Et alors, ça vous plaît?

— Ce n'est pas très impressionnant, dit-elle d'un air blasé en ouvrant l'armoire à pharmacie.

Déconcerté, il baissa les yeux vers son bras blessé. La balle ne l'avait qu'égratigné, c'est vrai. Mais on avait quand même cherché à l'abattre! Ce n'est pas tous les jours qu'on se fait tirer dessus, non?

— Ça fait mal.

— Eh bien, nous allons poser un bandage. Les écorchures font moins mal quand on ne les voit pas.

Il la regarda un instant fourrager dans des pots et des tubes.

— Vous avez la langue bien pendue, ma belle...

— Whitney, le reprit-elle. Whitney MacAllister.

Elle se retourna, lui tendit la main pour formaliser les présentations. Il la prit en souriant.

— Douglas Lord. On m'appelle plutôt Doug.

— Bonjour, Doug. Quand j'aurai fini de vous réparer, nous discuterons des réparations de ma voiture. Trois cents dollars.

— Comment connaissez-vous le prix d'un pare-brise?

— Je vous donne l'estimation minimale. On ne peut pas changer les bougies d'une Mercedes pour moins que ça.

— Vous devrez attendre un peu. J'ai dépensé mes deux cents derniers dollars pour acheter ce blouson.

— Cette horreur? Vous n'avez pourtant pas l'air naïf.

— J'en avais besoin. Et puis, il est en cuir.

— Du cuir mal imité, dit-elle en pouffant de rire.

— Comment ça, mal imité?

— Cette monstruosité bardée de chrome n'a jamais été arrachée du dos d'une vache. Ah! voilà ce que je cherchais, dit-elle en prenant un flacon.

— Le petit salaud, ragea Doug. Deux cents dollars pour du plastique...

Le fait est qu'il n'avait pas eu le temps d'examiner de près son acquisition. Sous la lumière crue de la salle de bains, il se rendait compte qu'il ne s'agissait en effet que de mauvais vinyle.

Une soudaine brûlure au bras le fit sursauter.

— Qu'est-ce que vous faites, bon Dieu? Ça brûle!

— Teinture d'iode, dit-elle en le badigeonnant. Ne soyez pas si douillet.

Elle entoura le bras de gaze, fixa le pansement avec du sparadrap puis, satisfaite de son travail, lui donna une petite tape. Encore penchée, elle se tourna vers lui. Leurs visages étaient proches à se toucher, celui de Whitney amusé, celui de Doug maussade.

— Voilà, remis à neuf. Et maintenant, pour ma voiture...

— Je suis peut-être un criminel, un violeur, un psychopathe, l'interrompit-il d'un ton qui la fit frissonner. Qu'en savez-vous?

Elle se redressa un peu plus vite qu'elle n'aurait voulu et s'éloigna vers le salon avec son verre vide.

— Je n'en crois rien. Encore un verre?

Merde, pensa-t-il en la suivant, elle a des tripes.

— Vous ne voulez pas non plus savoir pourquoi ils m'en veulent?

— Qui, les méchants?

— Les *méchants*? répéta-t-il en éclatant de rire.

— Les gentils ne tirent pas sur des innocents, dit-elle en s'asseyant sur le canapé après avoir rempli son verre. J'en déduis donc que vous êtes le gentil.

Riant de plus belle, il se laissa tomber à côté d'elle.

— Beaucoup de gens ne seraient pas d'accord avec vous.

Elle l'étudia par-dessus le bord de son verre. Le terme de bon ou de gentil, comme dans les vieux films policiers, n'était peut-être pas le plus approprié. Il avait l'air beaucoup plus complexe.

— Eh bien, dites-moi pourquoi ces individus voulaient vous tuer.

— Ils faisaient leur travail, rien de plus. Ce sont les employés d'un dénommé Dimitri qui veut quelque chose que je détiens.

— Quoi donc?

— Le moyen de retrouver un trésor.

Il se releva, fit les cent pas en réfléchissant. Il avait en poche une carte de crédit périmée et vingt dollars. Ni l'une ni les autres ne suffiraient à payer sa sortie du pays. Ce qu'il avait soigneusement scellé dans une enveloppe valait une fortune, mais il fallait d'abord qu'il s'achète un billet d'avion pour mettre la main sur cette fortune. Bien sûr, il pourrait toujours subtiliser un portefeuille à l'aéroport. Ou faire irruption dans l'avion à la dernière minute et exhiber sa fausse carte du FBI en jouant l'agent fédéral impatient et pris par le temps. Cela avait marché à Miami.

— J'ai besoin d'une mise de fonds, marmonna-t-il comme s'il pensait tout haut. Quelques centaines de dollars... peut-être un millier.

Sur ces derniers mots, il se tourna vers Whitney.

— Pas question, répondit-elle. Vous m'en devez déjà trois cents.

— Dans six mois, je pourrai vous payer une voiture neuve ! répliqua-t-il, agacé. Considérez qu'il s'agit d'un investissement.

— Mon agent de change s'occupe de ce genre de choses.

Elle but une gorgée de cognac, lui sourit. Son impatience de bouger, d'avancer, le rendait séduisant. Une musculature à la fois fine et puissante ondulait sous la peau de son bras dénudé. Elle voyait ses yeux briller d'une ardeur mal contenue.

Il revint s'asseoir à côté d'elle sur le bras du canapé.

— Écoutez, Whitney, mille dollars ce n'est rien après ce que nous venons de traverser ensemble.

— C'est sept cents dollars de plus que ce que vous me devez déjà.

— Je vous en rendrai le double d'ici six mois ! J'ai simplement besoin d'un billet d'avion, d'un peu de matériel… D'une chemise neuve aussi, ajouta-t-il avec son plus irrésistible sourire.

Un maître manipulateur, jugea-t-elle, intriguée. Que représente pour lui ce fameux trésor ?

— Je veux en savoir davantage avant de vous avancer cet argent.

Il avait déjà charmé des femmes pour en soutirer bien plus que quelques dollars. Sûr de lui, il lui prit la main, lui caressa les phalanges du bout du pouce, prit sa voix la plus persuasive.

— Ce trésor est de ceux dont on ne parle que dans les contes de fées. Je vous rapporterai des diamants pour vos cheveux. De gros diamants, éclatants de lumière, qui feront de vous une vraie princesse.

Lentement, il lui ôta son chapeau et vit avec une stupeur émerveillée tomber, sur ses épaules et ses bras, une cascade de fils d'or pâle comme un soleil d'hiver et doux comme la soie.

— Des diamants, répéta-t-il à mi-voix en la peignant des doigts. Des cheveux pareils doivent s'orner de diamants.

Elle tombait sous le charme. Une partie d'elle-même était prête à croire ce qu'il disait, à faire tout ce qu'il demanderait tant qu'il continuerait à la caresser de cette manière. L'autre partie, celle qui passait tout au filtre de la lucidité, parvint de justesse à reprendre le dessus.

— J'aime les diamants. Mais je connais aussi beaucoup de gens qui se retrouvent avec de jolis morceaux de verre taillé qui leur ont coûté extrêmement cher. Il me faut des garanties, Douglas. Quand j'achète un objet de valeur, je demande toujours un certificat d'authenticité.

Frustré, il se releva. Sous ses dehors de princesse, elle en aurait remontré aux plus durs à cuire. Il prit son sac posé sur le canapé, le tint à bout de bras.

— Je peux me servir moi-même.

Elle se leva à son tour, lui reprit le sac.

— Je ne négocie pas sans connaître les conditions. Vous avez du culot de me menacer alors que je vous ai sauvé la vie.

— Sauvé la vie ? s'exclama Doug. Vous avez failli me tuer plus de vingt fois !

— Si je n'avais pas réussi à semer ces individus, répliqua-t-elle avec hauteur, vous seriez au fond de l'East River.

C'était trop proche de la vérité pour qu'il proteste.

— Vous regardez trop de vieux polars, grommela-t-il.

— Je veux savoir de quoi vous disposez et où vous voulez aller.

— J'ai les morceaux d'un puzzle et je vais à Madagascar.

Intriguée, elle vit des images fugitives de nuits chaudes, d'oiseaux exotiques, d'aventures haletantes.

— Quel genre de puzzle ? Quel genre de trésor ?

— Ça me regarde, répliqua-t-il en remettant le blouson avec précaution.

— Je veux le voir.

Pour gagner du temps, il alluma une cigarette, souffla un filet de fumée. Il pouvait lui en révéler juste assez pour l'accrocher, juste assez pour ne pas créer de problèmes.

— Voir quoi ? Le trésor est à Madagascar. Vous connaissez la France, à ce que je vois, dit-il en regardant autour de lui.

— Assez pour commander des escargots ou du champagne sans avoir besoin d'interprète.

— Je m'en doute, grommela-t-il en prenant distraitement une tabatière en nacre sur un guéridon. Disons que ce que je cherche a l'accent français. L'accent de la vieille France, plutôt.

— Vieille de combien d'années ?

— Environ deux cents ans. Vous devriez me sponsoriser, vous savez, dit-il en reposant la tabatière. Ce serait du mécénat culturel, en un sens. Avec votre argent, je vous rapporterais des choses encore plus belles que celles qui sont ici.

Deux cents ans, pensa-t-elle, cela veut dire l'époque de la Révolution. Ses lèvres esquissèrent un sourire. L'histoire l'avait toujours passionnée, l'histoire de France en particulier, si riche d'intrigues de cour, d'artistes, de philosophes. S'il tenait réellement une piste valable – ce dont son regard seul l'avait convaincue –, pourquoi ne pas en prendre une part ? Une chasse au trésor serait de toute façon plus amusante qu'un après-midi chez Sotheby's.

— Supposons que je sois intéressée. Que vous faudrait-il ?

Il sourit à son tour. Il n'avait pas cru qu'elle mordrait aussi facilement à l'hameçon.

— Dans les deux mille.

— Je ne parle pas d'argent, dit-elle en balayant l'argument comme seuls les riches savent le faire. Comment allons-nous opérer ?

Le sourire de Doug s'effaça soudain.

— Nous ? Il n'est pas question de « nous ».

Elle se rassit, s'étira presque langoureusement.

— Pas de « nous », pas d'argent. Je ne suis jamais allée à Madagascar…

— Appelez votre agence de voyages, ma jolie. Je travaille seul.

— Tant pis, répondit-elle avec un sourire suave. Eh bien, je suis ravie d'avoir fait votre connaissance. Si nous parlions maintenant du remboursement des dommages occasionnés à ma voiture…

— Je n'ai pas le temps, l'interrompit-il.

Il se tut brusquement en entendant un léger bruit derrière lui. Il se retourna à temps et vit bouger la poignée de la porte. Une main levée pour imposer le silence, il chercha autour de lui un objet pouvant lui servir d'arme.

— Cachez-vous derrière le canapé et ne faites pas un bruit, chuchota-t-il.

Whitney ouvrait la bouche pour protester quand elle entendit à son tour le bruit métallique de la poignée. Doug s'empara d'un lourd vase de faïence et éteignit les lumières.

— Cachez-vous ! répéta-t-il. Vite !

Elle obéit sans discuter.

Embusqué derrière la porte qui s'ouvrait lentement et sans bruit, Doug tenait le vase. Lorsque la première silhouette apparut, il attendit qu'elle soit entrée pour abattre le vase de toutes ses forces sur une tête. Whitney entendit presque simultanément un craquement, un gémissement et le choc sourd d'une chute avant que le chaos éclate.

Il y eut un bruit de pas précipités, de la porcelaine brisée – son service de Meissen, déduisit-elle d'après ce qu'elle avait entendu –, suivis d'un juron et d'une détonation assourdie accompagnée d'un fracas de verre pulvérisé. Elle avait vu assez de films de gangsters pour reconnaître le claquement d'un pistolet muni d'un silencieux. En tournant un peu la tête, elle constata que la baie vitrée derrière elle était percée d'un trou en forme d'étoile.

Voilà qui allait d'autant plus déplaire au syndic, pensa-t-elle, qu'elle était déjà mal vue depuis sa dernière réception, laquelle avait plus ou moins tourné au tapage nocturne caractérisé. Décidément, Douglas Lord lui causait bien des ennuis. Il fallait que le trésor, si trésor il y avait, en vaille la peine.

Le silence qui régnait était trop profond pour être rassurant. À peine si on entendait une respiration quelque part dans la pièce.

Tapi dans un coin sombre, Doug tenait le pistolet récupéré sur l'homme qu'il avait assommé. Si son assaillant n'était pas venu seul, cette fois, au moins, il n'était pas désarmé. Pourtant, il détestait les armes à feu. Celui qui s'en sert se trouve trop souvent au mauvais bout du canon…

Il était assez près de la porte pour se glisser dehors sans se faire remarquer et disparaître. Sans la femme cachée derrière le canapé et le fait qu'elle se trouvait dans cette position inconfortable par sa faute à lui, il se serait déjà esquivé – scrupule qui le rendit encore plus furieux contre elle. Il allait peut-être devoir tuer un homme pour sortir de là. Il avait déjà tué, certes. Il était conscient de devoir peut-être recommencer. Mais il n'y pensait jamais sans remords.

Machinalement, il tâta son pansement et sentit quelque chose d'humide sur ses doigts. Il n'allait quand même pas rester sans rien faire en se vidant de son sang, bon Dieu ! Sans bruit, il s'avança le long du mur.

Accroupie au bout du canapé, Whitney vit une ombre bouger à sa gauche. Ce n'était pas Doug, elle distingua immédiatement la différence dans la forme du cou et la longueur des cheveux. Sans réfléchir, elle prit une de ses chaussures, visa et abattit de toutes ses forces le talon pointu long de dix centimètres sur la tête de l'ombre.

Il y eut un grognement, suivi du choc assourdi par la moquette d'un corps qui tombe.

Stupéfaite de son succès, Whitney se redressa en brandissant triomphalement sa chaussure.

— Je l'ai eu !

Doug traversa la pièce en deux enjambées, l'empoigna par la main qui tenait encore la chaussure et la traîna vers la porte.

— Je l'ai assommé ! exulta-t-elle en courant avec lui vers l'escalier de secours. Comment ont-ils fait pour nous retrouver ?

— Par vos plaques d'immatriculation.

Il enrageait de ne pas y avoir pensé plus tôt. Tout en dévalant les marches, il réfléchissait à un nouveau plan.

— Aussi vite ? demanda-t-elle en éclatant d'un rire nerveux. Qui est-ce, ce Dimitri ? Un magicien ?

— Un homme à qui il suffit de décrocher son téléphone pour connaître en moins d'une demi-heure le solde de votre compte en banque ou votre pointure de chaussures.

Son père le pouvait aussi. Cela faisait partie du domaine des affaires, et les affaires, elle comprenait.

— Attendez ! Je ne peux pas courir en boitant, laissez-moi deux secondes, que je remette ma chaussure. Qu'allons-nous faire ?

— Descendre au garage.

— Quarante-deux étages à pied ?

— Les cabines d'ascenseur n'ont pas deux issues, dit-il en lui reprenant la main. Nous ne nous approcherons surtout pas de votre voiture, il a sûrement posté quelqu'un pour la surveiller.

32

— Pourquoi aller au garage, alors ?

— Parce que nous avons besoin d'une voiture. Je dois aller à l'aéroport.

Whitney passa la bandoulière de son sac par-dessus sa tête pour tenir la rampe et courir plus à l'aise.

— Vous allez voler une voiture ?

— Vous avez une meilleure idée ? Je vous déposerai devant un hôtel, vous vous inscrirez sous un faux nom et…

— Ah, non ! l'interrompit-elle en notant avec soulagement qu'ils abordaient le vingtième étage. Vous n'allez pas me laisser tomber ! Si j'additionne les dégâts, un pare-brise, un ensemble en porcelaine de Meissen, un vase de Dresde, une baie vitrée, nous en sommes déjà à près de trois mille dollars…

— Vous les aurez, l'interrompit-il, excédé. Et maintenant, économisez votre souffle.

Ce qu'elle fit tout en concoctant son propre plan.

Lorsqu'ils atteignirent le niveau du garage, elle était si essoufflée qu'elle s'adossa au mur le temps qu'il regarde par la porte entrebâillée.

— La plus proche est une Porsche, dit-il un instant plus tard. J'y vais d'abord. Quand je serai dedans, rejoignez-moi. Courez vite et restez courbée.

Il sortit le pistolet de sa poche avec un regard dont Whitney ignorait la nature. Qu'exprimait-il ? La haine, le dégoût ? Pourquoi regardait-il une arme comme un objet répugnant ? Une arme avait pourtant sa place dans la main d'un homme tel que lui. Qui était Douglas Lord, en réalité ? Un truand, un escroc, une victime ? Parce qu'elle sentait qu'il était un peu des trois et qu'il la fascinait, elle décida de ne plus le lâcher tant qu'elle n'aurait pas décrypté sa personnalité.

Elle l'observa, accroupi près de la voiture, qui s'affairait sur la serrure avec ce qui ressemblait à un canif. Un instant plus tard, la portière s'ouvrait en silence. Il est peut-être autre chose et davantage, mais c'est au moins un bon cambrioleur, pensa-t-elle en se glissant à son tour par la porte. Il était déjà au volant et tripotait des fils sous le tableau de bord quand elle s'assit à côté de lui.

— Foutues voitures européennes ! grommela-t-il. Avec une bonne vieille Chevrolet, je serais déjà loin.

Les yeux écarquillés d'une sincère admiration, Whitney entendit le moteur ronronner quelques secondes plus tard.

— Vous m'apprendrez comment on fait ? demanda-t-elle.

— Pour le moment, cramponnez-vous, répliqua-t-il avec un regard furibond. Cette fois, c'est moi qui conduis.

Il passa la marche arrière, manœuvra pour dégager la voiture. Au bas de la rampe de sortie, le compteur dépassait déjà le cent.

— Vous avez un hôtel préféré ? demanda-t-il.

— Je ne descends dans aucun hôtel ! Je ne vous lâcherai pas d'une semelle tant que nos comptes ne seront pas réglés, Lord ! Où vous irez, j'irai.

Il lança dans le rétroviseur un regard inquiet.

— Écoutez, je n'ai pas beaucoup de temps…

— Ce que vous n'avez pas du tout, l'interrompit-elle, c'est de l'argent. Jusqu'à présent, poursuivit-elle en sortant de son sac un carnet sur lequel elle se mit à écrire, vous me devez plus de deux mille dollars, sans compter la baie vitrée.

— Mille de plus ou de moins ne comptent donc pas.

— Mille de plus comptent beaucoup, au contraire. Votre crédit n'est valable qu'aussi longtemps que je vous aurai à l'œil. Si vous voulez prendre un billet d'avion, vous emmenez votre associée.

Il se tourna vers elle en se demandant s'il ne ferait pas mieux de lui arracher son sac et de la jeter dehors.

— Je ne prends jamais d'associés.

— Cette fois, si. Moitié-moitié.

— J'ai les morceaux du puzzle. Et le moyen de le reconstituer.

— Mais vous n'avez pas l'argent.

Elle avait raison, bien sûr. Aussi se résigna-t-il à admettre qu'il avait besoin d'elle. Pour le moment du moins. Plus tard, à des milliers de kilomètres de New York, ils pourraient toujours renégocier les termes de leur association.

— Bon, d'accord, soupira-t-il. Combien avez-vous sur vous ? En liquide.

— Dans les deux cents.

— Deux cents ? Pas de quoi aller plus loin que le New Jersey !

— Je n'aime pas avoir beaucoup de liquide sur moi.

— Parfait ! Moi, j'ai des papiers qui valent des millions et, vous, vous voulez me les acheter pour deux cents dollars ?

— Plus les cinq mille que vous me devez. Sans oublier un petit rectangle de plastique, poursuivit-elle en sortant de son sac une carte American Express Gold qu'elle lui fourra sous le nez. Je ne sors jamais sans.

Doug ne put s'empêcher de rire. Peut-être lui causerait-elle plus de problèmes que ça n'en valait la peine, mais il commençait à en douter.

La main qui se posa sur le téléphone était dodue et très blanche. Le poignet émergeait d'une manchette tenue par des boutons d'or massif incrustés de saphirs. Les ongles étaient manucurés avec soin. Mais les doigts qui saisirent le combiné n'étaient que quatre. Un moignon occupait la place de l'auriculaire.

— Dimitri, annonça-t-il.

À l'autre bout du fil, Remo suait à grosses gouttes. Il tira une bouffée de sa cigarette et parla rapidement avant d'expirer la fumée.

— Ils nous ont filé entre les doigts.

Cette déclaration fut suivie d'un profond silence, que Dimitri savait plus terrifiant que les pires menaces. Il le maintint cinq secondes, puis dix.

— Trois hommes contre un seul sans arme et une jeune femme.

Remo desserra nerveusement sa cravate.

— Ils ont volé une Porsche. Nous les suivons, ils se dirigent vers l'aéroport. Ils n'iront pas loin, monsieur Dimitri.

— Non, ils ne pourront pas aller très loin. J'ai quelques coups de téléphone à passer, quelques contacts à prendre. Je vous reverrai dans un ou deux jours.

Remo sentit son espoir renaître.

— Où cela, monsieur ?

Le bref éclat de rire qu'il entendit dans l'écouteur désintégra l'espoir de Remo plus sûrement qu'une bombe.

— Trouvez Lord, Remo. Moi, je saurai vous trouver.

2

Son bras le gênait tant chaque fois qu'il se tournait que Doug finit par se coucher sur le dos. L'obscurité de la chambre était trompeuse car en regardant sa montre il vit qu'il était neuf heures un quart ! Il lâcha un juron, se redressa. Il aurait déjà dû être au-dessus de l'océan Indien au lieu de lézarder dans une chambre d'hôtel à Washington. Un hôtel aussi guindé que la ville, malgré le luxe du hall aux tapis rouges. À une heure du matin, il n'avait même pas pu commander à boire ! Que les politiciens se gardent donc Washington. Pour lui, aucune ville ne valait New York.

Le problème, c'est que Whitney tenait les cordons de la bourse et ne lui laissait pas le choix. Pis même, elle avait raison. Il n'avait eu en tête que de quitter New York le plus vite possible alors qu'elle pensait à des détails tels que les passeports ! Si elle avait des contacts haut placés permettant de couper court aux tracasseries bureaucratiques, il n'y voyait pas d'objection, bien entendu. Même si elle en profitait pour ajouter la note d'hôtel à la liste de ce qu'il lui devait, pensait-il en jetant un regard amer à la porte de communication de leurs chambres. Whitney MacAllister avait un esprit de comptable. Et un visage de...

Il sourit, s'étira. Mieux valait ne pas y penser... ni à ses autres attributs. C'est de son argent qu'il avait besoin. Les charmes féminins attendraient. Une fois en possession de ce qu'il cherchait, il aurait tout le temps de se noyer dans un océan de femmes s'il en avait envie. L'idée lui fit garder le sourire une bonne minute de plus. Blondes, brunes, rousses, dodues, menues, grandes, petites, il n'avait pas l'intention de discriminer et comptait leur accorder son temps avec libéralité. Mais il fallait d'abord obtenir ce maudit passeport et le visa qui allait avec. Du coup, son sourire s'évanouit. Foutue bureaucratie ! Un trésor l'attendait, des tueurs étaient lancés à ses trousses et il dépendait d'une nana qui ne lui achetait pas même un paquet de cigarettes sans l'inscrire sur le carnet qu'elle gardait précieusement dans son sac en croco hors de prix !

Du coup, il tendit la main vers les cigarettes posées sur la table de chevet. Il n'arrivait pas à comprendre une telle attitude. Quand il avait de l'argent, lui, il le dépensait sans compter parce qu'il était généreux de nature. Les femmes étaient son faible, surtout les petites aux bouches pulpeuses et aux grands yeux candides et il avait beau se jurer de ne plus s'y laisser prendre, il recommençait régulièrement. Six mois plus tôt, une certaine Cindy lui avait offert deux nuits mémorables en plus de l'histoire déchirante d'une pauvre mère malade à Columbus. Il avait dû la laisser à son triste destin – avec cinq mille de ses bons et beaux dollars. Comment résister à de grands yeux innocents ?

Mais cela changerait, se promit-il. Quand il aurait mis la main sur son trésor, il ne le dilapiderait pas. Cette fois, il s'achèterait une somptueuse villa à la Martinique pour y mener la vie dont il avait toujours rêvé. Et s'il continuait à se montrer généreux, ce serait avec ses domestiques. Il avait assez fait le ménage derrière les gens riches pour savoir à quel point ils étaient méprisants envers ceux qui les servaient. Bien sûr, il n'avait exécuté les basses œuvres des nantis que jusqu'à ce qu'il puisse les lessiver, mais cela ne changeait rien au principe.

Ce n'était pas d'avoir travaillé pour les riches qui lui avait donné des goûts de luxe, ils étaient innés chez lui. Le hasard avait simplement voulu qu'il naisse pauvre. Et, tout compte fait, mieux valait naître avec une tête bien faite. L'intelligence au service de certains talents lui permettait de satisfaire ses besoins, ou de combler ses désirs, au détriment de gens qui ne se rendaient même pas compte de ce qu'il leur ponctionnait. Ce genre de travail maintient en forme et son fruit, l'argent, permet de se détendre jusqu'à la prochaine fois.

S'il savait calculer, prévoir, organiser, il connaissait aussi l'importance d'une analyse rigoureuse. Il avait passé la moitié de la nuit à étudier, dans les documents que contenait l'enveloppe, tous les indices qu'il était capable de décoder. Un puzzle, sans doute, mais un puzzle dont il possédait les pièces. Il ne lui fallait que le temps de les ajuster.

Les traductions dactylographiées qu'il avait lues représentaient pour les ignorants au cœur tendre une belle histoire romanesque, et pour ceux qui avaient un minimum de culture, une leçon d'histoire captivante : celle des tribulations d'aristocrates cherchant à sauver leurs personnes et leurs biens les plus précieux des fureurs sanguinaires de la Révolution française. Dans les originaux scellés sous un film de plastique, il avait vu une écriture tremblée exprimer le désespoir et la peur par des mots qu'il ne comprenait pas. Mais il en avait saisi assez pour discerner un monde d'intrigues et de fortunes légendaires. De joyaux cachés derrière des cloisons de briques hâtivement édifiées ou dissimulés dans des charrettes pleines de paille. De fuites éperdues à travers la Manche pour échapper à la guillotine. Si ce n'étaient plus que des souvenirs tragiquement teintés de sang, les diamants, les émeraudes, les rubis étaient bien réels, eux. Certains trésors n'avaient jamais reparu, certains avaient servi à racheter une vie, un repas, une complicité, un silence. D'autres encore avaient traversé les mers. L'océan Indien, par exemple, que sillonnaient les marchands et les pirates. Et là, enfoui depuis deux siècles dans un coin perdu de la côte de Madagascar, gisait le moyen d'accéder à ses rêves. Ce trésor oublié, il allait le retrouver grâce au journal d'une jeune fille et au désespoir d'un père. Et quand il l'aurait exhumé, il ne regarderait plus en arrière.

Pauvre petite, pensa-t-il en imaginant la jeune Française qui avait consigné ses sentiments sur le papier. La traduction était-elle fidèle, omettait-elle des détails importants ? Si seulement il pouvait lire l'original… *Pourquoi nous haïssent-ils autant ?* écrivait-elle. *Papa dit que nous devons quitter Paris et j'ai peur de ne jamais plus revoir notre maison.*

Elle ne l'avait jamais revue, en effet. La guerre et la politique ne se soucient pas des destins individuels. Qu'il s'agisse de la France dans la tourmente révolutionnaire ou de la jungle du Viêtnam, rien ne changeait. Il connaissait le sentiment d'impuissance qui vous accable face à des événements qui vous dépassent. Jamais plus il ne l'éprouverait, se promit-il.

Mieux valait penser à Whitney. Pour le meilleur ou pour le pire, ils avaient conclu un marché, et il ne revenait jamais sur sa parole – à moins d'être certain de pouvoir le faire en toute impunité. C'était quand même vexant de devoir dépendre d'elle pour la moindre dépense.

Dimitri l'avait engagé parce qu'il était, admit-il sans vaine forfanterie en aspirant une longue bouffée de tabac, un as dans sa profession. Contrairement aux séides de Dimitri, Doug n'avait jamais considéré qu'une arme valait mieux qu'un cerveau. Sa réputation lui avait valu d'être chargé par Dimitri de dérober une grosse enveloppe dans le coffre-fort d'un luxueux appartement de Park Avenue. Un job est un job, s'était-il dit. Et si un homme tel que Dimitri était prêt à payer cinq mille dollars un paquet de vieux papiers, illisibles pour la plupart, ce n'était pas Doug qui y trouverait à redire. Et puis, il avait des dettes à régler.

Il lui avait fallu neutraliser deux systèmes d'alarme ultra-perfectionnés et déjouer la vigilance de quatre gardes avant de s'attaquer au petit bijou de serrurerie qui abritait l'enveloppe. Puisque Dieu lui avait accordé un don pour ouvrir les serrures et déconnecter les systèmes d'alarme, il n'avait pas le droit de le laisser se perdre.

De fait, il avait joué le jeu loyalement. Malgré la présence d'un long écrin noir d'aspect intéressant, il n'avait pris que les papiers. Et s'il les avait sortis de l'enveloppe pour les lire, c'était juste par mesure de sécurité... pour se couvrir en cas de besoin. Il ne s'était pas attendu à ressentir une telle fascination à la lecture des traductions de cette correspondance et de ce journal intime vieux de deux siècles. Peut-être était-ce son penchant pour les belles histoires ou son respect inné de l'écrit qui lui avait enflammé l'imagination pendant qu'il parcourait les documents, mais, captivé ou pas, il les aurait remis à son commanditaire. Un homme d'honneur n'a qu'une parole.

Qu'en se rendant au rendez-vous il ait acheté du ruban adhésif pour fixer l'enveloppe sur sa poitrine ne constituait qu'une précaution supplémentaire. Comme toutes les grandes villes, New York grouillait de gens malhonnêtes. Bien entendu, il était arrivé dans le petit jardin public de l'East Side une heure à l'avance et y était resté caché en attendant. Un homme pourvu de ses talents et conscient de la moralité de ses fréquentations ne garde la vie sauve que s'il surveille ses arrières. Il avait donc attendu avec la ferme intention de livrer les papiers en échange de ses honoraires. Mais c'était avant d'apprendre qu'il ne toucherait pas les cinq mille dollars promis. Ce dont il serait gratifié, à la place, se limitait à une balle dans le dos et à l'East River en guise de tombe.

Remo était arrivé peu avant l'heure dite dans la grosse Lincoln noire accompagné de deux gorilles en costume cravate. Les trois hommes avaient posément discuté de la manière la plus efficace de liquider Doug. S'ils étaient tombés d'accord sur une balle dans la tête, ils ne s'entendaient pas encore sur le « où » et le « quand ». Remo ne souhaitait pas tacher les coussins de la Lincoln.

Accroupi derrière un buisson à moins de deux mètres d'eux, Doug n'avait pas perdu un mot de la conversation. Il avait d'abord été furieux. Il avait beau s'être fait doubler en affaires un nombre incalculable de fois, la colère représentait toujours sa première réaction. Il n'existe donc plus une seule personne honnête en ce monde ? enrageait-il en sentant le ruban adhésif lui tirer la peau. Et puis, tout en réfléchissant au moyen de se sortir indemne de ce guêpier, il avait commencé à y voir plus clair.

Dimitri avait la réputation de toujours parier sur le meilleur, depuis le choix du politicien influent auquel verser de généreuses contributions jusqu'à celui des vins stockés dans sa cave. S'il désirait ces papiers au point de vouloir éliminer un témoin compromettant, ils devaient avoir une valeur considérable. Doug prit donc la décision de les garder et d'assurer ainsi sa fortune. Il lui suffirait de survivre pour en profiter.

Machinalement, il palpa son bras blessé. Encore douloureux, mais presque guéri. Whitney MacAllister était peut-être bizarre, voire carrément fêlée, mais il devait lui rendre justice, elle avait fait du bon travail d'infirmière. Qu'elle lui fasse payer les soins n'était cependant pas à exclure, conclut-il en écrasant son mégot dans le cendrier.

Pour le moment, il avait besoin d'elle – au moins jusqu'à ce qu'ils aient quitté le pays. Une fois sur place, il serait toujours temps de la larguer, pensa-t-il avec un sourire. Pour ce qui était de manipuler les femmes ou de contrer leurs manigances, il pouvait se targuer de quelques réussites flatteuses. Il regretterait seulement de ne pas la voir jurer et trépigner quand elle se rendrait compte qu'il lui avait filé entre les doigts. Dommage de lui faire un tour de cochon, se dit-il en pensant à son admirable blondeur. Indéniablement, il lui était moralement redevable…

Il commençait à éprouver pour elle un sentiment proche de la sympathie lorsque la porte de communication s'ouvrit à la volée. Whitney traversa la chambre au pas de charge et tira les rideaux en s'éventant d'une main pour dissiper le nuage de fumée.

— Encore au lit ?

Ébloui par la soudaine lumière, Doug cligna des yeux.

— Vous avez une tête à faire peur, déclara-t-elle.

Il était assez vaniteux pour grimacer de dépit. Il avait le menton râpeux, les cheveux ébouriffés et il aurait tué père et mère pour une brosse à dents alors qu'elle paraissait sortir tout droit d'un institut de beauté. Nu, le drap remonté jusqu'à la taille, il se sentait en état d'infériorité – sentiment souverainement déplaisant.

— Ça vous arrive de frapper avant d'entrer ?

— Pas quand je paie la chambre, répondit-elle en s'asseyant au pied du lit. Le petit déjeuner sera prêt dans cinq minutes.

— Faites comme chez vous, grommela Doug.

— J'ai appelé oncle Max, annonça-t-elle sans se laisser démonter.

— Qui ?

— Oncle Max, répéta-t-elle. Il n'est pas vraiment mon oncle, mais je l'appelle comme cela.

— Ah ! Je vois, ricana-t-il.

— Ne soyez pas vulgaire, Douglas. C'est un vieil et cher ami de la famille. Maximilien Teebury. Vous en avez peut-être entendu parler.

— Le sénateur Teebury ?

— Je vois que vous vous tenez au courant de l'actualité.

Il l'empoigna par le bras, la fit presque tomber sur lui. Sûre de détenir tous les atouts, elle se contenta de sourire.

— Qu'est-ce que le sénateur Teebury a à voir là-dedans ?

Elle lui passa un doigt sur la joue avec un claquement de langue réprobateur.

— C'est une relation utile. Mon père dit toujours qu'en cas de besoin on peut se passer de sexe mais jamais de relations.

Il l'attira contre lui, leurs visages proches à se toucher.

— Ah, ouais ? dit-il avec un sourire qui cherchait à provoquer. Tout le monde n'est pas nécessairement du même avis.

Elle avait envie de l'embrasser. Échevelé, mal rasé, il avait l'allure d'un homme qui venait de vivre une nuit d'amour sauvage. Quel genre d'amant serait-il ? se demanda-t-elle. Brutal, dangereux peut-être ? Sentir ses lèvres sur les siennes lui aurait plu, mais le moment n'était pas encore venu. Elle devait garder sa lucidité.

— Oncle Max obtiendra sous vingt-quatre heures un passeport pour vous et nos deux visas. Avoir un associé a du bon, non ?

Elle se rendait utile, en effet. S'il n'y prenait garde, elle deviendrait même indispensable – et la dernière

44

chose dont un homme a besoin, c'est d'une femme indispensable. Surtout si elle a des yeux d'ambre et la peau comme des pétales de rose.

— Eh bien, voyons jusqu'à quel point.

Il la prit à bras-le-corps, la fit rouler sous lui. Le regard mi-méfiant, mi-amusé, elle le fixait. Il avait le corps aussi ferme que ses mains sur son visage. C'était tentant – il était tentant... Mais, avant que Whitney ait pesé le pour et le contre d'un éventuel moment d'égarement, on entendit frapper à la porte.

— Le petit déjeuner, annonça-t-elle en se dégageant souplement.

Si son cœur battait un peu trop vite, elle ne s'y attarda pas. Il y avait trop à faire dans les heures à venir. Doug s'adossa à la tête du lit et croisa les bras. Sa sensation de creux dans l'estomac était-elle due à la faim ou au désir. Un peu des deux, sans doute.

Le serveur, un jeune Portoricain, entra en poussant la table roulante sans même jeter un regard à Doug.

— Bonjour, mademoiselle, dit-il en tendant une rose à Whitney.

— Merci, Juan, c'est trop gentil.

— J'ai pensé qu'elle vous ferait plaisir, dit le jeune homme avec un sourire jusqu'aux oreilles. Je vous ai aussi apporté les articles de toilette et le journal que vous m'avez demandés.

— J'espère que cela ne vous a pas trop dérangé.

Doug remarqua qu'elle regardait le garçon avec plus de gentillesse qu'elle ne lui en avait manifesté jusque-là.

— Pas du tout, mademoiselle. Vous ne me dérangez jamais.

Doug leva les yeux au ciel. Whitney signa l'addition et prit dans son sac un billet de vingt dollars qu'elle tendit au serveur.

— Merci, Juan. Vous m'avez rendu un grand service.

Le billet avait déjà disparu dans sa poche avec discrétion et célérité, fruits d'une longue expérience.

— Tout le plaisir est pour moi, mademoiselle Mac Allister. Si vous avez encore besoin de quelque chose, appelez-moi.

Sur quoi, toujours avec le sourire, le serveur se retira.

— Vous aimez les faire ramper, n'est-ce pas ? grogna Doug.

Sans se donner la peine de relever son propos désobligeant, Whitney commença à verser le café dans les tasses.

— Mettez votre pantalon et venez déjeuner.

— Et vous êtes bien généreuse avec le peu de liquide qui nous reste, poursuivit-il en la voyant sortir son carnet. C'est vous qui lui avez donné le pourboire. Pas question de le mettre sur mon compte !

— Il est allé vous acheter un rasoir et une brosse à dents. Disons que j'en prends la moitié à ma charge... votre hygiène corporelle me cause un certain souci.

— Trop aimable, marmonna-t-il.

Puis, pour voir jusqu'où il pouvait aller trop loin, il repoussa le drap et sortit du lit. Sans rougir, sans même ciller, elle toisa sa nudité d'un regard critique. Bel homme, pensa-t-elle en sentant son pouls s'emballer. Mince, finement musclé, hirsute, un sourire narquois au coin des lèvres, il lui apparaissait plus dangereux et plus séduisant que tous ceux qu'elle avait connus jusqu'alors. Et elle ne lui donnerait à aucun prix la satisfaction de le lui montrer.

— Cessez donc de vous exhiber, Douglas, dit-elle calmement en portant sa tasse à ses lèvres. Vos œufs vont refroidir.

Mortifié, il enfila son jean. Réussirait-il une fois, une seule, à la déstabiliser ? Il se laissa tomber sur la chaise en face d'elle et entreprit de dévorer le bacon et les œufs brouillés. Il avait trop faim pour se soucier de ce que lui coûteraient ces agapes. Quand il serait enfin en possession de son trésor, il aurait de quoi s'acheter un hôtel! Et si la fantaisie d'y venir lui prenait, il lui présenterait une note salée!

— Qui êtes-vous au juste, Whitney MacAllister? lui demanda-t-il la bouche pleine.

— De quel point de vue?

Sa méfiance le fit sourire.

— D'où venez-vous, pour commencer?

— De Richmond, en Virginie, répondit-elle avec un accent sudiste plus vrai que nature. Ma famille vit toujours sur la plantation.

— Et pourquoi vous êtes-vous installée à New York?

— Parce que c'est plus vivant.

— Et qu'y faites-vous?

— Ce qui me plaît.

Il n'en douta pas un instant.

— Vous avez un job?

— Non, une profession. Je suis architecte d'intérieur.

Il se souvint de son appartement, de son élégance, des accords de couleurs, du style unique.

— Décoratrice? Vous devez être douée.

— Bien entendu. Et vous, que faites-vous?

— Beaucoup de choses. En général, je vole.

Elle se rappela l'aisance avec laquelle il avait dérobé la Porsche.

— Vous devez être doué aussi.

— Bien entendu, répondit-il en riant de bon cœur.

Elle beurra un toast, lui en donna la moitié.

— Ces papiers dont vous parliez, vous me les montrerez?

— Non.

— Comment saurai-je si vous les avez vraiment? Et si vous les avez, comment saurai-je s'ils valent mon temps, pour ne pas parler de mon argent?

Il parut réfléchir un moment et lui tendit les confitures.

— Question de confiance.

— Ne soyez pas ridicule. Comment les avez-vous eus ?

— Je me les suis… procurés.

— Autrement dit, vous les avez volés.

— Oui.

— Aux individus qui vous poursuivaient ?

— Non, pour le compte de leur employeur, Dimitri. Ayant découvert qu'il s'apprêtait à me jouer un vilain tour, j'ai considéré notre contrat nul de plein droit. En fait de meubles, possession vaut titre.

— Admettons. Sous quelle forme se présente ce puzzle ?

Doug envisageait de lui donner une réponse évasive, mais la lueur de détermination inflexible qu'il lut dans ses yeux l'en dissuada. Mieux valait lui fournir quelques bribes, au moins jusqu'à ce qu'il ait en main le passeport et le billet d'avion.

— Comme je vous l'ai déjà dit, il s'agit de documents qui ont environ deux siècles. Ils contiennent les informations qui me guideront jusqu'à un trésor dont tout le monde ignore l'existence. Au fait, ajouta-t-il, vous parlez français ?

— Bien sûr. Les pièces de ce puzzle sont donc rédigées en français ? Et pourquoi personne ne connaît l'existence de votre trésor ?

— Parce que tous ceux qui la connaissaient sont morts.

— Comment savez-vous que ces documents sont authentiques ?

— L'instinct.

— Et qui est cet individu qui cherche à vous tuer ?

— Dimitri ? C'est un homme d'affaires de haute volée – d'affaires louches s'entend – aussi malfaisant qu'intelligent. Du genre à vous citer le nom savant

de l'insecte auquel il arrache les ailes. S'il tient tellement à ces papiers, c'est qu'ils ont une valeur considérable.

— Nous nous en rendrons compte à Madagascar, je
suppose, dit-elle en dépliant le *New York Times* que
Juan lui avait apporté.

La manière dont Doug lui avait décrit Dimitri lui
déplaisait, et le meilleur moyen de ne pas ressasser
les choses déplaisantes consiste à penser à autre
chose. Elle avait à peine jeté les yeux sur le journal
qu'elle lâcha un juron.

— Hmm ? fit Doug distraitement.

— C'est le bouquet ! dit-elle en jetant le journal sur
son assiette.

— Eh ! Je n'ai pas fini ! protesta-t-il.

Mais avant d'avoir écarté le journal, il vit la photo
de Whitney qui lui souriait sous une manchette :

L'HÉRITIÈRE DES CRÈMES GLACÉES A DISPARU

Il lui fallut quelques instants pour assimiler la nouvelle.

— Les crèmes glacées ? Vous voulez dire… Mac
Allister, c'est vous ? parvint-il enfin à articuler.

— Pas moi. Mon père.

— Les glaces MacAllister, c'est votre père ?… Il fait
la meilleure glace au chocolat des États-Unis !

— Naturellement.

Doug prit conscience qu'elle n'était pas seulement
une décoratrice de bon goût, mais également la fille
d'un des hommes les plus riches du pays. Elle valait
des millions ! Et s'il se faisait prendre avec elle, il ne
couperait pas à l'accusation d'enlèvement avant
même d'avoir eu le temps de demander un avocat
d'office. Entre vingt ans et la perpétuité, estima-t-il en
se passant nerveusement une main dans les cheveux.
Décidément, Doug Lord savait choisir les femmes…

— Dites donc, mon chou, ça change un peu le
tableau.

— Plutôt, oui. Il faut que j'appelle papa. Et oncle Max. Papa va croire à une demande de rançon.

— Exact. Et je ne veux pas plus finir d'une balle tirée par un policier que par celle d'un voyou.

— Ne dites pas de bêtises, voyons ! Je rassurerai mon père, je le fais depuis des années. Et pendant que j'y suis, je lui demanderai de me câbler de l'argent.

— Je ne vous cacherai pas qu'un bon paquet de billets verts me permettrait de mieux dormir.

— Je m'en occupe. Vous devriez prendre une douche et vous raser avant que nous sortions faire les courses, Douglas, ajouta-t-elle en se dirigeant vers la porte de communication.

— Quelles courses ?

— Je n'ai pas l'intention de partir sans un vêtement de rechange. Ni avec un homme dont la chemise n'a qu'une manche. Nous devons nous occuper de votre garde-robe.

— Je suis assez grand pour choisir mes chemises tout seul.

— Après vous avoir vu dans cet inénarrable blouson en vinyle, permettez-moi d'en douter, dit-elle en refermant la porte derrière elle.

Pourquoi fallait-il qu'elle ait toujours le dernier mot ?

— C'était un déguisement ! cria-t-il, frustré, avant d'entrer dans la salle de bains.

Il devait pourtant admettre qu'elle avait bon goût. Au bout de deux heures, il croulait sous les paquets, et la coupe de sa chemise neuve dissimulait à la perfection la protubérance de l'enveloppe à nouveau scotchée sur sa poitrine. Et la sensation du lin sur sa peau était aussi agréable que la vision de l'élégance avec laquelle Whitney se déhanchait en marchant. Ce n'était quand même pas une raison suffisante pour se montrer trop aimable avec elle.

— Je ne sais pas si nous devrons beaucoup marcher là-bas, ronchonna-t-il, mais ne comptez pas sur moi pour porter vos bagages.

— Gentleman jusqu'au bout, commenta-t-elle sèchement.

— Exact. Dites donc, poursuivit-il en s'arrêtant devant le drugstore en face de l'hôtel, j'ai besoin d'un certain nombre de choses. Donnez-moi un billet de vingt. Allons, Whitney ! vous les inscrirez dans votre foutu petit carnet, je le sais déjà ! Je me sens tout nu sans un sou sur moi.

— Votre séance d'exhibitionnisme de ce matin ne paraissait pourtant pas trop vous gêner, répondit-elle avec un sourire suave en ouvrant son sac pour en sortir les vingt dollars.

Vexé, il lui prit le billet des mains.

— On en reparlera une autre fois, maugréa-t-il. Je vous rejoins là-haut dans dix minutes.

D'humeur légère, Whitney traversa la rue et rentra à l'hôtel. Elle se demandait si agacer Douglas Lord n'était pas ce qu'elle avait fait de plus amusant depuis des années. De plus, son équipée se présentait bien. Son père avait été soulagé de la savoir saine et sauve et plutôt content d'apprendre qu'elle s'apprêtait à quitter de nouveau le pays. Il avait avalé sans protester les explications qu'elle lui avait fournies, adroit mélange de réalité et de fiction. Avec les mille dollars qu'il câblait à oncle Max, Douglas et elle partaient du bon pied.

Le nom même de Madagascar évoquait un monde exotique qu'elle avait hâte de découvrir, et elle voulait croire à l'existence du trésor. Trop accoutumée à la fortune pour que la perspective d'en acquérir davantage lui fasse battre le cœur, ce n'était pas l'or qui l'attirait, mais bien la quête, la chasse, chercher la solution de l'énigme... Et, curieusement, elle avait l'impression que Doug éprouvait au fond le même sentiment.

Elle devait à tout prix en apprendre plus sur son compte, décida-t-elle. La manière dont il avait discuté avec le vendeur, l'aisance avec laquelle il portait ses vêtements neufs dénotaient une réelle habitude du raffinement. Il pouvait passer pour familier de la vie facile et de l'argent – sauf quand on observait ses yeux. Rien de facile ni de désinvolte dans son regard prudent, perçant, toujours aux aguets. Puisqu'ils étaient associés, elle devrait en connaître la raison.

En arrivant dans sa chambre, elle se dit qu'elle aurait le temps de jeter un coup d'œil à celle de Doug. Peut-être qu'elle y trouverait ses précieux papiers et, dans ce cas, elle s'estimait tout à fait le droit de les regarder pour savoir ce qu'elle finançait. L'oreille tendue pour guetter le retour de Doug, elle ouvrit la porte de communication, retint de justesse un cri de frayeur et éclata de rire.

— Vous m'avez fait une peur bleue, Juan ! Vous êtes venu débarrasser ?

Assis devant la table roulante du petit déjeuner, le jeune serveur ne répondit pas.

— À quelle heure passe la femme de chambre ? reprit Whitney en ouvrant les tiroirs de la commode. J'aurais besoin de serviettes.

La commode était vide. La penderie aussi. Étonnée du silence de Juan, elle se tourna vers lui.

— Vous n'avez pas l'air bien, dit-elle en remarquant pour la première fois son regard fixe.

Elle lui posa une main sur l'épaule. Si léger que fût le contact, il suffit à renverser Juan qui s'écroula par terre. C'est alors que Whitney aperçut la tache de sang sur le dossier de la chaise.

Elle n'avait encore jamais vu la mort de près. Trop terrorisée pour hurler, elle fit un pas en arrière. Avant d'avoir pu se retourner, une main lui agrippa le bras.

— Du calme.

L'homme qui parlait pressa le canon d'un pistolet sous son menton. L'acier sur sa peau était glacé.

— Où est Lord?

Elle baissa les yeux sur le corps sans vie à ses pieds. Le dos de la veste blanche était rouge de sang. Si elle commettait la moindre imprudence, elle finirait de la même manière.

— Je vous demande où est Lord, reprit l'homme en enfonçant le canon de son arme dans la chair tendre.

— Je l'ai semé. Je voulais arriver ici avant lui pour chercher les papiers, eut-elle la présence d'esprit de répondre.

— Honnête, avec ça! ricana l'autre en lui tirant une mèche de cheveux. Quand revient-il?

— Je ne sais pas. Dans un quart d'heure, une demi-heure.

Il sera ici d'une minute à l'autre, pensa-t-elle en maîtrisant sa terreur. Et s'il arrive maintenant, nous mourrons tous les deux. Un nouveau regard au corps de Juan lui fit monter les larmes aux yeux.

— Pourquoi l'avez-vous tué?

— Il était là au mauvais moment. Comme vous, ma belle.

— Écoutez... Je ne dois rien à Lord, je n'ai aucune obligation envers lui. Si nous cherchions ensemble les papiers, vous pourriez...

Elle laissa sa phrase en suspens, s'humecta les lèvres du bout de la langue. L'homme laissa son regard descendre le long de son corps.

— Pas grand-chose au balcon, ricana-t-il. Je devrais peut-être voir plus en détail ce que vous avez à offrir.

Whitney défit le dernier bouton de son chemisier. Elle avait au moins réussi à détourner le tueur de l'envie de la liquider sur-le-champ, mais pour combien de temps? En attaquant le bouton suivant, elle fit un pas en arrière, heurta la table roulante. Comme pour reprendre son équilibre, elle posa une main sur la nappe sans quitter des yeux l'homme et ses doigts effleurèrent un couvert en inox. Une fourchette.

— Vous devriez m'aider, dit-elle en se forçant à sourire.

— Bonne idée.

L'autre posa son arme sur la commode, s'approcha. Il la prit aux hanches, remonta lentement. Whitney referma la main sur la fourchette et la plongea dans la gorge de l'homme qui poussa un hurlement de cochon égorgé. Du sang jaillit, il tituba en s'efforçant de retirer la fourchette. De toutes ses forces, Whitney balança sur la main le lourd sac qu'elle tenait encore et prit la fuite sans un regard en arrière.

D'excellente humeur après avoir flirté avec la caissière du drugstore, Doug allait entrer dans le hall de l'hôtel quand Whitney le télescopa dans sa course éperdue.

— Filez! lui cria-t-elle sans se retourner pour voir s'il la suivait.

— Qu'est-ce que...? commença-t-il en rétablissant tant bien que mal l'équilibre de son chargement.

— Ils nous ont retrouvés!

Doug jeta un coup d'œil par-dessus son épaule, lâcha un juron : Remo et les deux gorilles sortaient de l'hôtel. Il rattrapa Whitney, la prit par le bras et s'engouffra avec elle derrière la première porte qui se présenta. Sans ralentir, ils traversèrent l'immeuble et sortirent par la porte de service donnant sur une ruelle étroite.

— Remo n'est pas complètement idiot, nous ne pouvons pas traîner, dit-il quand ils furent à l'air libre. Où habite votre oncle Max ?

— En Virginie, à Roslyn.

— Il faut trouver un taxi.

La tenant toujours par le bras, il s'avança avec précaution, stoppa soudain et repoussa Whitney contre le mur.

— Merde! Ils sont déjà là. Essayons par l'autre côté, mais c'est un parcours d'obstacles. Il faudra suivre. Vous en êtes capable?

L'image du cadavre de Juan était encore fraîche dans sa mémoire.

— Je suivrai.

— Bon. Allons-y.

Il l'entraîna tout droit, vira brusquement à droite puis à gauche, lui fit escalader une clôture où elle déchira sa jupe. Au bout d'innombrables zigzags, de traversées de rues au sprint, elle avait les poumons en feu et les jambes tétanisées. Les badauds s'arrêtaient à leur passage et les regardaient avec stupeur – ce qui ne leur serait jamais arrivé dans les rues de New York. Doug paraissait avoir des yeux derrière la tête, mais elle ignorait qu'il avait vécu de cette manière la plus grande partie de sa vie.

Quand, toujours au pas de course, il la traîna dans l'escalier d'une station de métro, elle dut se cramponner à la rampe pour ne pas tomber la tête la première.

— Quelle direction? voulut-il savoir.

Haletante, elle s'était adossée au mur à côté du plan et s'efforçait de reprendre son souffle.

— Je ne sais pas, je ne prends jamais le métro.

Ils n'avaient pas distancé leurs poursuivants, Doug les sentait juste derrière eux. Cinq minutes, se dit-il. Il ne faut pas plus de cinq minutes d'avance pour les semer. Il reprit la main de Whitney, l'entraîna en se frayant un passage dans la foule, assez dense pour les protéger. Ils arrivaient sur le quai quand il lança un coup d'œil derrière lui. Son regard croisa celui de Remo qui débouchait du couloir et Doug remarqua aussitôt le pansement sur sa joue. Souvenir du coup de talon de Whitney MacAllister, pensa-t-il sans pouvoir retenir un sourire narquois. Rien que pour cela, il lui devait de la reconnaissance.

S'abritant derrière une Indienne en sari, il poussa Whitney dans le wagon en regardant Remo s'évertuer vainement à fendre la foule. Et quand les portes se refermèrent, il adressa de la main un salut moqueur à l'homme visiblement frustré resté sur le quai.

— Rien de tel que les transports en commun, commenta-t-il. Essayons de nous asseoir.

Whitney le suivit en silence jusqu'à ce qu'ils trouvent deux places libres sur la banquette.

— L'enfant de salaud nous a peut-être retrouvés, mais il aura du mal à expliquer à Dimitri pourquoi il nous a perdus de nouveau, reprit-il. Comment les avez-vous repérés, au fait? Nous n'aurions pas été frais si le comité d'accueil nous avait attendus dans la chambre.

Soutenue par l'adrénaline et l'instinct de conservation, Whitney avait tenu le coup jusqu'au moment où elle s'était assise. Vidée, à bout de forces, elle mit un moment à réagir.

— Ils ont tué Juan.

Alerté par le timbre de sa voix, il remarqua pour la première fois le visage livide et le regard éteint de la jeune femme.

— Juan, le serveur? De quoi parlez-vous?

— Il était mort dans votre chambre quand je suis revenue à l'hôtel. Un homme était embusqué.

— Lequel? À quoi ressemble-t-il?

— Des yeux gris couleur de poussière. Une cicatrice sur la joue.

— Butrain, grommela Doug. Le plus vicieux de la bande à Dimitri. Il vous a fait mal?

— Je... je crois que je l'ai tué.

Interloqué, il contempla un moment le gracieux visage.

— Vous avez tué Butrain? Comment?

— Avec une fourchette.

Doug n'en crut pas ses oreilles. Sans ses grands yeux d'ambre assombris par la peur et la tristesse, sans le contact de sa main glacée dans la sienne, il aurait éclaté de rire.

— Vous avez tué une des pires ordures sadiques de Dimitri avec une fourchette ? demanda-t-il, stupéfait.

— Je crois. Je ne me suis pas arrêtée pour lui tâter le pouls.

Incapable de tenir en place, elle se leva quand la rame entra dans la station et descendit en bousculant les voyageurs. Doug se précipita à sa suite et la rattrapa sur le quai.

— Bon, dites-moi tout.

Son abattement se mua tout à coup en fureur.

— Tout ? cria-t-elle. Vous voulez que je vous dise tout ? Toute cette horreur, quand j'ai découvert ce pauvre garçon qui n'avait jamais fait de mal à personne mort, sa veste blanche couverte de sang, et cette espèce d'épouvantail qui m'a collé le canon d'un pistolet sur la gorge ?

Elle élevait la voix au point que les passants se retournaient.

— Baissez d'un ton, murmura Doug.

Il l'entraîna vers la rame suivante. Peu importait où ils iraient, l'essentiel était qu'elle se calme et qu'il réfléchisse à un plan viable.

— Baissez d'un ton vous-même ! C'est vous qui m'avez fourrée dans ce guêpier !

— Écoutez, vous pouvez me laisser quand ça vous chante.

— C'est ça, pour me retrouver la gorge tranchée par un énergumène qui court après vous et ces fameux papiers !

L'argument était irréfutable. Il la poussa jusqu'à une banquette d'angle et s'assit à côté d'elle.

— Bon, vous êtes donc condamnée à subir ma compagnie. Mais laissez-moi vous dire que vous entendre pleurnicher sans arrêt me tape sur les nerfs.

— Je ne pleurniche pas ! Ce malheureux garçon est mort à cause de nous.

Elle avait les larmes aux yeux. Doug sentit sa colère céder devant les remords. Ne sachant comment faire, il la prit par la taille, la serra contre lui, mais il n'avait pas l'habitude de consoler les femmes affligées.

— Vous n'êtes pas responsable de sa mort.

Épuisée, elle posa la tête sur son épaule.

— C'est comme ça que vous menez votre vie, Douglas ? En refusant vos responsabilités ?

Il lui caressa les cheveux en regardant leur reflet flou dans la vitre du wagon.

— Ouais..., admit-il au bout d'un moment.

Et ils gardèrent longtemps le silence en se demandant, l'un et l'autre, s'il avait dit la vérité.

3

Carré dans son siège de première classe, Doug se demandait comment sortir Whitney de sa déprime. Il croyait pourtant comprendre les femmes riches – Dieu sait s'il en avait servi, au propre comme au figuré, et si elles s'étaient servies de lui ! Mais l'expérience lui avait appris que les femmes pourvues d'un gros compte en banque avaient souvent un cœur en matière plastique. Chaque fois qu'il était prêt à renoncer aux diamants en faveur de relations plus profondes, elles prenaient le large comme s'il avait la peste.

L'indifférence, voilà le pire défaut des riches, se disait-il. La dureté de cœur, l'indifférence d'un enfant qui écrase du pied un insecte. Pour la bagatelle, Doug séduisait de préférence une serveuse ou une midinette. Mais en affaires, seule lui importait la taille du compte en banque. Une femme riche constitue la meilleure des couvertures. Au bras d'une telle femme, on franchit les portes closes au commun des mortels. Toutes celles qu'il avait connues se rangeaient dans quelques catégories de base : les blasées, les frigides, les vicieuses, les écervelées. Or aucune de ces étiquettes ne s'appliquait à Whitney. Combien de femmes se seraient rappelé le nom d'un simple serveur, à plus forte raison auraient éprouvé du chagrin de sa mort ?

Ils volaient vers Paris, détour suffisant pour brouiller leur piste, espérait-il. S'il gagnait ainsi une journée, voire quelques heures, ce serait toujours bon à prendre. Pourtant, connaissant Dimitri, Doug ne pouvait se défaire de la désagréable impression d'être une mouche guettée par une araignée.

Il but une longue gorgée de scotch pour chasser cette idée. Une chose à la fois, un pas après l'autre. C'est toujours ainsi qu'il avait procédé – et réussi à survivre.

S'il avait assez de temps devant lui, il emmènerait Whitney passer deux jours au Crillon, l'hôtel où il descendait quand il séjournait à Paris. Dans certaines villes, il se contentait d'un motel, voire d'un lit de camp. Dans d'autres, il refusait même de dormir, mais Paris lui avait toujours porté chance. Il s'y rendait en moyenne deux fois par an... pour la cuisine. À son idée, personne au monde ne cuisinait mieux que les Français ou les gens éduqués à la française. Il avait même suivi des cours du Cordon-Bleu. Bien entendu, il gardait le secret sur ces escapades – si le bruit se répandait qu'il ceignait un tablier et battait des œufs en omelette, c'en serait fait de sa réputation ! Aussi prenait-il soin de maquiller ses expéditions gastronomiques en voyages d'affaires.

Cette fois-ci, malheureusement, il n'aurait pas le temps de prendre une leçon magistrale sur la préparation des soufflés ni de se faire la main sur des cailloux de prix. Il ne pourrait pas se permettre le moindre répit tant que la partie ne serait pas jouée. Normalement, d'ailleurs, il préférait qu'il en soit ainsi. Le jeu était infiniment plus excitant que le gain. Aucune drogue ne peut égaler la concentration nécessaire à la préparation d'un coup, la fièvre de son exécution, le triomphe de la réussite. Très vite, il ne reste plus que le souvenir d'un travail bien fait, et on prépare le suivant.

S'il avait écouté son conseiller d'orientation scolaire, il serait devenu un brillant avocat. Il en avait le potentiel, la faconde. Dieu merci, il n'en avait rien fait. Imaginez Douglas Lord avec des piles de dossiers sur son bureau et des déjeuners d'affaires trois fois par semaine ! Mieux valait utiliser ses talents à des activités plus gratifiantes, pensa-t-il en rouvrant le guide sur Madagascar, son histoire, sa géographie et ses coutumes, dérobé à la librairie de l'aéroport. Avec les deux autres ouvrages dont il s'était muni et qu'il comptait étudier plus tard, une histoire de la Révolution française et un historique détaillé des joyaux célèbres disparus depuis des siècles, il saurait tout ce dont il avait besoin pour recomposer son puzzle.

Doug croyait au destin, certes, mais aussi à la chance. Quand il aurait atteint son but, il serait couvert de pierres précieuses – et pourrait envoyer Dimitri au diable ! Il s'aventurait loin de ses terrains de chasse, mais Dimitri aussi. S'il sortait vainqueur de cette partie, il le devrait, une fois de plus, à l'intelligence dont Dieu l'avait doté.

Satisfait de sa lecture, il referma le guide. Ils volaient depuis près de deux heures à l'altitude de croisière, il était grand temps que Whitney se secoue et sorte de sa dépression.

— Bon, ça suffit ! déclara-t-il. Je ne supporte pas les bouderies.

— Les... *bouderies* ? répéta-t-elle d'une voix sifflante.

Il se félicita de l'avoir mise en colère, elle se remettrait plus vite.

— Oui. Je n'apprécie pas la compagnie d'une femme qui parle sans arrêt un moment et reste muette comme une carpe celui d'après. Nous devrions pouvoir trouver un juste milieu.

— *Nous ?* Charmant.

— Laissez-moi d'abord vous donner la première leçon.

— Faites.

Parce que la sincérité de sa peine le touchait, il lui accorda une minute de répit.

— Il s'agit d'un jeu, commença-t-il. C'est toujours un jeu. Mais, quand on s'y engage, il faut savoir qu'il comporte des pénalités.

— Pour vous, Juan n'est rien d'autre qu'une... pénalité ?

— Il était au mauvais endroit au mauvais moment. Nous ne pouvons ni revenir en arrière ni rien y changer, Whitney. Nous devons donc continuer.

Elle crut discerner dans sa réponse autre chose qu'un écho des propos du tueur. Des regrets, des remords ?

— C'est ce que vous savez faire de mieux, Douglas ? Continuer sans regarder en arrière ?

— Quand on est obligé de gagner, on ne peut pas se permettre de regarder en arrière. Vous désoler sur la mort de ce pauvre garçon n'arrangera rien. Pour le moment, nous avons un pas d'avance sur Dimitri, peut-être deux. Si nous ne conservons pas cette avance, nous risquons de nous faire tuer nous aussi, dit-il en posant une main sur la sienne, non pour la réconforter mais pour s'assurer qu'elle ne tremblait pas. Si vous ne pouvez ou ne voulez pas continuer, vous feriez mieux de vous retirer tout de suite, parce qu'il nous reste un bon bout de chemin à faire.

Jamais elle n'abandonnerait. Chez elle, l'orgueil était une malédiction – une bénédiction ? Mais qu'est-ce qui faisait courir Douglas Lord ? se demanda-t-elle.

— Vous savez, Whitney, quand on joue au poker, on éprouve beaucoup plus de plaisir à rafler le pot avec une paire de deux qu'avec une quinte flush.

— Vous aimez bluffer.

— Bien sûr, ça paie davantage.

Elle ferma de nouveau les yeux et garda le silence si longtemps qu'il pensa qu'elle s'était rendormie. Curieux, se dit-il, qu'elle ne paraisse pas le moins du monde gênée ni même troublée de savoir qu'il volait pour vivre – et qu'il choisissait ses victimes parmi les gens de sa classe sociale. Elle devait même en compter un certain nombre dans le cercle de ses relations. Quel genre de femme était-elle donc ? Il comprenait d'autant mieux son envie d'aventure et son goût du risque que ceux-ci formaient l'essentiel de sa propre existence. Mais cela cadrait mal avec le personnage impassible, parfois hautain, qu'elle présentait au monde.

Il allait devoir rester méfiant pour garder de l'avance sur Dimitri car il n'abandonnerait jamais – mais cela aussi faisait partie du jeu. Doug ignorait jusqu'à quel point Dimitri connaissait le contenu de l'enveloppe. Il en savait sans doute beaucoup, ce qui le tracassait car personne n'avait encore réussi à doubler Dimitri et à vivre assez longtemps pour s'en vanter. Il lui fallait donc user de son intuition. Et puis, une fois sur place...

Il étudia Whitney. Son dossier incliné, les yeux clos, sereine et intouchable dans le sommeil, elle suscita en lui une onde de désir – le désir que lui avait toujours inspiré l'intouchable. Il devait pourtant se dominer. Il n'y avait entre eux qu'une association d'affaires. Jusqu'à ce qu'il soit en mesure de la persuader de se séparer d'un paquet de dollars avant de la laisser tomber, gentiment et discrètement. Pour le moment, elle se rendait plus utile qu'il ne s'y était attendu. Mais elle avait beau être atypique, elle appartenait quand même à la catégorie des riches enfants gâtés. Tôt ou tard, elle finirait par se lasser du jeu. C'est pourquoi il devait la délester de son argent liquide avant que ce soit elle qui le laisse tomber en chemin.

Certain de sa réussite, Doug inclina son dossier à son tour et referma son livre. Ce qu'il avait déjà lu, il ne l'oublierait pas. Sa mémoire lui aurait permis de faire n'importe quoi, même des études de droit. Elle lui permettait, en tout cas, de progresser dans la carrière qu'il s'était choisie. L'argent lui filait peut-être entre les doigts, mais aucun détail ne s'échappait de sa tête. Pour lui, l'argent n'avait jamais constitué un but en soi parce qu'il avait toujours été capable de s'en procurer quand il en avait besoin. La vie, après tout, serait d'un ennui mortel si on se contentait de placer ses avoirs dans des titres boursiers au lieu des cartes ou des courses de chevaux. Penser que les jours à venir seraient longs et pénibles lui causait une profonde satisfaction. Il est beaucoup plus gratifiant de découvrir un diamant dans un tas d'ordures que dans la vitrine d'un joaillier. Et s'il fallait creuser et plonger les mains dans la boue, cela lui conviendrait à merveille.

Ce fut le changement de régime et d'altitude de l'avion amorçant sa longue descente qui réveilla Whitney. Dieu merci, pensa-t-elle aussitôt, nous arrivons. Elle en avait plus qu'assez des avions. Seule, elle aurait pris le Concorde mais, compte tenu des circonstances, elle avait refusé d'en payer le supplément pour Doug. La liste de ce qu'il lui devait ne cessait de s'allonger dans son carnet de comptes et, si elle avait la ferme intention d'en récupérer jusqu'au dernier sou, elle le savait non moins résolu à ne pas lui en rembourser le premier dollar.

À le voir en ce moment, on l'aurait jugé aussi honnête et sincère qu'un boy-scout. En effet, paisiblement assoupi, les cheveux ébouriffés et les mains croisées sur le livre posé sur ses genoux, il avait l'allure d'un homme tout à fait normal, pourvu de revenus confortables, allant passer en Europe des vacances bien méritées. Cette faculté de se fondre dans le milieu où il évoluait devait lui être inestimable, se dit-elle.

Mais à quel milieu appartenait-il vraiment ? À celui des voyous ? Elle n'avait pas oublié l'expression de son regard quand il l'avait interrogée sur le tueur qui l'avait agressée à l'hôtel. Certes, il avait côtoyé ces gens-là. Mais en faisait-il partie ? Non, conclut-elle, pas vraiment. Pas entièrement.

Elle le connaissait depuis peu de temps, mais elle était à peu près sûre qu'il n'appartenait en fait à aucun milieu, à aucun groupe défini. C'était un solitaire inclassable, pas toujours sage ni sensé, mais jamais en repos – ce qui créait une grande partie de sa séduction. Voleur sans doute, mais obéissant à un code d'honneur. Un code qu'un tribunal refuserait à coup sûr de prendre en compte mais dont elle reconnaissait et respectait la valeur.

Ce n'était pas un dur, elle l'avait vu dans ses yeux quand il parlait de Juan. Plutôt un rêveur, elle l'avait aussi vu dans ses yeux quand il lui avait parlé du trésor. Mais un rêveur réaliste, assez avisé pour connaître la peur. Bref, Doug était un personnage trop complexe pour entrer dans une catégorie. Extérieurement, c'était un bel homme dans la force de l'âge, viril, débordant de charme quand il le voulait – elle avait eu l'occasion de s'en convaincre ce matin même à Washington, au point d'être sexuellement attirée par lui. Mais il avait quelque chose de plus : la classe. Un style bien à lui, qui lui permettait de s'introduire partout et d'y être accueilli comme s'il entrait chez lui.

Séduisant ou pas, elle allait s'employer à en apprendre davantage sur son trésor. Elle avait déjà investi trop d'argent dans l'aventure pour la poursuivre à l'aveuglette. Elle s'y était engagée sur un coup de tête et y restait par nécessité, car elle savait d'instinct qu'elle était plus en sécurité avec lui que sans lui. De toute façon, coup de tête ou nécessité, Whitney était une femme d'affaires trop avisée pour placer son argent dans des titres anonymes. Elle comprenait Doug jusqu'à un certain point, il lui plaisait jusqu'à un certain point aussi, mais il ne lui inspirait aucune confiance.

Émergeant à son tour du sommeil, Doug en était arrivé à la même conclusion en ce qui concernait Whitney. Il conserverait l'enveloppe scotchée à sa poitrine jusqu'au moment où il mettrait la main sur le trésor.

Lorsque l'appareil commença son approche, ils relevèrent les dossiers de leurs sièges, bouclèrent leurs ceintures et se sourirent aimablement tout en continuant de ruminer leurs propres réflexions. Et lorsqu'ils eurent récupéré leurs bagages et franchi les contrôles de douane, Whitney n'aspirait plus, après cette ultime épreuve, qu'à s'étendre enfin dans un lit immobile.

— Au Crillon, annonça Doug au chauffeur de taxi.

— Pardonnez-moi d'avoir un seul instant douté de votre bon goût, soupira Whitney.

— Mon seul problème, mon chou, c'est d'avoir toujours eu trop bon goût. Vous avez l'air fatigué, ajouta-t-il en lui effleurant les cheveux.

— Les dernières quarante-huit heures n'ont pas été précisément reposantes. Je ne m'en plains pas, ajouta-t-elle. Mais ce sera un vrai bonheur de pouvoir dormir les huit prochaines.

Il s'abstint de répondre en regardant les rues de Paris défiler derrière la vitre du taxi. Dimitri n'était sûrement pas loin derrière, son réseau d'informateurs valait celui d'Interpol. Il espérait seulement que leurs quelques détours ralentiraient un peu la chasse.

Tandis qu'il réfléchissait, Whitney bavardait avec le chauffeur. S'il ne comprenait pas leur conversation en français, il en avait relevé le ton alerte, enjoué. Encore une surprise, se dit-il. Les femmes fortunées qu'il connaissait ne regardaient pour ainsi dire jamais les gens qui les servaient, ce qui était une des raisons pour lesquelles il lui était si facile de les dévaliser.

— Quel charmant garçon, commenta Whitney en mettant pied à terre. Il m'a dit que j'étais la plus belle femme qui se soit jamais assise dans son taxi.

— Ouais. Et il a empoché un gros pourboire, grommela-t-il quand il la vit tendre une poignée de billets au chasseur en franchissant la porte de l'hôtel.

Au train où elle jetait l'argent par les fenêtres, ils seraient fauchés avant même d'arriver à Madagascar.

— Ne soyez pas aussi radin, Douglas.

— Vous lisez le français aussi bien que vous le parlez ? demanda-t-il en lui prenant le bras.

— Pourquoi, vous avez des problèmes avec les menus des restaurants ?… Ah, voilà qui est fascinant ! poursuivit-elle un instant plus tard. J'aurais dû comprendre que tous vos papiers n'étaient pas traduits.

Le chef réceptionniste dispensa Doug de répondre.

— Mademoiselle MacAllister, quelle joie de vous revoir !

— Je n'aurais pas pu ne pas revenir, Georges, répondit-elle avec son plus beau sourire.

— Monsieur Lord ! poursuivit Georges en voyant Douglas par-dessus l'épaule de Whitney. Quelle heureuse surprise !

— Bonjour, Georges. Mlle MacAllister et moi voyageons ensemble cette fois-ci. Je n'ai pas eu le temps de vous en avertir. J'espère que vous avez une suite disponible.

Des étoiles roses plein les yeux, Georges en aurait libéré une sur-le-champ si cela avait été nécessaire.

— Bien sûr, bien sûr, s'empressa-t-il de déclarer. Votre cher papa se porte bien, j'espère, mademoiselle ?

— Très bien, Georges, merci.

— Charles s'occupe de vos bagages. Bon séjour.

Whitney empocha la clé sans même en regarder le numéro. Elle savait que tous les lits du Crillon étaient moelleux. Un bon bain et quelques cuillerées de caviar avant de se coucher enfin. Le lendemain matin, elle ferait un tour à l'institut de beauté de l'hôtel avant d'attaquer la dernière étape du voyage.

— J'ai cru comprendre que vous aviez déjà séjourné ici, dit-elle quand ils furent dans l'ascenseur.

— De temps à autre, oui.

— Un endroit propice aux bonnes affaires, je suppose ?

— Le service y est excellent, répondit-il en souriant.

— Hmm... J'ai eu de la chance de ne pas avoir croisé votre chemin plus tôt. L'ambiance a de l'importance dans votre... profession, n'est-ce pas ?

— J'ai toujours aimé les belles choses, se borna-t-il à répondre.

Le sourire qu'elle lui décocha signifiait sans ambiguïté qu'il ne goûterait à elle que lorsqu'elle l'aurait décidé.

Le bagagiste remercié par un pourboire, Whitney se laissa tomber sur un canapé et enleva ses chaussures.

— À quelle heure partons-nous demain matin ?

Il prit dans sa valise une chemise et quelques autres vêtements qu'il froissa et dispersa sur les meubles.

— Les chambres d'hôtel sont-elles impersonnelles au point d'y répandre ses affaires pour se sentir chez soi ? demanda-t-elle. Eh ! Une minute ! s'écria-t-elle en le voyant ouvrir sa valise.

— L'illusion fait partie du jeu, dit-il en jetant dans un coin une paire d'escarpins italiens. Il faut leur faire croire que nous nous installons ici.

— Nous resterons au moins jusqu'à demain ! protesta-t-elle en lui prenant des mains un chemisier de soie.

— Faux. Allez pendre deux ou trois choses dans le placard pendant que je prépare la salle de bains.

Whitney laissa tomber le chemisier et le suivit.

— Enfin, de quoi parlez-vous ?

— Quand les gorilles de Dimitri arriveront, il faut qu'ils nous croient encore ici. Cela ne nous fera peut-être gagner que quelques heures, mais ce sera suffisant. Allez chercher votre trousse de toilette, nous laisserons deux ou trois flacons.

Tout en parlant, il déballait des savonnettes, dépliait des serviettes ici et là.

— Sûrement pas ! Je ne me séparerai pas de mes produits de beauté.

— Nous n'allons pas à un bal, mon chou, dit-il en passant dans la première chambre à coucher. Un seul lit fera l'affaire, ajouta-t-il en défaisant la couverture. De toute façon, ils doivent être persuadés que nous couchons déjà ensemble.

— Vous vous flattez ou vous m'insultez ?

Sans la quitter des yeux, il alluma une cigarette, en tira quelques longues bouffées avant de l'écraser dans un cendrier et de gagner l'autre chambre.

— Bon sang, Douglas, ne tripotez pas mes affaires ! fulmina-t-elle en le voyant fourrager dans sa mallette d'articles de toilette.

— Vous les récupérerez, soyez tranquille.

Muni de trois flacons, il retourna à la salle de bains.

— Ce lait hydratant m'a coûté soixante-cinq dollars !

— Soixante-cinq dollars pour ça ? Et moi qui croyais que vous aviez l'esprit pratique.

— Je ne partirai pas d'ici sans lui !

— D'accord. Le reste suffira.

Il lui lança le flacon, repassa dans le salon où il alluma une autre cigarette qu'il écrasa dans un autre cendrier après en avoir tiré quelques bouffées.

— La mise en scène est à peu près au point, dit-il en se penchant pour refermer la valise de Whitney. Vous tenez là-dedans ? ajouta-t-il en brandissant une minuscule culotte en dentelle.

Malgré sa volonté de maîtriser son imagination, l'image que le sous-vêtement évoquait promettait de l'obséder longtemps.

— Quand vous aurez fini de fantasmer, dit-elle sèchement, vous déciderez-vous à me dire ce que tout cela signifie ?

— Nous allons reprendre nos valises, descendre par l'ascenseur de service et retourner à l'aéroport. Notre vol décolle dans une heure.

— Pourquoi ne me l'avez-vous pas dit plus tôt ?

— L'occasion ne s'était pas présentée.

Whitney fit les cent pas sans mot dire jusqu'à ce qu'elle ait réussi à maîtriser sa fureur.

— Laissez-moi mettre les choses au point une fois pour toutes. J'ignore comment vous opériez auparavant et cela m'importe peu. Cette fois-ci, vous avez une associée. Quelles que soient les petites idées qui mijotent dans votre tête, sachez qu'elles m'appartiennent pour moitié.

— Si vous n'aimez pas la manière dont je travaille, vous pouvez me quitter tout de suite.

— Vous me devez plus que de la reconnaissance ! dit-elle en prenant son carnet de comptes dans son sac. Vous voulez que je vous lise la liste ?

— Je me fous de votre liste. J'ai des gorilles à mes trousses, c'est plus urgent que votre comptabilité.

— Vous devriez pourtant vous en inquiéter. Sans moi, vous partiriez pour votre chasse au trésor les poches vides.

— Laissez-moi seul deux heures dans cet hôtel, ma chérie, et j'aurai gagné de quoi aller n'importe où.

Elle n'en douta pas un instant.

— Oui, mais vous n'avez pas deux heures devant vous. Respectez votre parole, Douglas, sinon vous partirez pour Madagascar avec onze dollars en poche.

Comment le savait-elle ? Ravalant sa frustration, il empoigna sa valise.

— Allons-y, *partenaire*. Nous avons un avion à prendre.

Le sourire qui apparut sur les lèvres de Whitney exprimait une telle satisfaction que Doug résista mal à l'envie d'en rire.

— Occupez-vous de cette valise, voulez-vous ? dit-elle en soulevant son sac de voyage. Je regrette seulement de ne pas avoir eu le temps de prendre un bain.

Avant qu'il puisse lâcher un chapelet de jurons, elle était déjà sortie de la suite.

La facilité avec laquelle ils sortirent par la porte de service indiqua à Whitney que Doug avait déjà utilisé cette issue discrète. Elle décida d'envoyer dans quelques jours un mot à Georges lui demandant de mettre ses affaires de côté jusqu'à son prochain passage. Elle n'avait même pas eu l'occasion de porter son chemisier de soie dont la couleur lui allait si bien.

Ce détour par le Crillon lui faisait l'effet d'une perte de temps, mais elle s'abstint de faire part de ses réflexions à Doug. De toute façon, compte tenu de son humeur, il valait mieux qu'ils se retrouvent côte à côte dans un avion que face à face dans une chambre d'hôtel, même luxueuse. Elle voulait aussi profiter du vol pour réfléchir. Si les papiers qu'il possédait, du moins certains d'entre eux, étaient écrits en français, il serait à l'évidence incapable de les comprendre. Elle, si. S'il voulait se débarrasser d'elle comme elle en restait persuadée, elle saurait se rendre de plus en plus utile, voire indispensable. Il lui suffirait de l'amener à lui demander de lui-même d'en effectuer la traduction.

Sa propre bonne humeur était elle aussi affectée lorsqu'ils arrivèrent à l'aéroport. L'idée de subir une fois de plus les contrôles douaniers et de se retrouver parquée dans une salle d'embarquement ne lui souriait pas le moins du monde.

— Je commence à croire que vous devenez paranoïaque au sujet de ce Dimitri. Vous paraissez le
considérer omnipotent.

— On dit qu'il l'est.

— Ne soyez pas ridicule !

— Non, prudent, précisa-t-il en balayant le hall du
regard. Mieux vaut contourner une échelle que passer dessous.

— À vous entendre, on croirait qu'il n'est pas
humain.

— Il est fait de chair et d'os, mais cela ne le rend
pas humain pour autant.

Elle ne put refréner un frisson.

— Allons, Douglas, personne n'aurait déjà pu nous
rattraper.

Sans répondre, il l'empoigna par le bras et la
poussa sans ménagement dans une boutique hors
taxes.

— Qu'est-ce que vous faites ? Si vous vouliez acheter un souvenir...

— Regardez. Vous me présenterez vos excuses
ensuite.

D'une main sur la nuque, il lui tourna la tête vers la
gauche. Un instant plus tard, elle reconnut le grand
brun qui les avait poursuivis à Washington et n'eut pas
besoin d'explications pour comprendre que les deux
hommes qui l'accompagnaient étaient eux aussi au
service de Dimitri. Malgré elle, elle s'enfouit presque
le visage dans un rayonnage de T-shirts imprimés.

— Oui, c'est Remo. Ils ont été plus rapides que je le
croyais, murmura Doug.

Si Whitney et lui avaient fait dix pas de plus, ils
seraient tombés dans les bras de Remo et de ses acolytes. Une fois de plus, la chance lui avait souri.

— Il leur faudra un petit moment avant de trouver
dans quel hôtel nous sommes enregistrés, reprit-il. Et
ils nous y attendront.

— Mais enfin, comment ont-ils fait pour être déjà là ?

— Quand on a affaire à Dimitri, on ne se demande pas comment. On regarde derrière soi.

— Il se sert d'une boule de cristal ?

— Non, de relations. Rappelez-vous ce que votre père disait au sujet des relations. Un contact bien placé à la CIA suffit pour retrouver la trace de n'importe qui n'importe où sans bouger de son fauteuil. Il était informé de l'existence de nos passeports et de nos billets d'avion avant même que l'encre soit sèche.

Whitney se força à ne pas remarquer que sa gorge nouée l'empêchait de respirer.

— Il sait donc où nous allons ?

— Naturellement. Nous devons simplement garder un peu d'avance sur lui. Toujours.

— Bon, vous me donnez quand même l'impression de savoir ce que vous faites, soupira-t-elle. Vous êtes doué, Lord, ajouta-t-elle en lui donnant un petit baiser amical avant qu'il ait eu le temps de protester. Partons pour Madagascar.

Il lui prit le menton, la regarda dans les yeux.

— J'interprète ceci comme une promesse, déclara-t-il.

— Peut-être. Mais il faut d'abord y arriver. Allons prendre cet avion.

Remo ramassa sur le tapis le chiffon soyeux que Whitney qualifiait de chemise de nuit, le froissa dans son poing serré. Cette fois, il n'aurait pas le ridicule de laisser Lord et la fille lui glisser entre les doigts pour le ridiculiser. Lorsque Doug Lord franchirait cette porte, il commencerait par lui loger une balle entre les yeux. Quant à la fille... il s'en occuperait comme il convenait.

Lentement, presque voluptueusement, il déchirait la nuisette quand le téléphone sonna. D'un signe, il intima à ses adjoints l'ordre de se poster de chaque côté de la porte. Puis, du bout du pouce et de l'index, il souleva le combiné.

En reconnaissant la voix, il fut couvert d'une sueur froide.

— Vous les avez encore manqués, Remo.

Il tourna le dos aux autres. Il n'est jamais bon de montrer sa peur à ses subordonnés.

— Nous les avons retrouvés, monsieur Dimitri. Aussitôt qu'ils seront revenus à l'hôtel…

— Ils ne reviendront pas, ils ont déjà été repérés à l'aéroport. Sous votre nez, Remo. La destination est Tananarive. Vos billets vous attendent au comptoir d'enregistrement. Ne traînez pas.

4

Whitney ouvrit les volets pour regarder le panorama. Tananarive ne lui rappelait pas l'Afrique qu'elle connaissait. Rien de ce qu'elle avait sous les yeux ne ressemblait à ce qu'elle avait vu au Kenya, elle ne reconnaissait pas les odeurs, la chaleur moite et le côté cosmopolite de Nairobi. Elle ne ressentait pas non plus la joyeuse indolence qu'elle avait toujours attribuée aux îles tropicales. Ce pays avait un caractère unique qui la désorientait.

La ville était tout en pentes vertigineuses et en contrastes. Des bâtiments modernes se dressaient au milieu d'îlots de maisonnettes aux toits de chaume. Plus loin, sur les collines les plus élevées, subsistaient les luxueux palais hérités de la période coloniale. Elle s'attendait à ce que règne l'agitation habituelle des grandes villes. Ici, tout lui paraissait paisible, serein. Peut-être était-ce dû au tempérament de la population, peut-être à la fraîcheur matinale, car la température montait vite. D'ici une heure, la chaleur deviendrait sans doute accablante.

Le vol, long et fastidieux, lui avait donné le temps de réfléchir aux événements des dernières quarante-huit heures. De fait, sa décision de se lancer dans cette aventure datait de l'instant où elle avait écrasé l'accélérateur au début de sa course folle avec Doug. Un coup de tête sur le moment, certes, mais maintenant qu'elle s'était engagée, elle ne reculerait pas.

L'escale éclair à Paris lui avait démontré que Doug était plein de ressources et leur association, bon gré mal gré, solide. Et puisqu'elle ne pouvait rien changer au sort de Juan, elle voulait au moins venger sa mort en battant Dimitri dans cette course au trésor. Pour y parvenir, elle avait besoin de Doug. Un voleur ? Certes, mais un as dans sa spécialité et elle avait toujours éprouvé du respect pour ceux qui excellent dans la voie qu'ils ont choisie. Un coureur ? Sans doute, mais elle n'avait pas d'inquiétude à ce sujet. Il était séduisant quand il n'ergotait pas ou se montrait délibérément désagréable. Quant à l'éventuel côté... physique, elle saurait comment s'y prendre. Mais pas tant qu'ils seraient associés. Elle maintiendrait leurs rapports sur le strict plan des affaires et garderait Doug Lord à distance respectable jusqu'à ce qu'elle ait en main sa part du trésor. S'il se passait ensuite autre chose entre eux, eh bien, rien n'interdit de s'accorder du plaisir s'il n'interfère pas avec les choses sérieuses. Et de s'en délecter à l'avance...

— Garçon d'étage !

Doug entra, un plateau à la main. Il s'arrêta sur le seuil le temps de regarder Whitney. Debout près du lit en combinaison chamois, elle avait de quoi exciter le désir de n'importe quel homme. Une classe folle, pensa-t-il. Mais un homme comme lui ne devrait pas fantasmer sur les femmes qui ont de la classe...

— Jolie robe, se borna-t-il à commenter.

Sans daigner réagir, elle enfila sa jupe. Un jour, se dit-il, il faudra que je réussisse à la faire sortir de ses gonds.

— Déjà le petit déjeuner ?

— Oui. Nous avons des choses à faire.

— Lesquelles ? demanda-t-elle en mettant un chemisier rose.

— J'ai consulté les horaires des trains. Nous partirons à midi un quart. D'ici là, nous devons faire quelques achats.

— Lesquels ? répéta-t-elle.

— Des sacs à dos, pour commencer. Je n'ai pas l'intention de trimballer cette chose en cuir dans la forêt.

Avant de prendre sa brosse à cheveux, Whitney avala une gorgée du café, âcre et épais, qui lui fit faire la grimace.

— Parce que nous marcherons ?

— Exact. Il nous faudra une tente, aussi légère que possible.

— Vous êtes devenu hostile aux hôtels ?

Il allait répliquer vertement quand la vision dans la lumière du matin de sa chevelure d'or qu'elle brossait le réduisit au silence. Il lui tourna le dos et alla devant la fenêtre.

— Nous prendrons les transports en commun quand j'estimerai qu'ils ne seront pas dangereux et nous camperons. Inutile de nous faire remarquer, Dimitri n'abandonnera pas. Moins nous passerons par les grandes routes et les agglomérations, moins il aura de chances de retrouver notre piste.

— Vous avez raison, admit-elle. Pouvez-vous quand même me dire où nous allons ?

— En train jusqu'à Tamatave. Ensuite, nous piquerons plein nord.

Il se retourna en souriant. À contre-jour, auréolé de soleil, elle ne put s'empêcher de trouver qu'il ressemblait plus à un vaillant chevalier qu'à un voleur ou à un aventurier.

— Et quand pourrai-je lire ce qui nous entraîne vers le nord ?

— Vous n'en aurez pas besoin, je l'ai déjà lu, répondit-il en se demandant comment lui faire traduire les documents en français sans qu'elle puisse se faire une idée précise de l'ensemble.

Whitney se posait la même question, ou presque. Combien de temps devrait-elle attendre avant de traduire les papiers – tout en se réservant une bonne partie des informations.

— Avez-vous déjà acheté quelque chose les yeux fermés ?

— Oui, si j'y crois.

— Pas étonnant que vous soyez toujours fauché. Vous devriez apprendre à ne pas gaspiller votre argent.

— Vous me donnerez d'excellentes leçons, j'en suis sûr.

— Les papiers, Douglas.

L'enveloppe était de nouveau scotchée sur sa poitrine. Whitney avait sûrement une pommade capable de calmer ses démangeaisons. Et elle l'inscrirait tout aussi sûrement dans son livre de comptes…

— Vous les verrez en temps voulu. J'ai aussi des bouquins dont la lecture vous intéressera. Le voyage sera long, nous aurons du temps devant nous. Nous en reparlerons, faites-moi confiance.

Elle n'était pas assez naïve pour lui faire confiance. Mais tant qu'elle tiendrait les cordons de la bourse, leur équipe resterait soudée. Satisfaite, elle prit son sac. Autant se lancer dans une quête au trésor avec un chevalier sans peur, sinon sans reproche.

— Venez, dit-elle en lui tendant la main. Allons faire les courses.

Puisqu'elle paraissait de bonne humeur, il décida de tenter sa chance. Au bas de l'escalier, il posa un bras amical sur ses épaules.

— Bien dormi ?

— Très bien.

En traversant le hall de l'hôtel, il prit dans un vase une fleur de la passion qu'il lui glissa derrière l'oreille. Son parfum à la fois doux et pénétrant était tel qu'elle s'imaginait celui des fleurs tropicales. Le geste la toucha, même si elle se méfiait de sa motivation.

— Dommage que nous n'ayons pas le temps de faire du tourisme, reprit-il. Il paraît que le palais de la reine mérite une visite.

— Vous ne cesserez pas de m'étonner. Comment le savez-vous ?

— On retient toujours quelque chose de ce qu'on lit. Au fait, Whitney, puisque nous sommes associés, nous partagerons le trésor moitié-moitié, n'est-ce pas ?

— Oui. Quand vous m'aurez remboursé ce que vous me devez.

Il se retint de grincer des dents.

— Bien sûr. Mais, puisque nous sommes associés, nous pouvons aussi partager moitié-moitié notre réserve d'argent liquide.

— Ah, bon ? Pourquoi donc ?

— Pour une raison pratique. Supposez que nous soyons forcés de nous séparer et que…

— Pas question ! l'interrompit-elle. Je ne vous quitterai pas d'une semelle, Douglas. On nous prendra pour des amoureux.

Il comprit qu'il valait mieux changer l'angle d'attaque.

— C'est aussi une question de confiance.

— De qui en qui ?

— De vous en moi, mon chou. Les associés doivent se faire mutuellement confiance.

— Mais je vous fais entièrement confiance, dit-elle en le prenant par la taille. Aussi longtemps que je contrôle les fonds – mon chou.

De la classe, elle en avait à coup sûr. Mais autre chose aussi.

— Donnez-moi une bonne raison pour laquelle vous devriez tout garder pour vous.

— Vous voulez échanger les papiers contre l'argent ?

Furieux, il lui tourna le dos. Il ne pourrait pas se débarrasser d'elle tant qu'il serait sans le sou, mais il se mépriserait s'il lui volait son sac et l'abandonnait sans ressources. Il en était donc toujours au même point. Et le pire, c'est qu'il aurait besoin d'elle car il devrait trouver tôt ou tard quelqu'un capable de traduire les lettres écrites en français, ne serait-ce que pour assouvir sa curiosité. Mais le moment n'était pas encore venu.

— Enfin, bon sang, j'ai huit dollars en poche ! protesta-t-il.

S'il en avait davantage, pensa-t-elle aussitôt, il me laisserait tomber sans hésiter.

— La monnaie des vingt que je vous avais donnés à Washington ?

— Vous avez une âme de comptable ! fulmina-t-il.

— Merci, je le prends comme un compliment. Oh, regardez ! Qu'est-ce que c'est, un bazar en plein air ?

— Le marché du vendredi, grommela-t-il. Je vous ai déjà dit que vous devriez lire les guides.

— Je préfère les surprises. Allons voir, dit-elle en l'entraînant.

Doug se laissa convaincre. Faire son marché serait probablement plus distrayant que les boutiques. Et puisqu'ils avaient le temps de flâner un peu jusqu'au départ du train, se dit-il en jetant un coup d'œil à sa montre, autant joindre l'utile à l'agréable.

Pendant les vingt minutes qui suivirent, il admira l'aisance avec laquelle elle se plongeait dans cet univers qui lui était inconnu et le plaisir évident qu'elle prenait à marchander dans un français irréprochable. Il réussit de temps en temps à l'écarter d'étalages de babioles au profit d'objets pratiques, tels que de solides chaussures de marche et des provisions de bouche. Durant tout ce temps, il se demanda si elle était consciente du contraste saisissant que son teint d'ivoire et ses cheveux d'or formaient avec la foule basanée à laquelle elle se mêlait. Elle n'était pas son type, se forçait-il à se répéter, mais elle serait difficile à oublier. Impossible, en réalité.

D'un geste impulsif, il saisit sur un étal un châle de coton blanc qu'il lui posa sur la tête, un *lamba*. Quand elle se retourna vers lui en riant, elle était si belle qu'il en eut littéralement le souffle coupé. Plutôt que du coton grossier, ce devrait être de la soie immaculée, des mètres de soie blanche qu'il draperait sur elle avant de les retirer avec lenteur jusqu'à ce qu'il ne reste que sa peau, aussi blanche, aussi douce. Le contact de son visage entre ses mains lui fit oublier qu'elle n'était pas son type...

Elle vit son regard changer, sentit ses doigts se crisper. Son cœur se mit à battre plus fort, plus vite. Ne s'était-elle pas déjà demandé quel amant il ferait ? Ne se posait-elle pas encore la question en voyant le désir qu'elle lui inspirait ? Qu'était-il, voleur, opportuniste, preux chevalier ? Quoi qu'il en soit, leurs existences étaient désormais mêlées. Et quand le temps viendrait, parce qu'il viendrait à coup sûr, leur union serait brutale et soudaine comme la foudre, sans paroles tendres, sans douces lumières de chandelles, sans efforts de séduction, parce qu'elle savait déjà que ses mains sauraient la faire vibrer.

Cette femme est dangereuse, se dit Doug. Avec son trésor en vue et Dimitri à ses trousses, il ne pouvait pas se permettre de la considérer comme une femme. Ils étaient associés, il avait les papiers, elle détenait les fonds. La situation était déjà assez difficile à gérer pour ne pas la compliquer davantage.

— Finissons, dit-il aussi calmement qu'il le put. Nous avons encore à nous occuper du matériel de camping.

Whitney laissa échapper un long soupir. Mieux valait, en effet, ne pas se laisser aller à rêver. Elle paya le lamba en se disant que ce n'était rien de plus qu'un souvenir.

Il était tout juste midi quand ils arrivèrent sur le quai de la gare, chacun muni d'un sac à dos bourré de vivres et de matériel. Doug était impatient de se mettre en route. Il risquait sa vie et son avenir pour le petit paquet fixé à sa poitrine, mais avant l'été il serait assez riche pour lézarder sur une plage tropicale, assez riche pour s'assurer que Dimitri ne le retrouverait jamais. Et s'il lui arrivait encore de se faire la main sur un coffre-fort perfectionné, ce serait pour le plaisir.

— Voilà le train, annonça-t-il en se tournant vers Whitney. Qu'est-ce que vous faites encore ? ajouta-t-il en la voyant armée de son carnet, le crayon à la main. Vous êtes pire qu'un percepteur !

— Je notais simplement le prix de votre billet, partenaire.

— Bon sang ! Dans quelques jours, vous vous enfoncerez dans l'or jusqu'aux genoux et vous vous souciez de quelques malheureux francs ?

— Quelques malheureux francs finissent par faire un total impressionnant. Vous voulez savoir combien ?

Doug préféra ne pas répondre.

Il montait dans le wagon derrière Whitney au moment où une voiture s'arrêtait devant la gare.

— Les voilà.

Les dents serrées, Remo caressa machinalement la crosse de son pistolet sous sa veste. Une seconde plus tard, le contact d'une fine main blanche sur son avant-bras le fit frémir malgré lui.

— Vous les avez déjà laissés filer, commenta une voix délicate.

— Cette fois, je les tiens. Lord est un homme mort.

Le léger éclat de rire qui salua sa déclaration ne le détendit pas. Remo s'abstint de tout commentaire. Il avait déjà entendu le rire de Dimitri et connaissait trop bien ses sautes d'humeur.

— Lord est un homme mort depuis qu'il m'a volé. Récupérez mon bien et supprimez cet individu de la manière qui vous plaira. Apportez-moi ses oreilles en guise de preuve.

— Et la femme ?

Pendant que Remo faisait signe à l'homme assis à l'arrière d'aller acheter leurs billets, Dimitri réfléchit. Il savait d'expérience que les décisions hâtives ont parfois des conséquences fâcheuses.

— Une jeune personne pleine de charme, dit-il enfin. Et capable, en plus, de trancher la jugulaire d'un homme comme Butrain. Abîmez-la le moins possible et ramenez-la-moi, j'aimerais lui parler.

Dimitri regarda le train en humant avec satisfaction l'odeur âcre de la peur qu'il inspirait à ses subordonnés.

— Reconduisez-moi à l'hôtel, dit-il au chauffeur après que Remo eut refermé la portière en le saluant respectueusement. J'ai grand besoin d'un sauna et d'un massage.

Assise près d'une fenêtre, Whitney regardait défiler le paysage. À côté, Doug était plongé dans un guide.

— Il y a une quarantaine d'espèces de lémuriens et plus de huit cents variétés de papillons à Madagascar, annonça-t-il.

— Passionnant. Je ne savais pas que vous vous intéressiez à la faune.

— Les serpents sont inoffensifs, reprit-il. J'attache une certaine importance à ce genre de détails quand je dors sous la tente. Et il est toujours utile de se renseigner sur le territoire de ses opérations. Comme de savoir que les rivières sont peuplées de crocodiles.

— Nous devrons donc éviter les bains de minuit. Avez-vous une idée du temps qu'il nous faudra pour parvenir à notre destination ?

— Une semaine, deux tout au plus.

— Avez-vous jamais envisagé qu'il puisse ne pas y avoir de trésor dans cette cachette ?

— Il y en a un, j'en suis certain.

Une fois de plus, elle le crut malgré elle.

— Que comptez-vous faire de votre part ?

— En profiter.

— Et Dimitri ?

— Quand j'aurai le trésor, il pourra aller au diable.

— Vous êtes bien présomptueux, Douglas.

— Un homme riche peut se permettre d'être présomptueux.

— C'est si important pour vous d'être riche ?

— Plutôt, oui.

— Pourquoi ?

— Si vous n'aviez pas les millions des glaces au chocolat derrière vous, vous ne poseriez pas cette question.

— Disons que votre point de vue sur la fortune m'intéresse.

— Eh bien, quand on est riche et qu'on parie sur le mauvais cheval, on est vexé de ne pas avoir gagné, mais pas d'avoir fichu en l'air de quoi payer son loyer.

— Pour vous, ça se résume à cela ?

— Vous êtes-vous jamais inquiétée de savoir où vous alliez dormir la nuit prochaine, mon chou ?

Quelque chose dans son ton la mit mal à l'aise.

— Non, admit-elle.

Il faisait une chaleur étouffante, les odeurs de sueur, de fruits trop mûrs et de poussière rendaient l'atmosphère irrespirable. À quelques rangées devant eux, un homme coiffé d'un panama blanc s'épongeait le front avec un foulard. Croyant le reconnaître pour l'avoir croisé au marché, Whitney lui sourit. L'homme se borna à remettre le foulard dans sa poche et se replongea dans la lecture de son journal. Elle nota distraitement qu'il était en anglais et reprit son observation du paysage.

Bien que citadine dans l'âme, la vaste et paisible campagne qu'elle découvrait l'attirait. Elle était de ces rares personnes qui attachent la même valeur à une fleur des champs et au plus luxueux des manteaux de zibeline, parce que l'un et l'autre apportent du plaisir.

Le wagon, lui, était tout sauf paisible. Aux grincements et aux grondements des roues sur les rails se mêlait l'incessant brouhaha des conversations. La dernière fois qu'elle avait pris le train, Whitney avait voyagé dans le confort d'une cabine climatisée, mais ce voyage-ci était infiniment plus captivant.

En face d'eux, un enfant sur les genoux de sa mère dévisageait Whitney avec curiosité depuis un moment. N'y tenant plus, il tendit la main et lui empoigna une mèche de cheveux. Sa mère se confondit en excuses, mais Whitney pouffa de rire, engagea la conversation et prit l'enfant sur ses genoux.

— Je ne crois pas que les gens de ce pays aient les moyens de se payer des couches-culottes, murmura Doug.

— Vous n'aimez pas les enfants ?

— Bien sûr, quand ils sont bien dressés.

Elle fouilla dans son sac, en sortit un petit miroir.

— Cela te plaît ? Tu veux te regarder ?

Ravi, le bébé lui fit une risette. Au bout de quelques minutes, Doug se mit à l'unisson, prit à son tour l'enfant sur ses genoux et commença à jouer avec lui en faisant dans le miroir des grimaces qui le faisaient rire aux éclats. Voulant l'imiter, il tourna le miroir dans l'autre sens. Doug y eut une brève vision derrière lui, se raidit, reprit le miroir et regarda plus attentivement.

— Nom de Dieu ! dit-il à mi-voix.

— Qu'y a-t-il ?

— Continuez à sourire et ne regardez pas derrière moi. Nous avons de la compagnie à quelques rangs du nôtre.

— Le monde est petit, dit-elle en parvenant à maîtriser son accès de peur.

— Minuscule.

— Avez-vous une idée brillante ?

— Je cherche.

Il estima la distance qui les séparait de la portière
du wagon. S'ils descendaient à la prochaine gare,
Remo les aurait rattrapés avant qu'ils aient traversé
le quai. Et si Remo était là, Dimitri ne devait pas être
loin, il tenait ses hommes au bout d'une courte laisse.
Doug réfléchit le plus vite qu'il put. Il fallait créer une
diversion et quitter le train à l'improviste.

— À mon signal, vous empoignerez votre sac et
courrez vers la portière.

Whitney jeta un coup d'œil dans le couloir central
séparant les rangées de banquettes bondées de
femmes, d'enfants, de vieillards. Ce n'était pas le
décor rêvé pour une fusillade, conclut-elle.

— J'ai le choix ?

— Non.

— Bien. Je courrai.

Le train ralentit avant d'entrer dans la prochaine
gare, s'arrêta dans des crissements de freins et les
halètements de la locomotive. Doug attendit que la
bousculade des passagers qui montaient et descendaient en se croisant dans le couloir soit à son
comble.

— Désolé, gamin, murmura-t-il au bébé en lui pinçant fortement le derrière.

Comme prévu, l'enfant poussa un hurlement qui fit
lever d'un bond sa mère inquiète. Doug se leva à son
tour et fit en sorte d'amplifier la confusion qui régnait
dans le couloir. Whitney saisit aussitôt le sens de la
manœuvre et quitta son siège en feignant de trébucher, ce qui eut pour effet de faire s'effondrer la pile
de paquets que tenait son voisin et de répandre son
contenu sous les pieds des passagers.

Lorsque le train se remit en marche, il restait entre Remo et Doug six personnes qui bloquaient le couloir en discutant avec véhémence en malgache. Comme en un geste d'excuse, Doug leva les bras et réussit à décrocher un sac de légumes pendu au montant du filet à bagages. Pendant ce temps, l'enfant ne cessait de pousser des hurlements qui aggravaient l'atmosphère d'hystérie générale.

Estimant ne pas pouvoir mieux faire, il agrippa le poignet de Whitney.

— Allons-y.

En se précipitant vers la portière au bout du wagon, Doug eut le temps de voir Remo bondir de son siège et tenter de se frayer un passage dans le groupe qui discutait toujours au milieu du couloir. Il aperçut aussi un autre homme, coiffé d'un panama blanc, qui lâchait précipitamment un journal et se trouvait englué dans la bousculade. Il se demanda où il l'avait déjà vu et n'y prêta pas davantage attention.

— Et maintenant, qu'est-ce qu'on fait ? voulut savoir Whitney en regardant le ballast qui défilait de plus en plus vite sous le wagon.

— On saute.

Il la tint serrée dans ses bras pour la protéger du choc, de sorte qu'ils roulèrent ensemble jusqu'au bas du talus. Quand ils s'immobilisèrent, le train était déjà loin et prenait de la vitesse.

— Vous êtes complètement fou ! Nous aurions pu nous rompre le cou.

— Exact. Mais on s'en est bien tirés.

Whitney lui décocha un regard incendiaire.

— Encore heureux ! Et maintenant, qu'est-ce qu'on fait ? Nous sommes au milieu de nulle part, à des kilomètres de l'endroit où nous voulons aller et sans moyen de transport !

— Vous avez deux pieds, répliqua-t-il.

— Eux aussi. Ils vont descendre à la prochaine gare et revenir en arrière pour nous chercher. Ils ont des armes, eux, alors que nous n'avons que des fruits, du riz et une tente.

— Par conséquent, plus vite nous cesserons de nous disputer pour rien, mieux cela vaudra. Je ne vous ai jamais dit que ce serait une promenade d'agrément.

Tout en parlant, il se releva et la remit debout sans ménagement.

— Vous n'avez jamais dit non plus que vous me jetteriez d'un train en marche !

— Contentez-vous de vous magner le popotin, mon chou.

— Vous êtes grossier et souverainement antipathique ! gronda-t-elle en massant sa hanche endolorie.

Doug s'inclina d'un air narquois.

— Oh ! Mille pardons, duchesse ! Si vous vouliez bien vous donner la peine de marcher, nous éviterions le désagrément de recevoir une balle dans le crâne.

— Dans quelle direction ? demanda-t-elle en ramassant le sac à dos qu'elle avait lâché dans sa chute.

— Vers le nord.

Sur quoi, il rajusta les bretelles du sien et partit sans l'attendre.

5

Whitney avait toujours aimé la montagne. Ses
vacances de sports d'hiver en Suisse et un long été en
Grèce dans une villa dominant les sublimes panora-
mas de la mer Égée lui avaient laissé de merveilleux
souvenirs, mais elle n'avait aucune expérience de la
marche en altitude. De l'exercice épuisant qui consiste
à gravir des pentes et à les redescendre sans glisser
dans un précipice. La nature est sévère quand on doit
l'affronter avec ses pieds.

Au nord, lui avait dit Doug. Les dents serrées, elle
marchait donc vers le nord au rythme qu'il lui imposait. Elle ne se laisserait distancer sous aucun prétexte, se promit-elle en sentant la sueur ruisseler
le long de son dos, puisqu'il détenait l'enveloppe
magique. Mais si elle acceptait de marcher à son pas,
de transpirer avec lui, de haleter avec lui, elle refusait
de lui parler. Personne au monde ne lui avait jamais
ordonné impunément de se « magner le popotin » !
Elle attendrait des jours, des semaines s'il le fallait,
mais elle le lui ferait payer. Elle avait appris de son
père une loi fondamentale des affaires : la vengeance
est encore plus délectable quand on la laisse refroidir.

Doug considéra d'un regard critique les collines
abruptes qui les entouraient. Partout, du rocher à
perte de vue. Un peu plus haut, quelques pins anémiques n'offraient pas d'ombre digne de ce nom.
Rien d'autre en vue, ni maisons ni champs cultivés.

Pas âme qui vive. Et c'était précisément ce qu'il voulait.

La veille au soir, il avait étudié la carte de Madagascar. Il avait le choix entre trois itinéraires et c'est en toute connaissance de cause qu'il passait par les hauts plateaux afin de rester le plus longtemps possible à l'écart des vallées et des plaines. Dimitri étant plus près qu'il ne s'y était attendu, il ne voulait pas commettre une nouvelle erreur d'appréciation. Leur réserve d'eau suffirait jusqu'au lendemain, il la reconstituerait quand ce serait indispensable. Il regrettait seulement de ne pas savoir combien de temps ils devraient s'imposer ce détour avant d'oser obliquer vers l'est et les plaines côtières, plus faciles à parcourir. Tamatave était logiquement leur première étape, mais Dimitri avait sans doute préparé un guet-apens, ils devaient donc l'éviter.

Il rajusta les bretelles de son sac et jeta un coup d'œil à Whitney, qui gardait un silence glacial depuis qu'ils avaient sauté du train et abordé les hauts plateaux. Sacrée fille, pensa-t-il faute de mieux. Si elle s'imaginait l'impressionner en lui faisant la gueule, elle se fourrait le doigt dans l'œil. Cela marchait peut-être avec les godelureaux qui se jetaient à ses pieds, mais pas avec lui. Il la trouvait d'ailleurs nettement plus séduisante quand elle fermait la bouche. Lui reprocher de l'avoir sortie du train en un seul morceau ! Un comble. Mais mieux valait concentrer son attention sur les pièges du terrain rocailleux.

Ils poursuivraient leur marche dans les hautes terres pendant deux ou trois jours. Ces collines étaient assez rebutantes pour ralentir, sinon décourager, Remo et les autres limiers de Dimitri, plus habitués à évoluer dans les ruelles sombres que dans la nature sauvage.

Marquant une pause sur une crête, il prit dans son sac une paire de jumelles avec laquelle il étudia longuement ce qu'il pouvait observer. Vers l'ouest, il repéra un hameau à proximité de champs cultivés, des rizières, déduisit-il de leur couleur et de leur morcellement. Non loin, une rivière dont il suivit les sinuosités. L'idée lui vint alors qu'il serait plus rapide et, surtout, moins fatigant de se déplacer sur l'eau, même si le guide annonçait la présence de crocodiles. Il consacrerait une ou deux soirées à une étude plus approfondie de la carte pour décider en fonction de leur orientation quelles rivières seraient susceptibles de leur convenir. De toute façon, il devrait désormais rechercher les villages ou les habitations isolés pour reconstituer leurs réserves de nourriture. Whitney se chargerait des négociations, décida-t-il en se souvenant de l'aisance dont elle avait fait preuve au marché de Tananarive.

Épuisée, endolorie de partout, Whitney s'était assise par terre. Elle ne ferait pas un pas de plus sans s'être reposée et avoir mangé quelque chose. Sans accorder un regard à Doug, elle fouilla dans son sac. Le plus urgent était de changer de chaussures.

Doug remit les jumelles en place. Le soleil était au zénith, ils pourraient abattre des kilomètres jusqu'au crépuscule.

— En route, déclara-t-il.

Toujours muette, Whitney pela une banane et mordit dedans en lui lançant un regard de défi. Elle était assise en tailleur, la jupe au-dessus des genoux et le chemisier collé à la peau par la transpiration. Ses cheveux soigneusement coiffés le matin même retombaient en désordre autour de son visage aux traits purs, comme taillés dans le marbre.

— Allons-y, répéta-t-il.

Le désir qu'elle éveillait en lui l'exaspérait. Il n'y céderait pas. Sous aucun prétexte. Chaque fois qu'il se laissait séduire par une femme, cela finissait mal. Il ne pouvait pas lui permettre de le détourner de son objectif. Peut-être, avant la fin, s'accorderait-il le plaisir de la sentir sous lui, nue, brûlante, vulnérable. Mais d'ici là...

— Allez au diable, Lord.

Il se demanda quelle envie dominait en lui, la tuer ou lui faire l'amour jusqu'à ce qu'elle crie grâce.

— Écoutez, nous avons encore beaucoup de chemin à faire aujourd'hui.

— À cause de vous, l'interrompit-elle.

Il s'accroupit devant elle pour se mettre à son niveau et la regarder dans les yeux.

— C'est à cause de moi que vous avez encore une tête sur vos jolies épaules, répliqua-t-il en lui prenant le menton d'une main. Dimitri serait ravi de poser ses pattes sur une fille comme vous. Et il a de l'imagination, vous pouvez me croire.

— Dimitri est votre épouvantail, pas le mien.

— Il ne fera pas le tri de ses victimes.

— Il en faut plus pour m'intimider.

— Peut-être, mais vous mourrez si vous ne faites pas ce que je vous dis.

Elle se releva avec une grâce qu'il ne put s'empêcher d'admirer.

— Je ne fais jamais ce qu'on me dit. Je fais même souvent le contraire. Ne l'oubliez pas à l'avenir.

— Continuez comme cela et vous n'aurez pas d'avenir.

Elle prit le temps de brosser d'une main la poussière de sa jupe.

— On y va ? demanda-t-elle sèchement.

Il essaya en vain de se convaincre qu'il aurait préféré une femme tremblante et larmoyante.

— Si vous êtes prête...

— Tout à fait.

Elle le prit par le bras en riant. Aucune autre femme au monde n'aurait pu lui donner l'impression de l'escorter à un bal alors qu'ils s'évertuaient à franchir des pentes rocheuses sous un soleil écrasant.

— Décidée à redevenir aimable ?

— Plutôt que de continuer à bouder, je préfère attendre la première occasion de vous faire payer mes bleus et mes écorchures. D'ici là, combien de temps allons-nous encore marcher ?

— Le trajet nous aurait pris une douzaine d'heures en train. Faites le calcul, vous êtes très bonne pour les chiffres.

— On ne pourrait pas trouver un village où louer une voiture ?

— Si vous voyez quelque part un panonceau Hertz, dites-le-moi, je me ferai une joie de prendre les frais à ma charge.

Ils marchèrent et marchèrent encore. Ils se couvraient de crème solaire en se résignant à l'inutilité de cette précaution. Attirées par l'odeur sucrée de la crème mêlée à celle de la sueur, les mouches bourdonnaient autour d'eux. Les insectes formaient leur seule compagnie. Seule sa fierté interdisait à Whitney de demander une halte. Tant qu'il serait en état de marcher, elle marcherait aussi.

De temps en temps, elle découvrait un hameau niché au creux d'une rivière au milieu de champs cultivés. Elle voyait de la fumée et, quand le vent portait, entendait aboyer des chiens ou mugir des vaches, mais aucune voix humaine ne montait jusqu'à elle. La distance et la fatigue lui donnaient un sentiment d'irréalité. Ces maisonnettes, ces champs n'étaient peut-être qu'un décor. Courbatue, poisseuse de sueur, elle mettait un pied devant l'autre et se forçait à ignorer sa fatigue. Pour rien au monde elle n'occuperait la deuxième place derrière quiconque, surtout pas derrière Douglas Lord.

Lorsqu'il vit le soleil baisser sur l'horizon, les ombres s'allonger et le ciel se teinter de rouge au couchant, Doug se dit qu'ils devraient bientôt trouver un lieu où camper. S'il aimait manœuvrer la nuit en temps normal, il pensait que les hautes terres de Madagascar ne se prêtaient pas à la marche nocturne.

Il attendait toujours que Whitney se plaigne, gémisse, exige un répit, bref se conduise comme n'importe quelle femme dans des circonstances comparables. Depuis qu'il avait posé les yeux sur elle la première fois, elle n'avait à aucun moment correspondu à l'idée qu'il se faisait d'une femme. Elle ne se plaignait pas, ne gémissait pas, n'exigeait jamais le moindre répit. Si elle avait protesté, il n'aurait pas eu de scrupules à la laisser tomber à la première occasion – après l'avoir soulagée de son argent liquide. Or elle ne le ralentissait pas et portait sans murmurer sa part de leur charge. Ce n'est que le premier jour, se disait-il, cela ne durera pas. Exposées au grand air, les fleurs de serre flétrissent vite.

— Allons jeter un coup d'œil à cette grotte.

— Quelle grotte ? Ça, une grotte ? commenta Whitney d'un air dégoûté en découvrant une minuscule trouée ouvrant sur du noir.

— Oui. Si elle n'est pas déjà occupée par un locataire quadrupède, elle fera un excellent gîte pour la nuit.

— La nuit à… à *l'intérieur* ?

Il ne lui accorda même pas un regard.

— Il faut d'abord voir s'il y a de la place.

Il ôta son sac à dos, se glissa dans l'ouverture. Elle déglutit avec peine en se disant qu'il n'y avait pas de honte à être claustrophobe. Malgré sa fatigue, elle aurait marché dix kilomètres de plus plutôt que de ramper dans ce trou obscur.

— Ce n'est pas un quatre-étoiles, mais ça fera l'affaire, déclara Doug en reparaissant au jour.

Elle s'assit sur un rocher et regarda autour d'elle. Elle ne vit que de la rocaille, de la poussière et quelques pins anémiques.

— Je crois me rappeler avoir payé une somme exorbitante pour cette tente ultralégère dont nous avions, d'après vous, le plus urgent besoin. Vous n'avez jamais entendu parler du plaisir de dormir sous les étoiles ?

— Quand quelqu'un en veut à ma peau, j'aime avoir un mur solide auquel m'adosser. Dimitri doit nous chercher plus à l'est, mais je ne veux prendre aucun risque. Les nuits sont froides dans les hautes terres, ajouta-t-il. Là-dedans, nous pourrons au moins faire du feu sans être remarqués.

— Un feu de camp ? Charmant. Dans un trou si petit, nous serons asphyxiés par la fumée en moins de cinq minutes.

Doug prit une hachette dans son sac à dos et s'attaqua aux branches du pin le plus proche.

— La cavité s'agrandit moins de deux mètres après l'entrée. On peut se tenir debout à l'intérieur. Avez-vous jamais fait de la spéléologie ?

— De la... quoi ?

— L'exploration des cavernes.

— Je connais des tas de choses plus intéressantes à explorer que des trous dans la terre.

— Alors, vous avez manqué beaucoup de beaux spectacles. Cette grotte n'est pas une attraction touristique, mais j'y ai vu des concrétions dignes d'intérêt.

— Passionnant, lâcha-t-elle d'un ton dédaigneux.

Elle avait beau regarder, elle ne voyait qu'un trou dans le rocher. Son aspect suffisait à lui donner des sueurs froides.

Agacé, Doug continuait de couper du bois.

— Évidemment, une femme comme vous ne voit rien de captivant dans des formations rocheuses. À moins de les porter au cou.

Whitney cessa de contempler l'ouverture de la grotte pour tourner vers lui un regard furieux.

— Que voulez-vous dire par « une femme comme moi » ?

— Gâtée. Futile.

Gâtée, elle voulait bien l'admettre. Mais futile ?

— Vous ne manquez pas de culot, Douglas ! dit-elle en se levant. Ce que j'ai, je ne le vole pas, moi !

— Vous n'en avez jamais eu besoin. C'est tout ce qui nous différencie, duchesse. Vous êtes née avec une cuillère d'argent dans la bouche, moi pour vous la prendre et la vendre au meilleur prix. Si vous voulez manger, poursuivit-il en prenant une brassée de bois, entrez là-dedans. Il n'y a pas de garçon d'étage.

Il attrapa son sac par une bretelle et se glissa avec agilité dans l'ouverture de la grotte.

Les poings sur les hanches, indignée, Whitney le vit disparaître. Comment osait-il lui parler de cette manière après qu'elle eut marché des heures sans se plaindre une seule fois ? Depuis qu'elle l'avait rencontré, elle était devenue une cible mouvante, elle avait été poursuivie, poussée d'un train en marche, elle avait perdu des milliers de *ses* dollars dans l'aventure ! Comment osait-il se permettre de la traiter comme une petite écervelée, une mijaurée ? Cela aussi, il le lui paierait !

L'idée la traversa de continuer seule, de le laisser dans sa caverne comme un ours mal léché. Mais non. Oh, non ! C'était exactement ce qu'il espérait pour se débarrasser d'elle et garder le trésor pour lui seul et elle n'allait pas lui donner cette satisfaction ! Elle en crèverait peut-être, mais elle ne le lâcherait pas jusqu'à ce qu'il lui ait donné sa part et remboursé ce qu'il lui devait. Jusqu'au dernier sou – et davantage !

La fureur la poussa dans l'ouverture et la fit ramper les premières dizaines de centimètres – jusqu'à ce que la terreur la paralyse. Elle fut soudain incapable d'avancer d'un pouce. Enfermée dans une boîte obs-

cure et froide dont le couvercle était refermé, elle suffoquait.

Pourtant, elle ne pouvait pas, elle ne voulait pas
reculer, abandonner. Il était là, à quelques pas. Si elle
laissait échapper un gémissement, il l'entendrait et
elle ne voulait en aucun cas provoquer son mépris.
Aussi puissante que la colère, sa fierté la poussa de
nouveau en avant. Il avait dit que la grotte s'agrandissait après l'étroit passage de l'entrée. Il lui suffirait
de ramper encore un peu pour respirer…

Tandis qu'elle luttait contre sa peur, elle aperçut un
éclair de lumière, elle entendit un crépitement, elle
sentit une odeur de fumée. Il avait donc allumé le feu.
Il ne ferait pas noir à l'intérieur.

Faisant appel à toutes ses forces et à des réserves
de courage qu'elle ignorait posséder, Whitney parvint
à avancer jusqu'à ce que la lumière des flammes
danse sur son visage et qu'elle vérifie l'écartement
progressif des parois devant elle. Vidée de son énergie, elle resta couchée là un moment, seulement
capable de respirer.

— Vous vous êtes quand même décidée à me
rejoindre ? Pour le dîner, chacun fera de son mieux.
Je me charge du café, j'espère que vous saurez vous
débrouiller avec le riz. Dommage que nous n'ayons
pas emporté quelques bouteilles de vin, mais…

Le dos tourné, Doug remplissait une casserole
d'eau. Seule l'idée d'un café chaud et fort l'avait sou-
tenu pendant les derniers kilomètres. Intrigué du
silence de Whitney, il se retourna. Elle était assise à
l'entrée de la grotte, adossée au rocher. Était-ce la
lumière qui lui jouait un tour ou était-elle réellement
grise ? Il posa la casserole sur le feu, s'approcha. Non,
ce n'était pas une illusion, son visage était gris. Elle
lui donna l'impression qu'elle se désintégrerait s'il
posait seulement un doigt sur elle. Déconcerté, il s'accroupit.

— Qu'est-ce qui ne va pas ?

— Rien.

— Allons, Whitney…

Il tendit la main, effleura la sienne.

— Bon sang, vous êtes glacée ! Venez près du feu.

— Je vais très bien, gronda-t-elle en repoussant sa main. Fichez-moi la paix.

Avant qu'elle ait pu se remettre debout, il la prit aux épaules et la sentit trembler. Elle n'était pourtant pas censée avoir l'air aussi désarmé. Une femme avec un portefeuille d'actions et des diamants résiste à tout, oui ou non ?

— Il faut boire quelque chose. Je vais vous donner de l'eau.

Il alla chercher la gourde, la lui tendit. L'eau était tiède et avait un goût de fer, mais les quelques gorgées qu'elle avala lui firent du bien.

— Je vais mieux, dit-elle sèchement en lui rendant la gourde. Laissez-moi tranquille.

— Reposez-vous. Si vous êtes malade…

— Je ne suis pas malade ! Un simple problème de claustrophobie.

— Vous auriez dû me le dire, Whitney.

— Pour moi, me rendre ridicule est un problème plus grave que cette déficience psychologique.

Il sourit, lui écarta une mèche de cheveux qui lui tombait dans les yeux. Dieu merci, elle ne fondrait pas en larmes.

— Pourquoi ? Ça ne me dérange pas, moi.

— Les gens qui sont nés ridicules ne s'en rendent pas compte, dit-elle d'un ton moins acerbe. De toute façon, je suis entrée ici. Il faudra sans doute dynamiter la grotte pour m'en faire sortir.

En respirant profondément, elle regarda autour d'elle et reconnut les concrétions rocheuses dont il avait parlé, elles brillaient à la lumière du foyer. Des excréments disséminés çà et là témoignaient que la grotte servait d'abri occasionnel à des animaux.

Il lui caressa la joue, heureux de voir les couleurs y revenir.

— Nous avons une corde, je vous traînerai dehors le moment venu. Buvons un café, ajouta-t-il en voyant l'eau frémir dans la casserole.

Whitney se releva, se débarrassa de son sac à dos, l'ouvrit pour en sortir les fruits achetés au marché. Ils avaient souffert du transport et de la chaleur mais dégageaient une odeur appétissante.

— Je ne sais absolument pas comment préparer le riz.

— Compte tenu de l'équipement dont nous disposons, cela se bornera à faire bouillir l'eau et à touiller. Vous vous en sortirez.

— Et qui fera la vaisselle ?

— On partage tout. N'est-ce pas, partenaire ?

Il accompagna sa réponse d'un sourire qu'elle lui rendit.

— Vraiment ? Alors, partenaire, vous me montrez ces papiers ?

— Et vous, vous me confiez la moitié de l'argent liquide ? répondit-il en lui tendant un gobelet de café fumant.

Elle le prit, y trempa les lèvres.

— Délicieux votre café, Douglas. Encore un de vos talents cachés.

— Je suis béni des dieux. Je vous laisse à la cuisine pendant que je prépare la chambre à coucher.

— Vu le prix que j'ai payé ces sacs de couchage, j'espère qu'ils sont plus moelleux que des lits de plume.

— Vous faites vraiment une fixation sur le fric, grogna Doug.

— Parce que c'est le mien.

Il lui tourna le dos et alla nettoyer un coin de la grotte avant d'y dérouler les sacs de couchage. Elle l'entendit marmonner des mots inintelligibles, mais le sens en était assez clair pour la faire sourire pendant qu'elle jetait des poignées de riz dans l'eau bouillante.

— Avez-vous une idée de la manière dont nous allons remplacer notre réserve d'eau ? demanda-t-elle au bout d'un moment.

— Je pensais qu'on pourrait passer discrètement par le village en dessous.

— Ce ne serait pas risqué ?

— De toute façon, nous avons besoin d'eau. Nous pourrions aussi en profiter pour acheter de la viande. Dimitri sait que notre train devait nous emmener à Tamatave, c'est donc là qu'il doit nous chercher en ce moment. Quand nous finirons par y arriver, j'espère qu'il sera en train de nous chercher ailleurs.

Elle mordit dans une mangue, goûta une cuillerée de riz.

— Il ignore donc votre destination finale ?

— Autant que je sache, il n'a jamais vu les papiers.

Du moins l'espérait-il, car il éprouvait toujours la désagréable démangeaison de la nuque de celui qui se sait suivi et épié.

— S'il ne les a jamais vus, comment est-il au courant de l'existence du trésor ?

— La foi, ma chère. Comme vous.

— Ce Dimitri ne me donne pas l'impression d'un homme qui croirait quoi que ce soit les yeux fermés.

— Disons l'instinct, alors. Un certain Whitaker voulait les vendre au plus offrant et empocher un joli bénéfice sans se donner le mal de creuser la terre. L'idée d'un trésor certifié par des documents avait intéressé Dimitri, qui ne manque pas d'imagination.

Un instant, Whitney arrêta de touiller la casserole de riz.

— Whitaker... George Allan Whitaker ?

— Lui-même. Vous le connaissez ?

— Vaguement. Je suis sortie deux ou trois fois avec un de ses neveux. Je croyais qu'il gagnait de l'argent dans la contrebande, entre autres activités recommandables.

— C'est exact, mais ce n'est pas tout. Vous souvenez-vous du vol des saphirs Geraldi en 76 ?

— Non.

— Vous devriez vous informer de ce genre de choses. En lisant par exemple le livre sur les pierres précieuses disparues au cours des siècles.

— Je préfère la fiction.

— Élargissez votre horizon, vous avez tout à y gagner. Pour en revenir aux saphirs Geraldi, ce sont les plus belles pierres après les joyaux de la couronne d'Angleterre.

— C'est vous qui les avez volés ? demanda-t-elle, impressionnée.

— Non, je n'étais pas au mieux de ma forme à ce moment-là. Mais j'ai toujours eu de bons contacts. Whitaker aussi. Il a commandité l'opération. Depuis qu'il a franchi le cap de la soixantaine, il n'aime plus se salir les mains. Il se fait maintenant passer pour un expert en archéologie.

— Mon père l'a toujours considéré comme un bon à rien.

— Votre père est un homme très sensé. Whitaker servait d'intermédiaire dans la plupart des trafics de bijoux et d'objets d'art qui traversaient l'Atlantique. Il y a à peu près un an, il a réussi à soutirer des papiers anciens et de la correspondance à une vieille lady anglaise.

— Nos papiers ?

Le *nos* lui déplut, mais il ne releva pas.

— La dame en question ne leur attribuait qu'une valeur historique et culturelle. Elle avait écrit des tas d'ouvrages savants sur des questions similaires. Elle était aussi en pourparlers avec un général, mais Whitaker devait mieux savoir charmer les vieilles dames. Il était surtout plus âpre au gain. Le malheur, pour lui, c'est qu'il manquait de fonds à ce moment-là et qu'il a dû faire appel à d'autres pour financer l'expédition.

— C'est là qu'intervient Dimitri, observa-t-elle.

— Exactement. Dans l'esprit de Whitaker, il s'agissait seulement de trouver un associé, dit-il avec un sourire narquois. Mais l'idée de partager avec un partenaire ne convenait pas à Dimitri, qui lui soumit une autre proposition. Whitaker lui donnait les papiers, moyennant quoi il conservait intacts ses doigts et ses orteils.

— Il est dur en affaires, commenta Whitney.

— Il adore négocier en position de force. Le problème, c'est qu'il était allé un peu trop loin. Whitaker avait semble-t-il des problèmes cardiaques et il a passé l'arme à gauche avant de remettre les papiers à Dimitri. Un fâcheux accident, m'a dit Dimitri quand il m'a engagé pour voler les papiers dans le coffre de Whitaker après m'avoir dépeint en détail le traitement qu'il comptait me faire subir si je n'acceptais pas sa proposition. Il voulait me faire peur, j'imagine.

— Et vous les avez volés quand même?

— Seulement après m'être aperçu qu'il comptait m'entuber comme un débutant. S'il avait joué le jeu honnêtement, je les lui aurais donnés, j'aurais empoché mes honoraires et je me serais offert de petites vacances sous les tropiques.

— Sauf que maintenant, vous les avez.

— Oui... Bon Dieu, qu'est-ce que?...

Levé d'un bond, Doug se précipita vers le foyer où bouillonnait la casserole. Whitney se recroquevilla d'instinct en croyant à l'irruption d'un serpent ou d'une araignée venimeuse.

— Bon sang, quelle quantité de riz avez-vous mise là-dedans? gronda-t-il en soulevant la casserole qui débordait comme la lave d'un volcan en éruption.

— Euh… deux ou trois poignées, répondit-elle en se mordant les lèvres pour ne pas éclater de rire.

— Mon œil !

— Disons quatre ou cinq, admit-elle.

Il empoigna une assiette pour y déverser le trop-plein de riz.

— Quatre ou cinq ! Qu'ai-je fait au ciel pour me retrouver dans une grotte de Madagascar avec une fille pas même fichue de faire cuire du riz ? grogna-t-il en regardant la masse collante et roussâtre entassée sur l'assiette.

— Je vous avais dit que je ne savais pas faire la cuisine.

Assise en tailleur, la jupe et le chemisier crasseux, les cheveux défaits, il la vit telle qu'elle lui était apparue la première fois, hautaine et froide, en manteau de fourrure et coiffée d'un feutre blanc immaculé. Pourquoi la trouvait-il encore plus attirante maintenant ?

— Vous trouvez ça drôle ?

— C'est délicieux, j'en suis sûre.

Elle y plongea sa fourchette, en prit une bouchée. Le goût ne lui parut pas déplaisant.

— Ne faites pas l'idiot, Douglas, c'est mangeable.

Tout en parlant, elle engouffrait la mixture bourrative. Sans en avoir encore pris conscience, elle connaissait la faim et l'assouvissait pour la première fois de sa vie. Avec moins de voracité, Doug se mit à manger en l'observant. Il avait déjà été affamé et le serait sans doute encore. Mais elle… Engloutissant du riz insipide avec une fourchette en fer-blanc, elle ne perdait pas un pouce de sa distinction. La conserverait-elle toujours et en toutes circonstances ? La question le fascinait assez pour vouloir prolonger l'expérience. Leur association serait finalement plus intéressante qu'il ne s'y était attendu – tant qu'elle durerait, du moins.

— Qu'est devenue la femme qui a donné les papiers à Whitaker ? demanda-t-elle entre deux bouchées.

— Butrain, se borna-t-il à répondre.

L'éclair de peur qui apparut dans les yeux de Whitney ne lui échappa pas et il s'en félicita. Il valait mieux pour eux deux qu'elle comprenne qu'il ne s'agissait pas d'un jeu innocent. Mais il remarqua aussi que sa main ne tremblait pas quand elle la tendit vers le café.

— Vous êtes la seule personne vivante à les avoir vus ?

— Oui, ma chère.

— Il veut donc vous tuer et moi aussi.

— Exact.

— Sauf que moi, je ne les ai pas vus.

— S'il vous met la main dessus, vous ne serez rapidement plus en état de le lui dire, répondit-il avec désinvolture.

Elle laissa passer une minute avant de reprendre la parole.

— Vous êtes un salaud de première, Doug.

Il y avait dans ces simples mots une trace de respect qui le fit sourire malgré lui.

Deux heures plus tard, le feu réduit en braises ne donnait plus qu'une lueur rougeoyante. Quelque part dans les profondeurs, de l'eau gouttait lentement comme si elle égrenait des notes de musique. Tous deux épuisés, ils se préparèrent à se coucher. En se déchaussant, Doug ne pensait qu'au plaisir de sombrer dans l'inconscience et ne doutait pas un instant qu'il dormirait comme une pierre.

— Vous savez comment vous en servir ? demanda-t-il distraitement en ouvrant son sac de couchage.

— Je me crois encore capable de manœuvrer une fermeture à glissière, merci.

C'est alors qu'il commit l'erreur de la regarder – et de ne plus pouvoir en détourner le regard. Sans aucune gêne apparente, Whitney ôtait sa blouse. Quand elle en fit autant avec sa jupe, il en eut l'eau à la bouche.

Ce n'était pas de la provocation de sa part, elle était à demi comateuse d'épuisement. L'idée de faire preuve de pudeur ne lui était même pas venue, car elle se dénudait infiniment plus en public sur les plages. Elle ne pensait qu'à dormir. Moins fatiguée, elle se serait amusée de l'embarras qu'elle provoquait chez Doug et de constater sa réaction virile devant l'apparition de sa peau nue dans la lumière mourante des braises sous le tissu quasi transparent de ses sous-vêtements. Sans avoir pu s'octroyer cette satisfaction féminine, elle se glissa dans le sac de couchage, le referma pour ne plus laisser apparaître qu'un nuage de cheveux blonds.

— Bonne nuit, Douglas, murmura-t-elle.
— Ouais... Bonne nuit.

Doug se débarrassa de sa chemise, arracha d'un geste brusque l'adhésif collé à sa poitrine. La douleur lui fit lâcher une bordée de jurons que les parois de la grotte renvoyèrent en écho. Whitney ne les entendit même pas, elle dormait déjà. Seul un léger soupir lui échappa.

Il fourra l'enveloppe dans une poche de son sac à dos avant de se glisser à son tour dans son sac de couchage. Mais le sommeil tant espéré ne vint pas. Les yeux grands ouverts, il contempla le plafond de la grotte en ressentant une souffrance qui n'avait rien à voir avec ses muscles tétanisés par la fatigue et la peau enflammée de sa poitrine.

6

Sa main la chatouillait. Luttant pour ne pas se réveiller, Whitney agita mollement le poignet et bâilla.

Elle avait toujours respecté son biorythme. Si elle avait envie de dormir jusqu'à midi, elle dormait jusqu'à midi et idem si elle voulait se lever à l'aube. Elle était tout autant capable de travailler que d'hiberner dix-huit heures d'affilée, et avec la même ferveur.

Pour l'instant, rien d'autre ne l'intéressait que le rêve flou et assez agréable qu'elle était en train de faire. Quand sa main la démangea à nouveau, elle soupira avec un peu d'agacement et ouvrit les yeux.

C'était sans nul doute la plus grosse araignée qu'elle ait jamais vue – énorme, noire, poilue. Elle progressait maladroitement en tâtant le terrain de ses longues pattes recourbées. La main à quelques centimètres seulement de son visage, Whitney regarda le monstre remplir tout son champ de vision, escaladant paresseusement ses doigts en direction de son nez. Pendant un moment, l'esprit embrumé, elle la contempla fixement dans la pénombre.

Ses doigts. Son nez.

Le déclic se produisit tout d'un coup. Réprimant un hurlement, elle envoya voltiger dans les airs l'horrible bestiole qui atterrit sur le sol de la grotte avec un floc audible, puis s'éloigna en titubant.

Pfft ! Elle n'avait pas eu peur une seconde ! D'ailleurs, l'idée que cette sale bête fût venimeuse ne l'avait même pas effleurée. Elle était simplement d'une laideur repoussante et Whitney avait une sainte horreur de ce qui était laid et repoussant.

Avec une grimace de dégoût, elle s'assit et glissa les doigts dans ses cheveux emmêlés. Quand on passait la nuit dans une grotte, on pouvait s'attendre à recevoir la visite de voisins indésirables. Mais pourquoi ne s'en était-elle pas plutôt prise à Doug ? Décidant qu'il n'y avait aucune raison qu'il continue à dormir tranquillement alors qu'elle avait été tirée de son sommeil si brutalement, Whitney se tourna dans l'intention de le secouer.

Il s'était volatilisé, et son sac de couchage avec.

Mal à l'aise, mais pas vraiment inquiète – pas encore –, elle regarda autour d'elle. Personne. Les formations rocheuses dont Doug lui avait parlé donnaient à la grotte l'apparence d'un château abandonné et quelque peu en ruine. Le feu n'était plus qu'un amas de cendres rougeoyantes. Une odeur âcre flottait dans l'air. Certains des fruits commençaient déjà à pourrir. Le sac à dos de Doug avait également disparu.

Le salaud. L'immonde salopard ! Il était parti et il l'avait abandonnée dans un trou à rat avec deux bananes, un sac de riz, et une araignée énorme !

En proie à une fureur dévastatrice, Whitney traversa la grotte à la vitesse de l'éclair et rampa comme une folle dans le tunnel. Sa respiration se bloqua, mais elle s'obligea à continuer. Au diable sa claustrophobie. Elle n'était pas femme à se laisser rouler impunément. Pour attraper ce traître, elle devait sortir d'ici. Et quand elle lui mettrait la main dessus…

Elle aperçut la sortie et se concentra sur les derniers mètres, et sur sa vengeance. Pantelante, hirsute, elle s'extirpa dans le soleil et se redressa en titubant. Gonflant ses poumons d'air, elle cria d'un souffle :

— Lord ! Lord, espèce de fumier !

Le son de sa voix vola au loin puis lui revint, à moitié assourdi mais tout aussi furibond. Impuissante, elle contempla les collines rouges, les rochers. Comment savoir dans quelle direction il était parti ?

Au nord. Mais il avait la boussole. Et la carte. Whitney grinça des dents puis hurla à nouveau :

— Sale porc, vous ne l'emporterez pas au paradis ! Tôt ou tard, je vous retrouverai et je vous...

— Vous me quoi ?

Elle se retourna d'un bond et faillit le percuter.

— Où étiez-vous passé ?

Sous le coup du soulagement et de la colère, elle l'empoigna par la chemise et l'attira à elle.

— Répondez : vous étiez où ?

Il lui tapota aimablement les fesses.

— Tout doux, ma belle. Si j'avais su que ça vous démangeait à ce point de poser vos jolies mains sur moi, j'aurais fait la grasse matinée.

— Vous mériteriez que je vous torde le cou !

Elle le lâcha d'une secousse.

— C'est déjà un début.

Il déposa son sac à dos près de l'entrée de la grotte.

— Vous me croyez capable de partir sans vous ?

— À la première occasion !

Elle ne se trompait pas vraiment. L'idée lui en avait effectivement traversé l'esprit à son réveil, mais il avait oublié toutes les bonnes raisons qui l'auraient poussé à la laisser dans une grotte au beau milieu de nulle part. Cela dit, ce n'était que partie remise.

Pour lui éviter de marquer un point, il opta pour la manœuvre séductrice.

— Whitney, nous sommes associés et...

Il fit glisser un doigt le long de sa joue.

— Vous êtes une femme. Quel genre d'homme serais-je si je vous abandonnais dans un endroit pareil ?

Whitney, souriante, rivalisa d'affabilité.

— Le genre qui n'hésiterait pas à vendre la peau de son chien si on lui en proposait un bon prix. Alors, vous étiez où ?

La peau, quand même pas. Mais il aurait probablement mis le clébard entier au clou en cas de nécessité.

— Vous êtes dure en affaires. Bon, vous dormiez comme un bébé...

Elle n'avait pas bronché de toute la nuit, pendant qu'il se tournait et se retournait, ruminant et fantasmant comme un malade. Elle lui paierait ça un jour ou l'autre, mais pas maintenant. Il y avait un temps pour tout, y compris pour une revanche.

— Je voulais inspecter les environs et je n'ai pas cru utile de vous réveiller. Voilà.

Elle respira lentement. Son explication était logique et après tout il était revenu, non ?

— La prochaine fois que vous voudrez jouer les éclaireurs, secouez-moi.

— Avec grand plaisir.

Un oiseau vola au-dessus de leurs têtes. Whitney le suivit des yeux un moment, retrouvant peu à peu son calme. Le ciel était clair, l'air frais. La chaleur ne serait pas de retour avant quelques heures. Il régnait un silence d'une qualité qu'elle avait rarement rencontrée jusqu'ici. Apaisant.

— Bien, puisque vous êtes allé en repérage, quelles sont les nouvelles ?

— Je ne me suis pas suffisamment approché pour en être sûr à cent pour cent, mais à première vue tout paraît normal au village. À mon avis, c'est le moment idéal pour leur rendre une petite visite.

Whitney baissa les yeux sur sa combinaison crasseuse.

— Dans cette tenue ?

— Personnellement, je la trouve très seyante.

Ce bout de chiffon était indéniablement sexy, surtout avec cette bretelle qui pendouillait sur son épaule.

— De toute façon, je n'ai croisé ni salon de beauté ni boutique de mode.

— Vous êtes peut-être habitué à vous rendre chez les gens habillé comme un éboueur… Mais pas moi. Je vais me nettoyer un peu et me changer.

— À votre guise. Il doit rester assez d'eau pour enlever un peu de la crasse que vous avez sur le visage.

Comme elle se frottait instinctivement les joues, il sourit d'un air narquois.

— Où est votre sac ?

Elle tourna les yeux vers l'entrée de la grotte.

— Là-dedans.

Quand elle pivota à nouveau vers lui, son regard était lourd de défi et sa voix déterminée.

— Je vous préviens, je n'y retourne pas.

— OK. J'y vais. Mais vous n'aurez pas toute la matinée pour vous refaire une beauté.

Whitney haussa un sourcil tandis qu'il se glissait dans l'ouverture.

— Je ne me refais jamais une beauté, rectifia-t-elle d'une voix suave. Je n'en ai nullement besoin.

Avec un grognement inintelligible, il disparut. Whitney contempla l'entrée de la grotte, puis le sac qu'il avait laissé derrière lui en se mordillant la lèvre. Elle n'allait pas laisser passer une occasion pareille. Sans plus hésiter, elle s'accroupit et le fouilla.

Des ustensiles de cuisine, des vêtements… Sa main se referma sur un blaireau à barbe assez élégant qui la laissa perplexe. Quand diable l'avait-il acheté ? Elle connaissait par cœur la liste des affaires qu'elle lui avait facturées, jusqu'à ses chaussettes. Butin de guerre, décida-t-elle en remettant l'accessoire à sa place.

Ses doigts se refermèrent sur une enveloppe, qu'elle sortit délicatement. C'était sûrement ça. Elle jeta un coup d'œil vers la grotte, puis retira une mince feuille de papier jauni scellée dans du plastique et l'examina rapidement. Une lettre, rédigée en français d'une écriture élégante et féminine. Ou plutôt non, la page d'un journal intime. Elle datait de... Doux Jésus! Ses yeux s'écarquillèrent tandis qu'elle déchiffrait les lignes presque effacées. 15 septembre 1793. Incroyable. Elle était assise en plein soleil sur un rocher usé par le vent et la pluie, un morceau d'histoire dans la main.

Whitney la parcourut à nouveau, très vite, retenant des morceaux de phrases où il était question de peur, d'angoisse et d'espoir. À l'évidence, l'auteur était encore une enfant: elle faisait sans cesse allusion à «maman» et «papa». Une jeune aristocrate, effrayée et bouleversée par ce qui arrivait à sa famille et à elle, en déduisit Whitney.

Impossible de la lire entièrement maintenant, ce serait trop risqué. Whitney referma soigneusement le sac, le reposa près de l'entrée de la grotte et tapota l'enveloppe contre sa paume ouverte. Battre un homme à son propre jeu avait quelque chose d'infiniment excitant. Elle l'entendit progresser dans la cavité et chercha fébrilement un endroit où cacher le document. Sa main tâta le tissu léger de sa combinaison en soie. Où diable allait-elle pouvoir la planquer? Mata-Hari portait au moins un sarong. Elle esquissa un geste pour la fourrer dans son décolleté puis se ravisa. Autant l'épingler au milieu de son front. Trop tard. Elle la glissa en catastrophe dans son dos et croisa mentalement les doigts.

— Votre bagage, mademoiselle MacAllister.

— Vous devrez attendre un peu pour votre pourboire, je n'ai pas de monnaie sur moi.

— La bonne excuse.

— Obliger son prochain, n'est-ce pas la plus belle des récompenses?

112

Whitney lui prenait le sac des mains quand une pensée lui traversa subitement l'esprit. Une minute... Si elle avait pu lui faucher l'enveloppe aussi facilement, alors lui... Elle ouvrit son sac et le fouilla nerveusement.

— Vous feriez bien de vous presser un peu. Nous sommes déjà en retard à notre premier rendez-vous de la journée.

Comme il esquissait un geste pour lui prendre le bras, elle lui enfonça sans ménagement son sac dans l'estomac. Le léger sifflement qui jaillit de ses poumons lui procura une intense satisfaction.

— Vous permettez ? Deux secondes.

Elle sortit son portefeuille, l'ouvrit. Il lui avait généreusement laissé un billet de vingt dollars.

— Pourquoi ne suis-je même pas étonnée ?

— Le propre des associés, c'est de tout partager, non ?

Il n'avait pas pensé qu'elle découvrirait le pot aux roses aussi vite, mais haussa nonchalamment les épaules.

— J'ai toujours estimé que c'était à l'homme de gérer le budget du couple.

Satisfait du retournement de la situation, il souleva son sac.

— Je suis un peu vieux jeu.

— Vous êtes surtout un vieux mufle.

— Possible, mais à partir de maintenant, c'est moi qui garde le fric.

Elle lui décocha un gracieux sourire qui le mit instantanément sur ses gardes.

— Et moi, je garde l'enveloppe.

— Là, vous rêvez, mon chou.

Il lui tendit ses affaires.

— Maintenant, allez vous changer comme une gentille petite fille.

La fureur étincela dans les yeux de Whitney. Elle ravala les insultes prêtes à jaillir de ses lèvres. En affaires, il y avait un temps pour la colère, et un temps pour la négociation, se rappela-t-elle. Son père avait fait de ce principe l'une de ses règles de base.

— J'ai dit : je garde l'enveloppe.

— Et moi, j'ai dit...

Doug laissa sa phrase en suspens. Une femme qui venait d'être plumée, logiquement, n'arborerait pas cette mine arrogante. Il regarda son sac avec une nuance de doute. Elle n'aurait quand même pas osé... Il ramena les yeux sur Whitney. Tu parles, qu'elle s'était gênée !

Il jeta son sac à terre et l'inspecta.

— Bon, d'accord, où est-elle ?

Whitney montra ses deux mains. La minuscule combinaison épousa son geste d'un mouvement fluide.

— Je ne crois pas qu'il soit nécessaire de me fouiller ?

Doug plissa les paupières. Malgré toute sa volonté, il ne put s'empêcher de la caresser des yeux.

— Rendez-la-moi, Whitney, ou vous n'aurez plus rien sur vous dans cinq secondes.

— Et vous, vous aurez le nez cassé en cinq morceaux.

Ils s'affrontèrent silencieusement, déterminés l'un comme l'autre à ne pas céder. Et conscients l'un comme l'autre de ne pas avoir d'autre choix que d'accepter le match nul.

— Les papiers, gronda-t-il dans une ultime tentative pour l'impressionner avec son ton viril et dominateur.

— L'argent, riposta-t-elle avec une obstination et une insolence toutes féminines.

Jurant tout bas, Doug plongea la main dans sa poche revolver et en sortit une liasse de billets. Comme elle tendait la main pour s'en emparer, il les mit hors de portée.

— Les papiers, répéta-t-il.

Whitney l'observa. Son regard était direct, très franc, très droit. Elle le savait capable de mentir comme un arracheur de dents avec ces yeux-là. Néanmoins, pour certaines choses, elle lui faisait confiance.

— Donnez-moi votre parole – ou ce qui en tient lieu.

Bon, sa parole ne valait pas un clou. Mais avec cette sauterelle, la barre serait toujours placée beaucoup trop haut, reconnut-il.

— Vous l'avez.

Hochant la tête, elle tâtonna derrière elle, mais l'enveloppe avait glissé hors de portée.

— Pour de multiples raisons, je n'aime pas vous tourner le dos, cependant…

Elle s'exécuta avec un haussement d'épaules.

— Vous allez devoir la prendre vous-même.

Le regard de Doug glissa le long de sa nuque jusqu'aux courbes adorables de ses hanches. Mince, mais parfaite. Il insinua ses doigts sous le tissu et descendit lentement.

— Contentez-vous de récupérer l'enveloppe, Douglas. Sans détour.

Elle croisa les bras sous sa poitrine et regarda fixement devant elle. Le contact de ses doigts sur sa peau lui mit tous les nerfs à vif. Elle n'avait pas l'habitude d'être troublée pour si peu.

— Elle s'est faufilée très bas, murmura-t-il. Il va me falloir un petit moment pour la récupérer.

En fait, cinq secondes chrono pour lui arracher sa petite combinaison, calcula-t-il. Que ferait-elle alors ? Il l'immobiliserait sous lui avant même qu'elle ait eu le temps de reprendre son souffle pour l'insulter. Ensuite, il obtiendrait ce qui l'avait tenu en éveil toute la nuit.

Oui, mais elle aurait alors sur lui une emprise dont il ne pourrait pas s'affranchir, admit-il tandis que ses doigts effleuraient le bord de l'enveloppe. Définissons les priorités, se rappela-t-il tout en touchant à la fois le papier rêche et la peau soyeuse. La vie était toujours une affaire de priorités.

Whitney faisait appel à toute sa concentration pour rester de marbre.

— Douglas, vous avez deux secondes pour la prendre, ou vous perdrez l'usage de votre main droite.

— Nerveuse, mmh ?

Enfin, il avait la satisfaction de voir qu'elle connaissait les mêmes affres que lui. Ses inflexions rauques l'avaient trahie, de même que son léger frisson. Du bout du pouce et de l'index, il sortit l'enveloppe.

Whitney se retourna aussitôt, la main tendue. Il avait la carte, et il avait l'argent. Il était habillé de pied en cap, elle était quasiment nue. S'il voulait se débarrasser d'elle, il ne trouverait jamais une meilleure occasion. Elle réussirait toujours à descendre jusqu'au village et à trouver un avion pour regagner la capitale, de ce côté-là, il n'y avait pas de souci à se faire.

Ses yeux étaient fixés sur lui, imperturbables. Elle lisait dans son esprit comme dans un livre ouvert.

Après un moment d'hésitation, Doug décida que pour une fois sa parole vaudrait quelque chose. Il déposa la liasse de billets dans la main de Whitney.

— Le code d'honneur des voleurs est...

— ... une invention romanesque, termina-t-elle à sa place.

L'espace d'un instant, très court, elle avait eu comme un doute. Ramassant son sac et la gourde, elle se dirigea vers la pinède. Un paravent comme un autre. Encore qu'elle eût préféré un mur en acier.

— Vous devriez vous raser, Douglas, lança-t-elle par-dessus son épaule. J'ai horreur que mon cavalier fasse négligé.

Passant la main sur son menton râpeux, il se jura de ne pas toucher un rasoir avant des semaines.

Tout devenait plus facile quand on touchait au but, philosopha Whitney.

Adolescente, elle avait passé un été mémorable avec ses parents dans leur propriété de Long Island. Son père faisait alors une véritable fixation sur les bienfaits du sport. Chaque fois qu'elle n'avait pas réussi à se défiler, il l'avait entraînée dans une séance de jogging. Elle se rappelait sa détermination à ne pas flancher devant un homme de vingt-cinq ans son aîné, et le petit truc qu'elle avait mis au point pour se motiver : elle cherchait du regard les lucarnes blanches de la maison. Dès qu'elle les apercevait, elle redoublait d'énergie, sachant que l'épreuve était sur le point de s'achever.

Aujourd'hui, leur destination avait la forme d'un minuscule hameau jouxtant des champs très verdoyants et une rivière brune venant de l'ouest. Mais après une journée de marche et une nuit dans une grotte, Whitney leur trouvait le charme de La Nouvelle-Rochelle.

Au loin, des hommes et des femmes travaillaient dans les rizières. Les forêts avaient été sacrifiées à l'agriculture et cette option contraignait ce peuple pragmatique à un labeur acharné. C'étaient des insulaires, certes, observa-t-elle, mais sans cette indolence enjouée qu'on prête généralement aux habitants des îles. Tout en les contemplant, Whitney se demanda combien d'entre eux avaient déjà vu la mer.

Des vaches, le regard lourd d'ennui, la queue battante, étaient parquées dans des enclos. Une Jeep cabossée, dépouillée de ses roues, reposait sur un rocher. Quelque part résonnait le choc lancinant du métal contre le métal.

Des femmes étendaient leur linge sur une corde – des chemises fleuries, aux couleurs éclatantes, qui contrastaient avec leurs austères tenues de travail. Des hommes revêtus de pantalons bouffants bêchaient un jardin étriqué, tout en longueur. Certains chantaient un air plus tonique que mélancolique.

Comme Whitney et Doug avançaient, des têtes se tournèrent et le travail cessa. Personne ne s'approcha, à l'exception d'un chien noir squelettique qui décrivit des cercles devant eux et lâcha un aboiement.

À l'Est comme à l'Ouest, Whitney savait reconnaître la curiosité et la méfiance quand elle les rencontrait. Quelle désolation de ne pas avoir quelque chose de plus coquet à se mettre qu'une chemise et un caleçon... Son regard glissa vers Doug. Avec ses joues ombrées de barbe et ses cheveux en bataille, il avait l'air de sortir tout droit d'une soirée arrosée – une très longue soirée.

Comme ils poursuivaient leur route, Whitney aperçut des enfants. Les adultes portaient les plus jeunes d'entre eux sur le dos ou les hanches. L'air sentait le crottin et la cuisine. Whitney se frotta l'estomac tout en descendant une colline derrière Doug. Il avait le nez dans son guide.

— Vous êtes sûr que c'est bien le moment ? demanda-t-elle.

Comme il grognait, elle leva les yeux au ciel.

— Je m'étonne que vous n'ayez pas apporté une de ces petites lampes à pince conçues pour lire au lit.

— Bonne idée, on en achètera une. Tiens, voilà qui devrait vous plaire : les Mérinas sont d'origine asiatique et constituent le gratin de l'île.

— Formidable.

Ignorant son ironie, il continua à lire :

— Ils obéissent à un système de castes qui sépare les aristocrates des classes moyennes.

— Très judicieux.

Comme il lui lançait un regard noir, elle lui sourit d'un air innocent.

— Très judicieusement, poursuivit-il, le système a été aboli par la loi. Mais ils n'en font aucun cas.

— L'éternel problème des rapports entre loi et morale. Ça ne marche jamais.

Refusant de céder à la provocation, Doug leva le regard, les yeux plissés. Les villageois se rassemblaient, mais apparemment pas pour un comité d'accueil. D'après son guide, les quelque vingt tribus ou groupes malgaches avaient rangé leurs lances et leurs arcs depuis des années. Néanmoins... Il croisa des dizaines de regards noirs, rivés sur eux. Whitney et lui allaient devoir procéder en douceur.

— À votre avis, comment vont-ils réagir devant des invités-surprises ?

Plus nerveuse qu'elle n'était prête à l'admettre, Whitney glissa son bras sous le sien.

Doug s'était introduit chez tellement de gens sans y être convié qu'il avait arrêté de compter.

— Nous allons les amadouer en usant de notre charme.

En général, ça marchait.

— Non ? Vous savez faire ça ? ironisa-t-elle comme ils atteignaient la plaine au pied de la colline.

Elle était de plus en plus mal à l'aise, mais continua néanmoins à avancer, les épaules droites. La foule murmura puis s'écarta, livrant passage à un homme de haute taille, au visage émacié, revêtu d'une longue tunique noire nouée sur une chemise blanche. Quelle que fût sa fonction – chef, prêtre, ou général –, un seul regard lui suffit pour deviner qu'il s'agissait de quelqu'un d'important... et qu'il était fort mécontent de leur intrusion.

Il était également gigantesque. Abandonnant toute fierté, Whitney recula d'un pas, laissant Doug en première ligne.

— Qu'est-ce que vous attendez ? Faites-lui le coup du charme, le défia-t-elle.

Doug étudia le géant, la foule regroupée derrière lui, et s'éclaircit la gorge.

— Pas de problème.

Et il afficha son sourire le plus engageant.

— Bonjour. Ça va ?

Le chef inclina la tête d'un mouvement royal, hautain, et désapprobateur. D'une voix profonde et caverneuse, il lâcha un flot de mots malgaches.

— Désolé, notre vocabulaire est un peu limité, monsieur, euh…

Doug lui tendit la main. L'homme la regarda, puis l'ignora. Son sourire toujours scotché aux lèvres, Doug prit Whitney par l'épaule et la poussa en avant.

— Essayez de lui parler en français.

— Mais votre numéro de charme marchait si bien !

— Ce n'est pas le moment d'argumenter, ma chère.

— Vous disiez qu'ils étaient amicaux.

— Il n'a pas dû lire le guide.

Whitney leva les yeux vers le visage de pierre, à plusieurs centimètres au-dessus d'elle. Doug n'avait peut-être pas tout à fait tort. Elle sourit, battit des cils, et essaya une formule de politesse en français.

L'homme la fixa pendant une dizaine de secondes, puis lui répondit dans la même langue. Whitney faillit soupirer de soulagement.

— OK. Maintenant, dites-lui que nous sommes désolés, ordonna Doug.

— De quoi ?

— De notre intrusion, murmura-t-il entre ses dents tout en lui serrant l'épaule. Expliquez-lui que nous nous rendons à Tamatave, que nous nous sommes perdus et que nous sommes à court de provisions. Et continuez à sourire. Prenez l'air désemparé, comme si vous essayiez de changer un pneu crevé sur le bord de la route.

Elle fronça les sourcils, le regard glacial.

— Je vous demande pardon ?

— Faites ce que je vous dis, Whitney, et ne discutez pas.

— Je vais lui parler, acquiesça-t-elle d'un ton hautain. Mais je ne jouerai certainement pas les cruches.

Elle pivota à nouveau vers leur hôte, un sourire charmant aux lèvres.

— Nous sommes terriblement confus de faire irruption dans votre village, commença-t-elle en français. Mais nous nous rendions à Tamatave et mon compagnon...

Elle esquissa un geste en direction de Doug et feignit la contrariété.

— Il a perdu son chemin. Nous sommes à court de nourriture et d'eau.

— Tamatave est loin d'ici, plus à l'est. Vous voyagez à pied ?

— Malheureusement oui.

L'homme étudia à nouveau les deux étrangers, avec une froideur délibérée. L'hospitalité faisait partie de la culture malgache. Néanmoins, elle s'exerçait avec circonspection. Il perçut de la nervosité dans les yeux de ces visiteurs, mais aucune volonté de nuire. Au bout d'un moment, il s'inclina.

— Nous sommes heureux d'accueillir des invités parmi nous. Vous pourrez partager notre nourriture et notre eau. Je suis Louis Rabemananjara.

— Enchantée.

Whitney lui tendit la main et, cette fois, il accepta de la serrer.

— Je m'appelle Whitney MacAllister, et voici Douglas Lord.

Louis pivota vers la foule pour annoncer que le village allait recevoir des hôtes.

— Ma fille, Marie.

À ces mots, une minuscule jeune femme à la peau couleur café et aux yeux noirs s'avança. Whitney contempla ses cheveux merveilleusement tressés et se demanda si son coiffeur-styliste pourrait en faire autant.

— Elle va s'occuper de vous. Quand vous vous serez reposés, vous vous joindrez à nous pour le repas.

Sur ce, Louis se fondit dans la foule.

Après un rapide coup d'œil sur la chemise pervenche et le pantalon moulant de Whitney, Marie baissa le regard. Son père ne lui permettrait jamais de porter une tenue aussi osée.

— Soyez les bienvenus. Voulez-vous me suivre ? Je vais vous montrer où vous pourrez vous laver.

— Merci, Marie.

Ils suivirent la jeune femme à travers l'attroupement. L'un des enfants pointa un doigt vers les cheveux de Whitney et déversa un flot de paroles d'une voix surexcitée avant d'être rappelé à l'ordre par sa mère. Un seul mot de Louis les renvoya tous au travail pendant que Marie se dirigeait vers une petite maison en bois de plain-pied. Le toit en chaume, fortement incliné, descendait très bas pour ménager un peu d'ombre. Les vitres étincelaient. Un tapis de sol, blanchi par le soleil, était déroulé devant le seuil. Marie ouvrit la porte, puis s'effaça pour permettre à ses hôtes d'entrer.

L'intérieur reluisait de propreté. Le mobilier était rudimentaire et simple mais des coussins aux couleurs vives égayaient les sièges. Des fleurs jaunes, ressemblant à des marguerites, s'épanouissaient dans un vase en argile, près d'une fenêtre où des volets en bois faisaient écran à la lumière aveuglante et à la chaleur.

— Il y a de l'eau et du savon.

Comme Marie les conduisait au fond de la pièce, la température parut baisser de dix degrés. Elle sortit de grands récipients en bois d'une petite alcôve, ainsi que des brocs d'eau et des pains de savon brun.

— Ce sera bientôt l'heure du déjeuner. Vous êtes nos invités. Il y aura beaucoup à manger.

Elle leur sourit pour la première fois.

— Nous nous préparons à célébrer le *fadamihana*.

Whitney s'apprêtait à la remercier quand Doug la saisit par le bras. La conversation en français lui avait échappé, mais un mot l'avait frappé.

— Dites-lui que nous aussi, nous rendrons hommage à leurs ancêtres.

— Quoi ?

— Allez-y.

Whitney obéit et fut récompensée par un regard radieux.

— Nous serons heureux de partager ce que nous avons avec vous, déclara-t-elle avant de les quitter.

— Vous pouvez m'expliquer ?

— Elle a prononcé le mot fadamihana.

— Apparemment, ils sont en pleins préparatifs, oui. Ils fêtent quoi ?

— Les morts.

Whitney cessa d'examiner l'une des cuvettes pour se tourner vers lui.

— Pardon ?

— C'est une ancienne coutume. Le culte des ancêtres est l'une des caractéristiques de la tradition malgache. Tous les deux ou trois ans, ils exhument leurs morts et donnent une fête en leur honneur.

— Ils les exhument ?

Un sentiment de répulsion l'envahit.

— C'est dégoûtant.

— C'est un signe de déférence.

— J'espère bien que personne ne me respectera de cette façon.

Sa curiosité l'emporta et elle fronça les sourcils tandis que Doug versait de l'eau dans la cuvette.

— Mais pourquoi font-ils ça ?

— Eh bien, après avoir exhumé les corps, on les installe à la place d'honneur. Ensuite, on les enveloppe dans des draps propres, on leur sert du vin de palme et on leur raconte les dernières nouvelles.

Doug plongea les deux mains dans l'eau et s'asper-
gea le visage.

— C'est leur façon de respecter le passé, je suppose.
De célébrer leurs aïeux. Le culte des ancêtres est le
fondement de la culture malgache. On joue de la
musique et on danse. Un bon moment que les vivants
partagent avec les morts, en quelque sorte.

Ainsi, la mort n'était pas ressentie comme un deuil,
songea Whitney, stupéfaite. Les vivants cherchaient
même à divertir les défunts. Ils fêtaient la mort ou –
plus exactement – les liens unissant les vivants et les
morts. La cérémonie lui apparut brusquement sous
un jour différent et son opinion changea du tout
au tout.

Elle saisit le savon que lui tendait Doug et sourit.

— C'est très beau, vous ne trouvez pas ?

Il attrapa une serviette épaisse et s'en frotta le
visage.

— Qu'est-ce qui est beau ?

— Ils ne vous oublient pas après votre mort. Ils
vous ramènent parmi eux, ils vous installent aux premières loges, vous racontent tous les potins et vous
donnent à boire. Ce qu'il y a de plus terrible dans la
mort, c'est de ne plus pouvoir s'amuser.

— Le pire quand on meurt, c'est de mourir, riposta-
t-il.

— Vous êtes beaucoup trop terre à terre. Je suis
sûre que la mort est plus facile à affronter quand on
sait qu'une telle perspective vous attend.

Doug ne voyait pas ce qui pourrait rendre la mort
plus facile à affronter. Pour lui, c'était seulement l'issue finale quand toutes les autres solutions avaient
été épuisées. Il secoua la tête, lâchant la serviette.

— Vous êtes une femme intéressante, Whitney.

— Évidemment !

Elle approcha le savon de son visage et huma son
parfum. Il sentait l'huile et les fleurs pilées.

— Et je meurs de faim. Je me demande ce qu'il y aura au menu.

Quand Marie les rejoignit, elle s'était changée et portait une jupe colorée qui flottait sur ses mollets. Dehors, les villageois disposaient de la nourriture et des boissons sur une longue table. Whitney, qui s'attendait à quelques poignées de riz et à une gourde d'eau fraîche, renouvela ses remerciements à la jeune femme.

— Vous êtes nos invités.

Solennelle et grave, Marie baissa les yeux.

— Vous avez été guidés vers notre village. Nous vous offrons l'hospitalité de nos ancêtres et célébrons votre visite.

— Je sais seulement que nous sommes affamés.

Whitney lui pressa la main.

— Et très reconnaissants.

Elle se gava. En dehors des fruits et du riz, elle aurait été bien incapable de dire ce qu'elle avait mangé, mais cela lui était parfaitement égal. Toutes sortes de parfums avaient flotté dans l'air, épicés, exotiques. La viande avait été cuite au feu de bois et dans des fours en pierre. Faisandée, son goût était riche et savoureux. Le vin, coupe après coupe, enivrait agréablement.

La musique s'éleva. Des tambours, des instruments à vent et à cordes aux accents rauques qui jouaient des airs anciens et envoûtants. Le travail dans les champs, apparemment, pouvait attendre jusqu'au lendemain. Les visiteurs étaient rares et, une fois acceptée, leur présence appréciée.

Un peu étourdie, Whitney se joignit à un groupe de danseurs.

Ils l'accueillirent en souriant et tapèrent dans leurs mains tandis qu'elle essayait d'imiter leurs pas. Les hommes se mirent à sauter et à tournoyer pendant que le rythme s'accélérait. Whitney renversa la tête en arrière en riant. Elle songeait aux clubs bondés et enfumés qu'elle fréquentait habituellement. Musique électronique, lumières agressives... Là-bas, chacun cherchait à briller plus que son voisin. Elle pensa à certains de ses partenaires – si élégants, si imbus d'eux-mêmes – qui la faisaient danser. Pas un seul n'aurait pu rivaliser avec un Mérina. Elle tourbillonna jusqu'à en avoir le vertige puis s'approcha de Doug.

— Venez danser !

Ses pommettes étaient toutes rouges, ses yeux brillaient. Elle était chaude contre lui, irrésistiblement douce. Il secoua la tête en souriant.

— Non, merci. Vous assurez très bien le spectacle à vous toute seule.

— Allez ! Ne soyez pas coincé !

Elle vrilla un doigt sur son torse.

— Les Mérinas vont vous prendre pour un dégonflé.

Elle noua ses mains autour de sa taille et se balança.

— Tout ce que vous avez à faire, c'est de bouger les pieds.

Ses mains glissèrent malgré lui jusqu'à ses hanches pour sentir leur frémissement.

— Seulement les pieds ?

Inclinant son visage d'un air enjôleur, elle lui décocha un regard faussement exaspéré.

— Si vous n'êtes même pas capable de...

Elle lâcha un petit cri quand il la fit tournoyer sur elle-même.

— Essayez de me suivre, chérie.

En un éclair, il eut un bras autour de sa taille, l'autre levé, dans l'attitude d'un danseur de tango. Il garda la pose quelques secondes, la paume de Whitney pressée contre la sienne, puis il avança doucement. Ils se séparèrent, tournèrent, se rapprochèrent à nouveau.

— Bon sang, Douglas, vous gagnez à être connu.

Ils enchaînèrent les pas, avançant, tournant, reculant, puis avançant de plus belle sous le regard approbateur de l'assistance. Ils pivotèrent l'un vers l'autre, face à face, mains tendues, tandis que Doug la renversait en arrière.

Le cœur de Whitney accéléra ses battements, à la fois du plaisir de s'amuser et de l'excitation de sentir leurs corps se frôler. Son souffle était chaud. Ses yeux, si clairs, d'une couleur si inhabituelle, étaient rivés aux siens. Elle percevait la tension des muscles de son dos, de ses épaules. Whitney redressa le menton avec défi. Elle se mesurerait à lui.

Il la fit tournoyer si vite que sa vision se brouilla. Quand il la fit basculer, elle s'abandonna, ses cheveux touchant presque le sol. Il la releva d'un mouvement tout aussi rapide et elle se retrouva contre lui, sa bouche à un souffle de la sienne.

Il aurait suffi d'un rien – un simple glissement – pour que leurs lèvres se touchent. Leur respiration était saccadée tout autant par la fatigue que par le désir. Whitney percevait son odeur, un mélange subtil de sueur, d'alcool et d'épices. Son baiser mêlerait le goût des trois.

Ils n'avaient qu'à bouger légèrement – quelques millimètres. Et ensuite... ?

— Sapristi, marmonna Doug.

Alors même que ses mains se resserraient sur la taille de Whitney et qu'elle baissait les yeux, le bourdonnement d'un moteur retentit dans le lointain. Il releva aussitôt la tête, le corps tendu comme celui d'un félin.

— Merde.

Agrippant la main de Whitney, Doug l'entraîna à couvert. Faute de mieux, il la poussa dans le renfoncement d'un mur et se plaqua contre elle.

— Hé! Qu'est-ce qui vous prend? Ce n'est pas parce que nous avons dansé un tango que vous devez vous croire tout permis!

— Ne bougez pas.

— Non mais pour qui…

Le grondement résonna au-dessus d'eux, parfaitement distinct, cette fois.

— Qu'est-ce que c'est?

— Un hélicoptère.

Il pria pour que l'inclinaison du toit et l'ombre portée sur le sol les abritent des regards.

Whitney réussit à glisser un œil par-dessus son épaule. Elle l'entendait, mais ne parvenait pas à le voir.

— Ça peut être n'importe qui.

— Possible. Mais je ne risque pas ma vie sur des « peut-être ». Dimitri a horreur de perdre son temps.

Bon sang, comment avait-il réussi à les retrouver au milieu de nulle part? songea-t-il tout en cherchant fébrilement un moyen de se sortir de là. Il jeta prudemment un regard autour de lui. Impossible de courir où que ce soit.

— Votre tignasse blonde nous trahirait aussi sûrement qu'une enseigne au néon.

— Même sous pression, vous restez un être charmant, Douglas.

— Espérons qu'il n'aura pas l'idée de se poser pour regarder de plus près.

Il avait à peine fini de parler que le bruit s'amplifia. Le souffle généré par les pales du rotor parvint jusqu'à leur refuge. De la poussière s'éleva en tourbillonnant.

— Vous auriez mieux fait de vous taire.

— Fermez-la une minute.

Il vérifia derrière lui, prêt à s'élancer. Mais pour aller où? se demanda-t-il avec écœurement. Ils étaient pris au piège, exactement comme s'ils s'étaient engagés dans une impasse.

Il perçut un bruit étouffé, et se retourna d'un bond, les poings serrés. Marie s'immobilisa, un doigt sur les lèvres pour les inciter au silence. Les invitant d'un geste à la suivre, elle contourna la maison jusqu'à la porte en rasant les murs. Conscient de ne pas avoir le choix, même si cela signifiait mettre à nouveau sa vie entre les mains d'une femme, Doug se faufila derrière elle en tenant Whitney par le poignet.

Une fois à l'intérieur, il leur fit signe de ne pas bouger puis s'approcha avec prudence de la fenêtre et jeta un coup d'œil dehors.

L'hélicoptère s'était posé dans la plaine, au pied des collines. Remo se dirigeait déjà vers les villageois.

— Le fils de pute, marmonna Doug.

Un jour ou l'autre, il serait amené à affronter Remo. Mais il lui faudrait attendre d'avoir l'avantage du terrain. Pour l'instant, tout ce dont il disposait c'était d'un canif, dans la poche de son jean. Il pensa brusquement à leurs sacs à dos. Ils étaient restés près de la table.

— Est-ce que… ?

— Ne vous montrez pas, ordonna-t-il comme Whitney se glissait derrière lui. C'est Remo, accompagné de deux autres sbires de Dimitri.

Et tôt ou tard, admit-il tout en s'essuyant la bouche d'un revers de main, il serait contraint d'affronter Dimitri en personne. Il aurait besoin d'une bonne dose de chance quand ce moment viendrait. Son regard parcourut fébrilement la pièce, cherchant quelque chose, n'importe quoi, pour se défendre.

— Dites-lui que ces hommes en ont après nous et demandez-lui ce que ses amis vont faire.

Whitney tourna les yeux vers Marie, immobile près de la porte, et suivit rapidement les instructions de Doug.

La jeune femme joignit les mains.

— Vous êtes nos hôtes, répondit-elle simplement. Eux, non.

Whitney lui sourit puis traduisit ses propos à Doug.

Remo parlementait avec Louis. Le chef du village lui faisait face, le regard de glace, implacable, s'exprimant sèchement en malgache. Leurs voix, à défaut de leurs paroles, leur parvenaient par la fenêtre ouverte. Remo sortit quelque chose de sa poche.

— Des photos, chuchota Whitney. Il lui montre des photos de nous.

Oui, acquiesça silencieusement Doug, et il avait déjà dû en faire autant avec tous les habitants des villages situés entre ici et Tamatave. S'ils s'en sortaient vivants, il n'y aurait plus de fiestas en cours de route. Il avait été stupide de croire qu'il pouvait se permettre de souffler avec Dimitri à ses trousses.

En même temps que les photos, Remo brandissait une liasse de billets et un sourire. Les deux se heurtèrent à un silence dédaigneux.

Pendant que Remo essayait de soudoyer Louis, l'un de ses acolytes s'avança vers la table et piocha dans les plats. Doug le regarda, impuissant, s'approcher dangereusement des sacs.

— Demandez-lui si elle a un fusil.

— Un fusil ?

Whitney déglutit. Elle ne lui avait jamais entendu ces intonations auparavant.

— Mais Louis ne…

— Faites ce que je vous dis. *Maintenant.*

Le compagnon de Remo se servait une coupe de vin de palme. Si jamais il tournait les yeux sur la gauche… s'il apercevait les sacs sur le sol, peu importerait que les villageois ne soient pas de son côté. Ils n'étaient pas armés. Et Doug savait pertinemment ce que Remo cachait sous la veste, dans un holster en cuir. Il l'avait senti s'enfoncer dans ses côtes il n'y avait pas si longtemps.

130

— Bon Dieu, Whitney, qu'est-ce que vous attendez !

En réponse à la question de Whitney, Marie hocha la tête, le visage dénué d'expression. Elle se faufila dans la pièce voisine et réapparut, portant un long fusil. Quand Doug s'en empara, Whitney lui agrippa le bras.

— Doug, ils sont armés, eux aussi. Et il y a des enfants dehors.

Il chargea le fusil, les traits figés. Il lui faudrait juste être rapide, et précis. Fichtrement rapide.

— Je ne tenterai rien à moins d'y être obligé.

Il s'accroupit, appuya le canon sur le rebord de la fenêtre, et concentra son regard sur sa cible. Son doigt était moite avant même de se poser sur la détente.

Il détestait ces engins. Il les avait toujours eus en horreur. Peu importait de quel côté il se trouvait. Il avait tué, oui. Au Viêtnam. Parce que ni un esprit acéré ni des mains habiles n'avaient suffi à l'arracher à l'enfer de la boue et de la jungle. Il avait appris à faire là-bas des choses qu'il aurait voulu ignorer, il y avait été forcé. Survivre avait toujours été la règle numéro un.

À Chicago aussi, il avait tué. Par une sale nuit où il s'était retrouvé le dos contre un mur, un couteau sous la gorge. Il savait ce que c'était de voir la vie déserter lentement un regard. De se dire que la prochaine fois, n'importe quand, ce serait peut-être votre tour.

Il détestait les armes. Il cala la crosse contre son épaule.

L'un des partenaires de danse de Whitney lâcha un éclat de rire aigu. Brandissant un pichet de vin au-dessus de sa tête, il tira par le bras l'homme proche des sacs. Pendant que le Mérina tournoyait et sautait, les sacs furent aspirés dans la foule et disparurent.

— Arrête de faire l'imbécile, aboya Remo comme son acolyte levait sa coupe pour qu'on la remplisse.

Pivotant à nouveau vers Louis, il agita les photos. Il n'obtint rien d'autre qu'un regard dur et un grondement en malgache.

Doug vit Remo fourrer les photos et l'argent dans sa poche et regagner l'hélicoptère à grandes enjambées. L'appareil décolla en tournoyant sur lui-même. Quand il fut à trois mètres au-dessus du sol, la tension de ses épaules se relâcha.

Il n'aimait pas le contact d'un fusil contre sa paume. Alors que le bruit du moteur mourait dans le lointain, il retira les balles.

— Vous auriez pu blesser quelqu'un avec ça, murmura Whitney quand il rendit son bien à Marie.

— Ouais.

Lorsqu'il pivota vers elle, son regard avait une acuité qu'elle ne lui avait encore jamais connue. Une tension qui n'était pas le reflet de la peur, mais de la détermination. Qu'il soit un voleur, elle pouvait le comprendre et l'admettre. Mais ce qu'elle voyait lui prouvait qu'à sa façon il était aussi dur, aussi impitoyable que les tueurs lancés à leurs trousses. Et cela, elle n'était pas certaine de réussir à l'accepter.

La lueur dans ses prunelles s'éteignit lorsque Marie revint dans la pièce. Saisissant sa main, Doug la porta à ses lèvres d'un geste à la fois noble et galant.

— Dites-lui que nous lui devons la vie. Et que nous ne l'oublierons pas.

Pendant que Whitney prononçait ces mots, les yeux de Marie restèrent rivés à ceux de Doug. Impossible de se tromper sur leur expression et – nul doute – Doug l'avait fort bien perçu. Nul doute aussi qu'il en savourait chaque seconde.

— Vous préférez sans doute rester en tête à tête, lança sèchement Whitney.

Traversant la pièce, elle ouvrit la porte et la claqua derrière elle plus fort que nécessaire.

— Après tout, trois c'est déjà une foule.

— Rien ?

Une volute de fumée monta de la chaise à dossier droit, tapissée de brocart.

Remo dansa d'un pied sur l'autre. Dimitri avait horreur des mauvaises nouvelles.

— Krentz, Weis et moi avons ratissé toute la zone, inspecté chaque village. En ce moment même cinq de nos hommes sont en ville pour les localiser. Aucune trace.

— Aucune trace.

La voix de Dimitri était douce, la prononciation soignée. La diction, entre autres arts, lui avait été enseignée sans relâche par sa mère. De sa main mutilée, il tapota la cendre de sa cigarette dans un plateau en albâtre.

— Quand on sait se servir de ses yeux, il y a toujours une trace, mon cher Remo.

— On les retrouvera, monsieur Dimitri. Ça prendra juste un peu plus de temps que prévu.

— C'est très contrariant…

De sa main indemne, il saisit délicatement un verre en cristal taillé à moitié rempli d'un vin couleur rubis. Une bague – un diamant serti dans un large anneau d'or – scintillait à son annulaire.

— Ils vous ont échappé à trois…

Il s'interrompit pour porter le verre à ses lèvres, laissant le vin flatter son palais. Il avait toujours eu un faible pour les saveurs sucrées.

— Non : à quatre reprises. Ça devient une habitude extrêmement fâcheuse.

Il souleva le couvercle de son briquet, faisant jaillir une flamme droite et fine. Son regard se fixa sur Remo par-dessus le halo.

— Vous savez ce que m'inspire l'échec ?

Remo avala sa salive. Il n'aurait servi à rien de s'ex-cuser. Dimitri ne supportait pas les faux-fuyants. Un filet de sueur se forma à la base de sa nuque et lui coula lentement dans le dos.

— Remo, Remo...

Le prénom glissa de ses lèvres comme un soupir.

— Je vous ai toujours considéré comme mon fils.

Le couvercle du briquet se referma dans un cla-quement. Un nuage de fumée s'éleva à nouveau, épais et onctueux. Dimitri faisait toujours durer le supplice. Une conversation où chaque mot pesait de tout son poids était plus effrayante qu'une menace.

— Je suis un homme patient et généreux.

Il attendit un commentaire, et fut satisfait de n'en-tendre que du silence.

— Mais j'attends des résultats. Faites en sorte de ne plus me décevoir, Remo. Un employeur, comme un père, se doit de faire respecter une certaine discipline.

Un sourire effleura ses lèvres, mais ses yeux restè-rent froids, morts, sans passion.

— La discipline, répéta-t-il.

— Je coincerai Lord, monsieur Dimitri. Je vous apporterai sa tête sur un plateau.

— Perspective très agréable. Récupérez les papiers.

Le ton de sa voix changea, subitement glacial.

— Et trouvez-moi la fille. Elle m'intrigue de plus en plus.

D'un réflexe, Remo toucha la fine cicatrice sur sa joue.

— Je vous l'amènerai.

7

Ils se préparèrent à partir une heure avant le coucher du soleil. Avec beaucoup de cérémonie, on emballa des vivres, de l'eau et du vin qu'on leur offrit pour le voyage. Apparemment, les Mérinas avaient beaucoup apprécié leur petite visite.

Dans un geste de générosité qui agaça Doug, Whitney fourra quelques billets dans la main de Louis et insista quand il refusa son offrande.

— Pour le village, dit-elle.

Prise d'une inspiration, elle ajouta que cet argent était une façon d'exprimer leur respect pour les ancêtres. Aussitôt, les billets disparurent dans les plis de la tunique de Louis.

— Combien lui avez-vous donné ? s'enquit Doug en soulevant son sac de nouveau bien garni.

— Seulement cent dollars.

Devant son expression consternée, elle lui tapota la joue.

— Ne soyez pas radin, Douglas. C'est assez malvenu.

En fredonnant, elle sortit son carnet.

— Ah, non ! C'est vous qui payez, pas moi.

Whitney inscrivit le montant avec un petit moulinet de la main. L'ardoise de Doug s'allongeait.

— Il faut payer pour jouer. Enfin, réjouissez-vous, j'ai une surprise pour vous.

— Quoi ? Une remise de dix pour cent ?

— Quelle mesquinerie !

Elle leva la tête en entendant un moteur pétarader.

— Un véhicule, dit-elle en ouvrant grands les bras.

À l'évidence, la Jeep avait connu des jours meilleurs. Si un lavage récent lui avait rendu son éclat, elle toussait et crachotait en cahotant sur la route défoncée, conduite par un Mérina coiffé d'un turban coloré. Doug n'aurait pu imaginer pire moyen d'évasion, sauf peut-être une mule aveugle.

— Elle ne fera pas trente kilomètres.

— Ce sera toujours ça de moins à parcourir à pied. Dites merci, Douglas, et cessez d'être grossier. Pierre va nous emmener jusqu'à la province de Tamatave.

Un seul regard suffisait pour voir que Pierre n'avait pas lésiné sur le vin de palme. Ils auraient de la chance de ne pas finir noyés dans une rizière. La mine sombre, la tête lourde après avoir lui aussi abusé du vin, Doug fit des adieux polis à Louis. Pendant que Whitney se lançait dans un discours plus long et compliqué, il grimpa à l'arrière de la Jeep.

— Remuez-vous un peu, Whitney. Il fera nuit dans une heure.

Souriant aux Mérinas groupés autour de la Jeep, Whitney monta à son tour, posa son sac à ses pieds, se cala dans son siège et étendit négligemment le bras sur le dossier.

— En route, Pierre.

La Jeep bondit en avant, regimba puis avança en bringuebalant sur la piste. Doug avait l'impression que sa tête allait exploser. Il ferma les yeux et se força à dormir.

Whitney tenta d'envisager le bon côté des choses. Elle avait bien mangé, bien bu, et s'était divertie. Elle n'en aurait pas attendu davantage d'un dîner au Club 21 suivi d'un spectacle à Broadway. Certes, ce n'était pas une promenade romantique en calèche dans Central Park, mais vingt dollars suffisaient pour s'en offrir une. Là, elle cahotait sur une route de Madagascar dans une Jeep conduite par un Mérina, un voleur ronflant doucement à l'arrière. Elle vivait une expérience unique.

Le paysage défilait, monotone. Des collines rouges presque nues, des vallées profondes, sillonnées de champs. La température avait baissé à l'approche du couchant. Les roues de la Jeep soulevaient la poussière qui se déposait sur le véhicule tout propre. Çà et là, des pins s'accrochaient aux flancs des montagnes abruptes. Cet espace aride enflammait l'imagination de Whitney. Cette immensité. Des kilomètres et des kilomètres sans rien pour boucher le ciel, rien pour bloquer le regard. Elle avait le sentiment qu'ici, bien plus qu'en ville, un individu pourrait trouver un sens à sa vie.

À New York, le désir de s'envoler la prenait parfois. Dans ce cas, il lui suffisait de s'asseoir dans un avion pour la destination de son choix et d'y rester aussi longtemps qu'elle en avait envie. Ses amis l'acceptaient parce qu'ils n'y pouvaient rien. Sa famille l'acceptait parce qu'ils gardaient l'espoir de la voir se ranger un jour.

Était-ce la solitude? Le fait d'avoir l'estomac rempli et l'esprit clair? Elle éprouvait un étrange sentiment de contentement. Cela passerait, Whitney se connaissait trop bien pour l'ignorer. Ces moments de satisfaction du *statu quo* ne duraient jamais: elle était plutôt du genre à foncer pour voir ce que l'avenir lui réservait.

Elle décida cependant de profiter de ces instants de sérénité. Les ombres bougeaient, s'allongeaient, s'épaississaient. Un petit animal traversa la route à toute vitesse devant la Jeep. Il avait disparu derrière les rochers avant même que Whitney ait pu distinguer ce que c'était. L'atmosphère était silencieuse, de ce silence éphémère précédant le crépuscule.

Le soleil se coucha en un spectacle grandiose. Elle se retourna et s'agenouilla sur son siège pour observer le ciel s'illuminer de couleurs à l'ouest. Son métier consistait en partie à harmoniser les teintes. Elle s'imagina alors créer une chambre aux couleurs du crépuscule. Des cramoisis, des ors, des saphirs profonds adoucis par des mauves. Une combinaison originale et audacieuse. Baissant les yeux, elle les posa sur Douglas endormi. Cette chambre-là lui correspondrait tout à fait. L'éclat de l'intelligence, l'étincelle de la puissance, l'intensité sous-jacente.

Ce n'était pas le genre d'homme qu'on prend à la légère, ni à qui on peut faire confiance. Mais il n'en possédait pas moins un vrai pouvoir de fascination. Comme le soleil couchant, il avait le don de se transformer sous vos yeux, puis de disparaître avant même que vous ayez tourné la tête. À l'instant où il avait saisi le fusil, elle avait discerné en lui une impitoyable dureté. S'il le jugeait nécessaire, il n'hésiterait pas à se montrer tout aussi impitoyable envers elle.

Elle avait besoin de plus de garanties.

Le sac à dos – et donc l'enveloppe – reposait aux pieds de Doug. Sans quitter des yeux son visage, de peur qu'il ne se réveille, elle tendit le bras. Le sac restait hors de portée. Elle se leva pour se pencher par-dessus le dossier du siège. Doug ronflait toujours légèrement. Les doigts de Whitney se refermèrent sur la bretelle du sac. Elle commençait à le soulever avec précaution, quand une soudaine détonation lui coupa le souffle. Avant qu'elle ait pu assurer son équilibre, la Jeep se déporta brusquement, la faisant basculer par-dessus le siège. Elle atterrit sur Doug.

Ouvrant un œil, il fit courir la main le long de la hanche de Whitney. Elle sentait le vin et le fruit.

— Vous ne pouvez pas me lâcher, hein ?

Écartant les cheveux de ses yeux, elle lui fit face, la mine maussade.

— Je regardais le soleil se coucher par la lunette arrière.

— Bien sûr.

Il referma la main sur les siennes, toujours accrochées à la bretelle du sac.

— Des mains baladeuses, Whitney ? Vous me décevez.

— Je ne vois pas de quoi vous parlez.

Elle se redressa en râlant et reporta son attention sur Pierre, sorti du véhicule. Même s'il ne comprenait pas un mot de français, Doug n'eut pas besoin de traduction en voyant leur chauffeur donner un coup de pied dans le pneu avant droit.

— Crevaison.

Au moment de descendre, Doug jeta un coup d'œil par-dessus son épaule et décida d'emporter son sac avec lui. Whitney récupéra le sien avant de le suivre.

— Que comptez-vous faire ? demanda Doug.

Elle regarda la roue de secours que sortait Pierre.

— Rester là avec un air de femme en détresse, bien sûr. Sauf si vous voulez que j'appelle un garagiste.

En poussant un juron, Doug s'agenouilla et commença à dévisser un écrou.

— La roue de secours est lisse comme la fesse d'un bébé. Dites à notre chauffeur qu'on va continuer à pied. Il aura de la chance si cette épave le ramène jusqu'au village.

Un quart d'heure plus tard, debout au milieu de la route, ils regardaient la Jeep s'éloigner, rebondissant entre les ornières. Réjouie, Whitney prit le bras de Douglas. Les insectes et les oiseaux s'étaient mis à chanter à l'apparition des premières étoiles.

— Une petite balade au clair de lune, chéri ?

— Je suis absolument confus de devoir décliner votre proposition, mais nous devons plutôt trouver un endroit sûr pour camper. Par là, décréta-t-il en montrant un amas de rochers. On va dresser la tente derrière. Nous ne pouvons pas les empêcher de nous repérer du ciel, mais au moins nous serons invisibles de la route.

— Donc, vous croyez qu'ils vont revenir ?

— J'en suis sûr. Mais nous ne serons plus là.

Whitney fut ravie d'atteindre la forêt. Réveillée à l'aube, elle n'avait eu droit qu'à une tasse de café noir en guise de petit déjeuner, puis il avait fallu se mettre en route. Les collines à l'est étaient escarpées, la marche avait été une pénible corvée. Après une heure d'ascension, elle s'était sentie épuisée et poisseuse. Il existait sûrement des moyens plus confortables de chasser le trésor – dans une voiture climatisée, par exemple.

Dieu merci, il faisait frais dans la forêt. Whitney fit un pas au milieu des immenses fougères arborescentes.

— Très joli, dit-elle en levant la tête.

— L'arbre du voyageur.

Doug coupa une tige creuse et recueillit l'eau claire qu'elle contenait dans sa paume.

— Pratique en plus. Lisez le guide.

Whitney y trempa le doigt et le porta à sa langue.

— Je suis ravie que votre ego puisse de temps à autre se regonfler le moral.

Un bruissement lui fit tourner la tête : elle aperçut une forme blanche à fourrure et une longue queue disparaître dans les buissons.

— Oh, un chien.

— Non, un *sifaka*. Vous venez de voir votre premier lémurien. Regardez.

Suivant la direction qu'il lui indiquait, Whitney distingua le lémurien au corps blanc et à tête noire qui filait vers la cime d'un arbre. Elle rit et tendit le cou pour mieux voir.

— Il est si mignon. Je commençais à croire qu'on ne verrait rien de plus que des collines, de l'herbe et des rochers.

Il aimait bien son rire. Peut-être même un tout petit peu trop. Ah, les femmes ! songea-t-il. Cela faisait bien trop longtemps qu'il n'en avait pas tenu une dans ses bras.

— On n'est pas là pour faire du tourisme, décréta-t-il. Pas avant d'avoir mis la main sur le trésor. D'ici là, il faudra avancer.

— À quoi bon se dépêcher ?

Rajustant les bretelles de son sac à dos, Whitney reprit sa marche derrière lui.

— À mon avis, plus on traînera, moins Dimitri aura de chances de nous trouver.

— Ça me rend nerveux de ne pas savoir où il est. Devant ou derrière nous.

Une fois encore, il se rappelait le Viêtnam et les dangers tapis dans la jungle. Il était beaucoup plus à l'aise dans les ruelles sombres des villes.

Whitney regarda par-dessus son épaule en grimaçant. La forêt s'était déjà refermée sur eux. Elle aurait voulu puiser du réconfort dans les verts profonds, l'humidité et l'air frais, mais les propos de Doug la rendaient nerveuse.

— Il n'y a que nous dans cette forêt. Jusqu'ici, nous avons toujours eu une longueur d'avance sur eux.

— Raison de plus pour continuer au même rythme.

— Pourquoi ne pas discuter en marchant, pour passer le temps. Vous pourriez me parler des papiers.

Sachant qu'elle ne le lâcherait pas, il avait déjà décidé de lui fournir juste assez d'informations pour qu'elle cesse de le harceler.

— Vous connaissez quelque chose à la Révolution française ?

Elle préféra ne pas mentionner le coup d'œil rapide qu'elle avait jeté à la première page. Moins Doug pensait qu'elle en savait, plus il serait susceptible de lui en dire.

— Assez pour être admise à un cours d'histoire de France à la fac.

— Et les pierres, vous connaissez ?

— J'ai suivi un cours de géologie.

— Non, je ne parle pas de calcaire et de quartz. Je vous parle de pierres précieuses, mon chou. De diamants, d'émeraudes, de rubis gros comme le poing. Ajoutez à cela la période de la Terreur, la fuite des aristocrates, et vous obtenez des perspectives intéressantes. Colliers, boucles d'oreilles, pierres brutes. Une partie de ce qui a disparu pendant cette période est sans doute perdue à jamais mais je me contenterai largement de ce que je vais retrouver.

— Un trésor de plus de deux cents ans, dit-elle, se rappelant les notes qu'elle avait parcourues. Il fait partie de l'histoire de France.

— Des joyaux royaux, murmura Doug.

Il les imaginait déjà, étincelant dans sa main.

— Ce trésor appartenait au roi de France ?

Elle n'était pas loin de la vérité. Plus près, en fait, que Doug ne l'aurait voulu à ce stade.

— Il appartient à celui qui est assez malin pour mettre la main dessus. Ce sera mon tour, bientôt. Notre tour, corrigea-t-il, anticipant la réaction de Whitney.

Mais elle ne dit rien.

— Qui était la femme qui a donné la carte à Whitaker ? demanda-t-elle au bout d'un moment.

— L'Anglaise ? Une certaine... Smythe-Wright. C'est ça, lady Smythe-Wright.

Whitney ne fit aucun commentaire et se perdit dans la contemplation de la forêt. Olivia Smythe-Wright avait été une des rares représentantes de l'aristocratie à vraiment mériter son titre. Elle s'était consacrée à l'art et à des œuvres de charité avec un dévouement quasi religieux. Et cela, du moins l'avait-elle souvent dit, parce qu'elle était une descendante de Marie-Antoinette – une femme que certains historiens qualifiaient de stupide et d'égoïste tandis que pour les autres elle passait plutôt pour avoir été une victime des circonstances. Whitney, qui avait assisté à plusieurs réceptions données par lady Smythe-Wright, l'admirait énormément.

Marie-Antoinette et des bijoux disparus. Une page d'un journal datant de 1793. Cela se tenait. Si Olivia avait cru que les papiers étaient des documents d'époque... Whitney se rappelait avoir appris la nouvelle de sa mort dans le *Times*. Un meurtre affreux. Sanglant, et sans motif apparent. L'enquête de police se poursuivait.

L'œuvre de Butrain, songea Whitney. Jamais il ne répondrait de ses crimes devant la justice. Il était mort, tout comme Whitaker, lady Smythe-Wright, et un jeune serveur du nom de Juan. La justification de toutes ces morts se trouvait dans la poche de Doug. Combien d'autres avaient perdu la vie pour le trésor de la reine de France ?

Elle ne devait cependant pas considérer les choses sous cet angle. Pas maintenant. Sinon, elle tournerait les talons et renoncerait. Or s'il y avait une chose que son père lui avait apprise, c'était de toujours aller jusqu'au bout de ce qu'elle entreprenait, en toutes circonstances.

Elle continuerait. Elle aiderait Doug à trouver le trésor. Ensuite, elle déciderait de ce qu'elle en ferait.

Nerveux, Doug se retournait au moindre bruissement. D'après son guide, si les forêts grouillaient de vie, elles ne recelaient aucun danger. Cependant, il redoutait un tout autre genre de péril. À ce stade, Dimitri devait être à bout de patience. Doug avait entendu des récits particulièrement évocateurs de ce qui se passait lorsque Dimitri perdait patience. Il n'avait aucune envie d'être l'objet de son irritation.

La forêt sentait le pin. Les arbres hauts et luxuriants cachaient le soleil avec lequel Whitney et lui vivaient depuis quelques jours. Seuls des traits de lumière perçaient le couvert, blancs, étincelants, magnifiques. À leurs pieds, les fleurs avaient le parfum des femmes élégantes, d'autres poussaient dans les arbres et promettaient des fruits. Des fleurs de la passion, pensa-t-il en repérant une floraison d'un violet flamboyant. Il se rappelait celle qu'il avait tendue à Whitney à Tananarive. Depuis, ils n'avaient cessé de courir.

Doug tenta de se détendre. Dimitri pouvait bien aller au diable. Il tournait en rond, à des kilomètres de là. Même lui ne pouvait pas les suivre à travers une forêt inhabitée. L'enveloppe se trouvait en sécurité au fond de son sac. Ce même sac qui lui était rentré dans le dos toute la nuit... mais au moins ne l'avait-il pas lâché. Le trésor était à portée de main.

— Joli coin, dit-il, levant les yeux vers un lémurien au museau de renard.

— Ravie que ça vous plaise, répliqua Whitney. On peut peut-être s'arrêter et prendre ce petit déjeuner que vous étiez trop pressé pour déguster ce matin.

— Ouais, bientôt. Avançons encore un peu pour nous mettre en appétit.

— Vous plaisantez?

À cet instant, elle vit passer un essaim de grands papillons, vingt, peut-être même trente. On aurait dit une vague qui enflait, plongeait puis refluait. À leur passage, elle sentit la légère brise créée par leurs battements d'ailes. Ils étaient d'un bleu brillant presque surnaturel, d'une intensité presque aveuglante.

— Mon Dieu, je me damnerais pour une robe de cette couleur.

— On fera les magasins un autre jour.

Elle les regarda évoluer, s'éparpiller puis se regrouper. Ce spectacle magnifique suffit à lui faire oublier les heures de marche.

— En attendant, je me contenterais de cette viande mystérieuse et d'une banane.

Tout en se disant que, depuis le temps, il aurait dû être immunisé contre son petit sourire et ses battements de cils, Doug ne s'en sentit pas moins fléchir.

— On va s'arrêter pour pique-niquer.

— Merveilleux !

— Dans deux kilomètres.

Lui prenant la main, il poursuivit sa route dans la forêt. Une douce odeur flottait dans l'air. Une odeur de femme. Comme une femme, la forêt avait ses coins d'ombre et ses secrets. Mieux valait donc se tenir sur ses gardes et rester vigilant. Personne ne s'aventurait ici. D'après l'aspect du sous-bois, personne n'y était même passé depuis bien longtemps. Il n'avait que la boussole pour se guider.

— Je ne comprends pas pourquoi vous êtes si obsédé par l'idée d'avaler des kilomètres.

— Parce que chaque pas me rapproche un peu plus du trésor. Moi aussi, j'aurai mon appartement de luxe au retour.

— Douglas.

Secouant la tête, elle se baissa et cueillit une fleur. Rose pâle, aussi délicate qu'une jeune fille, elle avait cependant une tige épaisse et solide. Whitney sourit et l'accrocha dans ses cheveux.

— Vous ne devriez pas accorder autant d'importance aux *choses*.

— Facile à dire quand on a tout.

Haussant les épaules, elle ramassa une autre fleur qu'elle fit tourner entre ses doigts.

— Vous vous souciez trop de l'argent.

— Quoi ?

Il s'arrêta net et lui lança un regard ébahi.

— Je m'en soucie trop ? Moi ? Lequel de nous deux consigne chaque malheureux dollar dans son petit carnet ? Lequel dort avec son portefeuille sous son oreiller ?

— Il s'agit d'affaires, répondit Whitney sans s'émouvoir.

Elle effleura la fleur dans ses cheveux. Jolis pétales, tige robuste.

— Les affaires, c'est complètement différent.

— Vous dites n'importe quoi. Je n'ai jamais vu quelqu'un qui vérifie autant sa monnaie, qui fait le compte de chaque cent. Si je saignais, vous me feriez payer un dollar le pansement.

— Pas plus de cinq cents, le corrigea-t-elle. Et inutile de crier comme ça.

— Je suis bien obligé de crier pour me faire entendre par-dessus le vacarme.

Tous deux s'arrêtèrent de concert, à l'affût. Le bruit qu'ils venaient de percevoir ressemblait à celui d'un moteur. Non, se dit Doug, alors même qu'il se préparait à courir, le son était trop régulier, trop profond. Le tonnerre ? Non plus. Il reprit la main de Whitney.

— Venez. Allons voir.

Le bruit s'intensifia à mesure qu'ils avançaient vers l'est.

— Une chute d'eau, murmura Whitney.

Lorsqu'ils émergèrent dans une clairière, elle constata qu'elle avait vu juste. La cascade plongeait de dix mètres de haut dans un lagon transparent. L'eau blanche accrochait le soleil en tombant puis prenait une intense couleur bleu cristal. Malgré sa force, sa vitesse et son bruit assourdissant, la cascade offrait l'image de la sérénité. Oui, la forêt ressemblait à une femme, se répéta Doug. D'une beauté éblouissante, puissante et pleine de surprises.

— C'est ravissant, chuchota Whitney, posant sans y penser le menton sur l'épaule de son compagnon. Absolument ravissant. Comme si elle nous attendait.

Incapable de résister, il posa le bras sur sa hanche.

— Bel endroit pour un pique-nique. Nous avons bien fait d'attendre, non ?

Elle ne put que lui rendre son sourire.

— Un pique-nique, dit-elle, les yeux brillants. Et un bain.

— Un bain ?

— Un merveilleux bain frais.

Le prenant par surprise, elle lui donna un baiser rapide et sonore, puis se précipita au bord du lagon.

— Je ne raterais cela pour rien au monde, Douglas.

Elle laissa tomber son sac et se mit à fouiller.

— Quel bonheur de pouvoir enfin se débarrasser de toute cette poussière !

Elle sortit un savon de marque française et une petite bouteille de shampooing.

Doug prit le savon et le huma. Il sentait comme Whitney – un parfum frais, féminin. Cher.

— Vous partagez ?

— D'accord. Et comme je suis d'humeur généreuse, il ne vous en coûtera rien.

Il lui adressa un sourire de travers en lui lançant le savon.

— On ne peut pas prendre un bain tout habillé.

Elle releva le défi qu'elle lut dans ses yeux et commença à défaire un bouton de son chemisier.

— Je n'avais pas l'intention de garder mes vête-ments.

Lentement, elle défit la rangée de boutons sous le regard attentif de Doug. Une brise légère lui picota la peau.

— J'attends que vous vous détourniez, dit-elle dou-cement.

Lorsqu'il leva les yeux pour rencontrer les siens, elle agita le savon dans sa main.

— Sinon, pas de savon.

— Ah, la rabat-joie, marmonna-t-il avant de lui tourner le dos.

En quelques secondes, Whitney s'était dévêtue et avait plongé dans le bassin. Elle rompit la surface puis se mit à nager.

— À votre tour.

Goûtant le simple plaisir de l'eau sur sa peau, elle pencha la tête en arrière et laissa onduler ses cheveux.

— N'oubliez pas le shampooing.

L'eau était suffisamment transparente pour lui révéler la silhouette tentatrice de Whitney. L'eau s'enroulait autour de ses seins. Elle battait légèrement des pieds. Sentant la soudaine et dangereuse morsure du désir, il se concentra sur son visage. Peine perdue. Ce visage rayonnait de plaisir. Ses cheveux brillants, que l'eau assombrissait, encadraient son ossature délicate qui ferait d'elle une beauté même à quatre-vingts ans. Doug ramassa la petite bouteille de shampooing et se mit à jouer avec.

Compte tenu des circonstances, il jugea plus sage de considérer l'ironie de la situation. Il avait un trésor d'un million de dollars à portée de main, un ennemi aussi intelligent que déterminé à ses trousses... et il s'apprêtait à faire trempette avec la princesse des crèmes glacées.

Après s'être débarrassé de son T-shirt, il commença à déboutonner son jean.

— Vous ne comptez pas vous retourner ?

Bon sang, elle adorait le voir sourire comme ça. Son air un peu voyou était tout bonnement irrésistible.

— Vous voulez frimer, Douglas ? Je ne suis pas facile à impressionner, vous savez !

Pendant qu'il s'asseyait pour retirer ses chaussures, elle commença à se savonner le bras.

— Laissez-moi ma moitié de savon.

— Activez-vous un peu, alors.

Elle savonna l'autre bras de ce même geste lent et caressant. Avec un soupir de plaisir, elle fit la planche et leva une jambe hors de l'eau. Lorsqu'il se releva pour ôter son jean, elle lui lança un regard appuyé et appréciateur. Malgré son expression impassible, elle nota les cuisses minces et musclées, le ventre plat, les hanches étroites. Il avait le physique nerveux d'un coureur de fond. Sans doute parce qu'il en était un.

L'espace d'un instant, il demeura ainsi, immobile et nu au bord du lagon. Puis il plongea et refit surface à quelques centimètres d'elle. Ce qu'il vit sous l'eau ne fit que décupler son désir.

— Savon, déclara-t-il, d'un ton qu'il voulait aussi désinvolte que le sien, et il lui offrit le shampooing en échange.

Elle en versa une dose généreuse au creux de sa paume.

— Eh, vous m'en laissez la moitié !

Elle le fit mousser généreusement, tout en battant des jambes pour maintenir la tête hors de l'eau. Avec un sourire, elle plongea, laissant un nuage de mousse à la surface, et nagea vers le fond. Elle entendait la vibration lancinante de la cascade, elle voyait les rochers scintiller à trente centimètres sous elle, elle goûtait l'eau douce et claire chauffée par le soleil. Levant les yeux, elle distingua aussi le corps mince et robuste de l'homme qui était devenu son associé.

L'idée d'un danger, de brutes armées à leur pour-suite, avait perdu toute réalité. Elle était au paradis. Whitney ne croyait pas au serpent fourbe caché derrière les fleurs luxuriantes. Lorsqu'elle refit surface, elle riait.

— C'est fabuleux. Nous devrions réserver pour le week-end.

— La prochaine fois. Je serai même prêt à payer le savon.

— Ah oui ?

Il possédait une beauté dangereuse, et c'était précisément cette pointe de danger qui l'attirait. Le mot ennui, le seul qu'elle considérait comme une véritable obscénité, ne s'appliquait pas à lui. Inattendu. Voilà le mot.

Le testant, et peut-être se testant elle-même, elle nagea doucement vers lui, jusqu'à ce que leurs corps soient trop proches pour leur propre sécurité.

— On échange, murmura-t-elle, les yeux rivés aux siens, en brandissant le shampooing.

Il serra si fort le savon qu'il faillit lui glisser des doigts. Mais à quoi jouait-elle? Il avait appris à reconnaître cette lueur dans les yeux d'une femme. Elle disait peut-être «à vous de me convaincre». Sauf que Whitney ne ressemblait pas du tout aux femmes qu'il avait connues. Il n'était pas en terrain familier. Il la considéra donc comme il envisageait un boulot: un appartement luxueux nécessitant une surveillance minutieuse, un plan méticuleux et beaucoup d'habileté avant d'être cambriolé. Mieux valait qu'il joue au voleur avec elle. Il connaissait les règles, puisqu'il les avait lui-même édictées.

Il lui offrit le savon dans sa paume ouverte. En retour, elle lança le shampooing haut dans l'air, et battit en retraite en éclatant de rire. Doug rattrapa la bouteille au vol avant qu'elle atteigne la surface.

— J'espère que vous n'avez rien contre la touche de jasmin.

Paresseusement, elle leva une jambe et fit glisser le savon le long de son mollet.

— Je m'en accommoderai.

Il se versa le shampooing directement sur la tête, revissa le bouchon et lança la bouteille sur le rivage.

— Vous êtes déjà allée dans un bain public?

— Non.

Curieuse, elle regarda par-dessus son épaule.

— Et vous?

— À Tokyo, il y a deux ans. Une expérience intéressante.

— Jamais plus de deux dans ma baignoire, c'est ma règle d'or.

Elle passa le savon le long de sa cuisse.

— Agréable, mais pas bondé.

— Ben voyons.

Il plongea la tête dans l'eau pour se rincer, et aussi pour apaiser son désir. Elle avait des jambes interminables.

— Pratique, en plus, poursuivit-elle lorsqu'il refit surface. Surtout pour se faire savonner le dos.

Souriante, elle lui tendit de nouveau le savon.

— Vous voulez bien ?

Donc, elle désirait jouer, conclut-il. Il ne refusait jamais une partie – tant qu'il connaissait les enjeux. Prenant le savon, il le passa sur les omoplates de Whitney.

— Merveilleux, dit-elle au bout d'un moment.

Elle avait du mal à garder une voix égale.

— Mais bon, j'imagine que dans votre partie, un homme doit être habile de ses mains.

— Ça aide.

Il fit glisser le savon le long de la colonne vertébrale puis remonta très lentement. Surprise par le choc qu'elle éprouva, Whitney frissonna. Doug sourit.

— Vous avez froid ?

— C'est l'immobilité.

Se persuadant qu'il ne s'agissait pas d'une dérobade, elle s'éloigna en nage indienne. Pas si simple, mon chou, se dit Doug. Il lança le savon sur la rive et, d'un mouvement preste, lui attrapa la cheville.

— Un problème ?

Sans effort, il la ramena jusqu'à lui.

— Tant qu'on se contente de jouer...

— Je ne vois pas de quoi vous parlez...

La fin de sa phrase mourut quand il la plaqua contre lui.

— Je suis sûr que si.

Il découvrait que la situation lui plaisait – l'incertitude, l'agacement et la lueur de désir qui apparaissait par moments dans ses yeux. À dessein, il mêla ses jambes aux siennes, l'obligeant à s'accrocher à ses épaules pour maintenir la tête hors de l'eau.

— Prenez garde, Lord, l'avertit-elle.

— Jeux d'eau, Whitney. J'ai toujours adoré ça.

— Je vous préviendrai quand j'aurai envie de jouer.

Il fit remonter sa main juste sous les seins.

— Ce n'était pas le cas ?

Elle l'avait bien cherché. Le savoir ne fit rien pour améliorer son humeur, loin de là. Certes, elle avait voulu s'amuser avec lui, mais selon ses propres règles, et à son propre rythme. Or elle découvrait qu'elle ne maîtrisait plus rien, et cela ne lui plaisait pas. Elle prit une voix glaciale, et lui lança un regard qui l'était tout autant.

— Vous ne croyez tout de même pas que nous évoluons dans la même catégorie ?

Elle avait depuis longtemps appris que les insultes, prononcées avec froideur, étaient les meilleures des défenses.

— Non, mais je n'ai jamais prêté beaucoup d'attention au système de castes. Si vous voulez jouer les grandes dames, allez-y.

Il glissa les pouces sur ses seins et l'entendit retenir son souffle.

— Si je me rappelle bien, les altesses ont la manie de mettre des roturiers dans leur lit.

— Je n'ai pas l'intention de vous accueillir dans le mien.

— Vous me désirez.

— Vous vous flattez.

— Vous mentez.

Elle sentit sa colère monter.

— J'ai froid, Douglas. Je veux sortir.

— Non, vous voulez m'embrasser.

— Plutôt embrasser un crapaud.

Sans plus réfléchir, il posa la bouche sur la sienne.

Elle se raidit. Personne ne l'embrassait sans son consentement, et sans passer les épreuves qu'elle imposait au préalable. Et pourtant, elle sentait son cœur battre contre le sien, son pouls s'accélérer, sa tête se mettre à tourner. Elle se moquait pas mal de qui il était.

Avec un accès de passion qui les secoua tous les deux, elle lui rendit son baiser. Il avait un goût frais, différent, et tellement excitant. La passion les entraîna sous l'eau. Les membres emmêlés, ils refirent surface, leurs bouches scellées.

Elle n'avait jamais eu quelqu'un comme lui dans sa vie. Il ne demandait pas, il prenait. Il faisait courir ses mains sur son corps, et elle le lui abandonnait avec une libéralité qui la surprenait. Elle choisissait parfois ses amants sur une impulsion, parfois en réfléchissant, mais elle choisissait toujours. Cette fois, on ne lui avait pas laissé cette opportunité. Cet instant d'impuissance était plus grisant que tout ce qu'elle avait connu.

Elle n'osait imaginer une nuit avec lui. Il la transportait déjà si loin en un seul baiser... Il lui ferait découvrir des contrées inexplorées, l'y emmènerait de gré ou de force. Et, en sentant l'eau clapoter sur elle, ses mains qui la caressaient, sa bouche chaude et de plus en plus gourmande, elle avait très envie d'y aller.

Ensuite... ensuite, il lui ferait un petit salut de la main, un sourire, et disparaîtrait dans la nuit. Un voleur restait un voleur, que la cible fût de l'or ou le cœur d'une femme. Si elle n'avait pas choisi le commencement, elle pouvait au moins décider de la fin.

La douleur était un sentiment à éviter à tout prix. Même au prix du plaisir.

Whitney se relâcha complètement, comme si elle s'abandonnait. Puis, très vite, elle posa les mains sur les épaules de Doug et poussa. Fort. Il but la tasse avant d'avoir pu reprendre son souffle. Quand il refit surface, Whitney avait déjà gagné la rive.

— Fin de partie. J'ai gagné.

Elle saisit son chemisier et l'enfila sans prendre la peine de se sécher.

Il comprit alors le sens du mot rage. Ah, les femmes. Lui qui s'imaginait tout savoir découvrait qu'il avait encore beaucoup à apprendre. Il nagea jusqu'au rivage et sortit de l'eau à son tour. Whitney remettait déjà son pantalon.

— Agréable diversion, dit-elle, laissant échapper un discret soupir de soulagement lorsqu'elle fut entièrement vêtue. Maintenant, je crois qu'on a bien mérité ce pique-nique. Je meurs de faim.

— Ma chère…

Sans la quitter des yeux, Doug ramassa son jean.

— Ce que je vous réserve n'a rien à voir avec un pique-nique.

— Vraiment ?

De nouveau en terrain sûr, elle fouilla dans son sac, en sortit sa brosse et la passa doucement dans ses cheveux. Une pluie de gouttelettes en tomba comme des joyaux.

— Vous avez l'air affamé du loup devant le Petit Chaperon rouge. C'est cette mine-là que vous prenez pour effrayer les vieilles dames avant de leur piquer leur sac ?

— Je suis un cambrioleur, pas un agresseur.

Il remonta la fermeture de son jean et, repoussant les cheveux de ses yeux, s'approcha d'elle.

— Mais je pourrais faire une exception avec vous.

— Ne faites rien que vous puissiez regretter.

Il grinça des dents.

— Au contraire, j'en savourerais chaque seconde.

Lorsqu'il lui agrippa les épaules, elle lui lança un regard grave.

— Que voulez-vous, vous n'êtes pas d'un naturel violent, dit-elle. Moi, en revanche...

Elle lui assena un violent coup de poing dans l'estomac, qui le fit se plier en deux.

— Si.

En rangeant sa brosse dans son sac, Whitney espéra qu'il était trop sonné pour voir sa main trembler.

— OK, votre compte est bon.

Se tenant le ventre, il lui lança un regard propre à faire reculer Dimitri lui-même.

— Douglas...

Elle leva une main, comme pour arrêter un chien méchant.

— Respirez profondément. Comptez jusqu'à dix.

Quoi d'autre ? se demanda-t-elle en hâte.

— Sautez sur place, hasarda-t-elle. Ne flanchez pas.

— Pas de risque, dit-il entre ses dents. Je vais vous montrer.

— Une autre fois ! Si nous prenions un peu de vin ? On peut...

Elle s'interrompit au moment où il referma la main sur sa gorge.

— Doug !

— Là, commença-t-il, puis il leva la tête en entendant un ronronnement de moteur. Le salaud !

L'hélicoptère était presque au-dessus de leurs têtes, et ils se trouvaient à découvert. Complètement à découvert, songea-t-il avec un accès de rage. La lâchant, il se dépêcha de ramasser leurs affaires.

— Magnez-vous ! cria-t-il. Le pique-nique est remis à plus tard.

— Si vous m'ordonnez une fois encore de me magner...

— Vite !

Il lui fourra un sac dans les mains et attrapa l'autre.

— Maintenant, faites fonctionner ces jolies jambes, mon chou. On n'a pas beaucoup de temps.

Il referma la main sur la sienne et l'entraîna vers le couvert des arbres. Les cheveux de Whitney volaient au vent.

Au-dessus d'eux, dans le cockpit de l'hélicoptère, Remo baissa ses jumelles. Pour la première fois depuis des jours, un sourire se dessina sous ses moustaches. Il caressa la cicatrice qui lui barrait la joue.

— On les a repérés. Appelez M. Dimitri.

8

Doug filait vers l'est à travers la végétation dense, sans se laisser ralentir par les racines et les lianes sur lesquelles il trébuchait. Il courait d'instinct dans cette forêt inconnue de bambous et d'eucalyptus de la même façon qu'il courait dans Manhattan. Les branches les fouettaient au passage, leur giflaient le visage, mais Whitney ne songea même pas à protester – elle était trop occupée à économiser son souffle pour pouvoir le suivre.

— Vous croyez qu'ils nous ont vus ? demanda-t-elle d'une voix haletante.

— Oui.

Il ne perdit pas de temps à ruminer sa rage, sa frustration, sa panique pourtant bien réelles. Chaque fois qu'il s'imaginait avoir pris un peu d'avance, il découvrait Dimitri sur ses talons, tel un chien de chasse bien dressé ayant reniflé l'odeur du sang. Il devait donc repenser sa stratégie, et le faire maintenant, tant qu'il courait. D'expérience, il savait que c'était le meilleur moyen. Lorsqu'on avait trop de temps pour réfléchir, on pensait trop aux conséquences.

— Ils ne pourront pas atterrir dans cette forêt.

Elle n'avait pas tort.

— Donc on y reste.

— Non.

Il progressait comme un marathonien, sans effort apparent, le souffle régulier. Whitney s'en agaçait tout autant qu'elle l'admirait. Au-dessus de leurs têtes, les lémuriens jacassaient de peur et d'excitation.

— Dans une heure, Dimitri aura dépêché des hommes qui quadrilleront la zone.

Lui non plus n'avait pas tort sur ce point.

— Alors, on quitte la forêt ?

— Non.

Épuisée par la course, Whitney s'arrêta, s'adossa à un tronc d'arbre et se laissa glisser sur le sol de mousse. Dire qu'elle s'était crue en bonne condition physique !

— Alors que va-t-on faire ? Disparaître ?

Doug fronça les sourcils, tandis qu'un plan prenait lentement forme dans son esprit. C'était risqué. Voire franchement téméraire. Il leva les yeux vers la voûte de feuilles qui les séparait de Remo.

Quoique... Ça pouvait marcher.

— Disparaître, murmura-t-il. C'est exactement cela.

S'agenouillant, il ouvrit son sac à dos.

— Vous cherchez de la poudre magique ?

— Je cherche surtout à sauver votre peau d'albâtre, ma chère.

Il sortit le lamba que Whitney avait acheté à Tananarive et lui drapa l'étoffe sur la tête.

— Oublions Whitney MacAllister. À partir de maintenant, vous serez une jeune Malgache.

— Vous plaisantez ?

— Vous avez une meilleure idée ?

Elle resta assise un moment. Avec le ronronnement persistant de l'hélicoptère, la forêt n'avait plus rien de paisible. Ses ombres, ses arbres luxuriants et son parfum de mousse avaient perdu leur caractère protecteur. En silence, elle croisa le lamba sous son menton et balança les pans par-dessus ses épaules. Mieux valait une idée fumeuse que pas d'idée du tout. En règle générale.

— OK, on y va.

Lui prenant la main, Doug l'aida à se relever.

— On a du boulot.

Dix minutes plus tard, il trouva ce qu'il cherchait : quelques huttes de bambou bâties dans une clairière, en bas d'une pente raide et rocailleuse. Sur la déclivité, l'herbe et la végétation avaient été arrachées, brûlées, puis remplacées par des plantations de riz pluvial. En bas aussi, la terre avait été défrichée et cultivée. Whitney distinguait des plants de haricots enroulés sur des tuteurs. Elle vit un enclos vide et un petit appentis sous lequel quelques poules picoraient ce qu'elles trouvaient.

Les huttes avaient été construites sur pilotis pour compenser l'irrégularité du terrain. Même de loin, les toits de chaume semblaient avoir besoin de réparations. Une volée de marches creusées directement dans la pente descendait vers un étroit sentier de terre partant vers l'est. Tapi derrière les petits buissons rabougris, Doug scruta les environs, guettant un signe de vie. Posant une main sur son épaule pour conserver son équilibre, Whitney regarda par-dessus la tête de son compagnon. Le modeste hameau lui parut accueillant. Se rappelant les Mérinas, elle en conçut un certain sentiment de sécurité.

— On va se cacher là-bas ?

— Se cacher ne nous sera pas utile très longtemps.

Sortant ses jumelles, il se coucha sur le ventre et observa le groupe de huttes. Aucune fumée de cuisine n'en provenait, aucun mouvement perceptible par les ouvertures. Rien. Prenant une décision rapide, il tendit les jumelles à Whitney.

— Vous savez siffler ?

— Si je sais quoi ?

— Siffler.

Et il émit un petit bruit entre ses dents.

— Je siffle bien mieux que ça, rétorqua-t-elle.

— Tant mieux. Vous, vous faites le guet. Si vous voyez quelqu'un approcher, vous sifflez.

— Si vous vous imaginez y aller sans moi...

— Je vous laisse les sacs. Les deux.

Il la prit par la nuque et approcha son visage tout près du sien.

— Je suppose que vous préférez rester en vie plutôt que mettre la main sur cette enveloppe.

Elle hocha la tête.

— Rester en vie est même devenu ma priorité, ces derniers temps.

Cela avait toujours été celle de Doug.

— Alors, soyez vigilante.

— Qu'allez-vous faire là-bas ?

— Si nous voulons passer pour des Malgaches, nous allons devoir nous procurer quelques accessoires.

— Vous allez les voler ?

— Exact, et vous, vous allez me servir de guetteur.

Après tout, pourquoi pas ? Ailleurs et en d'autres circonstances, Whitney aurait sûrement jugé l'idée déplacée, mais elle avait pour principe de profiter des expériences dans leur contexte.

— Si je vois quelqu'un, je siffle.

— Très bien. Maintenant, baissez-vous et restez cachée.

Whitney se coucha à plat ventre et scruta les alentours avec les jumelles.

— Faites votre boulot, Lord, je ferai le mien.

Après avoir jeté un rapide coup d'œil vers le ciel, Doug s'engagea dans la pente raide derrière les huttes. Il évita d'utiliser les marches, qui l'amèneraient trop à découvert. Des cailloux qu'il soulevait au passage lui cognaient les mollets. À un moment, la pente érodée se déroba sous lui : il dérapa sur deux mètres avant de recouvrer son équilibre. Déjà, il tentait d'élaborer un plan de rechange, au cas où il rencontrerait quelqu'un.

Il ne parlait pas la langue, et il avait transformé son interprète en sentinelle. Au moins, il avait quelques dollars en poche. Au pis, il pourrait acheter ce dont ils avaient besoin.

S'immobilisant, il guetta le moindre bruit puis traversa la clairière en direction de la première hutte.

Il aurait préféré une serrure un peu moins rudimentaire. Faire céder un mécanisme sophistiqué lui avait toujours procuré une certaine satisfaction – un peu comme avec les femmes. Celle-ci ne lui opposa aucune résistance. Avant d'entrer, il regarda par-dessus son épaule, vers l'endroit où Whitney attendait. Avec elle, c'était une autre histoire.

Installée sur le sol moelleux de la forêt, Whitney l'observait à travers les jumelles. Il se déplaçait avec une agilité stupéfiante. Comme elle courait à son côté pratiquement depuis leur rencontre, elle n'avait pu apprécier la fluidité de ses mouvements. Impressionnant. Malgré elle, elle ne put s'empêcher de se rappeler la façon dont il l'avait enlacée dans le lagon.

Il se révélait décidément plus dangereux qu'elle ne l'avait d'abord cru.

Lorsqu'il eut disparu à l'intérieur de la hutte, elle balaya lentement les alentours avec les jumelles. Par deux fois, elle perçut un mouvement, mais ce n'étaient que des animaux dans les arbres. Une bête semblable à un hérisson sortit du couvert pour avancer au soleil, leva la tête pour humer l'air puis disparut dans les broussailles. En entendant des mouches bourdonner et d'autres insectes striduler, elle se rendit compte qu'elle ne distinguait plus le bruit de l'hélicoptère. Se concentrant sur Doug, elle l'exhorta silencieusement à se hâter.

Même si le groupe d'habitations était modeste, cette région de Madagascar semblait plus luxuriante que tout ce qu'elle avait vu les jours précédents. Verte et humide, elle grouillait de vie, comme en témoignaient les bruissements qu'elle entendait dans les feuillages. À un moment, elle crut voir une grosse perdrix traverser la clairière à basse altitude.

L'air était imprégné d'une odeur d'herbe et d'un léger parfum de fleurs. Ses coudes s'enfonçaient dans la mousse moelleuse, révélant une terre noire et riche en dessous. Un silence vibrant tomba soudain sur la forêt, et elle se rappela le mystère qu'elle avait anticipé lorsque Doug avait pour la première fois prononcé le nom de l'île.

Dire que quelques jours plus tôt seulement, ils se trouvaient tous deux dans son appartement! Douglas y faisait les cent pas, impatient, en tentant de la convaincre d'investir dans son projet. Tout ce qui avait précédé semblait déjà du domaine du rêve. Alors qu'elle n'avait même pas eu le temps de défaire ses bagages après son retour de Paris, elle ne gardait aucun souvenir marquant de son séjour là-bas. En revanche, elle ne s'était pas ennuyée une seconde depuis l'instant où Doug avait pris d'assaut sa voiture à Manhattan.

Cette aventure était tellement passionnante. Les huttes en contrebas semblaient aussi paisibles qu'avant que Doug s'y introduise. Il devait être un as dans la profession qu'il s'était choisie. Il avait des mains agiles, le regard perçant et se déplaçait avec une prodigieuse vivacité.

Même si elle n'envisageait pas de réorientation professionnelle, il ne lui déplairait pas qu'il lui enseigne quelques ficelles de son métier. Elle apprenait vite, elle était douée de ses mains. Ces qualités, doublées d'un certain charme et d'une grande détermination, lui avaient permis de réussir dans son domaine sans l'aide de son influente famille. Ces mêmes compétences n'étaient-elles pas nécessaires dans la partie de Doug?

Et si – juste pour l'expérience, cela allait sans dire – elle s'essayait à la pratique du cambriolage? Elle pourrait se faire la main dans la propriété familiale de Long Island. Son système de sécurité était complexe et sophistiqué. Si complexe, en fait, que son père le déclenchait régulièrement par accident, et ordonnait ensuite aux domestiques de le faire taire. Si Doug et elle parvenaient à le déjouer... Il y avait les Rubens, le couple de chevaux T'ang, le plateau en or massif d'une laideur repoussante que son grand-père avait offert à sa mère. Elle pourrait choisir quelques pièces de choix, les emballer puis les renvoyer dans les bureaux new-yorkais de son père. Ça le rendrait fou. Amusée par cette pensée, Whitney faillit ne pas repérer le léger mouvement à l'est. D'un geste réflexe, elle réorienta les jumelles vers la droite et se concentra.

Les trois ours rentraient, pensa-t-elle, et Boucle d'or allait se faire surprendre les doigts dans le porridge.

Elle prenait son souffle pour siffler quand une voix masculine retentit à proximité.

— Soit on s'en débarrasse ici, soit on les oblige à sortir et on les cueille dehors. Dans tous les cas, la chance de Lord a tourné.

La voix provenait des hauteurs.

— Lui, je me le réserve.

— Et moi, je m'occupe de la fille, répliqua un autre homme.

Aiguë et plaintive, sa voix fit à Whitney l'effet d'une chose visqueuse sur sa peau.

— Espèce de pervers, grommela le premier. Tu peux t'amuser avec elle, Barns, mais n'oublie pas que Dimitri la veut en un seul morceau. Pour Lord, le boss se fiche pas mal de l'état dans lequel il sera.

Whitney se figea, les yeux écarquillés, la bouche sèche. Elle avait lu quelque part que la vraie peur troublait la vue et l'ouïe. Elle pouvait à présent le vérifier. Elle comprenait que la femme dont ils parlaient avec autant de désinvolture n'était autre qu'elle-même. Il leur suffisait d'approcher du bord de la pente et de baisser les yeux pour la voir.

Désespérée, elle scruta les huttes. La situation de Doug n'était pas meilleure. Il pouvait sortir d'une seconde à l'autre : de leur position, les hommes de Dimitri n'auraient plus qu'à faire un carton. Mais si Doug restait où il était, les Malgaches, de retour chez eux, risquaient de le surprendre en train de piller consciencieusement leurs huttes.

Dans l'immédiat, Whitney devait d'abord songer à se mettre à l'abri, et vite. Sans bruit, elle regarda d'un côté et de l'autre. Le meilleur refuge semblait être un gros arbre abattu à proximité. Sans se donner le temps de réfléchir, elle saisit les deux sacs et s'y précipita à quatre pattes. S'écorchant à l'écorce, elle bascula par-dessus l'arbre et toucha terre avec un bruit sourd.

— T'as entendu ça ?

Retenant son souffle, Whitney se plaqua contre le tronc. De là où elle se trouvait à présent, elle ne voyait même plus Doug et les huttes. En revanche, elle distinguait parfaitement une armée de petits insectes couleur rouille qui pénétraient dans l'arbre mort à quelques centimètres de son visage. Luttant contre son dégoût, elle se força à ne pas bouger. Doug était seul à présent, se dit-elle. Et elle l'était aussi.

Au-dessus d'elle, elle entendit un froissement de feuilles qui résonna dans sa tête avec la force du tonnerre. La peur la saisit, suivie d'une sensation de vertige. Comment allait-elle expliquer à son père qu'elle avait été kidnappée par deux brutes dans une forêt malgache, alors qu'elle courait après un trésor perdu en compagnie d'un cambrioleur ? Son cher papa manquait de sens de l'humour. Et, connaissant ses colères, ignorant celles de Dimitri, elle redoutait davantage les premières que les secondes. Elle se colla plus étroitement contre l'arbre.

164

Les hommes avaient cessé de discuter et progressaient sans un mot. Elle tenta de les imaginer, avançant vers elle, puis la contournant avant de s'éloigner, mais son esprit engourdi par la peur refusait de fonctionner. Le silence s'éternisa jusqu'à ce qu'elle sente des gouttes de sueur perler sur son front.

Whitney ferma les yeux, comme un enfant qui se dit : *Je ne peux pas vous voir, donc vous ne pouvez pas me voir non plus.* Il lui semblait facile de ne plus respirer, tant sa circulation était ralentie par la terreur. Un bruit sourd retentit juste au-dessus d'elle, comme un coup sur le tronc d'arbre. Résignée, elle ouvrit les yeux. Un lémurien au pelage soyeux et à la tête noire la regardait.

— Mon Dieu.

Les mots étaient sortis dans un souffle tremblant, mais son soulagement fut de courte durée. Elle entendait les hommes se rapprocher.

— Va-t'en ! murmura-t-elle au lémurien. Va !

Elle lui fit des grimaces, sans oser bouger. Apparemment plus amusé qu'intimidé, l'animal se mit à grimacer à son tour. Whitney soupira en fermant les yeux. Le lémurien émit une sorte de caquètement. Presque aussitôt, un coup de feu retentit. Des éclats d'écorce volèrent à dix centimètres au-dessus de la tête de Whitney. Au même instant, le lémurien bondit et disparut dans les broussailles.

— Imbécile !

Whitney entendit le bruit sourd d'une gifle puis un ricanement. Un ricanement qui l'angoissa plus encore que ne l'avait fait le coup de feu.

— J'suis pas passé loin. À deux centimètres près, j'éliminais ce petit salaud.

— Ouais, et à cause de ce coup de feu Lord a dû détaler comme un lapin.

— Ça tombe bien, j'adore tirer les lapins. Ces imbéciles se figent et te regardent au moment où tu presses la détente.

— Bon. On avance. Remo veut qu'on aille vers le nord.

L'horrible ricanement reprit.

— Dire que j'ai failli me faire un singe !

L'écho du rire et de ces mots s'éloigna. Pendant plusieurs minutes, Whitney demeura aussi immobile et silencieuse qu'une pierre, malgré les insectes qui avaient entrepris l'exploration de son bras après celle du tronc d'arbre. Finalement, se dit-elle, elle avait trouvé l'endroit idéal où passer le week-end.

Lorsqu'une main se posa sur sa bouche, elle sursauta violemment.

— On fait la sieste ? murmura Doug à son oreille.

Dans ses yeux, il vit la surprise faire place au soulagement puis à la colère. Par mesure de précaution, il laissa la main sur sa bouche encore un instant.

— Tout doux, ma chère. Ils ne sont pas loin.

Dès qu'il la relâcha, elle siffla entre ses dents :

— J'ai failli me faire tuer. Par une espèce de petite vermine avec un flingue.

Il remarqua l'écorce arrachée sur l'arbre au-dessus de la tête de Whitney, mais se contenta de hausser les épaules.

— Vous m'avez l'air d'aller très bien.

— Ce n'est pas grâce à vous en tout cas.

Elle épousseta les manches de son chemisier, grimaçant de dégoût en voyant les insectes tomber dans la mousse.

— Pendant que vous étiez en bas à voler les pauvres, deux hommes horribles et armés sont passés. Votre nom a été prononcé.

— La rançon de la gloire.

Le coup de feu n'était pas passé loin, songea-t-il en observant le tronc. Il avait beau changer de direction et de tactique, Dimitri le suivait à la trace. Doug avait l'habitude d'être traqué. Il connaissait aussi la panique qui saisissait la proie en sentant le chasseur se rapprocher. Mais il n'avait pas l'intention de perdre. Bra-quant les yeux vers la forêt, il se força au calme. Non, pas question de perdre, alors qu'il touchait au but.

— En tout cas, comme guetteur, vous ne valez pas un clou.

— Vous m'en voyez désolée.

— J'ai dû me sortir d'une situation assez critique. Enfin, j'ai tout de même réussi à trouver quelques accessoires et à me retirer avant qu'il y ait trop de monde.

— Je me disais aussi…

Malgré son soulagement de le retrouver sain et sauf, il n'était pas question pour elle de le lui montrer.

— Mais… qu'est-ce que c'est que ce truc ? s'ex-clama-t-elle en découvrant ce qu'il rapportait.

— Un cadeau.

Doug ramassa un chapeau de paille et le lui tendit.

— Désolé, je n'ai pas eu le temps de l'emballer.

— Il est moche et sans aucun style.

— Oui, mais il a un large bord, répliqua-t-il en le lui enfonçant sur le crâne. Et je vous ai choisi une jolie petite tenue pour aller avec.

Il lui lança une robe de coton informe et raide cou-leur de bouse.

— Franchement, Douglas !

Whitney la saisit par la manche, entre le pouce et l'index. Elle éprouvait la même répulsion que le jour où elle avait été réveillée par l'araignée.

— Pas question qu'on me voie là-dedans.

— Ça tombe bien, le but est de passer inaperçu.

Elle se rappela le coup de feu à quelques centi-mètres de sa tête. Peut-être que, sur elle, la robe serait un peu plus glamour ?

— Et pendant que je porterai cette ravissante petite chose, que mettrez-vous ?

Il ramassa un autre chapeau de paille, pointu celui-là.

— Très chic.

Elle se garda de rire lorsqu'il lui montra une longue chemise écossaise et un large pantalon de coton.

— Notre généreux donateur apprécie les bonnes choses, semble-t-il, commenta Doug en déployant la taille du pantalon. Mais on s'en arrangera.

— Je m'en veux de mentionner les succès de vos précédents déguisements mais...

— Alors, abstenez-vous.

Il roula les vêtements en boule.

— Demain matin, nous serons un couple de paysans malgaches en route pour le marché.

— Et pourquoi pas une Malgache avec son frère idiot en route pour le marché ?

— N'exagérez pas.

Se sentant un peu rassurée, Whitney examina ses propres vêtements et s'aperçut que son pantalon était tout déchiré au genou.

— Non mais regardez-moi ça ! J'ai déjà gâché une jupe et un ravissant chemisier. Et ce pantalon était tout neuf.

— De quoi vous plaignez-vous, je viens de vous acheter une nouvelle robe, non ?

Whitney lança un coup d'œil au tas de vêtements.

— Quel humour, Douglas !

— Bon, dites-moi plutôt, les avez-vous entendus dire des choses intéressantes ?

Elle lui lança un regard en coin, fouilla dans son sac et en sortit son carnet.

— Je mets ce pantalon sur votre note, Douglas.

— Comme tout le reste.

Tordant le cou, il regarda le chiffre qu'elle venait d'inscrire.

— Cent quatre-vingt-cinq dollars ? Qui est prêt à payer une somme pareille pour un pantalon en coton ?

— Vous ! Bon, ajouta-t-elle en rangeant le carnet dans son sac. L'un de ces hommes était une espèce d'être répugnant avec une voix de fausset. En plus, il ricanait.

Doug oublia momentanément le montant de sa dette.

— Barns ?

— C'est ça. L'autre type l'a appelé Barns. Il a tiré sur un de ces adorables petits lémuriens, et a failli m'arracher le nez au passage.

Si Dimitri avait lâché ses hommes de main, songea Doug, c'est qu'il se sentait en confiance. Il n'employait pas Barns pour son intelligence ou ses talents de limier ; cette brute ne tuait pas pour l'argent ou par nécessité, il tuait par plaisir.

— Qu'ont-ils dit ? Qu'avez-vous entendu ?

— Le premier a clairement l'intention de vous mettre la main dessus. Apparemment, il en faisait une affaire personnelle. Quant à Barns... Barns préférerait s'occuper de moi. Si vous voulez mon avis, c'est de la discrimination sexuelle.

Doug fut saisi d'une intense bouffée de rage. S'il n'avait jamais vu Barns en action, il avait entendu parler de ses exploits. Et ceux-ci n'étaient pas jolis jolis, même au regard des atrocités commises dans des endroits dont Whitney ne soupçonnait même pas l'existence. Barns avait un penchant pour les femmes, et pour les petites choses fragiles. Une histoire particulièrement atroce courait sur ce qu'il avait fait subir à une prostituée de Chicago – et ce qui restait d'elle après son intervention.

Doug observa les doigts fins et élégants de Whitney. Il n'était pas question que Barns pose ses sales pattes sur elle. Même s'il devait pour ça les lui couper pour l'en empêcher.

— Quoi d'autre ?

Whitney ne lui avait entendu ce ton qu'une fois ou deux – lorsqu'il avait tenu le fusil et lorsqu'il avait refermé les doigts sur sa gorge. Il était facile de le suivre dans l'aventure lorsqu'il semblait amusé et désinvolte. Lorsqu'il avait ce regard dur, c'était autre chose. Elle se rappela alors la chambre d'hôtel à Washington, et la tache rouge qui s'élargissait sur la veste blanche du jeune serveur.

— Doug, en vaut-il vraiment la peine ?

Il ne quittait pas des yeux le haut de la pente.

— Quoi ?

— Le fameux trésor. Ces hommes veulent vous tuer – et vous, vous ne songez qu'à retrouver ces bijoux.

— Et surtout m'en remplir les poches, mon chou.

— Si vous parvenez à éviter leurs balles.

Il tourna la tête et planta le regard dans le sien.

— Ce ne sera pas la première fois qu'on me tirera dessus. Je cours depuis tant d'années.

Elle lui rendit son regard, chargé de la même intensité.

— Quand comptez-vous vous arrêter ?

— Quand j'aurai quelque chose à moi. Et cette fois, je l'aurai.

Comment lui faire comprendre ce qu'on ressentait en se réveillant avec en tout et pour tout vingt dollars en poche ? Le croirait-elle s'il lui disait savoir qu'il valait bien mieux que ces petites arnaques minables ? On lui avait donné une intelligence, il avait parfait sa technique, il ne lui manquait plus qu'un enjeu. Un gros enjeu.

— Oui, ça en vaut la peine.

Elle resta silencieuse un moment, consciente qu'elle ne comprendrait jamais vraiment ce besoin de posséder. Il aurait fallu pour cela avoir connu la privation. Ce qu'il décrivait n'avait rien à voir avec la cupidité. C'était aussi complexe que l'ambition, aussi personnel que les rêves. Et, qu'elle suive encore sa première impulsion ou quelque chose de plus profond, elle était décidée à demeurer avec lui.

— Ils se dirigeaient vers le nord – le premier homme a dit que c'étaient les ordres de Remo. Ils ont l'intention de se débarrasser de nous ici, ou de nous obliger à sortir pour pouvoir nous cueillir.

— Logique. Donc, pour ce soir, on ne bouge pas.

— On reste ici ?

— Aussi près que possible des huttes sans se faire repérer, dit-il. On se mettra en route à l'aube.

Whitney lui prit le bras.

— J'en veux davantage.

— Davantage de quoi ?

— J'ai été poursuivie. On m'a tiré dessus. Il y a quelques minutes, j'étais cachée derrière cet arbre, à me demander combien de temps il me restait à vivre.

Elle devait prendre de longues inspirations pour empêcher sa voix de trembler, mais son regard, lui, ne faiblit pas.

— J'ai autant à perdre que vous, Doug. Je veux voir les papiers.

Il s'était demandé à quel moment il y serait acculé, et avait espéré qu'ils seraient plus près du but lorsque cela arriverait. Soudain, il s'apercevait qu'il avait cessé de chercher des occasions de se débarrasser d'elle. Apparemment, il avait fini par prendre une associée.

Mais il n'était tout de même pas obligé de faire un partage équitable. Prenant son sac, il chercha dans l'enveloppe une lettre qui n'avait pas encore été traduite. Whitney y découvrirait peut-être des renseignements utiles.

— Tenez.

Il lui tendit la page cachetée avec soin avant de se rasseoir par terre. Ils se dévisagèrent avec méfiance, puis Whitney baissa les yeux vers la lettre. Elle était datée d'octobre 1794.

« Chère Louise,

« Au moment d'écrire cette lettre, je prie pour qu'elle te parvienne et te trouve en bonne santé. Même ici, dans cette contrée lointaine, nous recevons des nouvelles de France. C'est une petite colonie, et beaucoup marchent la tête basse. Nous avons fui une guerre pour la menace d'une autre. Il semble qu'on ne puisse échapper aux intrigues politiques. Chaque jour, nous guettons des troupes françaises, l'exil d'une autre reine, et mon cœur ne sait si je les accueillerai avec joie ou si j'irai me cacher.

« Au moins, ce pays n'est-il pas dénué de beauté. La mer est proche. Je vais m'y promener le matin en compagnie de Danielle, et y ramasser des coquillages. Elle a tellement grandi ces derniers mois, elle en a vu et entendu plus qu'une mère ne peut le souhaiter. Cependant, la peur a presque disparu de ses yeux. Elle cueille des fleurs – des fleurs telles que je n'en ai jamais vu nulle part. Même si Gérald porte encore le deuil de la reine, je sens qu'avec le temps, nous pourrons être heureux ici.

« Je t'écris, Louise, pour t'implorer de revenir sur ta décision et te conjurer de nous rejoindre. Même à Dijon, ta sécurité n'est pas assurée. J'entends des récits à propos de maisons pillées et incendiées, de gens jetés en prison puis mis à mort. Il y a ici un jeune homme dont les parents ont été arrêtés dans leur demeure près de Versailles pour être pendus. La nuit, je rêve de toi et crains pour ta vie. Je veux avoir ma sœur auprès de moi, Louise, à l'abri. Gérald va ouvrir une boutique. Danielle et moi avons planté un jardin. Nous menons des vies simples, mais loin de la guillotine et de la Terreur.

« Il y a tant de choses dont j'ai besoin de parler avec toi, ma sœur. Des choses que je n'ose évoquer dans une lettre. Je puis seulement te dire que Gérald a reçu un message et un ordre de la reine quelques mois avant sa mort. Cela lui pèse. Dans un simple coffret de bois, il conserve une partie de la France et de Marie-Antoinette, et cela ne le laisse pas en repos. Je t'en supplie, ne t'accroche pas à une époque révolue. Ne lie pas ton cœur au passé, comme l'a fait mon époux. Quitte la France, Louise. Viens à Diégo-Suarez. Ta sœur dévouée, Madeleine. »

Lentement, Whitney lui rendit la lettre.

— Savez-vous ce que c'est ?

— Une lettre.

Doug la rangea dans l'enveloppe. Il n'était pas demeuré insensible à ce qu'elle avait lu.

— Cette famille est venue ici pour fuir la Révolution. D'après les autres documents, ce Gérald était une sorte de valet de chambre de Marie-Antoinette.

— C'est important, dit-elle.

— En effet. Tous ces papiers sont importants parce que chacun apporte une pièce au puzzle.

Elle le regarda remettre l'enveloppe en sécurité dans son sac.

— Et c'est tout ?

— Quoi d'autre ? D'accord, je suis désolé pour cette malheureuse femme, mais elle est morte depuis un bon bout de temps. Moi, je suis vivant.

Il posa la main sur le sac.

— Et ceci va me permettre de vivre exactement comme je l'entends.

— Cette lettre a plus de deux cents ans.

— Exact, et tout ce qu'il en reste se trouve dans le petit coffret de bois que je vais m'approprier.

Elle l'étudia un instant, remarquant l'intensité de son regard, sa bouche sensuelle. Avec un soupir, elle secoua la tête.

— La vie n'est pas simple, hein ?

— Non.

Voulant chasser la lueur de tristesse qu'il lisait dans ses yeux, il sourit.

— Et c'est tant mieux.

Whitney sentit une grande lassitude l'envahir. Elle réfléchirait plus tard. Elle exigerait de voir le reste des papiers plus tard. Pour l'instant, elle aspirait seulement au repos, du corps et de l'esprit.

— Bon, et maintenant?

— Maintenant?

Il scruta les alentours.

— On fait avec ce qu'on a.

Après avoir dressé un campement de fortune caché au milieu des arbres de la colline, ils dégustèrent la viande offerte par les Mérinas et burent du vin de palme. Ils ne firent pas de feu. Durant la nuit, ils se relayèrent pour faire le guet. Pour la première fois depuis le début de leur voyage, ils parlèrent à peine. Entre eux demeuraient le danger omniprésent et le souvenir d'un instant d'abandon sous la cascade.

La forêt à l'aube se parait d'or, de rose et de vert brumeux. Son odeur était celle d'une serre dont on vient d'ouvrir les portes. La lumière était irréelle, l'air doux et plein des chants joyeux des oiseaux saluant le soleil. De la rosée perlait sur le sol et s'accrochait aux feuilles. Un trait de lumière transforma les minuscules gouttelettes en arc-en-ciel.

Paresseusement, Whitney se pelotonna tout contre la forme chaude à côté d'elle. Elle soupira en sentant une main lui caresser les cheveux. S'abandonnant aux délicieuses sensations qui la parcouraient, elle posa la tête sur une épaule masculine et s'endormit.

Qu'il était facile de perdre du temps à la contempler. Doug s'accorda cet instant de plaisir après une longue nuit de tension. Elle était magnifique. Lorsqu'elle dormait, il émanait d'elle une douceur que masquait l'esprit caustique qu'elle manifestait le reste du temps. Ses yeux d'ordinaire dominaient son visage. Maintenant qu'elle avait les paupières closes, il était possible d'apprécier la beauté de son ossature, la pureté de sa peau.

Un homme pouvait tomber très vite et très profondément amoureux d'une femme comme elle. Même s'il avait le pied sûr, Doug s'était déjà senti trébucher une fois ou deux.

Il avait envie de faire l'amour avec elle, lentement, voluptueusement, dans un lit moelleux garni de coussins, entre des draps de soie, à la lueur de chandelles. Il n'avait aucun mal à se représenter la scène. Il en avait envie, certes, mais il avait envie de tant de choses. Pour lui, l'un des plus grands signes de réussite était la capacité de séparer ce qu'on voulait de ce qu'on pouvait avoir, ce qu'on pouvait avoir de ce qui rapportait. Il désirait Whitney, et avait de bonnes chances de l'obtenir, mais son instinct l'avertissait que cela ne lui rapporterait rien.

Une femme comme elle possédait l'art de prendre un homme dans ses filets. Or il n'avait aucune intention de se laisser enchaîner ou entraver. Trouver l'argent et filer, telle était la règle du jeu. Dans son sommeil, Whitney remua et soupira. Bien réveillé, il fit de même. Le moment était venu de prendre un peu de distance. Il la secoua doucement par l'épaule.

— C'est l'heure de se réveiller, duchesse.

— Humm ?

Elle se coula plus étroitement contre lui, aussi tiède et souple qu'un chat.

— Whitney, bougez-vous un peu.

La phrase pénétra les brumes du sommeil. Elle ouvrit les yeux.

— Je ne suis pas sûre qu'une moitié de trésor vaille la peine d'entendre votre voix envoûtante tous les matins.

— On ne vieillira pas ensemble. Si vous voulez vous retirer, vous n'avez qu'un mot à dire.

Elle s'aperçut alors que leurs corps étaient pressés l'un contre l'autre, comme des amants après une nuit de passion. Elle souleva un sourcil fin et élégant.

— Que croyez-vous être en train de faire, Douglas?

— Je vous réveille. C'est vous qui êtes vautrée sur moi. Vous ne savez pas résister à l'attrait de mon corps.

— J'ai surtout du mal à résister à l'envie d'y faire quelques bosses.

Le repoussant, elle s'assit et rejeta ses cheveux en arrière.

— Ô mon Dieu! s'exclama-t-elle.

Dans un mouvement réflexe, Doug se jeta sur elle. Bien qu'aucun d'eux n'en eût conscience, il venait d'accomplir l'un des rares gestes désintéressés de toute sa vie. Il avait protégé le corps de Whitney en faisant du sien un bouclier, sans penser à sa propre sécurité ou au profit.

— Quoi?

— Êtes-vous toujours obligé de me rudoyer?

Résignée, elle soupira et pointa le doigt droit devant. Avec précaution, il regarda dans la direction qu'elle indiquait. Des dizaines de lémuriens étaient perchés en haut des arbres, leurs corps maigres bien droits, leurs longues pattes antérieures levées vers le ciel. Ainsi alignés sur les branches, on aurait dit une rangée de païens extatiques offerts en sacrifice.

Doug poussa un juron et se détendit.

— Vous allez en voir pas mal, de ces petits bonshommes, lui dit-il en roulant sur le côté. Faites-moi plaisir: évitez de hurler chaque fois que vous en croiserez un.

Elle était trop fascinée par le spectacle pour répliquer.

— On dirait qu'ils prient, ou qu'ils sont en adoration devant le lever du soleil.

— C'est ce que dit la légende, acquiesça Doug en commençant à ranger leur campement.

Tôt ou tard, les hommes de Dimitri passeraient par ici. Doug n'avait pas l'intention de laisser la moindre trace.

— En fait, ils se chauffent au soleil.

— Je préfère l'interprétation traditionnelle.

— Puisque vous aimez la tradition, vous allez adorer votre nouveau costume.

Il lui lança la robe qu'il lui avait rapportée la veille.

— Enfilez-la. Je dois retourner aux huttes. Il nous manque quelque chose.

— Pendant que vous faites vos emplettes, pourquoi ne pas me trouver une tenue un peu plus seyante ? J'ai un faible pour la soie, bleue de préférence, avec un petit drapé sur les hanches si c'est possible.

— Enfilez-la, répéta-t-il, avant de disparaître.

En soupirant, Whitney retira ses vêtements coûteux mais abîmés et passa la tunique informe. Elle lui arrivait au-dessus de la cheville.

— Peut-être qu'avec une jolie ceinture de cuir large, murmura-t-elle. Violette avec une boucle vraiment voyante…

Lorsque Doug revint, elle était en train d'essayer différentes façons d'enrouler le lamba autour de ses épaules.

— Rien ne va avec cette robe. Absolument rien. Je crois que je vais plutôt mettre votre pantalon et votre chemise. Au moins…

Elle s'interrompit en se retournant.

— Mon Dieu, qu'est-ce que c'est que ça ?

— Un cochon, répondit-il en se battant avec la bête qui se tortillait dans ses bras.

— Je vois bien que c'est un cochon. Mais pour quoi faire ?

— Pour compléter le déguisement.

Il accrocha la corde passée autour du cou de l'animal à un arbre. Le cochon poussa quelques grognements d'indignation, puis se coucha dans l'herbe.

— Nous mettrons les sacs dans les paniers que j'ai rapportés, pour donner l'impression que nous emportons nos produits au marché. Le cochon ajoutera à notre crédibilité.

Il se débarrassa de sa chemise tout en parlant et enfila celle qu'il avait subtilisée.

— Cachez vos cheveux sous ce chapeau, dit-il.

Elle obtempéra, se retournant le temps qu'il retire son jean et mette le pantalon de coton, nouant une corde en guise de ceinture pour le faire tenir. Puis ils s'observèrent.

Le haut du pantalon bouffait par-dessus la corde et retombait sur ses hanches; le bas lui arrivait au-dessus des chevilles. Le lamba qu'il avait passé sur son dos et autour de ses épaules dissimulait sa large carrure. Visage et cheveux disparaissaient sous le chapeau. Il pourrait passer inaperçu, si personne n'avait l'idée de le regarder de trop près.

Quant à Whitney, la longue robe cachait chaque courbe de son corps, ne laissant exposés que ses pieds et ses chevilles. Des chevilles beaucoup trop gracieuses, remarqua Doug; il faudrait les recouvrir de terre et de poussière. Le lamba qui lui enveloppait le cou, les épaules et lui couvrait les bras, ajoutait une note d'authenticité. Ses mains seraient à peine visibles. Le chapeau de paille, s'il lui couvrait entièrement la tête et les cheveux, ne parvenait pas à masquer la beauté classique et très occidentale de son visage.

— Vous ne ferez pas un kilomètre sans attirer l'attention, dit-il.

— Qu'entendez-vous par là?

— Votre visage. Êtes-vous vraiment obligée de ressembler à une couverture de *Vogue*?

Ses lèvres esquissèrent un sourire.

— Oui.

Prenant les choses en main, Doug remonta le lamba sur sa gorge afin que le menton soit presque perdu dans les plis, puis enfonça davantage le chapeau sur sa tête en baissant le bord sur ses yeux.

— Et je suis censée voir comment, bon sang?

Elle souffla dans le lamba.

— En plus, j'étouffe.

— Vous pouvez remonter le bord du chapeau tant qu'il n'y a personne aux alentours.

La main sur la hanche, il se recula pour juger de l'effet produit. Ainsi enveloppée dans le châle, elle sembla sans forme, asexuée... jusqu'au moment où elle leva les yeux vers lui. Pour ne pas se laisser distraire par leur intensité, Doug s'affaira autour des paniers, dans lesquels il fourra les sacs puis des fruits et des restes de nourriture par-dessus.

— Quand on sera sur la route, gardez la tête baissée et marchez derrière moi, comme une bonne petite épouse.

— Ce qui prouve que vous ne connaissez rien aux épouses.

— Allons-y avant que les hommes de Dimitri ne décident de repasser par ici.

— Vous n'avez pas l'impression d'oublier quelque chose?

— C'est vous qui vous occupez du cochon, chérie.

Considérant qu'elle n'avait pas vraiment le choix, Whitney dénoua la corde accrochée à l'arbre et commença à tirer derrière elle le cochon récalcitrant. Devant sa mauvaise volonté, elle jugea plus simple de le prendre dans ses bras comme un enfant. L'animal se tortilla, grogna puis se tint tranquille.

— Viens, petit Douglas, papa nous emmène au marché.

— Petite maligne, persifla Doug, mais il souriait en quittant le couvert des arbres.

— Il y a un air de famille, remarqua-t-elle. Au niveau du groin.

— On va prendre cette route vers l'est, dit-il en l'ignorant. Avec de la chance, on atteindra la côte avant la nuit.

Serrant le cochon dans ses bras, Whitney descendit tant bien que mal les marches inégales.

— Bon sang, Whitney, posez ce foutu cochon par terre. Il peut marcher.

— Vous ne devriez pas jurer comme ça devant le bébé.

Délicatement, elle reposa l'animal et tira sur la corde, l'obligeant à marcher à son côté. Ils laissèrent derrière eux les montagnes, les broussailles et la protection de la forêt. Vus d'hélicoptère, se disait-elle, ils pouvaient peut-être passer pour des paysans. De près...

— Et si nous tombons nez à nez avec nos fournisseurs ? demanda-t-elle, lançant un bref coup d'œil aux huttes qu'ils venaient de dépasser. Ils risquent de reconnaître le styliste.

— C'est un risque à courir.

Doug s'engagea dans l'étroit sentier poussiéreux. Au moins, au bout d'un kilomètre, les pieds de Whitney seraient sales.

— Ils seront beaucoup plus faciles à amadouer que les gorilles de Dimitri.

Comme la route devant eux semblait sans fin, et que c'était le tout début de la journée, Whitney décida de lui faire confiance.

9

Au bout d'une demi-heure, Whitney suffoquait sous son lamba. Qui, par une journée pareille, se couvrirait jusqu'aux chevilles avec un sac à pommes de terre, s'emmailloterait dans un châle, et parcourrait quarante-cinq kilomètres à pied ?

L'anecdote ferait très bien dans un livre de souvenirs, songea-t-elle. *Tribulations avec mon cochon.*

En dépit de tout, elle se prenait d'amitié pour le petit animal. Il avançait avec une certaine noblesse, se dandinant d'un pas décidé, tournant la tête de droite et de gauche comme s'il menait un défilé.

— Finalement, dit-elle, je le trouve plutôt mignon.

Doug accorda à peine un regard au cochon.

— Je le verrais bien rôti au barbecue.

— Quelle horreur ! Vous ne feriez pas ça ! protesta Whitney, l'observant pour voir s'il plaisantait.

Ne concevant le jambon que cuit et prétranché, Doug s'en savait bien sûr incapable, mais il trouvait plus habile de garder ses scrupules pour lui.

— J'ai une recette de porc à la sauce aigre-douce qui vaut son pesant d'or.

— Ça ne m'intéresse pas ! Ce petit cochon est placé sous ma protection.

— J'ai travaillé trois semaines dans un restaurant chinois à San Francisco. Avant de filer, j'avais dans la poche un collier de rubis digne d'un musée, une perle noire grosse comme un œuf de merle, et un calepin de recettes à se damner.

Il ne lui restait de l'aventure que les recettes, ce qui lui convenait très bien.

— On met le porc à mariner toute une nuit, expliqua-t-il. La viande devient tellement tendre qu'elle fond dans la bouche.

— Ça suffit !

— Il y a aussi les saucisses aux herbes. Cuites au gril...

— Ce n'est pas un cerveau que vous avez entre les oreilles, c'est un ventre !

Après la montagne, la route était devenue plus agréable, plus large et plus régulière. Mais la plaine à l'est de l'île, verdoyante et humide, était beaucoup trop exposée au goût de Doug. Il leva la tête vers les lignes téléphoniques. Inconvénient supplémentaire, Dimitri pouvait communiquer ses ordres très vite.

Où étaient leurs poursuivants ? Sur leurs talons, suivant la piste que Doug s'ingéniait à brouiller ? Ou devant eux, comme Doug en avait l'intuition depuis leur départ de New York ? Il changea son panier de bras, ne pouvant s'empêcher de penser que Dimitri connaissait leur destination. Peut-être leur ennemi les attendait-il déjà là-bas, prêt à refermer son filet sur eux. Il regarda derrière lui pour la centième fois, il aurait été plus tranquille s'il avait su d'où viendrait l'attaque.

Sans l'aide des jumelles, qu'ils n'osaient pas sortir, ils voyaient de grands et beaux domaines agricoles, plats et dégagés, qui offraient autant de terrains d'atterrissage à des hélicoptères. Des fleurs s'épanouissaient sur les bas-côtés, exotiques malgré la poussière qui couvrait leurs pétales. Il faisait chaud, et par ce temps ensoleillé, les conditions étaient idéales pour repérer deux personnes accompagnées d'un cochon sur la route de la côte. Doug pressa le pas, espérant rejoindre des voyageurs auxquels ils pourraient se mêler. Mais il n'y avait qu'à regarder Whitney pour douter de passer inaperçu, même en groupe.

— Êtes-vous vraiment obligée de marcher comme si vous alliez faire du shopping chez Bloomingdale's ?

— Je vous demande pardon ?

Elle commençait à s'habituer à tirer le cochon, et se demandait si ce ne serait pas un animal de compagnie plus glamour qu'un chien.

— Vous avez une démarche de milliardaire. Essayez de faire plus humble.

Elle poussa un soupir.

— Douglas, que je sois obligée de porter cette tenue ridicule et qu'il faille absolument que je traîne un cochon au bout d'une corde, admettons, mais je refuse tout net de m'abaisser. Allons, cessez de ronchonner et profitez de la promenade. Le paysage est magnifique, luxuriant, et il y a une délicieuse odeur de vanille dans l'air.

— Ça vient de ce domaine, là-bas. Une exploitation de vanille.

Et dans une exploitation, il y avait des véhicules. Il calcula les risques qu'il y aurait à essayer d'en soustraire un à son propriétaire.

Les champs, vastes et très verts, étaient remplis d'ouvriers agricoles. Il y avait trop de monde, le terrain était trop à découvert pour essayer de s'approprier un pick-up pour l'instant.

La chaleur était rendue plus lourde par l'humidité qu'apportaient les alizés.

— Par une journée pareille, je voudrais être en Martinique.

— Vous n'êtes pas la seule !

Ne prêtant pas attention à cette réplique acerbe, elle continua.

— J'ai un ami qui a une villa là-bas.

— Quelle surprise…

— Vous avez peut-être entendu parler de lui: Robert Madison. Il écrit des romans d'espionnage.

— Madison? *Le Signe du poisson*?

Impressionnée de l'entendre citer le livre de Madison qu'elle considérait comme son meilleur, elle lui jeta un coup d'œil.

— Vous lisez ses livres?

— Un peu, répondit-il en rééquilibrant le panier qu'il portait sur l'épaule. Je suis arrivé à dépasser le stade de *Mon ami Spot*, vous savez.

Elle n'en doutait pas un seul instant.

— Ne le prenez pas mal. Il se trouve que je suis une inconditionnelle. Nous nous connaissons depuis des années. Bob est parti vivre en Martinique quand son percepteur est devenu trop pressant. Il a une villa ravissante avec une vue sur la mer extraordinaire. Si j'étais là-bas, à l'heure qu'il est, je serais au bord de la piscine en train de regarder les gens en maillot s'amuser sur la plage.

C'était bien son style, pensa-t-il sans savoir pourquoi cela l'irritait tant. Piscines en terrasse aux Antilles, serviteurs vêtus de blanc apportant des cocktails sur des plateaux en argent... pendant qu'un crétin de bellâtre lui passait de la crème solaire dans le dos. Il avait joué l'un et l'autre rôle à une époque, celui du serviteur comme celui du bellâtre, et n'avait pas de préférence particulière tant que le butin en valait la peine.

— Si vous n'aviez rien à faire par une belle journée comme celle-ci, comment vous occuperiez-vous? demanda-t-elle.

Il essaya d'oublier l'image de Whitney, allongée à moitié nue sur une chaise longue, la peau luisante d'huile solaire.

— Je resterais au lit, répondit-il. En compagnie d'une rousse piquante aux yeux verts, avec de gros...

— Un fantasme bien ordinaire, coupa Whitney.

184

— J'ai des pulsions assez ordinaires.

Elle fit semblant de bâiller.

— Vous avez sans doute ça en commun avec notre cochon. Regardez! s'exclama-t-elle avant qu'il n'ait le temps de répliquer. Une voiture!

De la poussière s'élevait au-dessus de la route devant eux. Les sens en alerte, il regarda à droite et à gauche. Au besoin, ils pourraient essayer de fuir par les champs, mais ils n'iraient pas bien loin. Si leur déguisement improvisé ne trompait pas leurs poursuivants, ils ne survivraient pas cinq minutes.

— Gardez bien la tête baissée, recommanda-t-il. Et je me fiche de savoir si c'est contraire à vos principes: prenez l'air d'une pauvre paysanne.

Elle lui jeta un regard en biais.

— J'en suis parfaitement incapable.

— Baissez la tête, et avancez!

Le bruit du moteur annonçait un véhicule puissant et bien entretenu. Ils virent arriver un fourgon tout-terrain, et malgré la boue qui maculait la carrosserie, Doug jugea qu'il était assez neuf. Il avait lu dans ses guides que les propriétaires d'exploitation agricole étaient riches, prospérant grâce à la vanille, au café et aux clous de girofle qui poussaient en abondance dans la région. À l'approche du fourgon, il avait positionné le panier de façon à cacher son visage. Il était tendu comme un ressort. Le fourgon ralentit à peine en les croisant. Ah, s'il parvenait à se procurer un véhicule de ce genre, ils arriveraient tellement plus vite à la côte!...

— Ça marche! se réjouit Whitney en relevant la tête. Ils nous ont dépassés sans même nous regarder.

— Le plus souvent, quand on donne à voir aux gens ce qu'ils s'attendent à voir, ils ne voient rien du tout.

— Ah! ça, c'est profond!

— La nature humaine est ainsi faite, continua-t-il. J'ai pu entrer dans je ne sais combien de chambres

d'hôtel rien que parce que je portais une veste rouge
de garçon d'étage et que j'avais l'air d'attendre un
pourboire.

— Vous volez dans les hôtels en plein jour ?

— En général les gens n'occupent pas leurs chambres
pendant la journée.

Elle réfléchit, puis avoua sa déception.

— J'avais une vision plus romanesque de vos activités. Je vous imaginais vous faufilant dans les
chambres en pleine nuit avec une lampe torche,
habillé en noir, pendant que les gens dorment.

— Ce serait le meilleur moyen d'en prendre pour
dix ou vingt ans.

— Le risque rend la chose amusante, non ? Êtes-
vous déjà allé en prison ?

— Non, jamais. C'est un des petits plaisirs de l'existence qui m'a toujours été refusé.

Voilà qui confirmait l'impression de Whitney :
c'était un professionnel de tout premier ordre.

— C'était quoi, votre plus gros casse ?

Malgré la sueur qui lui dégoulinait dans le dos, il se
mit à rire.

— Quel vocabulaire ! Vous avez pris ça où ? Dans les
rediffusions de *Starsky et Hutch* ?

— Allez, Douglas, racontez !

S'il ne lui changeait pas les idées, elle allait se liqué-
fier au milieu de la route et mourir de chaud. Elle
avait cru avoir passé le pire avec leur traversée des
hautes terres, mais là, c'était mille fois plus dur.

— Vous devez bien vous souvenir d'un coup particulièrement marquant dans votre carrière.

Il se tut un moment, le regard perdu sur la route
qui s'étendait devant eux jusqu'à l'horizon. Mais il ne
voyait ni la poussière, ni les ornières, ni les ombres
courtes jetées par le soleil implacable de midi.

— Un jour, j'ai eu entre les mains un diamant gros
comme le poing.

— Ah oui ?

Justement, elle avait un faible pour les diamants. Elle aimait leur éclat glacé, leurs couleurs secrètes, leur ostentation.

— Oui, et pas n'importe lequel, un solitaire énorme, étincelant. La plus belle pierre que j'aie jamais vue. Le diamant de Sydney.

— Le diamant de Sydney ! répéta-t-elle en s'arrêtant, sidérée. Mais c'est un diamant de quarante-huit carats et demi, d'une eau parfaite. Je me souviens qu'il avait été exposé à San Francisco il y a trois… non, quatre ans. Il a été volé, d'ailleurs… Attendez ! C'était vous ?

— Exact, ma belle, répondit-il, enchanté par son air fasciné. Je l'ai eu, là, dans la main.

Se remémorant cet instant incroyable, il regarda sa paume égratignée par leur fuite à travers la forêt. Il y voyait encore le diamant briller de mille feux.

— Je jure qu'il vous chauffait la peau et qu'on y voyait des centaines de reflets dans la lumière. C'était comme de prendre dans ses bras une blonde un peu froide qui s'enflamme.

À cette évocation du bijou, Whitney se laissa gagner par un frisson. Depuis qu'elle avait reçu son premier rang de perles, elle avait souvent porté des diamants ou d'autres pierres précieuses. Elle aimait cela, mais le plaisir d'imaginer le vol du diamant de Sydney était bien supérieur. Elle se voyait le retirant de sa vitrine glacée, le sentait prendre vie dans sa main…

— Comment est-ce arrivé ?

— J'ai fait équipe avec Melvin Feinstein. L'Anguille. Ce petit salaud m'a pris pour associé.

À son expression, Whitney devina que l'aventure s'était mal terminée.

— Racontez.

— L'Anguille n'est pas très beau, physiquement et moralement. Il mesure un mètre trente, et il pouvait se glisser sous une porte. Il avait les plans du musée, mais il n'était pas assez malin pour déjouer le système de sécurité. C'est pourquoi il m'a mis dans la combine.

— Vous avez empêché l'alarme de sonner ?

— On a tous sa spécialité. Nous avons étudié notre coup pendant des semaines, évalué tous les paramètres. Le système d'alarme était une vraie petite merveille. Je n'en avais jamais vu de plus performant.

Ce souvenir lui était agréable : le système lui avait posé un vrai défi intellectuel, et il avait fait appel à toutes ses ressources pour gagner la partie.

— Les alarmes, c'est comme les femmes, improvisa-t-il. Ça vous provoque, ça vous fait de l'œil. Mais avec un peu de charme et de savoir-faire, on finit par comprendre comment elles fonctionnent. De la patience…, murmura-t-il, du doigté, et on les maîtrise.

— Analogie fascinante, intervint Whitney froidement. On pourrait aussi dire qu'elles se mettent à hurler quand on abuse.

— Pas si on est plus malin qu'elles.

— Bon, continuez votre histoire avant de vous enferrer, Douglas.

Il se revit à San Francisco par cette nuit froide et brumeuse, se remémorant les langues de brouillard qui rampaient sur le sol.

— Nous sommes entrés par les conduits d'aération. L'Anguille a eu beaucoup moins de mal que moi à avancer, bien sûr. On a dû envoyer un câble et le tendre au-dessus du présentoir. Il fallait progresser dans la pièce en se suspendant par les mains parce que le plancher était relié à l'alarme. C'est moi qui ai tout fait : l'Anguille a la tremblote, et puis de toute façon il n'avait pas les bras assez longs pour atteindre la vitrine. Je suis resté pendu la tête en bas pendant six minutes et demie pour découper la vitre. Et puis je l'ai attrapé…

Elle le voyait comme si elle y était : Doug accroché au-dessus de la vitrine, tout de noir vêtu, tendant la main pour atteindre le diamant qui brillait sur son coussin.

— Je crois savoir qu'on n'a jamais retrouvé le Sydney.

— C'est une des pierres disparues dont on parle dans le livre que j'ai dans mon sac.

Comment décrire la jouissance et la rage qui le prenaient à la lecture des lignes concernant son diamant ?

— Si vous l'avez volé, pourquoi n'avez-vous pas acheté une villa en Martinique ?

— Bonne question. Oui, c'est vraiment une bonne question ! Je l'ai bien volé…, murmura-t-il en descendant son chapeau sur ses yeux. Pendant une minute, j'ai été cousu d'or.

Il s'y revoyait, sentait l'excitation presque sexuelle de l'instant où, suspendu au-dessus de la vitrine, il avait eu pendant un moment la fortune au creux de la main.

— Ça s'est mal passé ?

Son euphorie explosa comme un diamant mal taillé.

— Comme je vous l'ai dit, l'Anguille se faufilait dans les conduits beaucoup plus vite que moi. Quand je suis arrivé au bout, il avait disparu. Cet enfoiré avait piqué le diamant dans mon sac et s'était fait la malle. Et pour couronner le tout, il a donné un coup de fil anonyme à la police pour me dénoncer. Il y avait des flics partout à mon hôtel quand je suis rentré. Je n'avais plus que la chemise que je portais sur le dos, et j'ai dû monter clandestinement dans un cargo. Je suis resté coincé à Tokyo quelque temps.

— Et l'Anguille ?

— Aux dernières nouvelles, il s'était acheté un joli petit yacht et l'avait transformé en casino de luxe. Un de ces jours… (Il se complut un instant dans des fantasmes de vengeance puis haussa les épaules.) En tout cas, je ne me suis plus jamais associé à personne.

— Jusqu'aujourd'hui, rectifia-t-elle.

Il baissa les yeux vers elle. Il transpirait de nouveau, il était fourbu, et devait compter avec Whitney.

— Il semble que oui.

— Au cas où vous seriez tenté d'imiter votre ami l'Anguille, mon cher Douglas, sachez bien que vous ne trouverez jamais de trou assez profond pour m'échapper.

— Vous pouvez me faire confiance, belle enfant, dit-il en lui pinçant le menton.

— C'est ce qu'on dit.

Ils marchèrent un moment sans parler. Doug revivait pour la énième fois le vol du diamant de Sydney. La tension nerveuse, l'extrême concentration qui ralentissait le rythme cardiaque et stabilisait les mains, l'impression de toute-puissance, malheureusement de si courte durée. Il connaîtrait de nouveau cette sensation, il se l'était souvent juré.

Bientôt, il aurait en main un coffret de bijoux à côté duquel le solitaire aurait l'air de sortir d'une pochette-surprise. Et personne ne le grugerait, cette fois, ni un nabot retors, ni une milliardaire blonde.

Trop souvent, il avait laissé des trésors lui échapper. L'échec était encore supportable si on n'avait que soi à blâmer, quand on avait pris des risques, commis des erreurs. Mais si on avait eu l'imbécillité de faire trop confiance à quelqu'un… La naïveté avait toujours été son plus gros défaut. Il volait, d'accord, mais il était honnête avec les autres, et il avait tendance à penser que tout le monde lui ressemblait. Chaque fois qu'il se retrouvait les mains vides, c'était la même incrédulité.

Le Sydney..., songeait Whitney. Pour s'attaquer à un butin pareil et mener l'opération à bien, il ne fallait pas être un petit malfrat de seconde zone. Cette histoire confirmait sa première impression : Doug Lord était un prince, à sa façon. Mais il ne faudrait pas qu'elle oublie qu'il était très possessif quand ils auraient mis la main sur le trésor.

Elle eut un sourire absent en regardant deux enfants courir dans un champ à sa gauche. Leurs parents travaillaient peut-être dans le domaine, ou alors, même, en étaient-ils propriétaires. Quoi qu'il en soit, ils menaient certainement une vie simple. C'était fou ce que la simplicité pouvait sembler désirable, parfois. Le grossier tissu de sa robe frottait sur ses épaules... Évidemment, le luxe n'était pas désagréable non plus, loin de là...

Ils sursautèrent en entendant un bruit de moteur derrière eux. Quand ils se retournèrent, la camionnette était déjà presque à leur hauteur. S'ils s'étaient sauvés, ils n'auraient pas parcouru plus de dix mètres. Doug se maudit de sa distraction, puis se maudit encore quand le conducteur s'arrêta et se pencha pour leur crier quelque chose.

Le véhicule n'était pas neuf comme celui qui les avait croisés plus tôt, mais pas non plus tout à fait aussi délabré que la Jeep du Mérina. Au milieu de la route, le ralenti de la camionnette faisait entendre un ronronnement de bon aloi. On voyait de la marchandise à l'arrière : casseroles, paniers, chaises en bois, tables.

Un vendeur ambulant, pensa Whitney, inspectant le chargement. Elle se demanda combien il vendrait ce joli pot en céramique. Cela ferait très bien sur une table avec un cactus.

Vu la région et l'aspect européen de son chapeau, le conducteur devait être un Betsimisaraka, jugea Doug. Celui-ci leur sourit, montrant de belles dents saines, et leur fit signe d'approcher.

— Bon, que nous veut-il ? souffla Whitney.

— Je crois qu'il a décidé de nous prendre en stop. Sortez votre meilleur français, moi je vais lui faire mon numéro de charme.

— Si on se contentait de mon français ?

Oubliant son rôle de pauvre paysanne, elle avança jusqu'à la camionnette. Elle coula un regard au conducteur et lui fit son plus beau sourire, tâchant d'inventer une histoire à peu près plausible.

Elle et son mari – le mot eut du mal à passer, mais à la guerre comme à la guerre – venaient de leur ferme dans les montagnes et allaient sur la côte pour rendre visite à sa famille. Sa mère était malade, ajouta-t-elle. Elle remarqua qu'il la dévisageait avec curiosité, s'étonnant sans doute que sa peau soit si blanche et que les traits de son visage ne correspondent pas à la rusticité de son chapeau de paille. Sans marquer de temps d'arrêt, elle trouva une explication qui eut l'air de le satisfaire car il leur fit signe de monter. Il allait sur la côte et serait ravi de les y conduire.

Se penchant pour ramasser le cochon, elle appela Doug.

— Venez, Douglas, nous avons un nouveau chauffeur.

Il ouvrit l'arrière de la camionnette pour y caser leurs paniers, puis monta à côté d'elle. Le hasard faisait parfois bien les choses. Cette fois, ils avaient eu de la chance.

Whitney fit coucher le cochon sur ses genoux comme un petit enfant fatigué.

— Que lui avez-vous raconté ? lui demanda Doug avec un signe de tête reconnaissant au conducteur.

Whitney soupirait d'aise de ne plus avoir à marcher.

— Je lui ai dit que nous allions sur la côte pour rendre visite à ma mère malade.

— Désolé pour elle.

— Elle a très peu de chances de s'en sortir, alors ne prenez pas cet air réjoui.

— Votre mère ne m'a jamais aimé.

— Ça ne compte plus, maintenant. Et puis le problème, c'est qu'elle aurait voulu que j'épouse Tad.

— C'est qui, celui-là ?

Elle fut enchantée de l'avoir piqué au vif.

— Tad Carlyse, quatrième du nom. Ne soyez pas jaloux, chéri. Après tout, c'est vous que j'ai choisi.

— Ouf, quelle chance ! marmonna-t-il. Et comment avez-vous expliqué que nous n'ayons pas l'air d'autochtones ?

— Je suis française. Mon père, qui était capitaine au long cours, s'est installé sur la côte. Vous, vous étiez un professeur en vacances. Nous sommes tombés follement amoureux, et nous nous sommes mariés malgré les réticences de nos familles. Maintenant, nous vivons dans une petite ferme dans la montagne. À propos, vous êtes anglais.

Doug réfléchit à ce tissu de mensonges et admit qu'il n'aurait pas pu inventer mieux.

— Bien joué. Et depuis combien de temps sommes-nous mariés ?

— Je n'en sais rien, pourquoi ?

— Je me demandais juste si j'étais encore amoureux.

Étouffant un rire, Whitney ferma les yeux et essaya d'imaginer qu'elle se trouvait dans une limousine. Il ne lui fallut que quelques instants pour dodeliner de la tête. Elle s'endormit appuyée contre l'épaule de Doug, le cochon ronflant doucement sur ses genoux.

Elle rêva qu'elle était avec Doug dans une petite pièce élégante éclairée par des bougies parfumées à la vanille. Elle portait de la soie, blanche et assez fine pour laisser deviner sa silhouette. Lui était tout de noir vêtu.

Elle comprit à son regard qu'il la désirait. Ses yeux d'un vert si clair en devenaient tout sombres. Il la caressa de ses mains adroites et sa bouche couvrit la sienne. Elle avait l'impression de flotter en apesanteur – et pourtant elle sentait le corps de Doug pressé contre le sien.

Avec un sourire, il se détacha d'elle et attrapa une bouteille de champagne. Le rêve était si réaliste qu'elle voyait même l'humidité perler sur le verre. Le bouchon sauta avec un bruit de détonation. Quand elle rouvrit les yeux, il ne tenait plus qu'un goulot brisé à la main. À la porte, se dressait l'ombre d'un homme, et elle vit l'éclat métallique d'une arme.

Ils rampaient dans un boyau noir et étroit. Elle transpirait à grosses gouttes. Il s'agissait de conduits d'aération, elle le savait, et pourtant cela ressemblait à un tunnel naturel conduisant à une grotte – sombre, humide, suffocante.

— Encore un petit effort.

C'était Doug qui avait parlé, et elle aperçut un scintillement devant eux – le miroitement des facettes d'un énorme diamant. Un instant, ce scintillement éclaira toute la caverne d'une lumière quasi religieuse. Puis tout disparut et elle se retrouva sur une pente aride.

— Lord, espèce de salaud!

— Debout, ma belle. Tout le monde descend!

— Sale type.

— Ce n'est pas une façon de parler à son mari.

Ouvrant les yeux, elle vit son visage souriant.

— Espèce de sa...

Il l'interrompit par un long baiser passionné. Au moment où il détachait ses lèvres des siennes, il lui pinça le bras.

— Nous sommes censés être amoureux, ma chère. Notre gentil conducteur risque de connaître les gros mots les plus courants de ma langue natale.

Ne sachant plus où elle était, elle referma les yeux puis les rouvrit.

— J'étais en train de rêver.

— Oui... On dirait que je n'avais pas le beau rôle.

Doug sauta à terre puis alla récupérer les paniers à l'arrière.

Whitney secoua la tête pour s'éclaircir les idées avant de regarder dehors par le pare-brise. Ils étaient arrivés dans un village de pêcheurs. L'agglomération était très petite et sentait fortement le poisson. Mais n'empêche, c'était tout de même la civilisation ! Aussi réjouie que si elle s'était réveillée à Paris un beau matin d'avril, Whitney descendit de la camionnette.

Même si c'était petit, il y aurait forcément un hôtel. Dans un hôtel, il y aurait une baignoire, de l'eau chaude, et un vrai lit.

— Douglas, vous êtes un magicien !

Elle serra Doug dans ses bras, prenant le cochon en sandwich entre eux.

— Hé ! Whitney, je vais sentir le cochon !

— Je vous adore, déclara-t-elle en lui claquant un gros baiser sonore.

— Bon, tant mieux... (Il glissa la main sur sa taille.) Il y a cinq minutes, je n'avais pourtant pas la cote.

— Il y a cinq minutes, je n'avais pas vu où nous arrivions.

— Ah ? Et vous pouvez m'expliquer ce que ça change ?

— Nous sommes dans un village.

Tenant toujours le cochon contre elle, elle fit une pirouette.

— Eau chaude, eau froide à volonté, sommier et matelas. Où est l'hôtel ?

Elle mit la main en visière et tourna en tous sens pendant que Doug protestait.

— Je n'avais pas l'intention de descendre à...

— Là ! s'exclama-t-elle, triomphante.

C'était un petit établissement propre et simple, ressemblant davantage à une auberge qu'à un hôtel. Le village, protégé des inondations par une haute digue, était adossé à l'océan Indien. Ici et là, des filets étaient étalés au soleil pour sécher. Des palmiers longeaient la plage, de grosses fleurs orange grimpaient tout en haut du bardage en bois des maisons. Une mouette dormait au sommet d'un poteau téléphonique.

Whitney remercia le conducteur. Doug était ennuyé : il ne se sentait pas le courage de lui dire qu'ils ne pouvaient pas rester. À l'origine, il avait prévu de renouveler leurs provisions, de trouver un moyen de transport pour remonter la côte, et de repartir directement. Mais en voyant sa joie, il se sentait flancher.

Une nuit, cela ne pouvait pas trop porter à conséquence. Ils se reposeraient et repartiraient en meilleure forme au matin. Si Dimitri rôdait, au moins ils seraient à l'abri de quatre murs pour quelques heures ; cela lui laisserait le temps de planifier la suite. Il jeta les paniers sur ses épaules.

— Offrez-lui le cochon, conseilla-t-il à Whitney.

Whitney adressa un dernier signe au conducteur, puis traversa la rue avec Doug. Des coquillages mélangés à de la terre et à une mince couche de gravillons craquaient sous les pieds.

— Quoi ? Vous auriez voulu abandonner notre premier-né à un marchand ambulant ?

— Très drôle. Faut-il en conclure que vous vous êtes attachée à cette petite bête ?

— Parfaitement, et vous l'aimeriez aussi si vous n'étiez pas si glouton.

— Mais que voulez-vous en faire ?

— Nous allons lui trouver une bonne famille d'adoption.

— Whitney, protesta-t-il en s'arrêtant devant l'auberge et en lui saisissant le bras. Nous parlons d'un cochon, pas d'un petit chien de compagnie.

— Chut !

Serrant l'animal contre elle d'un geste protecteur, elle entra dans l'auberge. À l'intérieur régnait une fraîcheur délicieuse. Des ventilateurs tournaient lentement au plafond, rappelant le night-club de Rick dans le film *Casablanca*. Les murs étaient blanchis à la chaux, le plancher de bois sombre était ancien mais propre. Pour toute décoration, des tissages délavés étaient accrochés aux murs. Quelques consommateurs assis à des tables buvaient une boisson ambrée dans des verres épais. Whitney sentit flotter une odeur délicieuse, en provenance d'une pièce dont la porte était ouverte à l'arrière.

— Soupe de poisson, murmura Doug qui mourait de faim. Ça ressemble à de la bouillabaisse avec... du romarin et... un peu d'ail.

Whitney en avait l'eau à la bouche.

— C'est l'heure du déjeuner, annonça-t-elle.

Une vieille femme apparut à la porte du fond, s'essuyant les mains sur un tablier blanc coloré par les épices. Malgré son visage très ridé et ses mains de travailleuse, elle était coiffée avec des macarons de jeune fille. Elle étudia Whitney et Doug, accorda à peine un regard au cochon, puis s'adressa à eux dans un anglais rapide mais accentué. Les déguisements de Doug ne l'avaient pas trompée.

— Vous voulez une chambre ?

— Oui, merci.

S'efforçant de ne pas laisser ses regards s'égarer vers la porte d'où s'échappaient les fumets tentateurs, Whitney lui sourit.

— Ma femme et moi, nous voudrions une chambre pour la nuit avec une salle de bains, et un repas, expliqua Doug.

— Pour deux ? demanda la dame en jetant un nouveau coup d'œil au cochon. Ou pour trois ?

— J'ai trouvé le petit cochon sur le bord de la route. Il était perdu, expliqua Whitney. Ça me faisait de la peine de le laisser. Vous connaissez peut-être quelqu'un qui voudrait s'en occuper ?

L'aubergiste considéra le porcelet avec une expression peu rassurante, puis elle sourit.

— Mon petit-fils pourrait s'en occuper. Il a six ans, mais il est très responsable.

Elle tendit les bras et Whitney lui remit son protégé avec regret. Le portant sous un bras, l'aubergiste plongea la main dans sa poche pour y prendre des clés.

— La chambre est prête. C'est en haut de l'escalier, la deuxième porte à droite. Soyez les bienvenus.

Whitney attendit qu'elle retourne à la cuisine, le cochon toujours sous le bras.

— Allons, mon chou, toutes les mères doivent accepter de voir partir leurs enfants un jour.

— Elle n'a pas intérêt à le mettre au menu de ce soir.

La chambre était beaucoup plus petite que la grotte où ils avaient dormi, mais bien plus gaie, avec des paysages maritimes accrochés aux murs et un couvre-lit à fleurs soigneusement cousu. La baignoire se trouvait dans une simple alcôve, séparée de la pièce par un paravent en bambou.

— Le paradis, jugea Whitney au premier coup d'œil.

Elle se laissa tomber à plat ventre sur le lit.

— Le paradis, je ne sais pas... (Doug vérifia la serrure et la jugea solide.) Mais ça fera l'affaire en attendant.

— Je vais de ce pas me plonger dans la baignoire, et je compte y rester plusieurs heures.

— D'accord, je vous cède mon tour.

Sans cérémonie, il laissa tomber ses paniers par terre.

— Je vais chercher un moyen de transport pour remonter la côte.

— Je préférerais une bonne grosse Mercedes, soupira-t-elle, mais n'importe quoi fera l'affaire, même une carriole tirée par un âne à trois pattes du moment qu'on ne marche plus.

— Je vais essayer de trouver une solution intermédiaire.

Ne souhaitant courir aucun risque, il retira l'enveloppe de son sac à dos et la glissa sous sa chemise.

— Laissez-moi de l'eau chaude. Je reviens.

— Passez la commande au garçon d'étage en partant. Je n'aime pas que les hors-d'œuvre arrivent trop tard.

Whitney entendit le déclic de la porte qui se refermait. Elle s'étira langoureusement. Elle avait beau mourir de fatigue, elle avait encore plus envie de prendre un bain.

Elle se leva, défit sa longue robe de coton et la laissa tomber à ses pieds.

— Je plains ton ancienne propriétaire, murmura-t-elle.

Pour fêter sa libération, elle lança son chapeau de paille à travers la pièce. Ses cheveux tombèrent en cascade sur sa peau nue comme une coulée de soleil. Aux anges, elle ouvrit le robinet d'eau chaude à fond, puis chercha dans son sac ses réserves d'huile pour le bain. Dix minutes plus tard, elle entrait dans une eau parfumée et très chaude, s'enfonçant dans la mousse.

— L'extase, murmura-t-elle en fermant les yeux.

Dehors, Doug eut vite fait le tour du village : quelques petites boutiques d'artisanat, des hamacs pittoresques accrochés sur les vérandas, et une rangée de dents de requin sur le perron d'une maison. De toute évidence, les gens du cru avaient vite compris en quoi consistait l'exotisme pour les touristes. L'odeur de poisson l'accompagna jusqu'aux quais. Là, il admira les bateaux, les rouleaux de cordage et les filets étalés au soleil.

Il avait déjà dans l'idée qu'il serait plus pratique de voyager sur l'eau. Sur la carte qui se trouvait dans son guide, il avait vu que le canal des Pangalanes les mènerait jusqu'à Maroantsetra. Arrivés là, il leur faudrait traverser la forêt vierge, mais cela ne le gênait pas : il se sentirait plus en sécurité sous le couvert des arbres, malgré la chaleur et l'humidité. Le canal était de loin la meilleure solution. Il ne lui manquait qu'une embarcation et un batelier acceptant de les conduire.

Une petite boutique attira son attention. En atteignant la porte, il eut une seconde de flottement. De l'intérieur lui parvenait le son syncopé caractéristique de la rockeuse Pat Benatar.

La musique s'amplifia quand il poussa la porte.

Derrière le comptoir où était posé un lecteur de cassettes stéréo, un grand jeune homme dégingandé bougeait au rythme de la musique, sa peau sombre luisant de sueur. Sautillant d'un pied sur l'autre, il nettoyait la vitrine en chantant à tue-tête.

Il se tourna en entendant la porte se refermer derrière Doug.

— Bonjour, dit-il.

Le jeune homme parlait avec un fort accent français, mais il portait un T-shirt portant l'inscription « City College of New York ». Son sourire juvénile était sympathique. Sur les étagères derrière lui s'alignaient des articles de quincaillerie, des torchons, des boîtes de conserve et des bouteilles.

— Vous cherchez des souvenirs ?

— D'où vient ce T-shirt ? interrogea Doug en avançant sur le vieux plancher.

— Vous êtes américain ! s'exclama le jeune homme.

Il baissa un peu la musique et lui tendit la main.

— Vous venez des États-Unis ?

200

— Oui, de New York.

— New York ! Mon frère est à l'université là-bas, expliqua-t-il en désignant son T-shirt. Il veut devenir avocat. Je vous jure. Une tête.

Sa bonne humeur était communicative. Doug, la main toujours emprisonnée dans la sienne, eut envie de rire.

— Je m'appelle Doug Lord.

— Jacques Tsiranana. (Il relâcha la main de Doug à contrecœur.) Je vais en Amérique l'année prochaine pour rendre visite à mon frère. Vous connaissez SoHo ?

— Oui, répondit Doug, soudain nostalgique. Oui, je connais bien.

— J'ai une photo.

Le garçon fouilla derrière le comptoir et brandit une photo écornée. Elle montrait un grand type baraqué en jean, posant devant l'immeuble de Tower Records.

— Mon frère achète des disques et il me les enregistre sur des cassettes. Je suis fan de musique américaine, surtout de rock. Vous connaissez Pat Benatar ?

— Une voix d'enfer, approuva Doug en lui rendant la photo.

— Vous faites quoi, ici, alors que vous pourriez être à SoHo ?

Doug se posait la même question.

— Ma... heu... femme et moi, nous remontons la côte.

— Vous êtes en vacances ?

Les vêtements de Doug l'intriguaient. Ce n'était pas étonnant, puisqu'il était encore habillé comme le plus pauvre des paysans malgaches. Le jeune boutiquier sembla décidé à ne pas s'en inquiéter, préférant se fier au regard de Doug qui devait le rassurer.

— Oui, on peut dire ça, nous sommes en vacances, répondit Doug. (Les revolvers mis à part, ainsi que la course-poursuite acharnée.) J'avais envie de faire plaisir à ma femme en l'emmenant sur le canal. Le paysage doit être très joli.

— C'est vrai, il y a de beaux points de vue. Vous voulez aller jusqu'où ?

Doug sortit la carte de sa poche.

— Jusque-là, à Maroantsetra.

— Une sacrée balade, murmura Jacques. Vous en aurez pour deux longues journées. Par endroits, le canal est dangereux. Il y a des crocodiles.

— Ma femme est une vraie aventurière, commenta Doug, frémissant en songeant à la peau si douce et si sensible de Whitney. Elle adore le camping et se faire de petites frayeurs. Ce que je cherche, c'est un homme sérieux pour nous guider et un bon bateau.

— Vous payez en dollars américains ?

Doug comprit que la chance lui souriait toujours.

— Ça pourrait se faire.

Jacques se planta le pouce sur le devant du T-shirt.

— Dans ce cas, moi, je peux vous emmener.

— Vous avez un bateau ?

— Le meilleur du coin. Je l'ai construit moi-même. Cent dollars, ça va ?

Doug observa les mains du jeune homme. Elles étaient puissantes et capables.

— Cinquante tout de suite, le reste au retour. Nous serons prêts à partir demain matin, à huit heures.

— Bon, d'accord, je vous attends demain à huit heures avec votre femme, alors. On va lui donner des émotions fortes, vous allez voir.

Sans se douter des plaisirs qu'on lui réservait, Whitney somnolait dans la baignoire. Dès que son bain refroidissait, elle y rajoutait de l'eau chaude. Elle y aurait bien passé la journée. Sa tête était appuyée contre le rebord, et ses cheveux, mouillés et brillants, pendaient à l'extérieur.

— Vous tentez de battre le record du monde ? demanda Doug derrière elle.

Elle poussa un petit cri en se redressant brusquement dans l'eau, provoquant des remous qui manquèrent de faire déborder la baignoire.

— Vous auriez pu frapper ! D'ailleurs comment êtes-vous entré ? J'avais fermé à clé.

— J'ai crocheté la serrure. J'ai besoin d'entraînement pour ne pas perdre la main. L'eau est bonne ? (Il y plongea les doigts sans lui demander son avis.) Ça sent bon, commenta-t-il en promenant son regard à la surface de l'eau. Mais on dirait que votre mousse n'est plus très épaisse...

— Elle tiendra bien encore quelques minutes. Pourquoi ne quittez-vous pas cet accoutrement ?

Riant sous cape, il se mit à déboutonner sa chemise.

— J'attendais que vous me le demandiez.

— Allez de l'autre côté du paravent ! Je vais vous laisser la place.

— Ce serait dommage de perdre toute cette bonne eau chaude, en effet, commenta-t-il en s'appuyant des deux mains à la baignoire et en se penchant sur elle. Les associés, ça doit tout partager.

— Vous croyez ?

La bouche de Doug était toute proche de la sienne, et elle se sentait langoureuse. Elle lui passa un doigt humide le long de la joue.

— Vous faites allusion à quoi, au juste ? demanda-t-elle.

— À une affaire que nous avons laissée en plan.

— Une affaire ? demanda-t-elle en éclatant de rire et en lui glissant la main derrière le cou. Vous voulez reprendre la négociation ?

Obéissant à une impulsion, elle l'attira vers elle, et Doug, perdant l'équilibre, tomba dans la baignoire. Un paquet d'eau passa par-dessus bord. Gloussant comme une adolescente, elle le regarda essuyer la mousse qui lui couvrait le visage.

— Douglas, vous êtes très beau, comme ça.

Les jambes mêlées à celles de Whitney, il essayait tant bien que mal de ne pas déraper et de garder la tête hors de l'eau.

— Très drôle !

— Vous avez l'air d'avoir chaud...

Elle lui tendit le savon, puis rit de nouveau quand il le frotta sur la chemise trempée qui lui collait à la peau.

— Vous avez besoin d'aide ? demanda-t-il.

Avant qu'elle ait le temps de se défendre, il lui passa le savon de la gorge à la taille.

— Je crois me souvenir que vous deviez me frotter le dos, continua-t-il.

Séduite et riant toujours, elle lui reprit le savon des mains.

— Eh bien dans ce cas, tournez-v...

Ils se figèrent en entendant des coups à la porte.

— Ne bougez pas, chuchota Doug.

— Je n'en avais pas l'intention.

Il s'extirpa de la baignoire et reprit pied sur le carrelage dans une cascade d'eau. Faisant des bruits de ventouse dans ses chaussures détrempées, il alla chercher le revolver qu'il cachait au fond de son sac. Il ne l'avait pas sorti depuis Washington, et il n'appréciait pas du tout de retrouver le contact froid du métal.

Si c'était Dimitri, il n'aurait pas pu mieux choisir son moment. Doug jeta un coup d'œil à la fenêtre derrière lui. Seul, il aurait pu descendre par là et s'enfuir en deux secondes. Il tourna la tête vers le paravent en bambou. Whitney était totalement vulnérable dans son bain tiédissant. Il jeta encore un regard de regret à la fenêtre qui menait à la liberté.

— Et merde !

— Doug...

— Chut !

Tenant son revolver contre lui, canon en l'air, il alla à la porte en espérant que la chance lui resterait fidèle.

— Oui ? Qui est-ce ?

— Capitaine Sambirano, chef de la police, à votre service.

— Merde, murmura de nouveau Doug en jetant un rapide coup d'œil autour de lui.

Il glissa son revolver dans son dos, sous sa ceinture de pantalon.

— Je peux voir votre plaque, capitaine ?

Prêt à bondir, Doug entrouvrit la porte et examina l'identification, puis l'homme. Il reconnaissait les flics à des kilomètres.

Le capitaine, homme petit et replet, était très occidentalisé. Il entra.

— Je vous dérange ?

— Je prenais un bain.

Voyant la mare qui se formait à ses pieds, Doug passa la main derrière le paravent pour attraper une serviette.

— Je suis désolé d'arriver sans m'annoncer, monsieur... monsieur... ?

— Wallace. Peter Wallace.

— J'ai l'habitude, monsieur Wallace, de souhaiter la bienvenue en personne aux nouveaux arrivants. Nous sommes une communauté tranquille.

Le capitaine tira sur le bas de sa veste. Doug remarqua qu'il avait les ongles courts et manucurés.

— Il arrive que certains touristes ne connaissent pas bien nos lois et nos coutumes.

— Je suis toujours attentif à n'enfreindre aucune règle, affirma Doug avec un grand sourire. Mais de toute façon, je repars demain.

— Quel dommage. Vous êtes pressé, peut-être ?

— Peter...

Whitney passa la tête et une épaule nue sur le côté du paravent.

— Excusez-moi, dit-elle en s'arrangeant pour rougir en papillonnant des paupières.

L'opération de charme porta peut-être ses fruits, en tout cas, le capitaine ôta sa casquette pour la saluer.

— Madame...

— Ma femme. Cathy. Cath, je te présente le capitaine Sambirano.

— Enchantée.

— Moi de même.

— Désolée de ne pas pouvoir me joindre à vous...

— Mais naturellement. Excusez-moi. Si je peux vous être utile pendant votre séjour, n'hésitez pas.

— C'est très gentil, roucoula Whitney.

Le capitaine s'arrêta sur le pas de la porte avant de sortir.

— Et où allez-vous, monsieur Wallace ?

— Oh, Cathy et moi, nous voyageons au gré de nos envies... Nous faisons de la recherche, en botanique. Nous trouvons votre pays extraordinaire.

— Peter, l'eau refroidit !

Doug jeta un coup d'œil derrière lui et se tourna de nouveau vers le policier avec un regard entendu.

— C'est notre lune de miel...

— Mais bien sûr. Je vous félicite. Je vous souhaite une bonne journée.

— Oui, au revoir.

Enveloppée dans une serviette, Whitney émergea de derrière le paravent.

— Qu'est-ce qu'il voulait ?

— Je n'en sais rien. Mais une chose est certaine : quand les flics commencent à venir fouiner chez moi, je déménage.

Whitney jeta un regard de regret au lit gaiement coloré.

— Mais, Doug...

— Désolé, Whitney, habillez-vous. J'ai trouvé un bateau. Nous n'avons qu'à le prendre un peu plus tôt que prévu.

— Alors, il y a du nouveau ?

Dimitri arrêta d'étudier les pièces en verre de son jeu d'échecs et, attendant la réponse à sa question, se décida à avancer un fou.

— Je pense qu'ils se dirigent vers la côte, annonça son homme de main.

— Comment ça, tu penses !

À un claquement de doigts, un serviteur en habit sombre lui apporta du vin dans un verre en cristal.

— Nous sommes tombés sur une petite ferme dans la montagne, rapporta Remo.

La gorge sèche, il regarda Dimitri boire. Depuis une semaine, il n'avait pas dormi une seule nuit complète.

— Quand nous avons débarqué, la famille était sens dessus dessous. On les avait volés pendant qu'ils étaient aux champs.

— Ah...

Dimitri trouvait le vin excellent. Pas étonnant puisque c'était celui qu'il emportait partout avec lui. Il aimait les voyages mais pas l'inconfort.

— Et que leur avait-on pris, à ces braves gens ?

— Des chapeaux de paille, des vêtements, des paniers... et...

— Et quoi d'autre... ? s'impatienta Dimitri.

— Un cochon.

— Un cochon...

Il eut un petit rire, et Remo s'autorisa presque à se détendre.

— Comme c'est ingénieux..., commenta Dimitri. Je commence à regretter de devoir me débarrasser de ce garçon. Un homme comme lui me serait bien utile. Allez, Remo, finis ton rapport.

— Deux gamins ont vu un marchand ambulant dans une camionnette s'arrêter pour faire monter à bord un homme et une femme – avec un cochon – en fin de matinée. Ils allaient vers l'est.

Il y eut un long silence. Remo n'aurait pas interrompu les réflexions de son patron pour tout l'or du monde. Dimitri contemplait son vin, puis en prenait une gorgée, lentement, et recommençait. Il jouait avec les nerfs de son homme de main, faisant monter la tension. Enfin, il releva les yeux.

— Je te suggère d'aller aussi vers l'est, Remo. Moi, pendant ce temps, je vais avancer. (Il passa le doigt sur une pièce, admirant le travail de l'artisan.) J'ai ma petite idée sur l'endroit où nos amis se dirigent. Pendant que tu essaies de les retrouver, moi je les attendrai là-bas.

Il fit à nouveau le geste de humer son vin.

— Je me lasse vite des hôtels, même si le service est excellent. Quand je recevrai notre hôte, je voudrais que ce soit dans un endroit plus intime.

Après avoir reposé son verre, il prit la reine et le cavalier blancs sur l'échiquier.

— Tu sais que j'adore recevoir...

D'un geste vif, il fracassa les deux pièces l'une contre l'autre. Les éclats tombèrent en tintant sur la table.

10

— Nous n'avons pas encore déjeuné !

— Nous mangerons plus tard.

— C'est ce que vous dites à chaque fois. Et d'ailleurs, ajouta Whitney, je ne comprends toujours pas pourquoi nous devons nous sauver de cet hôtel comme des voleurs.

Elle eut un petit sourire coupable en regardant la pile de vêtements « empruntés » qu'ils abandonnaient par terre. Doug avait bouclé leurs sacs en cinq minutes. Elle n'avait jamais vu quelqu'un déployer une telle activité en si peu de temps.

— Il faut vous expliquer longtemps, à vous !

— Ventre affamé n'a pas d'oreilles.

Mais Doug était déjà suspendu au rebord de la fenêtre, agrippé par le bout des doigts. Il lâcha prise et Whitney retint son souffle en le voyant sauter dans le vide.

En atterrissant, Doug sentit les vibrations du choc remonter dans ses jambes. Il regarda rapidement autour de lui, pour s'assurer que personne ne l'avait vu sauter à l'exception d'un matou qui faisait la sieste au soleil. Levant la tête, il fit signe à Whitney.

— Jetez-moi les sacs, ordonna-t-il d'une voix étouffée.

Elle s'exécuta avec une énergie telle qu'en les réceptionnant, il faillit être projeté à terre.

— Doucement, souffla-t-il.

Après avoir écarté les bagages, il prit position sous la fenêtre.

— Bon, à vous.

— Comment ça, à moi ?

— Il n'y a plus que vous là-haut, mon cœur. Allez, je vous rattrape.

Comment lui faire confiance ? Avant de lui lancer son sac à dos par la fenêtre, elle avait pris la précaution d'en retirer son portefeuille. Lui-même ne s'était pas gêné pour mettre son enveloppe dans la poche de son jean. Chez les truands, le code de l'honneur était un mythe très galvaudé.

Elle s'étonna que la fenêtre lui semble tellement haute maintenant que c'était son tour de sauter.

— Les MacAllister quittent toujours les hôtels par la grande porte.

— C'est un cas de force majeure, on ne peut pas toujours respecter les traditions familiales. Allez, vite, avant qu'on n'attire l'attention !

Dents serrées, elle s'assit sur le rebord. Là, sans difficulté mais très lentement, elle se tourna et se suspendit dans le vide. Elle sut d'instinct qu'elle avait cet exercice en horreur.

— Doug…

— Lâchez tout !

— Je ne peux pas.

— Mais si. Sautez, ou je vous fais lâcher prise en vous lançant des cailloux.

Whitney ferma les yeux, bloqua sa respiration et lâcha.

Sa chute ne dura qu'une fraction de seconde, et elle sentit les mains de Doug la freiner en se refermant sur ses hanches puis glisser jusque sous ses bras. Même ainsi, la secousse brutale expulsa l'air de ses poumons.

— Vous vous en êtes bien tirée, commenta-t-il en la posant doucement par terre, même si ça n'avait rien de sorcier. Vous avez un bel avenir de rat d'hôtel devant vous.

— Flûte et zut ! Je me suis cassé un ongle !

— Vous voulez que je vous achève pour mettre fin à vos souffrances ?

Elle lui arracha son sac des mains.

— Très spirituel. Les ongles cassés sont une impardonnable faute de goût.

— Cachez vos mains dans vos poches, suggéra-t-il en se mettant en route.

— Je peux savoir où nous allons ?

— Je nous ai organisé une petite croisière.

Whitney se laissa guider dans un trajet sinueux qui passait à l'arrière des maisons en évitant les rues.

— Et tout ça parce qu'un petit policier bedonnant est passé nous dire bonjour ! gémit-elle.

— Je me méfie des petits policiers bedonnants.

— Il était très poli.

— Oui, justement, je suis encore plus prudent quand ils sont polis.

— Nous nous montrons d'une incroyable grossièreté envers cette gentille dame qui a adopté le cochon.

— Ne me dites pas que vous n'êtes jamais partie à la cloche de bois !

— Jamais, évidemment, clama-t-elle avec hauteur en hâtant le pas pour ne pas se laisser distancer. Et je n'ai aucune intention de commencer maintenant. Je lui ai laissé vingt dollars.

— Vingt dollars ! (Il s'arrêta net, l'attirant derrière un arbre à côté de la boutique de Jacques.) Mais bon sang, pourquoi ? Nous n'avons même pas défait le lit !

— Nous avons pris un bain... tous les deux.

— Je ne me suis même pas déshabillé !

Se résignant, il étudia la devanture en bois du petit bâtiment.

Attendant qu'il se remette en marche, Whitney tourna la tête avec regret vers l'hôtel. Elle allait se lancer dans d'autres reproches quand elle vit un homme portant un panama blanc traverser la rue. Sa curiosité se transforma vite en terreur.

— Doug, souffla-t-elle. Doug, regardez cet homme, là-bas. Je suis sûre que je l'ai vu au marché et plus tard dans le train.

— Vous vous faites des idées, grommela Doug qui pourtant jeta un coup d'œil dans la direction qu'elle indiquait.

— Non, je vous assure que je l'ai déjà vu deux fois. C'est quand même bizarre. Vraiment bizarre...

— Voyons, Whitney...

Mais il s'interrompit en voyant l'homme avancer à la rencontre du capitaine de la police. Il se souvint soudain d'avoir remarqué le même homme qui bondissait de son siège en laissant tomber son journal au moment où ils avaient sauté du train. Leurs regards s'étaient croisés une seconde. Il tira Whitney en arrière pour mieux se mettre à l'abri de l'arbre. Il ne croyait pas aux coïncidences.

— C'est un homme de Dimitri ? demanda-t-elle.

— Je n'en sais fichtre rien !

Il en avait plus qu'assez de voir des poursuivants jaillir de tous côtés !

— Allez, on y va, dit-il en désignant la boutique. On ferait mieux de passer par-derrière. Il pourrait y avoir des clients et moins on nous verra, mieux nous nous porterons.

La porte arrière était fermée à clé. S'accroupissant pour se mettre à la bonne hauteur, Doug sortit son canif et se mit au travail. Cinq secondes plus tard – pas une de plus, Whitney avait compté – la serrure cédait.

Impressionnée, elle suivit le mouvement de la main qui enfouissait le canif dans sa poche.

— Vous devriez m'apprendre à faire ça.

— Une femme comme vous n'a pas besoin de forcer les portes. On les lui ouvre partout.

Pendant qu'elle ruminait ce refus galant, il la précéda en silence dans la maison.

Ils découvrirent une pièce qui servait de réserve et contenait un lit et un réchaud. À côté de l'étroite couchette s'empilait une dizaine de cassettes audio. Le rythme de la musique d'Elton John battait à travers la cloison. Des affiches colorées couvraient les murs : Tina Turner dans une pose provocante, une publicité pour la Budweiser – la reine des bières –, un fanion de l'équipe de base-ball des New York Yankees et une vue de l'Empire State Building au soleil couchant.

— C'est drôle, on se croirait dans une chambre d'adolescent de la Deuxième Avenue, remarqua Whitney que ce décor rassurait inconsciemment.

— Son frère est étudiant à New York.

— Ah ! Ça explique tout… Le frère de qui ?

— Chut !

Avançant à pas de loup, Doug approcha de la porte de communication qui menait à la boutique. Il l'entrouvrit et glissa un regard prudent dans l'entrebâillement.

Jacques était penché sur le comptoir, en grande conversation avec une jeune fille. C'était une jolie brune aux yeux noirs qui ne semblait pas pressée de partir. Elle fouillait du bout du doigt dans une boîte de bobines de fil de couleur tout en flirtant avec lui.

— Que se passe-t-il ? souffla Whitney en se collant à Doug pour regarder par l'espace libre sous son bras. Ah ! Il y a de l'amourette dans l'air… Je me demande où elle a trouvé son chemisier. Vous avez vu ces broderies ?

— Plus tard, le défilé de mode !

La jeune fille acheta deux bobines, plaisanta encore un moment, puis quitta la boutique. Doug tira la porte de quelques centimètres et siffla doucement entre ses dents. Cela ne lui suffit pas pour faire concurrence à Elton John. Jacques se déhanchait en chantonnant.

Jetant un coup d'œil prudent à la vitrine, Doug ouvrit la porte plus grand et appela franchement Jacques.

Le jeune boutiquier sursauta si violemment qu'il faillit renverser la boîte de bobines qu'il s'apprêtait à ranger.

— Vous m'avez fait peur !

Toujours discret, Doug lui fit signe d'approcher.

— Que se passe-t-il ? demanda le jeune homme en le rejoignant.

— Changement de programme, annonça Doug en attrapant Jacques par le bras et en l'attirant dans l'arrière-boutique. Nous voulons partir tout de suite.

— Maintenant ?

Jacques le dévisagea avec méfiance. Il avait beau n'avoir jamais quitté son petit village de pêcheurs, il n'était pas né de la dernière averse. Les gens à problèmes se trahissaient toujours.

— Ça ne va pas ?

— Bonjour, Jacques, interrompit Whitney en avançant, main tendue. Je m'appelle Whitney MacAllister. Veuillez excuser Douglas, il a oublié de nous présenter. Il lui arrive souvent d'oublier les bonnes manières.

Jacques prit la petite main blanche dans la sienne et eut le coup de foudre. Il n'avait jamais vu de femme aussi belle. Whitney détrôna aussitôt dans son cœur Pat Benatar, Tina Turner, et la grande déesse Linda Ronstadt. Il en resta muet comme une carpe.

Elle connaissait bien cette réaction. Dans la Cinquième Avenue, venant d'un businessman en costume trois pièces, elle trouvait cela lassant ; dans un club branché, cela l'amusait ; chez Jacques, cela l'attendrissait.

— Nous sommes navrés de vous déranger de la sorte.

— Ce... ce n'est... ce n'est pas grave.

Doug posa une main impatiente sur l'épaule de Jacques.

— Nous sommes un peu pressés.

Il ne souhaitait pas l'entraîner dans une aventure dangereuse sans le lui dire, mais l'instinct de conservation lui interdisait de tout révéler. Il se contenta d'une demi-vérité.

— Nous avons eu la visite de la police.

Jacques se fit violence pour détacher les yeux de Whitney.

— Sambirano ?

— C'est ça.

— Un vrai enfoiré, jeta Jacques, assez fier de connaître ce mot en anglais. Ne vous en faites pas. Il est juste curieux. Une vraie commère.

— Peut-être bien, mais il y a des gens qui nous cherchent, et nous préférons les éviter.

Jacques prit son temps pour réfléchir. Mari jaloux, déduisit-il. Le romanesque de la situation suffit à le décider.

— Nous, à Madagascar, on se moque de savoir si le soleil se lève ou si le soleil se couche. Vous voulez partir maintenant, on n'a qu'à partir maintenant.

— Super. Nous avons besoin d'emporter des provisions, aussi.

— Pas de problème. Attendez-moi ici.

— Comment avez-vous trouvé cette perle ? s'enquit Whitney quand Jacques eut disparu dans la boutique.

— Vous l'avez à la bonne parce qu'il vous regarde avec des yeux de veau.

— Vous avez de ces expressions ! ironisa-t-elle en s'asseyant au bord du lit.

— Avouez que les yeux lui en sortaient de la tête !

— C'est vrai, reconnut-elle en se passant la main dans les cheveux. C'est plutôt mignon, non ?

— Je le savais, vous adorez ça !

Furieux, il se mit à marcher de long en large, rongeant son frein. Il aurait voulu pouvoir agir. Il sentait le danger, tout près.

— Ça vous plaît de faire baver les hommes…

— Et vous, quand la petite Marie vous embrassait littéralement les pieds, vous n'aviez pas l'air de beaucoup vous formaliser, il me semble ! Vous vous pavaniez comme un coq.

— Elle nous a sauvé la vie. C'était tout bêtement de la gratitude.

— Avec un petit rien de concupiscence.

— Comment osez-vous dire ça ! s'écria-t-il en s'arrêtant net devant elle. Elle avait à peine seize ans !

— Raison de plus pour avoir honte de votre attitude.

— Notre ami Jacques n'a même pas vingt ans.

— Vous ne seriez pas un peu jaloux, par hasard ?

Elle avait sorti une lime et s'était mise à égaliser son ongle.

— Sûrement pas ! lança-t-il en reprenant son va-et-vient entre les deux portes. Je n'ai pas de temps à perdre, princesse. J'ai autre chose à faire.

Avec un demi-sourire, Whitney continua de se limer l'ongle en fredonnant la chanson d'Elton John.

Soudain, la musique s'arrêta. Quand Jacques reparut dans l'arrière-boutique, il portait un gros sac dans une main et son lecteur de cassettes dans l'autre. Il leur adressa un sourire et fourra les cassettes restantes dans son sac.

— Bon, tout est prêt. Allons-y.

— On ne risque pas de se demander pourquoi vous fermez plus tôt ? demanda Doug en entrebâillant la porte de derrière et en regardant dehors.

— Un peu plus tôt… un peu plus tard… Je ferme quand je veux. Ça n'intéresse personne.

Rassuré, Doug ouvrit plus grand.

— Allons-y, alors.

L'embarcation était amarrée tout près, à trois cents mètres. Whitney la trouva très amusante. Elle mesurait environ cinq mètres de long pour moins d'un mètre de large. Cela lui rappela un canoë dont elle s'était servie en camp de vacances dans son adolescence. Jacques sauta à bord et rangea leurs sacs.

Sa pirogue était une barque malgache traditionnelle, son couvre-chef, une casquette des New York Yankees, et il marchait pieds nus. Whitney trouvait ce mélange culturel fort sympathique.

— Joli bateau, murmura Doug, atterré de voir qu'il n'y avait pas de moteur.

D'un geste que Whitney trouva très courtois, Jacques lui tendit la main pour l'aider à monter.

— Asseyez-vous là, dit-il en lui indiquant la place du milieu. Vous serez très bien.

— Merci, Jacques.

S'étant arrangé pour la placer face à l'endroit où il comptait s'asseoir, il tendit une longue perche à Doug qui les avait suivis à bord.

— Il faut avancer à la perche quand le niveau de l'eau est bas, expliqua-t-il.

Il poussa contre le bord avec la sienne. La pirogue prit son élan en glissant comme un cygne sur un lac. Se détendant, Whitney pensa que le voyage pourrait être agréable : l'odeur de la mer, les feuilles qui dansaient dans la brise, le doux mouvement de l'eau. Puis, à quelques dizaines de centimètres, elle vit une horrible tête écailleuse qui affleurait à la surface du canal.

— Oh ! bredouilla-t-elle.

— Oui, approuva Jacques avec un petit rire. Il y a des crocos partout. Il faut les avoir à l'œil.

Il lança une sorte de rugissement sifflant. Les yeux ronds endormis restèrent à la surface de l'eau mais cessèrent d'approcher. Sans un mot, Doug plongea la main dans son sac et en tira son revolver qu'il passa dans sa ceinture. Cette fois, Whitney n'émit aucune objection.

Quand l'eau fut assez profonde pour leur permettre de pagayer, Jacques mit en marche son lecteur de cassettes. Les grands classiques des Beatles, cette fois, et toujours à plein volume. Le voyage avait commencé.

Jacques pagayait d'un rythme énergique et régulier qui plongea Whitney dans l'admiration. Pendant l'heure et demie que dura la compilation des Beatles, il chanta d'une belle voix haut perchée, lui souriant quand elle se joignait à lui.

Ils improvisèrent un déjeuner tardif avec les provisions emportées par Jacques : noix de coco, fruits et poisson froid. Quand il passa la gourde à Whitney, elle prit une longue gorgée, s'attendant à boire de l'eau. Surprise par le goût, elle fit tourner une nouvelle lampée dans sa bouche. Ce n'était pas mauvais… mais ce n'était pas de l'eau pure.

— C'est du *rano vola*, expliqua Jacques. C'est bon pour les voyages.

— Ça se fabrique en ajoutant de l'eau au vieux riz attaché au fond des marmites, expliqua Doug.

Whitney avala sa gorgée, s'obligeant à ne pas recracher.

— Ah oui ?

Elle lui passa la gourde.

— Vous aussi, vous venez de New York ? demanda Jacques.

— Oui. Doug m'a dit que votre frère allait à l'université là-bas.

— Fac de droit, annonça-t-il en gonflant le torse. Il va devenir une grosse légume. Il est même allé faire des courses chez Bloomingdale's.

— Whitney ne se fournit que là-bas, marmonna Doug dans sa barbe.

Sans lui prêter attention, elle continua sa conversation avec Jacques.

— Vous avez l'intention d'aller en Amérique ?

— Oui, l'année prochaine, répondit-il. Je vais rendre visite à mon frère. Il va me faire tout visiter.

On va aller à Time Square, chez Macy's, chez McDonald's.

— Il faudra venir me voir.

Comme si elle était dans un restaurant de luxe de l'East Side, Whitney sortit sa carte de son portefeuille et la lui tendit. De même que sa propriétaire, la carte était élégante et racée.

— J'organiserai une fête, promit-elle.

— Une fête ? Une vraie fête new-yorkaise ?

— Mais oui.

— Avec de la crème glacée à vous en donner une indigestion, persifla Doug.

— Pas de mauvais esprit, Douglas.

Jacques garda le silence un moment pendant qu'il imaginait les délices d'une fête new-yorkaise. Son frère lui avait décrit par lettres les femmes aux jupes très courtes, bien au-dessus du genou, et les voitures dépassant de loin la longueur de sa pirogue. Là-bas, il y avait des immeubles plus hauts que les montagnes à l'ouest de l'île. Son frère avait dîné dans le même restaurant que la grande star Billy Joel.

Ah, New York ! songeait Jacques avec extase. Ses nouveaux amis connaissaient peut-être Billy Joel et l'inviteraient à la fête. Il conserva la carte de Whitney dans sa main une minute avant de la ranger dans sa poche.

— Mais tous les deux... vous êtes...

Il n'était pas bien sûr du terme américain pour ce qu'il avait en tête. Ce n'était pas un terme courtois, en tout cas.

— Nous sommes associés, expliqua Whitney avec un sourire.

— Oui, nous faisons des affaires, ronchonna Doug.

On ne détournait pas l'attention de Jacques si facilement.

— Quel genre d'affaires ?

— Pour l'instant, nous procédons à une prospection en vue d'excavations.

Whitney haussa les sourcils en entendant ce jargon.

— À New York, je suis décoratrice d'intérieur, et Doug est...

— Travailleur indépendant, coupa-t-il. Je suis mon propre patron.

— C'est le mieux, approuva Jacques en tapant du pied au rythme de la musique. Moi, j'ai commencé à travailler dans une exploitation de café. Fais ci, fais ça, j'en avais assez. Maintenant, ma boutique est à moi. Je me dis aussi fais ci, fais ça, mais je ne suis plus obligé d'obéir !

Avec un rire, Whitney s'étira, mélancolique, pensant à New York.

Plus tard, le soleil couchant lui rappela les Antilles. La forêt qui s'étendait de part et d'autre du canal était devenue de plus en plus dense, de plus en plus profonde, se transformant en jungle. Des roseaux poussaient sur les berges, tiges brunes supportant un abondant feuillage. Quand elle posa les yeux sur son premier flamant rose aux longues pattes grêles, elle fut sous le charme. Elle vit aussi un éclair bleu iridescent dans la végétation, un oiseau que Jacques identifia à son chant bref et répétitif comme étant un *coucal*. Une ou deux fois, elle aperçut le passage agile d'un lémurien dans les branches. L'eau, qui était maintenant si peu profonde qu'ils devaient à nouveau utiliser les perches pour avancer, se teinta de rouge et se constella d'insectes à la surface. À travers les arbres, le ciel à l'ouest s'était allumé comme un incendie de forêt. Cette balade en pirogue était beaucoup plus exotique qu'un tour en barque sur la Tamise, convint Whitney, même si la présence des crocodiles la rendait moins sûre.

Dans le calme crépusculaire, la musique de Jacques couvrait les bruits de la jungle, enchaînant les tubes – sans pause publicitaire. Whitney aurait bien continué pendant des heures.

— Nous ferions mieux de nous arrêter pour la nuit, déclara Doug.

Détachant les yeux du soleil couchant, elle se tourna vers lui. Il avait retiré sa chemise depuis longtemps. Son torse luisait d'un fin voile de transpiration.

— Déjà ? s'étonna-t-elle.

Il ravala une réponse désagréable, ne voulant pas reconnaître qu'il était fourbu. Surtout quand le jeune Jacques continuait de pagayer au rythme d'un rock endiablé, avec l'air d'être capable de continuer longtemps encore sans ralentir la cadence.

— Il va bientôt faire nuit.

— OK, dit Jacques, ses muscles bien dessinés se tendant à chaque coup de pagaie. On va trouver un lieu de campement super. Vous devez vous reposer, ajouta-t-il en adressant un sourire timide à Whitney. Nous avons passé longtemps sur l'eau.

Marmonnant, Doug rama vers la berge.

Jacques ne voulut pas laisser Whitney porter son sac à dos. Il le hissa sur ses épaules avec le sien, lui confiant le lecteur de cassettes. En file indienne, ils s'enfoncèrent dans la forêt baignée d'une lueur rose. Le chant des oiseaux montait dans le ciel qui s'obscurcissait. Les feuilles bruissaient, luisantes d'humidité. De temps à autre, Jacques s'arrêtait pour couper lianes et bambous avec une serpette. L'odeur de la végétation, de l'eau et des fleurs était entêtante. Des fleurs il y en avait partout, qui s'enroulaient autour des arbres et s'épanouissaient dans les sous-bois. Whitney n'avait jamais vu autant de couleurs à la fois. Des myriades d'insectes vrombissaient autour de leur tête dans le crépuscule. Avec un grand bruit de feuillage froissé, un héron prit son envol non loin d'eux et s'élança vers le canal. Dans la forêt il faisait chaud, humide, étouffant ; on était au bout du monde.

Ils montèrent leur bivouac au son de *Born in the USA* de Bruce Springsteen. Quand ils eurent allumé le feu et mis de l'eau à chauffer pour faire du café, Doug trouva enfin un motif de satisfaction. De son sac, Jacques avait sorti quelques boîtes contenant des épices, deux citrons, et le reste du poisson bien emballé.

— Enfin ! s'exclama-t-il en reniflant un récipient qui fleurait bon le basilic. Un repas digne de ce nom !

Peu importait qu'ils soient assis à même le sol, entourés par une nature sauvage et des moustiques voraces. Il aimait la difficulté. Il avait goûté aux meilleures cuisines, dans l'office et sous les chandeliers. Ce soir, il allait se surpasser, se jura-t-il en préparant ses ustensiles.

— Doug est un fin gourmet, indiqua Whitney. Jusqu'à présent, nous avons dû nous contenter de ce qui nous tombait sous la main. Il a beaucoup souffert.

Elle huma le fumet qui s'élevait de la casserole. L'eau à la bouche, elle se tourna vers lui et l'observa pendant qu'il faisait revenir le poisson au-dessus du feu.

— Douglas, susurra-t-elle d'une voix sensuelle, je crois que je vous aime.

— C'est ça, grogna-t-il, concentré sur son poisson. Les femmes sont toutes pareilles...

Cette nuit-là, ils dormirent tous les trois du sommeil du juste, ayant dîné à merveille, bu du vin de prune, et écouté du rock and roll jusqu'à l'écœurement.

Quand la voiture sombre se gara dans le village de pêcheurs, une heure après l'aube, elle attira une foule de curieux. Autoritaire, impatient et de fort méchante humeur, Remo en sortit et bouscula les enfants qui l'empêchaient de passer. Ils s'égaillèrent, devinant le danger. Avec un signe de tête brusque, il fit signe aux deux hommes qui l'accompagnaient de le suivre.

Ils avaient vraiment l'air de gangsters. S'ils étaient venus à dos de mule et portant des lambas, ils n'auraient pas davantage pu se fondre dans le décor. Leur mode de vie malsain, leurs aspirations criminelles se lisaient sur tous leurs traits, dans tous leurs gestes.

Les villageois, même s'ils se méfiaient des étrangers, étaient aussi traditionnellement très hospitaliers. Pourtant, personne n'alla à la rencontre des trois hommes. Bien qu'élégants dans leurs costumes d'été et avec leurs chaussures italiennes bien cirées, ils faisaient peur aux gens.

Remo repéra l'auberge et fit signe à ses hommes de se poster de chaque côté du bâtiment tandis qu'il approchait de la porte d'entrée.

L'aubergiste portait un tablier propre, et des odeurs de cuisine s'échappaient de l'arrière. Deux tables seulement étaient occupées par des hôtes qui prenaient leur petit déjeuner. Elle n'eut qu'à voir Remo pour décider sur-le-champ qu'elle n'avait pas de chambre libre pour lui.

Ne s'attendant pas à ce que des sauvages sachent parler sa langue, il tira deux photos de Doug et de Whitney et les lui plaça sous le nez.

Elle ne montra même pas par un clignement de paupières qu'elle les reconnaissait. Ils avaient beau être partis sans dire au revoir, ils avaient laissé vingt dollars américains sur la commode. Et, eux, ils n'avaient pas ce regard de lézard. Elle secoua la tête.

Remo sortit une liasse de billets et en détacha un de dix dollars. L'aubergiste se contenta de hausser les épaules. Son petit-fils avait passé une heure la veille au soir à jouer avec le petit cochon. À tout prendre, elle préférait l'odeur de l'animal à celle de l'eau de toilette de l'inconnu.

— Écoute, grand-mère, on sait qu'ils sont ici. Ne nous complique pas la vie.

Pour l'encourager à parler, il sortit un nouveau billet de dix.

L'aubergiste posa sur lui un regard indifférent.

— Ils ne sont pas là, dit-elle dans un anglais très correct, à la grande surprise de Remo.

— Je préfère jeter un coup d'œil, dit-il en se dirigeant vers l'escalier.

— Bonjour, monsieur...

Comme Doug, Remo reconnaissait la police au premier coup d'œil.

— Capitaine Sambirano, annonça le policier en lui tendant la main.

Il admira l'allure de Remo, remarqua la cicatrice encore gonflée sur sa joue et la froideur de son regard. Il ne manqua pas non plus d'apercevoir la jolie liasse de billets qu'il tenait encore à la main.

— Puis-je vous être utile en quelque chose? demanda-t-il.

Remo méprisait les représentants de l'ordre. Il les considérait comme des mauviettes et savait qu'en un an, il gagnait trente fois plus qu'un gradé ordinaire. Pour le même travail, à peu de chose près. Mais au-delà de ces considérations, il n'avait aucune envie non plus de se retrouver devant Dimitri les mains vides.

— Je cherche ma sœur. Elle s'est enfuie avec un homme, un petit escroc minable. Elle se croit amoureuse. Vous voyez le topo?

— Oui, dit le capitaine poliment.

— Mon père est fou d'inquiétude.

Remo, pour donner le temps à l'inspiration de venir, tira un cigare cubain d'un étui en métal doré et le lui offrit. Il vit que le capitaine appréciait son parfum et le luxe de la présentation. Il continua.

— J'ai réussi à les suivre jusqu'ici, mais... (Laissant sa phrase en suspens, il prit l'air soucieux.) Nous ferions n'importe quoi, capitaine, n'importe quoi...

224

Pendant que cette affirmation faisait son effet, Remo sortit ses photos. Les mêmes que celles que l'homme au panama lui avait montrées la veille. Lui aussi prétendait représenter un père qui cherchait sa fille.

— Mon père offre une récompense à toute personne pouvant nous aider. Vous savez, c'est sa fille unique, et la plus jeune de ses enfants. Il sera très généreux, insista-t-il.

Sambirano étudia les photos de Whitney et de Doug. Il s'agissait bien des jeunes mariés qui avaient quitté le village un peu précipitamment. Il jeta un regard à l'aubergiste qui n'ouvrait toujours pas la bouche, l'air réprobateur. Ses hôtes ne s'occupaient plus d'eux et étaient retournés à leur petit déjeuner.

Le capitaine ne croyait pas plus à l'histoire de Remo qu'à celle de Doug. Whitney, qui souriait sur le papier glacé, lui avait fait au contraire une excellente impression.

— Une jeune femme charmante…

— Vous imaginez l'inquiétude de mon père, capitaine. La savoir avec un tel raté, une telle petite ordure !

Il cria cela avec tant d'animosité que le capitaine comprit cette fois qu'il ne jouait pas la comédie. S'il les rattrapait, un des deux hommes y passerait. Mais quelle importance, du moment que la tuerie avait lieu hors du village. Il ne vit pas de raisons de mentionner l'homme au panama.

— Un frère est responsable de l'honneur de sa sœur, approuva-t-il lentement en passant le cigare sous son nez.

— Oui, je me fais beaucoup de souci. Je ne veux pas penser à ce qui risquera d'arriver quand elle n'aura plus d'argent ou quand il se fatiguera d'elle. Si vous pouviez m'aider, je vous promets que la récompense serait à la hauteur de notre soulagement, capitaine.

Sambirano avait choisi ce poste dans un village tranquille par manque d'ambition, et pour mener une vie paisible. Il avait tout fait pour trouver un travail qui lui éviterait d'aller transpirer dans les champs ou de s'abîmer les mains sur un bateau de pêche. L'argent, en revanche, l'intéressait beaucoup. Il rendit les photos à Remo.

— Je suis de tout cœur avec votre famille. J'ai une fille, moi aussi. Si vous voulez venir à mon bureau, nous pourrons discuter de ce qu'on peut faire. Je pense pouvoir vous aider.

En repartant dans la rue, Remo toucha la cicatrice qui lui barrait la joue. Il aurait la peau de Doug. Dimitri serait content, songea-t-il avec un immense soulagement. Oui, très content.

11

Le lendemain matin, devant son café, Whitney nota l'avance de cinquante dollars versée à Jacques et recalcula le montant total des dépenses de Doug. Une chasse au trésor coûtait cher.

Cette nuit-là, pendant que les deux autres dormaient – Doug à côté d'elle sous la tente et Jacques à la belle étoile –, elle était restée éveillée un moment, repassant dans sa tête le fil de leur voyage. À bien des égards, celui-ci avait pris des allures de joyeuses vacances, certes un peu bizarres, mais très excitantes et agrémentées en prime de quelques repas exotiques et d'une foule de souvenirs à rapporter. Si le trésor se révélait introuvable, elle tirerait un trait dessus et ne garderait que cette image de leur aventure. À condition toutefois de réussir à oublier la mort d'un jeune garçon d'étage…

Un innocent était mort et elle-même avait tué quelqu'un. Impossible de savoir combien d'autres vies avaient déjà été perdues dans cette histoire.

Elle fixa les colonnes bien droites et les totaux de son carnet. La situation ne se résumait plus seulement à une question de dollars et de cents.

Peu lui importait que Doug Lord fût un voleur et l'auteur d'innombrables actes jugés répréhensibles par la société. Elle s'en moquait bien car elle en était arrivée à le croire aussi bon de nature que Dimitri était mauvais. Son intelligence et son instinct le lui soufflaient avec force.

Whitney ne s'était pas contentée de rêvasser pendant que ses compagnons dormaient. Incapable de tenir en place, elle avait décidé de feuilleter les livres que Doug avait empruntés à la bibliothèque de Washington. Juste pour passer le temps, s'était-elle dit en allumant une lampe de poche. Puis, à mesure qu'elle en apprenait davantage sur ces bijoux disparus au cours des siècles, elle s'était complètement absorbée dans sa lecture. Si les illustrations ne l'avaient pas vraiment émue, les diamants et les rubis lui paraissant plus intéressants en trois dimensions, elles l'avaient par contre amenée à réfléchir.

L'histoire du collier lui avait fait prendre conscience que des hommes et des femmes avaient rêvé de posséder cette parure, et que d'autres étaient morts à cause d'elle. La cupidité, le désir, la convoitise. Whitney comprenait ces sentiments, mais les estimait trop vains pour justifier le sacrifice d'une vie.

Qu'en était-il de la loyauté cependant ? Elle s'était rappelé la lettre de Madeleine. Celle-ci évoquait la douleur de son mari à la mort de la reine, mais surtout ses obligations morales envers elle. À quel renoncement cet homme, Gérald, avait-il consenti par sens du devoir et qu'avait-il gardé dans une cassette en bois ? Les bijoux. Avait-il ensuite conservé cet héritage et pleuré une époque à jamais révolue ?

Était-ce l'argent, l'art ou l'histoire qui lui avait coûté la vie ? Au moment de refermer le livre, Whitney n'avait pas de réponse. Elle avait respecté lady Smythe-Wright, bien qu'elle n'eût jamais tout à fait saisi sa ferveur. La vieille dame était morte pour avoir simplement eu la conviction que l'histoire, glorieuse ou non, appartenait à tous.

Comme des centaines de nobles, Marie-Antoinette avait péri guillotinée après un procès sommaire. Des gens avaient été chassés de leurs maisons, traqués et massacrés. D'autres étaient morts de faim dans les rues. Pour un idéal ? Non, on mourait rarement pour un idéal, de même qu'on en défendait rarement un de toute son âme, estimait Whitney. Qu'aurait donc pu signifier une poignée de pierres précieuses aux yeux d'une femme gravissant les marches de l'échafaud ?

Ces considérations rendaient bien futile une chasse au trésor. Mais en mémoire d'un jeune garçon d'étage nommé Juan, Whitney comptait bien dénicher ces bijoux et faire mordre la poussière à Dimitri. Elle considéra la journée à venir avec confiance. Elle s'accrochait à l'idée que les bons finissaient toujours par triompher des méchants – surtout quand ils étaient plus intelligents.

— C'est malin, ça ! Et comment vous ferez quand les piles de la lampe seront usées ?

Whitney adressa un sourire à Doug avant de glisser sa petite calculatrice et son carnet dans son sac.

— Un peu de café, Duracell ? lui proposa-t-elle d'une voix douce.

— Ouais.

Il s'assit et, méfiant, s'interrogea sur la raison de sa bonne humeur.

Elle était ravissante. Il avait pourtant supposé que ses traits accuseraient un peu de fatigue après quelques jours de marche. Il passa la main sur la barbe naissante de son menton. Contrairement à lui, elle semblait fraîche comme une rose. Ses cheveux blonds tombaient en cascade dans son dos. Le soleil avait réchauffé sa peau et fait naître dessus quelques touches de rose qui accentuaient davantage encore son grain parfait et son ossature délicate.

— Quel magnifique endroit ! s'exclama Whitney.

Des gouttes de rosée tombaient du feuillage pour s'écraser presque sans bruit sur le sol humide et spongieux, tandis qu'une brume s'élevait du sol par petites bandes. Doug écrasa d'une claque un moustique en s'interrogeant sur la durée d'action du produit censé tenir ces bestioles à distance.

— À condition d'aimer les saunas.

— Vous vous êtes levé du pied gauche, à ce que je vois.

Il se contenta de grogner. Il s'était réveillé avec la sensation d'avoir des fourmis partout – comme tout homme normalement constitué qui aurait passé la nuit aux côtés d'une jolie femme en étant privé du plaisir de mener les choses à une conclusion naturelle.

— Regardez ça sous un autre angle, Douglas. Si on trouvait ne serait-ce qu'un demi-hectare de cette nature à Manhattan, les New-Yorkais s'y bousculeraient et s'y marcheraient les uns sur les autres. Ici, nous sommes seuls à en profiter.

Il se versa une deuxième tasse de café.

— Je pensais qu'une femme comme vous préférait la foule.

— Il y a un temps et un lieu pour tout, Douglas, murmura-t-elle en lui souriant avec une spontanéité et une grâce telles qu'il en eut le souffle coupé. C'est agréable d'être là avec vous.

Son café lui brûla la langue, mais il ne s'en aperçut même pas. Il l'avala tout en continuant à la dévisager. Les femmes ne lui posaient d'ordinaire jamais de problème – il lui suffisait d'user à leur égard d'un charme rude et insolent qui, il l'avait constaté très jeune, leur plaisait beaucoup. Mais celui-ci semblait s'être volatilisé au moment où il en avait le plus besoin.

— Ah oui ?

Ravie de constater qu'il pouvait être si facilement déstabilisé, elle acquiesça d'un signe de tête.

— Oui. J'ai un peu étudié la question, répondit-elle avant de se pencher pour lui donner un léger baiser. Que dites-vous de ça ?

Il avait beau avoir trébuché, des années d'expérience lui avaient appris à retomber sur ses pieds. Il tendit le bras et empoigna ses cheveux.

— Ma foi, on devrait peut-être... – il lui mordilla la lèvre –... en discuter.

Elle aimait la manière dont il l'embrassait et la tenait, sans rien forcer. Le souvenir des émotions qui l'avaient submergée la fois où Doug avait abandonné toute retenue demeurait vivace dans sa mémoire.

— Peut-être, oui.

Leurs bouches ne faisaient que se provoquer. Les yeux ouverts, ils s'agaçaient, se défiaient, se tentaient. Ils ne se touchaient pas. Chacun avait l'habitude de rester maître de soi dans n'importe quelle situation. Perdre le dessus, telle était pour eux la première des erreurs, que ce soit dans le domaine de l'argent ou de l'amour. Dès lors qu'ils tenaient les rênes, même lâchement, tous deux avaient le sentiment qu'ils n'iraient que là où ils avaient décidé d'aller.

Leur baiser se fit brûlant. Un instant s'écoula durant lequel le temps sembla suspendu. Le besoin devint leur guide, et le désir leur carte. Ils rendirent les armes sans hésitation ni regret.

Par-delà l'épaisse végétation retentit soudain une chanson de Cyndi Lauper, volume monté au maximum.

Tels deux enfants surpris la main dans un pot de confiture, Whitney et Doug s'arrachèrent l'un à l'autre en sursaut. La voix haut perchée de Jacques s'offrit en écho à celle, enjouée, de la chanteuse. Gênés, ils toussotèrent.

— On a de la compagnie, commenta Doug.

— En effet.

Whitney se leva et épousseta l'arrière de son fin pantalon bouffant. Il était encore un peu humide en raison de la rosée, mais la chaleur commençait déjà à sécher le sol. Elle contempla les rayons du soleil qui filtraient au sommet des cyprès.

— Comme je le disais, un endroit pareil ne peut manquer d'attirer les gens. Eh bien, je crois que je vais...

La surprise l'empêcha de finir sa phrase. Doug l'avait saisie fermement par la cheville.

— Whitney, lâcha-t-il en posant sur elle un regard intense, comme cela lui arrivait lorsqu'elle s'y attendait le moins. Un jour, nous reprendrons ceci et nous irons jusqu'au bout.

Peu accoutumée qu'on lui parle sur ce ton et encore moins disposée à changer ses habitudes, elle le regarda longuement d'un air neutre.

— On verra.

— C'est tout vu.

Elle esquissa un sourire.

— Visez-moi ces noix de coco! leur lança Jacques, qui sortit des buissons à cet instant en secouant un filet.

— Quelqu'un a un tire-bouchon?

— Pas la peine.

Jacques frappa fort la noix contre une pierre puis, radieux, l'ouvrit et tendit les deux moitiés à la jeune femme.

— Bravo!

— Il nous manque un peu de rhum.

Whitney partagea son fruit avec Doug.

— Ne faites pas le difficile, mon chou. Je suis sûre que vous auriez pu en faire autant.

Jacques coupa un morceau de chair à l'aide d'un petit couteau.

— C'est *fady* de manger de la chair blanche le mercredi, déclara-t-il avec une simplicité qui incita Whitney à l'étudier plus attentivement. Mais c'est encore pire de ne rien avaler du tout, poursuivit-il en portant la noix de coco à sa bouche avec une sorte de coupable délectation.

Elle examina sa casquette de base-ball, son T-shirt et sa chaîne portative. Il lui était difficile de se rappeler qu'elle se trouvait face à un Malgache. Avec Louis, il n'y avait eu aucun doute possible tant son apparence proclamait qu'il était un Mérina. Jacques, lui, ressemblait à quelqu'un qu'elle aurait pu croiser à l'angle de Broadway Avenue et de la 42e Rue.

— Vous êtes superstitieux, Jacques ?

— Je présente mes excuses aux dieux et aux esprits. Ça les maintient bien disposés à mon égard.

Il enfonça la main dans sa poche et en sortit ce qui semblait être un petit coquillage monté en pendentif.

— Un *ody*, expliqua Doug d'un ton à la fois amusé et tolérant. C'est une amulette.

Il ne croyait pas au pouvoir des talismans, préférant forcer sa propre chance. Ou tirer parti de celle des autres.

Whitney se pencha sur le colifichet, intriguée par le contraste entre la tenue et les propos américanisés de Jacques et sa foi profonde dans les esprits.

— Il porte chance ? lui demanda-t-elle.

— Il me protège. Les dieux sont parfois de mauvaise humeur, répondit-il en frottant le coquillage entre ses doigts. Tenez, mettez-le aujourd'hui.

— D'accord.

Elle passa le collier autour de son cou. Après tout, songea-t-elle, cela n'avait rien de si étonnant. Son père possédait une patte de lapin teinte en bleu layette assez comparable – même si elle s'apparentait davantage à une médaille de saint Christophe.

— Vous poursuivrez cet échange culturel plus tard, les coupa Doug. Il faut y aller.

Il se redressa et rendit sa noix de coco à Jacques. Whitney adressa un clin d'œil à celui-ci.

— Je vous avais dit qu'il était souvent grossier.

— Pas grave.

De la poche arrière de son pantalon, il tira une fleur qu'il avait coincée là avec précaution dans l'intention de la lui offrir.

— C'est une orchidée.

D'une blancheur immaculée, elle paraissait si fragile que Whitney craignit un instant qu'elle ne se brise au contact de ses doigts.

— Oh, Jacques, merci ! Elle est superbe ! s'extasia-t-elle.

Elle l'effleura contre sa joue, la glissa dans ses cheveux, au-dessus de son oreille, puis embrassa le jeune homme. Ce faisant, elle l'entendit distinctement déglutir.

— Elle vous va bien, bafouilla-t-il en rassemblant précipitamment leurs affaires. Il y a beaucoup de fleurs à Madagascar. Citez-m'en une et je peux vous assurer que vous la trouverez ici.

Sans cesser de parler, il empila les sacs dans la pirogue.

— Si vous vouliez une fleur, vous n'aviez qu'à vous pencher pour en cueillir une.

Whitney caressa les pétales de l'orchidée.

— Certains hommes savent ce qu'est la gentillesse. D'autres non.

Sur ces mots, elle ramassa son sac et suivit Jacques.

— La gentillesse, grommela Doug en se débattant avec le reste de leur attirail. J'ai une meute de loups à mes trousses et elle réclame de la gentillesse. (Il éteignit le feu de camp à coups de pied.) J'aurais très bien pu lui ramasser une de ces fichues fleurs, moi aussi. Une douzaine, même. « Oh, Jacques, elle est superbe », l'imita-t-il. (Avec un grognement de dégoût, il vérifia le cran de sûreté de son revolver et enfonça ce dernier dans sa ceinture.) Et moi aussi je suis capable d'ouvrir une noix de coco.

Après un dernier coup de talon dans les braises, il prit le restant du matériel et se dirigea vers la pirogue.

Le soleil brillait haut dans le ciel lorsque Remo tapota de son pied luxueusement chaussé le tas de cendres refroidies. La chaleur était telle que l'ombre n'apportait aucun réconfort. L'homme avait ôté sa veste et sa cravate – ce qu'il n'aurait jamais fait devant Dimitri durant ses heures de travail –, révélant ainsi une chemise Arrow imprégnée de sueur qui avait beaucoup perdu de son élégance. Mettre la main sur Lord devenait pour lui une véritable corvée.

— On dirait qu'ils ont passé la nuit ici, remarqua Weis, un grand type habillé comme un banquier, au nez cassé par une bouteille de whiskey et la nuque couverte de piqûres d'insectes. À mon avis, ils ont quatre heures d'avance sur nous.

— T'as du sang apache dans les veines ? ironisa Remo, qui shoota violemment dans le tas de cendres. Et toi, qu'est-ce qui te fait rire ? s'énerva-t-il à la vue du sourire qui plissait le visage tout rond de Barns.

Ce dernier arborait une mine ravie depuis qu'il lui avait ordonné de se charger du policier malgache. Remo savait pourquoi, mais même un homme de sa trempe préférait ne pas entrer dans les détails. Personne n'ignorait que Dimitri appréciait particulièrement Barns – ce genre d'affection qu'on porte à un chien débile qui dépose à vos pieds des poulets mutilés et des rongeurs déchiquetés. Remo savait aussi que Dimitri le laissait souvent s'occuper de ses employés au moment de leur départ. Leur patron jugeait inutiles les allocations chômage.

— En route, ordonna Remo. On les rattrapera avant la nuit.

Whitney s'était installée à son aise entre les sacs. L'ombre des cyprès et des eucalyptus s'allongeait sur les dunes au bord du canal et sur les broussailles de la rive opposée. De fins roseaux bruns ondulaient au gré du courant. De temps à autre, une aigrette effarouchée déployait ses ailes et s'envolait en toute hâte. Des orchidées apparaissaient çà et là, comme des coquelicots dans une prairie, attirant autour d'elles des papillons dont les couleurs flamboyantes tranchaient sur la végétation et le lit marron de la rivière. De loin en loin sur les berges en pente, des crocodiles se prélassaient au soleil. La plupart tournèrent à peine la tête lorsque la pirogue les dépassa. Dans l'air flottait un parfum indolent et intense.

Les yeux protégés par la visière d'une casquette, Whitney était allongée en travers de l'embarcation, les pieds sur le rebord. Elle tenait mollement entre ses mains une longue canne à pêche fabriquée par Jacques tout en sommeillant à demi.

— Et que comptez-vous faire si un poisson s'avise de mordre cette épingle de nourrice tordue ?

Whitney prit le temps de s'étirer avant de répondre.

— Je le laisserai tomber sur vos genoux, Douglas. Je suis sûre que vous saurez en tirer le meilleur parti.

Le bateau avançait au rythme des coups de rame de Jacques, puissants et réguliers. Tina Turner l'aidait à tenir la cadence.

— Moi, aux fourneaux… je vaux pas grand-chose. Quand je me marierai, je m'assurerai d'abord que ma femme soit bonne cuisinière. Comme ma mère.

Whitney grogna sous sa casquette. Une mouche se posa sur sa jambe, mais s'en débarrasser lui aurait coûté trop d'efforts.

— Encore un homme qui a le cœur au niveau de l'estomac.

— Il a raison, s'interposa Doug. C'est important de bien manger.

— Pour vous, cela ressemble presque à une religion. Soit on procède dans les règles de l'art, soit on s'abstient.

Elle tourna sa casquette afin de mieux voir Jacques. Jeune, musclé, avec un visage sympathique et agréable, il n'aurait aucun mal à multiplier les conquêtes, pensa-t-elle.

— Vous accordez vraiment autant d'importance à la nourriture ? Que se passera-t-il si vous tombez amoureux d'une fille incapable de cuisiner ?

Jacques réfléchit. Pour lui qui n'avait que vingt ans, les réponses à ce genre de questions se révélaient aussi simples et faciles que la vie. La sienne, innocente et insolente, arracha un rire à Whitney.

— Je l'emmènerai chez ma mère pour qu'elle la forme.

— Très judicieux, approuva Doug, qui s'arrêta de pagayer le temps d'avaler un morceau de noix de coco.

— Je suppose que, de votre côté, vous n'avez jamais envisagé d'apprendre ?

Elle observa leur guide méditer cette hypothèse. Amusée, elle caressa le coquillage niché juste au-dessus de sa poitrine.

— Une Malgache prépare toujours à manger à son mari.

— Et le reste du temps, elle prend soin de la maison, des enfants et des champs, j'imagine.

— Mais elle tient aussi les cordons de la bourse, précisa Jacques.

Whitney sentit la bosse que formait son portefeuille à l'arrière de son pantalon.

— Voilà une sage décision, nota-t-elle en s'adressant à Doug.

Lui-même gardait son enveloppe à l'abri dans sa poche.

— Je pensais bien que vous seriez du même avis.

— Encore une fois, il s'agit avant tout de confier aux gens les tâches pour lesquelles ils sont le plus doués.

Whitney s'apprêtait à se réinstaller confortablement lorsque sa ligne de pêche se tendit. Surprise, elle se redressa aussitôt.

— Bon sang, je crois que j'en tiens un !

— Un quoi ?

— Un poisson ! répondit-elle en agrippant fermement sa canne à pêche. Un gros, même !

Un sourire éclaira le visage de Doug à la vue du fil tendu.

— Nom de Dieu. Allez-y doucement, lui conseilla-t-il tandis qu'elle se mettait à genoux – ce qui fit tanguer le bateau. Ne le lâchez pas, c'est notre repas de ce soir.

— Je n'ai pas l'intention de le lâcher, l'assura-t-elle entre ses dents serrées.

Et de fait, elle ne plaisantait pas, même si elle n'avait aucune idée de la manière dont elle devait procéder. Elle se démena encore un moment, puis se tourna vers Jacques.

— Et maintenant ?

— Tirez-le vers vous. C'est un sacré morceau. (Il posa sa rame dans la pirogue et s'approcha d'elle en douceur.) Génial, on aura de quoi se régaler. Attention, il va se débattre, la prévint-il en même temps qu'il posait une main sur son épaule pour se pencher par-dessus bord. Il doit déjà redouter de passer à la casserole.

— Allez-y, vous pouvez y arriver, l'encouragea Doug en laissant ses rames derrière lui pour ramper jusqu'au milieu de l'embarcation. Ramenez-le, c'est tout ce qu'on vous demande.

Il se chargerait ensuite de le découper en filets, de le faire sauter et de le servir accompagné de riz.

En proie au tournis, mais excitée et déterminée, Whitney se mordit la lèvre. Si l'un des deux hommes lui avait proposé de prendre la canne, elle l'aurait vertement remis à sa place. Enfin, au prix d'un effort dont elle ne se serait pas crue capable, elle sortit le poisson de l'eau.

Celui-ci étincela sous les rayons du soleil couchant. Ce n'était qu'une simple truite, mais sur le moment elle leur parut splendide, comparable qu'elle était à un éclair d'argent contrastant avec le bleu de plus en plus sombre du ciel. Whitney lâcha un cri de victoire et tomba à la renverse.

— Ne le lâchez pas maintenant !

— Pas de panique, intervint Jacques.

Il tendit le bras et attrapa la ligne entre le pouce et l'index pour l'attirer à lui. Le poisson se tortillait frénétiquement comme un drapeau agité par le vent.

— Elle a fait une belle prise, poursuivit-il en détachant l'hameçon d'un geste vif. Qu'est-ce que vous dites de ça ? On a de la veine !

Il sourit, la truite à la main, pendant que Tina Turner s'égosillait derrière eux.

Tout se passa très vite ensuite, mais Whitney garderait à jamais le souvenir de cette scène, comme un film enregistré image par image dans sa mémoire. Alors que, quelques secondes plus tôt, Jacques se tenait encore devant elle, le corps luisant de sueur et la mine triomphante, il tomba soudain à l'eau. Elle ne perçut même pas le bruit de la détonation.

— Jacques ?

Abasourdie, elle se mit à ramper.

— Couchez-vous ! hurla Doug.

Il la plaqua et la maintint sous lui en priant pour que la pirogue ne chavire pas.

— Doug ? balbutia-t-elle, le souffle court.

— Ne bougez pas, compris ?

La tête à quelques centimètres au-dessus de la sienne, il scruta les rives de chaque côté du canal. La végétation était assez épaisse pour masquer une armée. Où se planquaient-ils ? Lentement, il saisit son revolver.

Voyant cela, Whitney se souleva pour chercher Jacques du regard.

— Il est tombé ?

Elle lut la réponse dans les yeux de Doug et se raidit aussitôt.

— Non ! s'écria-t-elle en manquant de peu de faire lâcher son arme à Doug lorsqu'elle se débattit pour se lever. Jacques ! Ô mon Dieu !

— Restez allongée, lui ordonna-t-il en l'emprisonnant entre ses jambes. Vous ne pouvez plus rien pour lui.

Parce qu'elle continuait néanmoins à vouloir le repousser, il resserra son étreinte au point de la meurtrir.

— Il est mort, bon Dieu. Il est mort avant même d'avoir touché l'eau.

Elle le dévisagea, les yeux écarquillés, puis se figea.

La culpabilité, la douleur, il les affronterait plus tard. Pour le moment, il devait sauver sa peau.

Seul le léger clapotis de l'eau lui parvint cependant que leur barque dérivait, entraînée par le courant. S'il avait conscience que leurs ennemis pouvaient se cacher n'importe où, Doug se demandait en revanche pourquoi ils ne les avaient pas criblés de balles. La frêle embarcation ne leur aurait offert qu'un bouclier dérisoire.

Ils devaient avoir pour mission de les ramener vivants. Doug contempla Whitney. Passive et immobile, elle avait fermé les yeux. À moins que seul l'un d'eux ne les intéressât, songea-t-il.

Dimitri voulait s'amuser avec elle, puis il exigerait une rançon. Ses hommes de main ne tireraient donc pas sur la pirogue. Ils se borneraient à les attendre. Le plus urgent consistait par conséquent à les localiser. Doug sentit des gouttes de sueur couler dans son dos.

— C'est toi, Remo ? cria-t-il. Tu t'es encore aspergé d'eau de Cologne. Elle empeste jusqu'ici. (Il patienta un instant, attentif au moindre bruit.) Dimitri est au courant que je te fais tourner en rond ?

— C'est toi qui tournes en rond, Lord.

À gauche. Il ignorait encore comment, mais il lui fallait rejoindre la rive opposée.

— Ouais, je dois me faire vieux.

Doug inspecta les alentours. Les cris des oiseaux mis en fuite par le coup de feu s'étaient apaisés. Quelques gazouillements paresseux retentissaient de nouveau. Whitney avait rouvert les yeux, mais ne bougeait toujours pas.

— Il serait peut-être temps qu'on discute affaires. Toi et moi, Remo. Avec ce que je détiens, tu aurais de quoi te remplir une piscine d'eau de Cologne. T'as déjà envisagé de te mettre à ton compte ? T'es pas bête. T'en as pas marre d'obéir aux ordres et de te taper le sale boulot d'un autre ?

— Si tu as envie de discuter, Lord, amène-toi. On négociera plus tranquillement.

Avec un peu de chance, il parviendrait à plonger l'une des perches dans l'eau et à pousser l'embarcation dans la bonne direction. S'ils tenaient bon jusqu'au crépuscule, ils réussiraient alors peut-être à s'en tirer.

— C'est toi qui veux traiter avec moi, Lord. Annonce la couleur.

— J'ai les papiers, Remo, répliqua Doug en ouvrant doucement son sac, où se trouvait sa boîte de munitions. Et j'ai aussi une jolie petite dame à côté de moi. Les deux réunis valent plus de fric que tu n'en as jamais vu. (Il jeta un coup d'œil à Whitney. Elle le fixait, pâle et impassible.) Dimitri t'a prévenu que je me suis dégoté une héritière, Remo ? MacAllister. Tu as entendu parler des glaces MacAllister ? Les meilleures glaces des États-Unis. Tu sais combien de millions sa famille empoche rien qu'avec ça ? Tu sais combien son cher papa serait prêt à payer pour récupérer sa fille en bon état ? (Il enfonça sa boîte de munitions dans sa poche.) Coopérez, s'il vous plaît, souffla-t-il à Whitney en vérifiant que son revolver était bien chargé. On s'en sortira peut-être vivants tous les deux. Je vais lui dresser la liste de vos qualités. À ce moment-là, je veux que vous commenciez à m'injurier et à faire tanguer la pirogue. Sortez le grand jeu, quoi. Dans le même temps, attrapez cette perche. D'accord ?

Elle acquiesça d'un signe de tête.

— Elle est pas épaisse, mais elle chauffe les draps, ça tu peux me croire, Remo. Et elle est pas très regardante sur les mecs qui entrent dans son pieu. Tu me suis ? Ça me dérange pas de partager le butin.

— Sale fils de pute !

Avec un cri de rage, Whitney se leva brusquement. N'ayant pas prévu qu'elle s'exposerait au tir de leurs adversaires, Doug voulut l'obliger à se baisser mais, ulcérée, elle repoussa sa main d'un geste rageur.

— Vous n'avez aucune classe. Vraiment aucune. Je préférerais coucher avec une limace plutôt qu'avec vous.

Dans la lumière faiblissante du jour, les cheveux déliés et le regard noir de colère, elle était magnifique. Il ne doutait pas que l'attention de Remo fût entièrement concentrée sur elle.

— Pas la peine d'en faire une affaire si personnelle.

— Vous vous imaginez que vous pouvez me parler sur ce ton, espèce d'ordure ? enchaîna Whitney en saisissant la perche et en la brandissant au-dessus de sa tête.

— Bien, maintenant…

Il s'interrompit devant l'expression de son visage. Il avait déjà eu l'occasion d'observer le désir de vengeance dans les yeux d'une femme. Par réflexe, il leva le bras.

— Hé, attendez une minute ! s'exclama-t-il au moment où la perche s'abattait sur lui.

Il roula sur le côté, juste à temps pour voir Weis, qui les avait rejoints sur un petit radeau, accoster en trébuchant dans leur pirogue. Ils seraient tombés à l'eau si Whitney n'avait pas stabilisé l'embarcation en tombant à l'autre extrémité.

— Baissez-vous! l'avertit Doug en se jetant sur Weis.

Touché à l'épaule, celui-ci avait lâché son arme, mais le coup l'avait plus agacé que blessé. La perche de nouveau en main, Whitney s'en serait servie si Doug n'avait pas roulé au-dessus de son adversaire. Le bateau tangua et se remplit partiellement d'eau. S'obligeant à faire abstraction du corps de Jacques, qui flottait à la surface du canal, la jeune femme se prépara à se défendre bec et ongles.

— Bon sang, écartez-vous! cria-t-elle, avant de chuter une nouvelle fois, gênée par les mouvements de la pirogue.

À terre, Remo poussa Barns, puis sortit son revolver et mit Doug en joue.

— Je me réserve Lord. Ne l'oublie pas.

On aurait dit un jeu, pensa Whitney. Deux grands gamins en train de se battre dans un bateau. Elle s'attendait presque à ce que l'un d'eux crie soudain « pouce! » et qu'ils enlèvent la poussière de leurs habits pour passer à d'autres distractions.

Elle manqua de peu basculer par-dessus bord. Doug avait toujours son arme à la main, mais son adversaire pesait au bas mot vingt-cinq kilos de plus que lui. Elle parvint enfin à saisir la perche.

— Bon Dieu, Doug, comment voulez-vous que je l'assomme si vous restez couché sur lui?

— Bien sûr, grogna-t-il, pantelant, tandis qu'il écartait la main de Weis de sa gorge. Donnez-moi juste une minute.

L'autre lui décocha un violent coup de poing à la mâchoire qui projeta violemment sa tête en arrière. Un goût de sang envahit sa bouche.

— Tu m'as cassé le nez, salopard, l'accusa Weis en le remettant sur ses pieds.

— Oh, pardon !

Ils luttèrent au corps à corps, debout, jusqu'à ce que Weis entreprenne de tourner la main de Doug de façon à pointer contre celui-ci le canon de son arme.

— Ouais. Et je vais t'exploser la cervelle.

— Écoute, tu as tort de le prendre si mal.

Doug sentit quelque chose se déchirer dans son épaule gauche. Il se pencherait sur le problème plus tard, décida-t-il, quand il n'aurait plus un revolver braqué sur la tête.

En nage, il s'efforça d'empêcher Weis de presser la détente. Il maudissait le sourire de cet homme – peut-être la dernière image qu'il emporterait avec lui. Mais l'étonnement se lut tout à coup sur le visage de son assaillant, qui eut le souffle coupé lorsque Whitney eut la bonne idée de lui enfoncer sa perche dans le ventre.

Déséquilibré, le malfrat s'accrocha à Doug pour se remettre d'aplomb. L'instant suivant, son corps tressauta et s'affaissa lourdement contre le bord de la pirogue – elle lui avait servi de rempart contre le coup de feu tiré par Remo depuis la rive. La première chose dont Whitney eut ensuite conscience fut qu'elle buvait la tasse.

Prise de panique, elle battit l'eau des bras et des jambes et finit par émerger à la surface en toussant.

— Attrapez les sacs, cria Doug, qui les lui lança tout en s'approchant de l'embarcation retournée.

Deux balles frappèrent l'eau à quelques centimètres de sa tête.

— Merde ! lâcha-t-il.

Le torse de Weis venait d'être happé par les mâchoires d'un crocodile. Un bruit de chair arrachée et d'os broyés s'ensuivit. D'un geste frénétique, il saisit la lanière de l'un des sacs. Un autre flottait plus loin, hors de portée.

— Foncez ! hurla-t-il. Dépêchez-vous. Foncez vers la rive !

Whitney, elle aussi témoin du sort de Weis, se mit à avancer à l'aveuglette. Un brouillard rouge terne semblait flotter sur l'eau boueuse, de sorte qu'elle n'aperçut le deuxième prédateur qu'au moment où il fonçait sur eux.

— Doug !

Il se retourna à temps, mais dut tirer pas moins de cinq balles à bout portant avant que la gueule de l'animal ne se referme et disparaisse dans une mare rouge sang.

D'autres arrivaient. Doug chercha sa boîte de munitions à tâtons, tout en sachant déjà qu'il ne pourrait les abattre tous. Pris d'une impulsion désespérée, il se jeta entre Whitney et un crocodile avec pour seule protection son arme, qu'il tenait crosse vers le haut. Il se prépara à l'impact, à la douleur. Les lèvres retroussées en un rictus, il était prêt. La tête de l'animal explosa à deux doigts d'eux et Doug eut à peine le temps de réagir que trois autres plongeaient eux aussi sous l'eau. Du sang bouillonna autour de lui.

Ce n'était pas Remo qui les avait sauvés – Doug en fut certain lorsqu'il se tourna vers la rive. Les tirs provenaient de plus loin, au sud. Soit une bonne fée veillait sur eux, soit quelqu'un d'autre suivait leur piste. Il surprit un mouvement et distingua un panama blanc, mais il ne s'y attarda pas lorsqu'il constata que Whitney se trouvait encore derrière lui.

— Avancez, vite !

Il lui prit le bras et la poussa vers le bord. Sans même un regard en arrière, elle se força à mettre un pied devant l'autre et progressa ainsi tant bien que mal vers la terre ferme.

Doug la traîna à moitié sur les roseaux, puis jusque dans les broussailles.

— J'ai toujours les papiers ! cria-t-il à l'intention de Remo. Tu entends ? Pourquoi tu ne piquerais pas une tête dans le canal pour venir les récupérer ? (Il ferma les yeux quelques secondes et s'employa à reprendre son souffle. À ses côtés, Whitney dégoulinait d'eau.) Préviens Dimitri que je les lâcherai pas si facilement et qu'il me paiera ça, poursuivit-il en essuyant le sang de sa bouche et en crachant. Pigé, Remo ? Dis-lui qu'il me paiera ça. Et c'est pas fini, putain !

Avec une grimace, il massa son épaule endolorie. Ses habits trempés, imbibés de sang et de boue nauséabonde, lui collaient à la peau. À quelques mètres de là, dans le canal, les crocodiles se livraient à un véritable festin. Doug tenait encore son revolver vide. Il sortit sa boîte de munitions et le rechargea.

— Bien, Whitney. On...

Elle s'était roulée en boule, la tête sur les genoux. Bien qu'elle ne fît aucun bruit, il devina qu'elle pleurait et, désemparé, se passa la main dans les cheveux.

— Hé, Whitney. Il ne faut pas.

Elle ne bougea pas, ne répondit pas. Doug baissa les yeux sur son revolver. Il le fourra aussitôt dans sa ceinture.

— Allez, mon chou. On doit partir.

Il voulut la prendre dans ses bras, mais elle eut un brusque mouvement de recul. Malgré les larmes qui inondaient ses joues, elle braqua sur lui un regard furieux.

— Ne me touchez pas. C'est vous qui devez partir, Lord. Vous êtes fait pour ça. Partir, courir. Vous n'avez qu'à prendre votre précieuse enveloppe et foutre le camp. Tenez. (Elle porta la main à sa poche et s'acharna sur le tissu mouillé pour en extraire son portefeuille, qu'elle lui jeta en pleine face.) Emmenez ça, aussi. C'est tout ce qui vous intéresse, tout ce qui compte pour vous. L'argent. Il ne reste plus que quelques centaines de dollars, mais il y a un tas de cartes bancaires. Gardez tout.

Il avait rêvé de l'entendre prononcer ces mots depuis le début, non ? L'argent, le trésor, et pas d'associée. Il touchait presque au but. Une fois seul, il avancerait plus vite et n'aurait à partager son butin avec personne. C'était ce qu'il avait toujours souhaité.

Il laissa cependant retomber le portefeuille sur ses genoux et lui prit la main.

— On lève le camp.

— Je ne vous suivrai nulle part. Allez chercher votre trésor tout seul, Douglas, cracha-t-elle en réprimant la nausée qui montait en elle. On verra si votre conscience vous laissera tranquille après ça.

— Pas question que je vous laisse ici.

— Pourquoi pas ? Vous avez bien abandonné Jacques, répliqua-t-elle, soudain secouée de frissons. Lui ou moi, quelle différence ?

Il l'empoigna par les épaules, assez violemment pour lui arracher une grimace.

— Jacques était mort. On ne pouvait rien pour lui.

— Nous l'avons tué.

— Faux. Je trimballe déjà assez de choses derrière moi pour ne pas y ajouter ce poids-là. Dimitri l'a tué de la même manière qu'il aurait écrasé une mouche sur un mur. Parce que Jacques ne signifiait rien pour lui. Il l'a tué sans même connaître son nom, parce que ça ne lui pose aucun problème. Il ne se demande même pas quand viendra son tour.

— Et vous, vous vous le demandez ?

Il se figea.

— Putain, oui.

— Il était si jeune. Tout ce qu'il voulait, c'était aller à New York. (Ses larmes continuaient à couler, mais elle ne retint pas ses sanglots, cette fois.) Il n'ira plus jamais nulle part. Tout ça pour quoi ? Une enveloppe. Combien de gens sont déjà morts dans cette histoire ?

Elle toucha le coquillage, l'ody que Jacques lui avait confié. Elle pleura jusqu'à en avoir mal, mais la douleur ne s'estompa pas pour autant.

— Il est mort à cause de ces papiers alors qu'il ignorait leur existence.

— On ira au bout de cette aventure, lui promit Doug. Et on en sortira vainqueurs.

— En quoi est-ce si important?

— Il vous faut des raisons? lui demanda-t-il en la repoussant un peu pour la fixer durement. Il y en a des tonnes. Parce que ce trésor a coûté la vie à plusieurs personnes. Parce que Dimitri veut s'en emparer. On gagnera, Whitney, parce qu'on ne peut pas laisser ce salaud avoir le dessus. Parce que ce gosse est mort et qu'il ne doit pas l'être pour rien. Il ne s'agit pas que d'une question d'argent. Enfin merde, vous ne comprenez donc pas? L'argent n'est jamais le seul élément en jeu. L'important, c'est de gagner. Toujours. Et aussi de faire payer à Dimitri ce qu'on a enduré.

Elle ne se dégagea pas lorsqu'il l'attira de nouveau contre lui et la berça.

— Gagner, répéta-t-elle.

— Dès lors qu'on ne se soucie plus de gagner, on est fichu.

Elle se rendit compte alors qu'elle aussi ressentait ce besoin.

— Jacques n'aura pas droit à un fadamihana, murmura-t-elle. Il n'aura pas de fête donnée en son honneur.

— Nous lui en organiserons une, lui promit-il. Une vraie fête new-yorkaise.

Et tandis qu'il lui caressait les cheveux, il se souvint du visage du jeune homme lorsqu'il avait tenu le poisson. Whitney acquiesça et enfouit sa tête contre son épaule.

— Dimitri ne l'emportera pas au paradis, Doug. Pas après ce qu'il a fait. On va l'avoir.

— Et comment !

Il s'écarta d'elle et se leva. La tente et les ustensiles de cuisine gisant désormais au fond de l'eau, dans son sac, il souleva celui de Whitney et l'arrima solidement sur ses épaules. Tous deux étaient trempés, épuisés et éprouvés par la perte de leur guide.

— Allez, l'encouragea-t-il en lui tendant la main. Bougez vos fesses.

Elle se redressa avec lassitude et enfouit son porte-feuille dans sa poche avant de renifler d'une manière peu élégante.

— Je vous emmerde.

Ils se dirigèrent vers le nord dans la lumière du cré-puscule.

12

Ils avaient échappé à Remo mais, conscients que ce dernier les talonnait, ils ne s'accordèrent aucune pause. Ils continuèrent à marcher alors même que le soleil déclinait et que l'air devenait gris perle sous l'effet des brumes de la fin du jour. Le ciel s'obscurcit peu à peu et la lune ne tarda pas à se lever, blanche et majestueuse.

Son éclat conférait à la forêt un aspect féerique. Les ombres se mouvaient, les fleurs refermaient leurs corolles, les animaux nocturnes s'éveillaient. Des battements d'ailes brisèrent le silence, suivis d'un bruit de feuilles froissées et d'un hululement.

Lorsque la fatigue donnait à Whitney envie de se laisser tomber à terre, elle pensait à Jacques. Elle serrait alors les dents et s'obligeait à avancer.

— Parlez-moi de Dimitri.

Doug ne s'arrêta que le temps de sortir sa boussole et de vérifier qu'ils progressaient dans la bonne direction. Ce faisant, il surprit Whitney en train de jouer avec le coquillage de Jacques, comme plusieurs fois déjà depuis qu'ils s'étaient mis en route. Il avait cependant épuisé toutes les paroles de réconfort qui lui venaient à l'esprit.

— Je vous en ai déjà parlé.

— Pas assez. J'aimerais en savoir plus.

Il devina à sa voix qu'elle rêvait de vengeance. Mais elle devait garder la tête froide.

— Faites-moi confiance, il vaut mieux rester dans une certaine ignorance à son sujet.

— Vous vous trompez, répliqua-t-elle, essoufflée, mais d'un ton ferme, en essuyant la sueur sur son front du revers de la main. Racontez-moi le parcours de ce Dimitri.

Doug avait perdu le compte des kilomètres parcourus. Même la notion du temps lui échappait désormais. Il n'était sûr que de deux choses. Ils avaient mis de la distance entre eux et Remo et ils avaient besoin de repos.

— On va camper ici. Vu l'épaisseur de la végétation, on devrait être aussi difficiles à retrouver qu'une aiguille dans une meule de foin.

— Très bien.

Emplie de gratitude, Whitney s'affaissa sur le doux sol moelleux. Si ses jambes en avaient été capables, elles auraient pleuré de soulagement.

— Vous avez quelque chose qui peut nous être utile dans votre sac ? reprit-il.

Elle sortit de celui-ci des produits de maquillage, des sous-vêtements en dentelle, des habits déchirés, sales ou complètement fichus, et le restant des fruits qu'elle avait achetés à Tananarive.

— Quelques mangues et une banane plus que mûre.

— Imaginez qu'il s'agit d'une salade composée, lui conseilla Doug en s'emparant de l'une des mangues.

Elle acquiesça et l'imita, avant d'étirer ses jambes.

— Maintenant, parlez-moi de Dimitri.

Il avait espéré détourner son attention, mais il aurait dû se douter que cela ne marcherait pas avec elle.

— C'est Jabba le Hutt en costard. Dimitri rabaisserait Néron au rang d'enfant de chœur. Il aime la poésie et les films pornos.

— Quel éclectisme !

— En effet. Il collectionne les antiquités – en particulier les instruments de torture.

— Fascinant.

— Il affectionne les jolis objets. Ses deux femmes étaient superbes. (Il posa sur elle un long regard neutre.) Vous lui plairiez beaucoup.

Elle tenta de ne pas frissonner.

— Donc, il est marié.

— Il l'a été à deux reprises. Et a fini chaque fois veuf dans de tragiques circonstances, si vous voyez où je veux en venir.

— Comment expliquer sa… réussite ? s'enquit-elle, faute d'un meilleur terme.

— Par son intelligence et sa cruauté. Il paraît qu'il est capable de citer du Chaucer pendant qu'il vous enfonce des cure-dents sous les ongles des doigts.

Whitney eut soudain l'appétit coupé.

— C'est ça son style ? La poésie mêlée à la torture ?

— Il ne tue pas simplement ses victimes, il déguste leur mort. Il possède un luxueux studio où il les filme avant, pendant et après.

— Quelle horreur ! Vous plaisantez, n'est-ce pas ?

— Je n'ai pas autant d'imagination. Sa mère était un peu givrée, il me semble. Le bruit court que, gamin, lorsqu'il ne connaissait pas par cœur sa poésie, elle lui tailladait le petit doigt. C'est ce que prétend la rumeur. Apparemment, elle était très pratiquante et mêlait intimement poésie et théologie. Elle devait estimer que ne pas mémoriser des vers de Byron constituait un acte sacrilège.

Whitney oublia un instant les atrocités et les meurtres imputables à Dimitri. Elle ne voyait plus que le jeune garçon qu'il avait été.

Doug souhaitait qu'elle renonce à la vengeance, mais pas qu'elle la remplace par la pitié, sentiment tout aussi dangereux.

— Dimitri s'en est occupé, et avec fracas. Le jour où il a quitté la maison pour monter sa propre... « affaire », il a mis le feu à l'immeuble de sa mère.

— Il a tué sa propre mère ?

— Ainsi que vingt ou trente autres personnes. Il n'avait rien à leur reprocher, vous savez.

— La vengeance, le plaisir ou l'appât du gain, chuchota-t-elle au souvenir de ses réflexions sur la mort.

— Cela résume à peu près ses motivations. Si l'âme existe, Whitney, celle de Dimitri est noire et couverte de furoncles.

— Si l'âme existe, nous allons aider la sienne à aller tout droit en enfer.

Doug ne rit pas, car elle avait prononcé ces mots d'une voix trop douce. À la lueur de la lune, il nota sa pâleur et ses traits tirés. Elle était sérieuse.

— L'essentiel est de sauver notre peau et de mettre la main sur les bijoux, la morigéna-t-il en s'asseyant à côté d'elle. Il n'en faut pas plus pour faire payer ses crimes à Dimitri.

— Ça ne suffit pas.

— Vous n'en savez rien, Whitney. Dans ce milieu, on flanque un coup à l'adversaire quand on peut et on file aussitôt. C'est la règle à suivre pour rester en vie. (Constatant qu'elle ne l'écoutait pas, il se résolut à une concession.) Il est peut-être temps que vous jetiez un œil à ces papiers.

Sans même la regarder, il perçut sa surprise. La manière dont elle bougea contre lui l'avait trahie.

— Eh bien ! remarqua-t-elle doucement. Ça mérite-rait qu'on débouche une bouteille de champagne !

— Moquez-vous encore de moi et je risque de changer d'avis.

Néanmoins soulagé devant son sourire, il brandit l'enveloppe avec révérence, en sortit les feuillets un par un et les lissa.

— Voilà la clé, ajouta-t-il. La fichue clé qui m'ouvrira une serrure que je n'ai jamais réussi à crocheter. Presque tout est rédigé en français, comme la lettre. Mais quelqu'un en a déjà traduit une bonne partie. (Il hésita un peu, puis lui tendit une feuille jaunie protégée par une pochette plastique.) Visez un peu la signature.

Whitney prit la missive et la parcourut rapidement.

— Waouh !

— Exactement. Ça en jette, pas vrai ? On dirait qu'elle a envoyé ce message quelques jours avant d'être emprisonnée. Voilà la traduction.

Mais Whitney lisait déjà les mots rédigés de la main même de la reine.

— « Léopold m'a abandonnée », déchiffra-t-elle à voix basse.

— Léopold II, empereur d'Autriche et frère de Marie-Antoinette.

— Vous avez bien appris votre leçon.

— J'aime maîtriser tous les aspects d'un projet, alors j'ai potassé la Révolution française. Marie-Antoinette s'est mêlée de politique et s'est efforcée de se maintenir au pouvoir, mais sans succès. Elle se savait déjà condamnée quand elle a écrit cette lettre.

Whitney hocha simplement la tête et reprit sa lecture.

« Il est empereur avant d'être mon frère. Sans son aide, il n'est guère de personnes vers qui je puisse me tourner. Je ne saurais vous raconter, mon ami, les humiliations que nous avons subies lors de notre retour de Varennes, mon époux, le roi, déguisé en domestique, et moi-même… Nous avons été arrêtés et renvoyés à Paris tels des criminels sous l'escorte de soldats armés. Il régnait un silence de mort, comme lors d'un cortège funèbre. L'Assemblée a déclaré que le roi avait été enlevé et a déjà révisé la Constitution. Ce stratagème a marqué le début de la fin.

« Le roi espérait une intervention de l'Autriche et de la Prusse. Il avait exprimé à son agent, Le Tonnelier, sa conviction que la situation s'arrangerait alors. Une guerre contre un pays étranger aurait dû éteindre les feux de cette agitation populaire. Mais les Girondins se sont révélés être des incapables qui redoutent les partisans de ce diable de Robespierre. Vous comprendrez donc que, malgré la guerre déclarée à l'Autriche, nos attentes ont été déçues. Les défaites militaires du printemps dernier ont démontré que les Girondins ne savent point mener une armée.

« L'on évoque aujourd'hui la tenue d'un procès contre votre roi et je crains pour sa vie. Je crains pour nos vies à tous, cher Gérald.

« Je n'ai d'autre choix que de faire appel à votre aide en comptant sur votre loyauté et votre amitié. Faute de pouvoir fuir, je suis en effet réduite à attendre et à m'en remettre à autrui. Je vous supplie, Gérald, de prendre ce que mon messager vous apporte. Gardez-le. Je dois me fier à votre dévouement à présent que tout s'effondre autour de moi. J'ai été trahie à de nombreuses reprises, mais il arrive parfois que l'on réussisse à tourner ces trahisons à notre avantage.

« Cette infime partie de ce qui m'appartient en tant que reine, je vous la confie. Peut-être sera-t-elle nécessaire pour acheter la vie de mes enfants. Même si les Girondins remportent la victoire, eux aussi finiront par tomber. Acceptez ce bien, Gérald Lebrun, et gardez-le pour mes enfants, et les enfants de mes enfants. Un jour viendra où nous retrouverons le rang qui est le nôtre. Prenez patience. »

Whitney contempla l'écriture de cette femme entêtée qui, à force de complots, avait fini par signer son propre arrêt de mort. Une femme qui n'en avait pas moins été une mère et une reine.

— Il ne lui restait que quelques mois à vivre, murmura-t-elle. Je me demande si elle s'en doutait.

Il lui apparut soudain que cette lettre avait sa place au Smithsonian Museum de Washington, bien à l'abri derrière une vitrine. Lady Smythe-Wright aurait voulu qu'il en fût ainsi. C'était pour cette raison qu'elle avait eu l'imprudence de la confier à Whitaker.

— Doug, vous avez une idée de la valeur de ces documents ?

— Nous n'allons pas tarder à le découvrir, mon chou.

— Arrêtez de penser en dollars. Je vous parle de leur valeur culturelle, historique.

— Je me paierai toute la culture que je veux avec ça.

— Contrairement à une idée très répandue, la culture ne s'achète pas. Doug, ces papiers devraient se trouver dans un musée.

— Une fois que j'aurai déniché le trésor, je ferai don de chacun d'entre eux. Quelques déductions fiscales me seront bien utiles à ce moment-là.

Whitney haussa les épaules.

— Qu'y a-t-il d'autre dans l'enveloppe ?

— Des pages d'un journal intime tenu par la fille de ce Gérald.

Il avait lu les passages traduits, tous aussi lugubres les uns que les autres. Sans un mot, il tendit à Whitney un feuillet daté du 17 octobre 1793. Une jeune fille y exprimait avec candeur sa terreur et son désarroi après avoir assisté à l'exécution de la reine.

« Elle est apparue pâle, modestement vêtue, et l'air si vieille. Après avoir été transportée dans une charrette à travers les rues, comme une vulgaire souillon, elle a gravi les marches de l'échafaud sans montrer aucune peur, ce qui a fait dire à maman qu'elle s'était comportée en reine jusqu'au bout. Les gens s'étaient attroupés, les marchands vendaient leurs produits – on se serait cru à la foire. Des essaims de mouches volaient dans l'air, attirés par la puanteur. J'ai aperçu d'autres personnes emmenées dans des charrettes. Mlle Fontainebleu comptait parmi elles. L'hiver dernier encore, elle dégustait des gâteaux avec maman dans notre salon.

« Quand le couperet est tombé, les gens ont applaudi. Papa, lui, a pleuré. Jamais je ne l'avais vu ainsi auparavant, et je n'ai pu que rester là, agrippée à sa main. Ses larmes m'ont davantage effrayée que le spectacle des condamnés et de la reine. Si lui pleure, qu'adviendra-t-il de nous ? Nous avons quitté Paris le soir même. Peut-être ne reverrai-je plus jamais cette ville, ni ma jolie chambre qui donnait sur le jardin. Le beau collier en or incrusté de saphirs qui appartenait à ma mère a été vendu. Papa nous a prévenues que nous allions effectuer un long voyage et qu'il nous faudrait être courageuses. »

Whitney passa à un autre feuillet, rédigé trois mois plus tard.

« J'ai été affreusement malade. Le bateau ne cesse de tanguer et de rouler, et nous respirons les odeurs infectes dégagées par les malheureux cantonnés sous le pont. Papa aussi a été souffrant, à tel point que nous avons redouté qu'il ne meure et ne nous laisse seules. Parfois, lorsque la fièvre le reprend, je reste à ses côtés et lui tiens la main. Le temps où nous vivions heureux me semble si loin. Maman maigrit et les beaux cheveux de mon père grisonnent chaque jour un peu plus.

« Alors qu'il était alité, il m'a demandé de lui apporter une petite cassette en bois – un coffret tout simple, dont on aurait pu supposer qu'il ne renfermait que les colifichets d'une paysanne. Il nous a alors expliqué que la reine la lui avait envoyée en s'en remettant entièrement à lui. Un jour, nous retournerions en France afin de remettre en son nom le contenu de ce coffret au nouveau roi. J'étais fatiguée, nauséeuse et ne souhaitais rien tant qu'aller m'allonger, mais mon père nous a fait jurer, ma mère et moi, que nous l'aiderions à honorer son serment. Après que nous lui avons donné notre parole, il a ouvert la boîte.

« J'avais vu la reine porter ces bijoux à l'époque où elle arborait encore des coiffures impressionnantes et où son visage rayonnait de joie. Là, sous mes yeux, le collier d'émeraudes que j'avais admiré à son cou semblait capter la lumière des bougies et illuminer toutes les autres parures. Il y avait également une bague avec un rubis et des diamants, un bracelet d'émeraudes assorti au collier, ainsi que d'autres pierres précieuses non encore serties.

« Soudain, j'ai été éblouie à la vue d'un collier de diamants qui surpassait tous les autres en beauté. Il se composait de plusieurs rangs, et chacune de ses pierres, dont certaines étaient les plus grosses qu'il m'ait jamais été donné de voir, semblait douée d'une vie propre. Je me suis rappelé les propos de ma mère sur le scandale qui avait entouré le cardinal de Rohan et le collier de la reine. Papa m'avait affirmé que le cardinal avait été dupé, la reine abusée et que le bijou en question avait disparu. Je me suis cependant demandé en examinant le contenu du coffret si la reine n'avait pas fait en sorte de le récupérer. »

Whitney reposa la feuille d'une main tremblante.

— La légende veut qu'il ait été désassemblé et vendu.

— Ce n'est qu'une légende, objecta Doug. Rohan a été banni et la comtesse de La Motte arrêtée, jugée et condamnée. Elle a fui en Angleterre, mais je n'ai jamais rien lu prouvant qu'elle ait eu ces diamants en sa possession.

— C'est vrai.

Whitney étudia les pages du journal. À lui seul, il aurait fait baver d'envie n'importe quel conservateur de musée. Alors le trésor…

— Ce collier a été l'un des facteurs déclenchants de la Révolution française.

— Il valait une coquette somme à ce moment-là, remarqua Doug en lui soumettant un nouveau document. Tenez, si ça vous intéresse d'estimer combien on pourrait en tirer aujourd'hui.

Il n'aurait pas de prix, se retint de répondre Whitney, sachant qu'il ne comprendrait pas. Doug lui avait tendu une liste détaillée des bijoux envoyés par la reine à Gérald, description et valeur indicative à l'appui. Elle ne les trouva pas plus passionnants que les photos du livre. L'un d'eux cependant se détachait du lot. Un collier de diamants d'un million de livres. Voilà qui aurait été beaucoup plus parlant pour Doug, songea-t-elle avant de poser la feuille et de reprendre le journal.

Plusieurs mois s'étaient écoulés. Gérald et sa famille avaient élu domicile sur la côte nord-est de Madagascar. L'adolescente racontait ses longues et dures journées sur l'île.

« J'aimerais tant retrouver la France, Paris, ma chambre et les jardins. Maman soutient que nous ne devons pas nous plaindre et m'accompagne parfois marcher au bord de la mer. Ces moments passés au milieu des oiseaux et des coquillages sont les plus joyeux. Elle me semble heureuse alors, même si, lorsqu'elle se tourne de temps à autre vers l'horizon, je devine qu'elle aussi regrette Paris.

« Les nouvelles qui nous arrivent de chez nous par bateau n'évoquent que la mort et la Terreur. Les marchands racontent que des milliers de gens ont été emprisonnés, et beaucoup guillotinés. D'autres ont été pendus, voire brûlés. Ils parlent aussi du Comité de salut public – qui, d'après papa, a rendu Paris si peu sûr. Quand quelqu'un a le malheur de prononcer le nom de Robespierre, il se mure dans le silence. Je commence ainsi à entrevoir malgré ma nostalgie que le pays de mon enfance a disparu à jamais.

« Papa travaille avec ardeur. Il a ouvert un magasin et traite avec les autres colons pendant que maman et moi nous occupons du jardin. Nous n'y cultivons que des légumes. Faute de domestiques, nous devons nous débrouiller seuls. Ma mère se fatigue vite à présent qu'elle attend un enfant. Comme il me tarde que ce bébé naisse ! Le soir, papa s'attelle à la construction d'un berceau et nous à des travaux de couture, bien que nous ne puissions guère nous permettre d'user plus de bougies que nécessaire. Nous gardons le secret sur la petite boîte cachée sous le sol de la cuisine. »

Whitney reposa la page.

— Je me demande quel âge elle avait.

— Quinze ans, répondit Doug en lui montrant un document sous plastique lui aussi. Voilà son acte de naissance et le contrat de mariage de ses parents. Plus les certificats de décès. Elle est morte à seize ans. Cette dernière lettre nous apprend la fin de l'histoire.

« À mon fils. Tu dors dans ton berceau, vêtu de la petite robe bleue que ta mère et ta sœur t'ont confectionnée. Toutes deux nous ont quittés, la première à ta naissance, et la seconde emportée par une fièvre si foudroyante que nous n'avons pas eu le temps de quérir un docteur. J'ai découvert son journal et pleuré en le parcourant. Un jour, quand tu seras plus grand, lui aussi t'appartiendra. J'ai accompli ce que je crois être mon devoir envers mon pays, ma reine, ma famille. Mais je n'ai sauvé ma femme et ma fille de la Terreur que pour les perdre ensuite dans ce pays inconnu.

« Je n'ai pas la force de continuer. Les religieuses prendront soin de toi puisque je ne le puis plus. Reçois donc ce maigre legs – le journal de ta sœur et l'amour de ta mère –, auquel j'ajoute une tâche qui m'a été confiée par la reine. Je laisserai une lettre aux sœurs, qui auront ordre de te la remettre le jour de ta majorité. Tu hérites du serment que j'ai prêté, un serment que j'emporterai dans ma tombe, mais que tu déterreras et que tu t'emploieras à honorer. Le moment venu, dirige tes pas vers l'endroit où je reposerai. Tu y trouveras le trésor de Marie-Antoinette. Je prie pour que tu ne failles pas à ta mission comme je l'ai fait. »

— Il s'est tué, soupira Whitney. Il avait perdu sa maison, sa famille et tout son courage.

Elle se les représentait sans peine, ces aristocrates français que la politique et les troubles sociaux avaient forcés à fuir à l'étranger et à s'adapter à un nouveau mode de vie. Jusqu'au bout, Gérald était resté fidèle à sa promesse.

— Que s'est-il passé ensuite ?

— D'après ce que j'ai pu comprendre, le bébé a été confié à un couvent, lui expliqua Doug. Il a été adopté et a immigré en Angleterre avec sa nouvelle famille. Il semble que les papiers soient restés oubliés dans un coin jusqu'à ce que lady Smythe-Wright les découvre.

— Et le coffret de la reine ?

— Enterré dans un cimetière de Diégo-Suarez. Nous n'avons plus qu'à mettre la main dessus.

— Et après ?

— On roulera sur l'or.

Whitney fixa les papiers entassés sur ses genoux. Ils renfermaient des vies, des rêves, des espoirs et la loyauté d'un homme.

— C'est tout ?

— Ça ne vous paraît pas suffisant ?

— Gérald Lebrun a prêté serment à sa reine.

— Laquelle est décédée, lui rappela Doug. La France est une république aujourd'hui. Je doute que quiconque nous soutienne si on essaie de se servir de ce trésor pour restaurer la monarchie.

Elle voulut rétorquer, mais la fatigue l'en empêcha. Il lui fallait encore du temps pour assimiler toutes ces informations et prendre la mesure de ce qu'elle-même souhaitait. De toute façon, ils ne détenaient pas encore les bijoux. Doug avait affirmé que seule la victoire importait. Elle discuterait donc de moralité avec lui quand ils auraient gagné.

— Vous pensez donc pouvoir retrouver ce cimetière, vous y balader et déterrer le trésor d'une reine ?

— C'est exactement ça ! l'assura-t-il avec un fier sourire qui la convainquit.

— Quelqu'un a pu nous devancer.

— Cela m'étonnerait. Vous vous souvenez de la bague avec le rubis décrite dans le journal ? Le livre que j'ai emprunté lui consacrait toute une partie. Elle a été transmise de génération en génération dans la famille royale pendant cent ans avant de disparaître au moment de la Révolution française. Si n'importe lequel de ces bijoux avait refait surface, chez un receleur ou ailleurs, j'en aurais entendu parler. Tout est là, Whitney. Le magot nous attend.

— Admettons.

— Il n'y a pas d'admettons qui tienne. J'ai les papiers.

— Nous avons les papiers, le corrigea-t-elle en s'adossant à un arbre. Il ne nous reste plus qu'à découvrir un cimetière vieux de deux cents ans.

Elle ferma les yeux et s'endormit aussitôt.

Ce fut la faim qui la réveilla, une faim tenaillante comme elle n'en avait jamais connu. Avec un grognement, elle roula sur le côté et se retrouva nez à nez avec Doug.

— Bonjour.

Elle s'humecta les lèvres.

— Je tuerais pour un croissant.

— Une omelette mexicaine, plutôt, répliqua-t-il, les yeux fermés. Cuite à point avec des poivrons et des oignons.

Whitney laissa cette image imprégner son imagination. Cela ne remplit cependant pas son estomac.

— Nous n'avons qu'une banane talée.

— Faux. Ici, c'est buffet à volonté.

Doug se redressa. Le soleil, levé depuis longtemps, avait déjà asséché la rosée du matin. La forêt avait pris vie autour d'eux.

— Cet endroit regorge de fruits. J'ignore quel goût a la viande de lémurien, mais…

— Non.

— C'était une simple suggestion, s'amusa-t-il. Quelque chose de moins calorique, alors ? Une salade de fruits frais ?

— Ce serait parfait.

À un mouvement de Whitney, le lamba glissa de son épaule. Doug devait l'avoir étendu sur elle au cours de la nuit. Malgré toutes ces péripéties, toutes ces épreuves, il parvenait encore à la surprendre. Elle replia et rangea le châle comme s'il avait été la plus élégante des écharpes en soie.

— On dirait des bananes rabougries, nota-t-elle en tendant le bras vers une branche.

— Ce sont des papayes.

Whitney en cueillit trois et grimaça.

— Qu'est-ce que je ne donnerais pas pour une pomme, juste histoire de changer.

— Je vous invite à déjeuner et vous commencez déjà à vous plaindre.

— Vous auriez au moins pu m'offrir un cocktail exotique, ironisa-t-elle, avant de s'apercevoir qu'il avait grimpé à un palmier. Douglas, vous savez ce que vous faites au moins ?

— Je monte à un arbre, réussit-il à articuler.

— J'espère que vous ne projetez pas de tomber et de vous rompre le cou. Je déteste voyager seule.

— Quelle âme charitable, marmonna-t-il. Pour moi, cela ne représente même pas la hauteur d'un deuxième étage.

Il attrapa une noix de coco.

— Reculez, ma chère. Sinon, je risque de céder à la tentation et de vous viser délibérément.

Les lèvres retroussées, elle s'exécuta. Une, puis deux, puis trois noix de coco tombèrent à ses pieds. Elle en ramassa une et la frappa contre un tronc d'arbre jusqu'à ce qu'elle se craquelle.

— Bien joué, lança-t-elle à Doug lorsqu'il redescendit. J'aimerais bien avoir un jour l'occasion de vous admirer en plein travail.

Il accepta la noix qu'elle lui offrait et, assis par terre, sortit son canif. Le souvenir de Jacques s'imposa à Whitney. Elle effleura de nouveau son coquillage, mais repoussa la peine qui menaçait de l'envahir.

— Vous savez, la plupart des gens de votre milieu ne seraient pas si... tolérants vis-à-vis de quelqu'un de ma profession.

— Je suis une farouche partisane de la libre entreprise, se défendit-elle en s'installant à côté de lui. Et puis, c'est une question d'équilibre des pouvoirs, conclut-elle, la bouche pleine.

— D'équilibre des pouvoirs ?

— Imaginons que vous voliez mes boucles d'oreilles, celles avec les émeraudes.

— J'en prends bonne note.

— Il ne s'agit que d'une hypothèse. Dans ce cas, mon assurance serait contrainte de me dédommager. Je leur verse une prime exorbitante depuis des années alors que je ne porte jamais ces pendants – ils sont trop tape-à-l'œil. Vous raflez les émeraudes, quelqu'un vous les achète, et moi je touche de l'argent pour m'en payer de plus jolies. Au bout du compte, tout le monde est content. On pourrait presque considérer ça comme un service rendu à la communauté.

— Je n'avais jamais envisagé les choses sous cet angle.

— Évidemment, la compagnie d'assurances ne sautera pas de joie, nuança-t-elle. Et il y aura toujours des gens pour regretter la perte d'un cadeau romantique ou de l'argenterie familiale, si laids fussent-ils.

— Je suppose que oui.

— Mais il n'empêche que j'ai plus de respect pour les vols francs et directs que pour les détournements de fonds et les escroqueries sur le dos des vieilles dames. Rien de comparable avec le fait de vider les poches à un gros richard surprotégé ou de dérober le Sydney.

— Je n'ai pas envie de parler de ce diamant, grommela-t-il.

— D'une certaine manière, le vol contribue à la marche du monde, mais... (Elle s'interrompit le temps d'avaler un morceau de noix de coco.) Je ne pense pas qu'il représente une bonne occupation sur le long terme. Un hobby intéressant, sans aucun doute, mais aux possibilités de carrière limitées.

— Oui, j'ai déjà songé à la retraite... je sauterai le pas quand je pourrai me retirer en beauté.

— Quand vous rentrerez aux États-Unis, quelle sera la première chose que vous ferez ?

— Je m'achèterai une chemise en soie avec mon monogramme brodé sur les manchettes, un costume italien pour aller avec et une petite Lamborghini afin de compléter l'ensemble. Et vous ? s'enquit-il en coupant une mangue en deux et en lui en tendant une moitié.

— Je vais m'empiffrer, répondit-elle la bouche pleine. Me lancer dans une carrière de goinfre. Je commencerai par un hamburger dégoulinant de fromage et d'oignons, puis j'enchaînerai avec des queues de homard légèrement rôties et arrosées de beurre fondu.

— Je ne comprends pas comment vous pouvez être aussi maigre en étant si obsédée par la nourriture.

Elle finit sa mangue.

— C'est le manque d'occupations qui mène à la préoccupation. Et puis je suis mince, pas maigre. Mick Jagger est maigre.

— Vous oubliez que j'ai eu le privilège de vous voir nue. Vous n'avez pas franchement une silhouette tout en courbes.

Elle haussa un sourcil et lécha le jus qui avait coulé sur ses doigts.

— J'ai une fine ossature, avança-t-elle, avant de le détailler de la tête aux pieds face à sa mine moqueuse. Et rappelez-vous que moi aussi j'ai eu le plaisir de vous voir nu. Un peu de musculation ne vous ferait pas de mal, Doug.

— Un physique baraqué ne constitue pas toujours un atout. Je préfère miser sur la subtilité.

— Ça crève les yeux.

— Vous baveriez devant des biceps qui débordent d'un T-shirt sans manches ?

— Je trouve les signes extérieurs de virilité très excitants, expliqua-t-elle avec légèreté. Un homme sûr de lui ne s'abaissera pas à reluquer une femme plantureuse qui porte des pulls moulants pour masquer le pois chiche qu'elle a dans la tête.

— J'en déduis que vous n'aimez pas qu'on vous déshabille du regard.

— En effet. Je préfère avoir de la classe plutôt qu'un profond décolleté.

— Pour vous, ça tombe bien.

— Inutile de m'insulter.

— J'essayais juste d'être agréable.

Il se souvenait trop bien de la manière dont elle avait pleuré dans ses bras la veille et du sentiment d'impuissance qu'il avait alors éprouvé. Il se rendit soudain compte qu'il aspirait à la serrer de nouveau contre lui.

— Enfin bref, conclut-il après un silence. Vous êtes peut-être maigre, mais j'aime bien votre visage.

Ses lèvres esquissèrent ce léger sourire réservé qui le séduisait tant.

— Vraiment ? Qu'a-t-il de particulier ?

Cédant à une impulsion, il caressa sa joue du revers de la main.

— Votre peau. Je suis tombé un jour sur un camée d'albâtre. Il n'était pas très gros et ne valait probablement guère plus de quelques centaines de dollars, mais je n'ai jamais rien ramassé de plus élégant. Jusqu'à vous.

Elle ne bougea pas et continua à le fixer.

— Parce que vous m'avez ramassée, Douglas ?

— C'est une approche envisageable, non ? (Il commettait une erreur. Une énorme erreur même, pensa-t-il lorsque ses lèvres effleurèrent celles de la jeune femme. Mais tant pis.) Sauf que, depuis, je ne sais que faire de vous.

— Je ne suis pas un camée d'albâtre, murmura-t-elle en enroulant les bras autour de son cou. Ni un diamant ni un trésor.

— Et moi, je ne suis pas membre d'un club de loisirs ni propriétaire d'une villa en Martinique.

Elle dessina le contour de sa bouche du bout de la langue.

— Il semblerait que nous ayons peu de points communs.

— Aucun, même, la corrigea-t-il tandis que ses mains remontaient le long de son dos. Les gens comme vous et moi ne peuvent s'apporter l'un à l'autre que des ennuis.

— Je suis bien d'accord, approuva-t-elle, une lueur malicieuse dans les yeux. On commence quand, alors ?

— On a déjà commencé.

Quand leurs lèvres s'unirent, ils n'étaient plus la femme du monde et le voleur – la passion avait aboli leurs différences. Ils roulèrent ensemble sur le doux tapis de la forêt.

Whitney n'avait pas eu l'intention d'en arriver là, mais aucun regret ne vint ternir ses pensées. Elle s'était sentie attirée par lui dès l'instant où il avait ôté ses lunettes de soleil dans l'ascenseur et posé sur elle son regard clair et direct. Ce désir s'était ensuite mué en un sentiment plus profond, plus intense, plus déstabilisant. Doug avait éveillé quelque chose au tréfonds de son être, et il s'employait à présent à briser toutes les digues en elle.

Elle le couvrit de baisers aussi brûlants et avides que les siens. Son pouls s'accéléra. Son corps se tendit et s'arqua sous les caresses de cet homme. Ces sensations ne lui étaient pas étrangères. Mais pour la première fois, elle s'abandonna sans réserve et fit l'expérience de l'amour tel qu'il était censé être vécu. Comme un plaisir fou et libérateur.

Malgré la reddition de son garde du corps le plus loyal, sa raison, elle ne resta pas passive. Son besoin, fort, primitif et impérieux, ne le cédait en rien à celui de Doug.

Les corps se joignirent. Bouche contre bouche, excités et affamés.

Whitney ne se lassait pas de le toucher, de s'imprégner de lui, comme si elle n'avait jamais connu d'homme avant lui. Doug se fondait en elle, emplissant son cœur, son esprit, et menaçant d'y occuper une place telle que tout autre que lui en serait à jamais exclu. Elle le comprit et, passé la première peur, l'accepta.

Il avait déjà désiré des femmes avec ardeur. Du moins l'avait-il cru. En réalité, jamais il n'avait éprouvé le sens du mot ardeur. Jamais il n'avait su ce qu'était le désir. Il n'avait autorisé ses maîtresses qu'à donner et recevoir du plaisir, à l'exclusion de toute intimité. Celle-ci impliquait en effet des complications dont un fugitif ne pouvait s'embarrasser. Mais il lui fut impossible de stopper Whitney. Elle s'infiltrait en lui par chacun de ses pores.

Il avait beau la caresser de ses mains expertes et fermes, c'est elle qui menait le jeu. Doug n'ignorait pas que c'était dans les bras d'une femme – mère, épouse ou amante – qu'un homme devenait le plus vulnérable, et pourtant rien ne comptait plus pour lui que son besoin d'être là. Whitney se mêlait à lui, dangereusement chaude, dangereusement douce, mais il se résigna aux conséquences en les maudissant.

Nue, agile, exquise, elle se mouvait contre lui et l'enveloppait de ses membres.

Il prit son temps pour embrasser son front, son nez, sa bouche, son menton. Le sourire de la jeune femme répondit au sien cependant que ses doigts manucurés descendaient vers ses hanches. Tous deux avaient les yeux ouverts lorsqu'il plongea en elle.

Il grogna de plaisir au contact de tant de douceur. Le visage parsemé de taches d'ombre et de lumière, Whitney répondit à chacun de ses coups de reins, à chacun de ses battements de cœur.

Tout s'accéléra ensuite et, tandis qu'il sombrait peu à peu dans un tourbillon, Doug songea dans un dernier éclair de lucidité qu'il avait peut-être atteint le septième ciel.

Ils se reposaient en silence. Malgré leur expérience, tous deux savaient qu'ils n'avaient jamais fait l'amour de la sorte – et ils se demandaient comment ils allaient réussir à gérer ça.

La main de Whitney allait et venait délicatement dans le dos de Doug, qui respira le parfum de ses cheveux.

— On s'y attendait plus ou moins, à mon avis, dit-elle au bout d'un moment.

— Il faut croire.

Elle contempla la voûte des arbres et l'azur du ciel au-dessus de sa tête.

— Et maintenant ?

Réfléchir au-delà de l'instant présent manquait de pragmatisme, aussi Doug jugea-t-il plus prudent de feindre de ne pas comprendre le sens réel de la question. Il déposa un baiser sur son épaule.

— On rejoint la ville la plus proche, on quémande, on emprunte ou on vole un véhicule et on file vers Diégo-Suarez.

Whitney ferma brièvement les yeux, puis les rouvrit. Après tout, elle s'était lancée dans cette aventure en connaissance de cause. Autant continuer sans se leurrer, donc.

— Le trésor.

— Il sera bientôt à nous, Whitney. Ce n'est qu'une question de jours maintenant.

— Et après ?

Encore l'avenir. Doug s'appuya sur ses coudes pour la regarder.

— Tout ce que tu veux, répondit-il, incapable de se concentrer sur autre chose que sa beauté. La Martinique, Athènes, Zanzibar. On achètera une ferme en Irlande et on élèvera des moutons.

Elle éclata de rire, tant tout semblait encore simple.

— On pourrait aussi semer du blé dans le Nebraska.

— Exact. Ou ouvrir un restaurant américain ici, à Madagascar. Je cuisinerai et tu tiendras la comptabilité.

Il s'assit brusquement et la tira à lui. Il venait tout juste de s'apercevoir qu'il avait cessé d'être seul. Alors que s'isoler d'autrui lui avait toujours paru le mode de vie le plus adapté à son activité, il éprouvait soudain l'envie de partager, d'appartenir à quelqu'un, d'avoir une femme à ses côtés. Ce n'était pas très futé de sa part, mais c'était ainsi.

— On va toucher le jackpot, Whitney. Et après, rien ne pourra nous arrêter. On aura tout ce qu'on voudra, quand on le voudra. Je ferai pleuvoir des diamants dans tes cheveux.

Il avait oublié qu'elle avait déjà les moyens de s'offrir des diamants quand cela lui chantait.

Elle ressentit une pointe de regret et un léger pincement au cœur. Doug ne s'intéressait et ne s'intéresserait probablement jamais qu'à son magot. Elle le savait depuis le début.

— On trouvera ce coffret, acquiesça-t-elle en lui caressant la joue.

— Oui. Et ce jour-là, on sera les rois du monde.

Ils marchèrent jusqu'au coucher du soleil. Bien qu'elle eût l'estomac dans les talons et les jambes en coton, Whitney s'obligea ainsi que Doug à ne pas perdre de vue leur objectif, qui était d'abord de parvenir à Diégo-Suarez. Cela l'aida à avancer et l'empêcha de trop se poser de questions. Après tant de chemin parcouru, aucun événement, passé ou futur, n'était en mesure de les détourner de leur quête. La réflexion, le doute et l'analyse viendraient plus tard.

Whitney refusa d'un signe de tête le fruit que lui proposait Doug.

— Mon système digestif se révolterait si je lui impo-
sais encore une mangue. Je croyais que McDonald's
avait des franchises partout. Tu te rends compte du
nombre de kilomètres qu'on a parcourus sans apercevoir la moindre arche dorée ?

— Oublie les fast-foods. Quand tout sera fini, je te
préparerai un repas raffiné qui te donnera l'impression de goûter au paradis.

— Je me contenterai d'un hot-dog.

— Pour quelqu'un qui raisonne en général comme
une duchesse, tu as les goûts alimentaires d'une paysanne.

— Même les serfs avaient droit à du gigot de mou-
ton de temps en temps.

— Écoute, on...

Il l'attrapa soudain par le bras et la poussa dans les
buissons.

— Que se passe-t-il ?

— Une lumière, droit devant. Tu la vois ?

Whitney se pencha prudemment par-dessus son
épaule et, scrutant l'épaisse végétation, distingua une
faible lueur blanche dans la pénombre. Par réflexe,
elle baissa la voix.

— Remo ?

— Aucune idée. Peut-être. (Il resta silencieux et,
après les avoir étudiées, rejeta la demi-douzaine de
possibilités qui lui venaient à l'esprit l'une après
l'autre.) Allons-y doucement.

Un quart d'heure plus tard, dans une obscurité
totale cette fois, ils atteignaient un petit baraque-
ment. La lumière qui les avait guidés brillait derrière
la fenêtre de ce qui leur parut être un modeste magasin ou un comptoir commercial. De gros papillons se
heurtaient au carreau. À l'extérieur était garée une
Jeep.

— Il suffisait de demander, souffla Doug. Appro-
chons-nous.

Courbé en deux, il se faufila jusqu'à la fenêtre, où il s'amusa du spectacle qui s'offrait à lui.

Assis à une table, dans sa belle chemise en piteux état, Remo fixait une bière d'un œil noir. Face à lui, Barns souriait dans le vide.

— Eh bien, murmura-t-il. C'est notre jour de chance, on dirait.

— Que font-ils là ?

— Ils galèrent. Remo semble avoir besoin d'un rasage et d'un bon massage norvégien.

Le bar comptait trois autres clients, qui se tenaient tous à l'écart des Américains. L'attention de Doug fut aussi attirée par deux bols de soupe fumante, un sandwich et ce qui ressemblait à un sachet de chips. Son estomac vide lui rappela ses obligations envers lui.

— Dommage qu'on ne puisse pas commander un truc à emporter.

Whitney aussi avait aperçu la nourriture et elle fit un gros effort de volonté pour ne pas presser son nez contre le carreau.

— Pourquoi ne pas attendre qu'ils s'en aillent ? On pourrait entrer manger quelque chose.

— Parce que s'ils partent, adieu la Jeep. Tu vas devoir faire le guet, mon chou. Montre-toi à la hauteur, cette fois-ci.

— Je t'ai dit que je n'avais pas pu siffler la dernière fois parce que j'étais occupée à rester en vie.

— On restera en vie tous les deux, crois-moi, et on va se procurer une voiture par-dessus le marché. Viens.

Ils contournèrent rapidement le bar. À voix basse, Doug envoya Whitney se poster près de la fenêtre à l'avant de la bâtisse pendant que lui se glissait vers la Jeep et se mettait au travail.

Whitney surveillait l'intérieur du bar lorsqu'elle retint son souffle. Remo s'était levé et arpentait la salle. Paniquée, elle se tourna vers la Jeep dans laquelle Doug s'affairait à l'abri des regards. Elle se colla contre le mur à l'instant où Remo passait près de la fenêtre.

— Dépêche-toi! lança-t-elle. Il commence à s'agiter.

— Ne me bouscule pas, marmonna-t-il. Ces choses-là exigent du doigté.

Elle jeta un œil dans le bar, à temps pour voir Remo tirer Barns sur ses pieds.

— Tu as intérêt à activer ton doigté, Douglas. Ils arrivent.

Avec un juron, il essuya la sueur de ses mains. Encore une minute. Juste une minute.

— Monte, j'y suis presque. (Parce qu'elle ne répondait pas, il leva les yeux et constata que l'emplacement où elle s'était tenue près de la fenêtre était désert.) Merde, lâcha-t-il sans s'arrêter de manipuler les fils de contact. Whitney? Bon sang, ce n'est pas le moment de se promener.

Il examina les alentours. Personne.

Des cris perçants mêlés à des aboiements et au bruit du moteur qui démarrait enfin déchirèrent soudain le silence, le faisant sursauter. Il s'apprêtait à sauter hors du véhicule, revolver au poing, quand Whitney surgit en courant et grimpa sur le siège passager.

— Fonce! haleta-t-elle.

La Jeep s'élança sur l'étroit chemin de terre. Une branche un peu trop basse heurta le pare-brise et se cassa avec un bruit sec. Doug jeta un coup d'œil derrière lui. Apercevant Remo, il força Whitney à baisser la tête et écrasa l'accélérateur. Un premier coup de feu retentit, suivi de deux autres.

— Où étais-tu passée? s'énerva-t-il une fois qu'ils furent assez éloignés. C'est ça que tu appelles monter la garde? J'ai failli me faire tuer en te cherchant!

— Quelle gratitude! se moqua-t-elle en écartant ses cheveux de ses yeux. Si je n'avais pas opéré une diversion, tu n'aurais jamais démarré à temps.

Il ralentit juste assez pour être sûr de ne pas envoyer la voiture contre un arbre.

— De quoi tu parles ?

— Quand j'ai vu que Remo allait sortir, je me suis dit que tu avais besoin d'une intervention miracle – comme dans les films.

— Génial.

Il négocia un virage, roula sur une pierre, mais ne leva pas le pied pour autant.

— Je suis donc revenue sur mes pas et j'ai lâché le chien dans la porcherie. C'était très amusant. Je regrette simplement de n'avoir pas pu m'attarder pour profiter de la scène. Cela dit, mon stratagème a très bien fonctionné.

— Tu as eu de la chance de ne pas recevoir une balle en pleine tête.

— Je te sauve encore la mise et tu n'es pas content. C'est typique de l'orgueil masculin. Je me demande pourquoi... (Elle s'interrompit pour humer l'air.) Tu sens cette odeur ?

— Quelle odeur ?

— Celle-là.

Elle ne provenait pas de l'herbe, de l'humidité ou d'un animal – ils l'auraient reconnue depuis le temps. Whitney renifla de nouveau, puis se tourna et s'agenouilla sur son siège.

— On dirait... (Elle se baissa, si bien que Doug eut une vue imprenable sur son joli petit fessier.) Du poulet ! s'exclama-t-elle, triomphante, en se redressant avec un énorme pilon dans lequel elle s'empressa de mordre. C'est du poulet ! répéta-t-elle. Il y en a un entier, ainsi qu'un tas de boîtes de conserve – toutes remplies de nourriture ! Des olives, annonça-t-elle en même temps qu'elle replongeait vers l'arrière de la Jeep. De bonnes grosses olives grecques. Où est l'ouvre-boîtes ?

Tandis qu'elle fourrageait parmi ces victuailles, Doug lui prit son morceau de poulet.

— Dimitri croit aux bienfaits d'une nourriture saine, remarqua-t-il en mordant à son tour dans la chair blanche. Et Remo est assez intelligent pour faire une razzia dans son garde-manger quand il doit prendre la route.

— Regarde-moi ça ! (Follement excitée, Whitney se rassit sur son siège.) Du béluga ! Et il y a une bouteille de pouilly-fuissé 79.

— Il y a du sel ?

— Bien sûr.

Il lui rendit son morceau de poulet.

— On dirait que nous allons voyager jusqu'à Diégo-Suarez en première classe, mon chou.

Whitney sortit la bouteille de vin et le tire-bouchon.

— Mon chou, susurra-t-elle. Je ne me déplace jamais autrement.

13

Ils firent l'amour dans la Jeep comme deux adolescents, oublieux de tout, ivres de fatigue et de vin. La lune était blanche, la nuit paisible, des oiseaux nocturnes, des insectes et des grenouilles jouaient pour eux la sérénade, la forêt chantait de partout. Dans la Jeep dissimulée au creux d'un fourré, ils se régalèrent de caviar et ils se régalèrent aussi l'un de l'autre. L'étroitesse des sièges ne leur facilitait pas la tâche, mais cela faisait rire Whitney.

— Oh! je n'ai plus connu ça depuis mes seize ans..., dit-elle en roulant au-dessus de lui – à moitié nue, l'esprit d'autant plus léger que son estomac était rassasié.

— Sans blague?

Il laissa sa main courir depuis sa cuisse jusqu'à sa hanche et vit ses yeux se remplir d'un mélange d'ivresse, de désir, d'épuisement. Il se promit qu'il les verrait de nouveau ainsi, mais dans le confort d'une douillette chambre d'hôtel, quelque part de l'autre côté de l'océan.

— Tu veux dire qu'un gars a pu te coucher sur le siège arrière de sa voiture, rien qu'avec du vin et trois grains de caviar?

— En l'occurrence, c'étaient plutôt de la bière et des crackers, dit-elle en suçant le reste de béluga qui lui collait aux doigts. Et dès que j'en avais assez, je lui décochais une bonne droite dans l'estomac.

— Tu devais être une sacrée affaire, alors.

Elle renversa la bouteille pour en faire couler les dernières gouttes au fond de sa gorge. Autour d'eux, plusieurs millions d'insectes se frottaient les ailes et stridulaient avec ardeur.

— Disons que j'ai toujours été plutôt difficile.

— Difficile, toi ?

Il changea de position, s'adossant à la portière de la Jeep, de manière à coucher Whitney en travers de son corps.

— Mais alors, qu'est-ce que tu fiches ici avec un type comme moi ?

Elle s'était posé la même question et y avait trouvé une réponse, mais un peu trop simple à son goût. Une réponse qui la mettait mal à l'aise, et qu'elle avait pourtant terriblement envie d'accepter. Elle garda le silence pendant quelques secondes, la tête nichée dans le creux de l'épaule de Doug. Elle se sentait bien ainsi, elle s'y sentait même en sécurité – si absurde que cela paraisse, étant donné les circonstances.

— Il faut croire que je suis tombée sous ton charme, finit-elle par dire.

— C'est ce qu'elles font toutes, oui.

Elle rejeta la tête en arrière, sourit, puis saisit la lèvre inférieure de Doug entre ses dents et la mordit. Sans ménagement.

— Hé !

Pendant qu'elle riait, il lui empoigna les deux bras et les immobilisa.

— Tu veux la guerre, c'est ça ?

— Tu ne me fais pas peur, Lord.

— Ah ! vraiment ?

Il lui saisit les deux poignets dans une seule main, lui entoura la nuque de l'autre ; il tâchait de prendre l'air farouche, mais elle ne lui fit même pas l'aumône d'un battement de cils.

— J'ai été beaucoup trop gentil avec toi jusque-là, gronda-t-il.

— Eh bien, vas-y ! Fais le méchant, qu'est-ce que tu attends ?

Elle ne le quittait pas des yeux, avec son demi-sourire et ses yeux d'ambre, pleins de sommeil et de nuit. Alors Doug tomba droit dans le piège qu'il avait soigneusement évité jusqu'alors, dont il s'était méfié plus encore que des flics : il tomba amoureux.

— Seigneur, que tu es belle…

Il y avait quelque chose dans sa voix, et elle le sentit, mais avant qu'elle ait eu le temps d'analyser ce quelque chose, la bouche de Doug s'était déjà posée sur la sienne, les faisant basculer ensemble dans un gouffre de passion.

Ce fut comme si c'était la toute première fois, comme s'il n'y avait rien eu jusqu'alors. Jamais il ne se serait attendu à un tel déferlement intérieur, à tant d'urgence et tant d'avidité.

Sous ses mains, la peau de Whitney semblait frémir comme une eau soyeuse ; sous sa bouche, ses lèvres étaient fraîches, pleines de sève, presque dures. Peu à peu, une sensation nouvelle s'emparait de lui : il avait eu jusqu'alors la tête dans les nuages à cause de la fatigue, maintenant c'était son corps tout entier qui flottait loin de la terre, puissant, invincible. Avec elle, il avait l'impression qu'il pourrait aller partout, qu'il pourrait tout réussir.

La nuit était tiède, l'air humide et lourd d'effluves – ceux que des dizaines de fleurs libéraient autour d'eux, après s'être gorgées de la chaleur du jour. Les insectes nocturnes redoublaient d'ardeur, sur toute la gamme des frôlements, craquements et grésillements imaginables. Il aurait voulu pouvoir allumer des bougies pour elle, la coucher dans un lit de plume, sur de moelleux oreillers de soie. Il voulait donner, et c'était un sentiment nouveau chez lui : non qu'il ne soit pas généreux de caractère – mais avec les femmes, il avait toujours pris.

Le corps de Whitney était si délicat... Il captivait Doug à un degré où les autres, les flamboyants, les évidents, les professionnels, ne l'avaient encore jamais amené. Ses courbes étaient si subtiles, sa silhouette si longue et si élégante... Sa peau était si douce qu'elle évoquait des images de bain parfumé rien qu'à la regarder. Il songea qu'un jour, il aurait le temps d'explorer chaque centimètre carré de cette peau, lentement, méthodiquement. Jusqu'à ce qu'il la connaisse comme aucun autre homme ne l'avait connue avant lui, ni ne la connaîtrait après lui.

Il y avait quelque chose de changé chez lui, il n'était pas moins passionné qu'avant, mais elle sentait qu'il y avait quelque chose de nouveau.

Tous les sens de Whitney semblaient se mêler, se recouvrir l'un l'autre, de sorte qu'elle était comme prisonnière. Elle continuait à éprouver des sensations – sauf que ces sensations venaient de Doug. La caresse d'un doigt, le frôlement d'une lèvre. Elle continuait à goûter des saveurs, mais c'était celle de Doug qui la remplissait tout entière, chaude, mâle, excitante. Elle l'entendait chuchoter à son oreille, elle s'entendait lui répondre sur le même ton, et leurs deux murmures se confondaient dans la nuit. L'odeur de Doug l'inondait et elle était encore plus musquée, plus grisante que l'atmosphère de serre chaude qui les environnait. Jusqu'à ce jour, elle n'avait jamais su ce que voulait dire être *imprégnée* de quelqu'un. Jusqu'à ce jour, elle n'avait jamais eu envie de l'être.

Elle s'ouvrait à lui, il l'envahissait. Il donnait et elle absorbait.

Depuis le début de l'histoire, ils n'avaient pas cessé de courir côte à côte, et maintenant ils continuaient à le faire, d'une autre façon. Cœur contre cœur, corps contre corps, ils parcouraient la dernière ligne droite, franchissaient la ligne vers laquelle filent tous les amoureux.

Ils dormirent d'un sommeil léger, pas plus d'une heure ; mais ce fut encore une heure de bonheur, qu'ils savourèrent minute par minute, blottis l'un contre l'autre sur le siège de la Jeep. La lune déclinait dans le ciel ; Doug ouvrit un œil, l'aperçut à travers les branches, déjà basse, et se résolut à réveiller Whitney.

— Il faut qu'on s'en aille, lui dit-il.

Remo était peut-être déjà à leur poursuite. Mieux valait éviter les retrouvailles. Il ne serait sûrement pas d'humeur très sociable.

Whitney s'étira, soupira.

— Combien encore ?

— Je ne sais pas. Cent cinquante ou deux cents kilomètres.

— D'accord, dit-elle, puis elle s'habilla en bâillant. Je conduis.

— Hors de question, grogna-t-il en remettant son jean. Tu m'as déjà vu conduire, tu t'en souviens ?

— Bien sûr que je m'en souviens.

Après une brève inspection, Whitney estima que ses vêtements resteraient durablement froissés. Elle caressa l'idée de chercher un teinturier aux alentours, puis répondit à Doug :

— Comme je me souviens aussi que je t'ai justement sauvé la vie à cette occasion.

— Sauvé la vie ?

Il se tourna vers elle, pour la voir extirper sa brosse de sous le siège.

— Tu veux dire que tu as failli nous faire tuer tous les deux, oui !

— Je te demande bien pardon, rétorqua-t-elle en se coiffant. Grâce à ma manœuvre supérieurement habile, non seulement je t'ai sauvé la vie, mais j'ai réussi à retenir Remo et sa joyeuse petite bande.

— Tout dépend comment on voit les choses, dit-il en allumant le moteur. De toute façon, je prends le volant. Tu as trop bu pour conduire.

Whitney le foudroya du regard.

— Apprends que nous, les MacAllister, nous ne perdons jamais la tête.

Puis elle se tint à la poignée de la porte, tandis que la Jeep cahotait à travers les broussailles avant de retrouver la route.

— C'est toutes ces glaces, commenta Doug, en prenant une vitesse de croisière, une fois qu'ils furent de retour sur le bitume. Ça vous fait un emplâtre sur l'estomac, résultat, vous ne ressentez même plus l'alcool.

— Très amusant.

Elle lâcha la poignée, posa ses pieds sur le tableau de bord et regarda la nuit défiler autour d'eux.

— Au fait, tu sais tout de mon passé et de l'histoire de ma famille. Mais je ne sais rien de toi.

— Tu veux quelle version ? J'en ai plusieurs, que je ressors selon les cas.

— Ça va du pauvre orphelin sans le sou jusqu'à l'aristocrate décadent, j'en suis sûre.

Elle examina son profil à la dérobée. Qui était-il donc ? Et pourquoi s'en souciait-elle autant ? Elle ne connaissait pas la réponse à la première question, quant à la seconde, elle ne pouvait plus guère prétendre l'ignorer.

— Et si tu me donnais la vraie, pour changer un peu ?

Il aurait pu lui mentir ; quoi de plus facile que de lui servir l'histoire d'un petit garçon parti de chez lui et dormant dans la rue pour échapper à un beau-père brutal ? Pourtant il se cala dans son siège et fit ce qu'il faisait rarement : il lui dit la vérité, sans fard.

— J'ai grandi à Brooklyn, dans un quartier tranquille et plutôt agréable. Du genre quartier ouvrier, avec sa vie simple et ses habitudes. Mon père posait des canalisations dans les rues et ma mère s'occupait de la maison. Mes deux sœurs étaient *pom-pom girls* et on avait un chien qui s'appelait Damier.

— Ça paraît plutôt normal, jusque-là.

— Ça l'était.

De temps en temps – rarement – les souvenirs de cette époque lui revenaient en mémoire, et il y prenait plaisir.

— Mon père s'occupait d'une association d'entraide et ma mère faisait la meilleure tarte aux myrtilles du monde. Ils continuent aujourd'hui, pareil.

— Et le jeune Douglas Lord, dans tout ça ?

— Comme j'étais habile de mes mains, mon père pensait que je ferais un bon plombier. Mais ça ne correspondait pas à l'idée que je me faisais d'une vie amusante.

— Le tarif horaire d'un plombier syndiqué est plutôt attractif, pourtant.

— Peut-être. Mais je n'ai jamais eu très envie de travailler à l'heure.

— Donc tu as décidé de – comment tu dirais ça – te mettre à ton compte ?

— Quand on a la vocation, tu sais... J'avais un oncle, dont on ne parlait jamais beaucoup dans la famille.

— La brebis galeuse ?

— En tout cas, ce n'était sûrement pas un agneau bêlant. Il a même dû faire de la prison. Bref, à un certain moment il est venu habiter chez nous, et il a travaillé pour mon père.

Il lança un sourire en coin à Whitney, feignant d'être contrit.

— Il était habile de ses mains, lui aussi.

— Je vois.

— Jack était un bon. Il était vraiment bon, sauf qu'il avait un léger penchant pour la bouteille. Quand il y cédait, il devenait imprécis. Et être imprécis, dans

ce métier, ça veut dire se faire prendre. L'une des premières choses qu'il m'a apprises, c'est qu'on ne boit
jamais pendant le travail.

— Quand tu parles de travail, tu ne penses pas au
débouchage de lavabos, n'est-ce pas?

— Non. Comme plombier, Jack était moyen, par
contre, comme voleur, il était de premier ordre.
J'avais quatorze ans quand il m'a appris à crocheter
ma première serrure. Il m'avait pris en amitié, je n'ai
jamais très bien su pourquoi. Peut-être parce que j'ai-
mais lire des histoires, et que lui aimait les écouter.
S'asseoir avec un livre, ce n'était pas tellement son
truc, mais il était capable d'écouter pendant des
heures si on lui lisait *Le Masque de fer* ou *Don Qui-
chotte*.

Dès le début, elle avait été consciente de cela chez
Doug: une vive intelligence, et des goûts très éclec-
tiques.

— Donc, le jeune Douglas aimait lire.

— Ouais.

Il haussa les épaules, négocia une courbe de la
route.

— Le premier objet que j'ai volé, ç'a été un livre.
Nous n'étions pas pauvres, pas vraiment, mais nous
n'avions pas de quoi acheter le genre de bibliothèque
que je voulais. Disons plutôt, dont j'avais besoin.

Oui, il avait besoin des livres, pour s'échapper du
train-train quotidien, autant qu'il avait besoin de
manger. Personne n'avait compris cela chez lui.

— Je me souviens de chacun de mes livres. Je veux
dire que je m'en souviens presque ligne par ligne. Je
suis comme ça. Ça m'a permis de réussir à l'école.

Elle songea à la facilité avec laquelle il avait res-
sorti des faits et des chiffres provenant du guide de
voyage.

— Tu veux dire que tu as ce genre de mémoire,
photographique?

— Non, je… je ne vois pas les choses en les photo-graphiant, je ne les oublie pas, c'est tout. En tout cas, ça m'a permis d'avoir une bourse pour Princeton, dit-il, souriant à ce souvenir.

— Tu… tu as été à Princeton ? demanda-t-elle en se redressant sur son siège et en ouvrant grands les yeux.

Devant sa réaction, le sourire de Doug s'élargit. Jusque-là, il n'avait jamais imaginé que la vérité pût susciter l'intérêt davantage que la fiction.

— Non. J'ai décidé que je préférais apprendre sur le tas, plutôt qu'aller à l'université.

— Tu es en train de me dire que tu as refusé une bourse d'études pour Princeton ?

— Oui. Je trouvais le droit plutôt… sec et étriqué.

— Le droit…, murmura-t-elle, et elle ne put s'em-pêcher de rire. Donc, tu aurais pu devenir juriste.

— Je crois que j'aurais détesté ça autant que j'au-rais détesté déboucher les waters toute ma vie. En plus, il y avait oncle Jack. Il n'avait pas eu d'en-fants, et il aurait aimé transmettre son métier à quelqu'un.

— Je vois. Un homme de la vieille école.

— Oui, c'est vrai. À sa façon. En tout cas, j'ai vite appris. Et je prenais beaucoup plus mon pied en for-çant un verrou qu'en faisant de la grammaire – mais pour Jack, l'instruction, c'était important. Il n'a pas voulu m'emmener travailler avec lui avant que j'aie eu fini mes études secondaires et passé mon diplôme. Sans compter qu'un peu de maths et de sciences, ça peut servir quand on a affaire à des systèmes de sécurité.

Avec le talent qu'il possédait, elle songea que Doug aurait pu faire un ingénieur hors pair dans cette branche ; mais elle ne jugea pas utile d'insister là-dessus.

— Très judicieux…

— Ensuite, on a pris la route. On s'est drôlement bien débrouillés, pendant environ cinq ans. Des petits jobs tranquilles chaque fois, surtout des hôtels. Une nuit mémorable, au Waldorf, on s'est fait dix mille dollars.

Encore aujourd'hui, il souriait à ce souvenir.

— On est allés à Las Vegas et on a presque tout perdu, mais on s'est bien amusés.

— Vite gagné, vite dépensé…

— Si le plaisir n'y est pas, on ne fait rien de bon, c'est ce que je dis toujours.

Elle ne put s'empêcher de sourire, car c'était l'une des devises préférées de son père et elle se demanda s'il saurait apprécier la signification quelque peu différente que Doug y apportait.

— Jack avait une idée en tête, dévaliser une bijouterie. Ça nous aurait mis à l'abri pour pas mal d'années. Il y avait juste quelques détails à mettre au point.

— Et qu'est-ce qui s'est passé ?

— D'abord, Jack s'est remis à boire. Il a essayé de faire le coup tout seul. Je devenais assez bon dans la partie, alors que lui baissait un peu, et je suppose que ce n'était pas facile à admettre. Il a bâclé le travail. Et encore, ça n'aurait pas été si grave s'il n'avait pas enfreint toutes les règles en prenant un flingue avec lui.

Il passa le bras derrière le dossier de son siège, secoua la tête.

— Dix ans, voilà ce que cette petite étourderie lui a coûté.

— Donc, voilà l'oncle Jack à l'ombre. Et toi ?

— Au soleil, sourit-il. Je suis parti à l'aventure. J'avais vingt-trois ans, et j'en connaissais bien moins sur la vie que je ne le croyais mais j'ai toujours appris vite.

Il avait abandonné une bourse de Princeton pour vivre en pénétrant dans des appartements inconnus

par la fenêtre du second étage. Alors que s'il avait per-
sévéré, il aurait pu s'offrir légalement tout ce luxe
dont il semblait avoir tant besoin.

— Et tes parents ?

— Oh, ils racontent aux voisins que je travaille chez
General Motors. Ma mère ne perd pas l'espoir que je
me marie et que je m'assagisse un jour. Au fait,
ajouta-t-il, poussé par une association d'idées, qui est
Tad Carlyse IV ?

— Tad ?

Tout en lui répondant, Whitney enregistra que le
ciel commençait à s'éclaircir à l'est. Elle aurait bien
fermé les yeux et dormi un peu, si elle n'avait pas eu
un kilo de sable sur chacune de ses paupières.

— On a été plus ou moins fiancés, à un moment.

À la seconde même, Doug sut qu'il détesterait Tad
Carlyse IV jusqu'à la fin de ses jours.

— Plus ou moins fiancés ?

— Disons que lui considérait qu'on l'était, et mon
père aussi. Pour moi, ça restait un point à débattre.
Ils ont été tous les deux très mécontents quand j'ai
finalement renoncé à cette union.

— Tad...

Doug imagina un blondinet au menton fuyant, en
blazer bleu, pieds nus dans des chaussures bateau.

— Qu'est-ce qu'il fait dans la vie ?

— Fait ? En cherchant bien, on pourrait dire qu'il
délègue... C'est l'héritier de Carlyse et Fitz, une boîte
qui fabrique un peu de tout, depuis l'aspirine jusqu'au
carburant pour les fusées.

— Oui, j'ai entendu parler d'eux.

Ultra-milliardaire, pensa-t-il, et il passa en trombe
au beau milieu de trois ornières successives. Tad Carlyse devait être le genre de type qui écrasait ses congé-
nères sans même remarquer la secousse.

— Et pourquoi n'es-tu pas devenue Mme Tad Carlyse IV ?

— Pourquoi n'es-tu pas devenu plombier? Sans doute pour les mêmes raisons. Ça ne m'a pas paru une perspective très réjouissante.

Elle croisa ses jambes au niveau des chevilles.

— Tu devrais faire demi-tour, Douglas, je crois que tu viens de manquer un nid-de-poule.

Il faisait grand jour quand ils arrivèrent au sommet d'une montagne qui dominait Diégo-Suarez. Ils descendirent de la Jeep pour contempler le panorama. Vue d'ici, l'eau était d'un bleu à couper le souffle. Mais les pirates qui infestaient jadis les lieux ne les auraient pas reconnus : les navires qui parsemaient la baie étaient désormais trapus et de couleur grise, il n'y avait plus trace de voile blanche claquant au vent, ni de coque de bois se balançant dans le clapot.

Cette baie, qui autrefois drainait les rêves des pirates ou les espoirs des immigrants, abritait aujourd'hui une grande base navale française. La ville qu'elle baignait, et qui avait longtemps fait la fierté des boucaniers, était aujourd'hui une coquette bourgade moderne de quelque cinquante mille âmes – Malgaches, Français, Indiens, Extrême-Orientaux, Britanniques et Américains. Les huttes à toit de chaume de jadis avaient été remplacées par des immeubles de béton et d'acier.

— Voilà, on y est, dit Whitney en lui posant la main sur le bras. Si on commençait par descendre en ville, prendre une chambre d'hôtel et un bon bain chaud?

— On y est, murmura-t-il, et il sentait presque les papiers devenir brûlants dans sa poche. D'abord, on le trouve.

— Doug…

Elle se tourna pour lui faire face, lui passa le bras autour des épaules.

— Je sais que c'est important pour toi, et je veux le trouver moi aussi. Mais regarde-nous… On est sales, épuisés, et même si ça n'a pas d'importance pour nous, on va se faire remarquer par les gens...

— On n'est pas ici pour se faire des amis, de toute façon.

Par-dessus la tête de Whitney, il contemplait la ville d'un œil fasciné, comme on contemple un mirage.

— Les églises, dit-il. On va commencer par là.

Il retourna à la Jeep et elle lui emboîta le pas, résignée.

Près d'une centaine de kilomètres derrière eux, Remo et Barns cahotaient sur la route du nord dans une antique Renault de 1968 au pot d'échappement percé. Remo avait laissé le volant à Barns, parce qu'il avait besoin de penser. Le petit homme aux allures de taupe agrippait le volant des deux mains, le visage fendu d'un large sourire. Il aimait conduire, presque autant qu'il aimait écraser toute petite bête à poils ou à plumes traversant la route devant eux.

— Quand on les attrapera, je m'occuperai de la fille, d'accord ?

Remo posa sur Barns un regard vaguement écœuré. Il se considérait comme un homme méticuleux, et Barns comme un mollusque.

— Tu ferais bien de te rappeler que Dimitri la veut. Si jamais tu touches à elle, tu risques de le mettre très en colère.

— Je n'y toucherai pas.

Une lueur passa dans ses yeux alors qu'il se rappelait la photo. Elle était si jolie... Et il aimait les jolies choses, les douces et jolies choses comme elle. Puis il pensa à Dimitri.

À la différence des autres, il n'avait pas peur de Dimitri : il l'adorait, le vénérait. Si Dimitri voulait la fille, il lui amènerait la fille. Il adressa un sourire aimable à Remo, parce qu'à sa façon, il l'aimait bien.

— Dimitri a dit qu'il voulait les oreilles de Lord, hein ? ricana-t-il. Je pourrai les couper, moi, Remo ?

— Conduis et t'occupe pas du reste.

Dimitri voulait les oreilles de Lord, mais Remo se rendait compte qu'il pourrait se contenter d'un substitut, le cas échéant. S'il avait aperçu la moindre possibilité de prendre la tangente, il aurait aussitôt fait demi-tour et filé dans la direction opposée. Mais Dimitri l'aurait retrouvé car, pour lui, un employé demeurait un employé jusqu'à la mort inclusivement – que cette mort soit naturelle ou provoquée. Remo n'espérait qu'une chose : garder ses propres oreilles intactes une fois qu'il aurait fait son rapport à Dimitri, à son quartier général provisoire de Diégo-Suarez.

Cinq églises en l'espace de deux heures, et ils n'avaient rien trouvé. Si la chance devait leur sourire, ce serait très vite, ou jamais. « Et maintenant ? » demanda Whitney à Doug alors qu'ils s'arrêtaient devant une nouvelle église. Celle-ci était plus petite que les précédentes, et son toit avait besoin de réparations.

— On continue à honorer les disparus.

La ville était construite sur un promontoire qui surplombait la mer. Bien que la matinée ne soit pas encore terminée, l'air était déjà chaud et moite. Au-dessus de leurs têtes, des feuilles de palmier remuaient paresseusement dans un souffle de brise. Doug imaginait sans peine la ville telle qu'elle se présentait autrefois – simple, rude, protégée d'un côté par les montagnes et de l'autre par son mur d'enceinte. Il s'éloigna à grands pas de la Jeep, et Whitney courut pour le rattraper.

— Tu as une idée du nombre d'églises et de cimetières qu'il y a dans le coin ? Sans compter ceux qui ont été détruits et sur les ruines desquels on a bâti de nouvelles constructions ?

— On ne construit pas par-dessus un cimetière. Les gens pourraient se montrer superstitieux.

Il appréciait l'atmosphère des lieux. La porte de l'église était de travers sur ses gonds, donnant l'impression qu'on ne l'entretenait pas beaucoup. Sur les côtés de l'édifice, à l'ombre des palmiers, s'élevaient des pierres tombales, quelque peu envahies par des herbes folles. Doug s'accroupit pour lire les inscriptions qui y étaient gravées.

— Tu n'as pas peur de réveiller des fantômes, à force ? lui demanda Whitney à qui, la fatigue aidant, les tombes commençaient à donner la chair de poule.

— Non, lui répondit-il placidement, tout en continuant sa tournée d'inspection. Les morts sont morts, un point c'est tout.

— Tu ne t'es jamais demandé ce qu'il y avait après ?

— De toute façon, dit-il en se retournant pour lui faire un clin d'œil, quoi que je puisse en penser, ceux qui sont là-dessous s'en fichent pas mal. Allez, viens, donne-moi la main.

Son amour-propre lui donna la force de s'accroupir à côté de lui, et de l'aider à écarter la végétation qui recouvrait les pierres.

— Les dates correspondent. Regarde, 1793, et là, 1795...

— Et les noms sont français.

Soudain, un picotement à la base de sa nuque l'avertit qu'il brûlait.

— Si on pouvait juste...

— *Bonjour...*

Le mot avait été dit en français ; Whitney sauta sur ses pieds, prête à prendre ses jambes à son cou, quand elle vit le vieux prêtre qui s'approchait d'eux sous le couvert des arbres. Elle se sentit soudain coupable d'une curiosité déplacée dans un tel lieu, mais lutta pour n'en rien laisser paraître tandis qu'elle lui répondait en français, et en souriant.

— Bonjour, mon père.

Sa soutane noire contrastait avec ses cheveux blancs, ses yeux délavés, la pâleur de son visage. Ses mains qu'il tenait croisées portaient les tavelures de l'âge.

— J'espère que nous ne faisons rien de mal…, dit Whitney.

— Tout le monde est le bienvenu dans la maison de Dieu, répondit-il.

Puis, remarquant leur allure chiffonnée :

— Vous êtes en voyage ?

— Oui, mon père.

Doug s'était relevé lui aussi mais restait silencieux. Whitney le savait, c'était à elle de trouver une histoire à raconter, mais elle ne pouvait se résoudre à mentir à un homme de Dieu.

— Nous avons fait un long chemin, pour chercher les tombes d'une famille qui a immigré ici à l'époque de la Révolution française.

— Beaucoup l'ont fait, oui. Ce sont des ancêtres à vous ?

Elle croisa les yeux, clairs et tranquilles, du prêtre, songea aux Mérinas qui, dans ce pays, vouaient un culte aux morts.

— Non. Mais c'est important pour nous de les trouver.

— Retrouver ce qui s'en est allé ?

Le simple mouvement qu'il fit de se frotter les mains l'une contre l'autre parut l'épuiser.

— Il y en a beaucoup qui cherchent, mais peu qui trouvent, commenta-t-il. Et vous venez de loin ?

— Oui, mon père. Nous avons fait un long voyage, dit-elle pour la seconde fois, en s'efforçant de masquer son impatience, et en songeant que l'esprit du prêtre devait être aussi vieux que son corps. Nous pensons que la famille que nous recherchons est peut-être enterrée ici.

Il parut soupeser mentalement la question, puis y répondre positivement.

— Je pourrais peut-être vous aider, dit-il. Vous connaissez leurs noms ?

— La famille Lebrun. Gérald Lebrun.

— Lebrun.

Le visage ridé du prêtre sembla se fermer, comme s'il rentrait en lui-même pour réfléchir.

— Non, il n'y a pas de Lebrun dans ma paroisse, fut son verdict.

— Qu'est-ce qu'il dit ? murmura Doug à l'oreille de Whitney, mais elle se contenta de secouer la tête pour toute réponse.

— Ils sont venus de France il y a deux cents ans, et ils sont morts ici.

— Nous devons tous affronter la mort pour gagner la vie éternelle.

Elle serra les dents et fit une nouvelle tentative.

— C'est vrai, mon père, mais nous nous intéressons aux Lebrun... sur un plan historique, affirma-t-elle, jugeant que ce n'était pas un mensonge à proprement parler.

— Vous devez avoir soif. Mme Dubrock va vous préparer du thé.

Il posa la main sur le bras de Whitney, comme s'il voulait l'entraîner à sa suite dans la petite allée. Son premier réflexe fut de refuser, mais elle sentit le bras du prêtre trembler.

— C'est très aimable, répondit-elle, en se raffermissant sur ses jambes pour supporter le poids qu'il faisait peser sur elle.

— Qu'est-ce qui se passe ? s'irrita Doug à côté d'elle.

— Nous sommes invités à boire le thé, lui répondit-elle en adressant un sourire au prêtre.

Puis, entre ses dents :

— Essaie de te souvenir un peu où tu es...

— Seigneur...

— Exactement, c'est le mot.

Elle soutint le vieil homme, le long de l'étroite allée qui menait au petit presbytère. Avant qu'elle eût le temps d'atteindre la poignée de la porte, celle-ci s'ouvrit devant elle, laissant apparaître dans l'embrasure une femme en blouse de coton, au visage sillonné de rides. Il régnait dans la maison une sorte d'atmosphère poussiéreuse et raréfiée due au grand âge, faisant songer à de vieux papiers.

— Vous avez fait une bonne promenade, mon père ? demanda Mme Dubrock en le prenant sous l'autre bras et en l'aidant à entrer.

— J'ai ramené des voyageurs. Il faudrait leur préparer du thé.

— Bien sûr...

La vieille femme soutint le prêtre le long d'une petite entrée sombre et jusque dans un étroit salon. Une bible reliée de noir, aux pages jaunies, y était ouverte au livre des Psaumes ; des bougies aux trois quarts brûlées étaient posées sur la table et sur un vieux piano droit, qui semblait être tombé plusieurs fois dans l'escalier au cours d'un déménagement. Il y avait encore une statue de la Vierge près de la fenêtre, écaillée, décolorée, mais non sans charme. Mme Dubrock s'entretint à voix basse avec le prêtre pendant qu'elle l'installait dans son fauteuil et s'affaira quelques instants autour de lui.

Doug contempla le crucifix accroché au mur ; ses couleurs à lui aussi étaient fanées, y compris le sang du Rédempteur. Il se passa la main dans les cheveux ; il s'était toujours senti mal à l'aise dans les églises et ici, c'était pire.

— Whitney, on n'a vraiment pas le temps...

— Chut ! Madame Dubrock, commença-t-elle, je...

— Asseyez-vous, je vous apporte le thé.

La compassion et l'impatience se livraient une rude bataille dans l'esprit de Whitney, tandis qu'elle se retournait vers le prêtre.

— Mon père...

— Vous êtes jeunes, dit-il, puis il poussa un soupir et commença à égrener son chapelet. Je dis la messe dans l'église de Notre-Seigneur depuis plus d'années que vous n'en avez vécu. Mais il ne m'en reste plus beaucoup devant moi.

De nouveau, Whitney fut émue par les yeux délavés, la voix chevrotante. Elle alla s'asseoir dans le fauteuil à côté du sien, dit :

— Ce n'est pas le nombre qui compte, mon père, n'est-ce pas ? Même s'il n'en restait qu'une...

Il sourit, ferma les yeux et commença à somnoler.

— Pauvre vieil homme, murmura-t-elle.

— Moi, j'aimerais beaucoup vivre aussi longtemps que lui, intervint Doug. Chérie, pendant qu'on est là à attendre une tasse de thé, Remo est en train d'explorer la ville pour nous retrouver. Assez irrité qu'on lui ait volé sa Jeep, je suppose.

— Qu'est-ce que j'aurais dû faire ? Lui dire : « Fichez-nous la paix, on a un tueur aux trousses » ?

Au regard flamboyant qu'elle lui lança, il devina les sentiments contradictoires qui s'agitaient en elle, et combien sa compassion était éveillée.

— D'accord, d'accord.

En réalité, lui aussi aurait pu céder à la pitié, il le sentait bien, et ne le voulait à aucun prix.

— On a fait notre BA, lui dit-il, maintenant il fait sa sieste. On devrait reprendre nos recherches.

À l'idée de recommencer à jouer les nécrophiles, elle croisa les bras sur sa poitrine.

— Écoute, il y a peut-être des livres, des registres quelque part... On pourrait chercher dedans, plutôt que... tu vois ce que je veux dire, conclut-elle en lançant un regard par la fenêtre vers le cimetière.

— Pourquoi ne resterais-tu pas ici pendant que je jette un coup d'œil ? demanda-t-il en lui passant le dos de la main sur la joue.

Elle avait envie d'accepter son offre, mais ne voulait pas passer pour une lâche.

— Non, on a commencé ensemble et on finira ensemble. Si Madeleine ou Gérald Lebrun sont quelque part là dehors, on les trouvera tous les deux.

— Une Madeleine Lebrun est morte en couches, et sa fille, Danielle, a été emportée par la fièvre, intervint Mme Dubrock.

Elle revenait dans la pièce avec un plateau garni de thé et de biscuits. Doug le lui prit des mains pour le poser sur la table et elle le remercia. Quand ce fut fait, Whitney lui traduisit, les yeux brillants, ce que la vieille femme venait de dire. Il ne put s'empêcher de la regarder d'un air méfiant, et elle sourit pendant qu'elle leur servait le thé.

— J'ai beaucoup d'heures de libres le soir, expliqua-t-elle à Whitney, qui traduisait au fur et à mesure. J'aime bien lire et étudier les vieux registres de l'église, c'est mon passe-temps favori. Elle a trois siècles, vous savez, et elle en a vu passer, du monde. Elle a survécu aux combats et aux ouragans.

— Vous vous souvenez d'avoir lu quelque chose sur les Lebrun ?

— Je suis vieille, mais ma mémoire est restée bonne. Beaucoup de Français sont venus ici pour échapper à la Révolution, et beaucoup y sont morts. Oui, je me souviens d'avoir lu quelque chose sur les Lebrun.

— Merci, madame.

Whitney ouvrit son sac et en sortit la moitié des billets qui lui restaient.

— Pour votre église, lui dit-elle en les lui tendant.

Puis son regard tomba sur le prêtre, et elle ajouta quelques billets supplémentaires.

— Pour son église, au nom de la famille Lebrun.

Mme Dubrock s'en saisit, avec dignité et simplicité.

— Si Dieu le veut, vous trouverez ce que vous cherchez. Et si vous voulez vous rafraîchir au presbytère pendant votre séjour, vous y serez toujours les bienvenus.

— Merci, madame.

Sur une impulsion, elle ajouta :

— Il… Il y a des gens qui nous cherchent.

— Oui, mon enfant ? commenta calmement la vieille femme.

— Ils sont dangereux.

Le prêtre s'était réveillé. Il remua dans son fauteuil et regarda Doug, en songeant que lui aussi devait être un homme dangereux, mais il ne s'alarma pas pour autant. Il adressa un signe de tête à Whitney et dit :

— Nous sommes tous sous la protection de Dieu.

Puis il referma les yeux et se rendormit.

— Ils ne nous ont pas posé une seule question, murmura Whitney une fois qu'ils furent dehors.

— Certaines personnes connaissent déjà toutes les réponses, commenta Doug, tout en songeant qu'il n'en faisait pas partie lui-même. Et maintenant, au travail !

À cause de la végétation envahissante, des plantes grimpantes et de l'âge des pierres tombales, il leur fallut une heure pour passer en revue la première moitié du cimetière. Le soleil était haut dans le ciel, les ombres courtes et maigres. Même à cette distance, Whitney sentait l'odeur de la mer. Fatiguée, découragée, elle finit par s'asseoir par terre et regarder Doug poursuivre le travail.

— On devrait revenir demain pour terminer. Je suis si fatiguée que j'arrive à peine à lire les noms.

— Non, aujourd'hui, dit-il en se penchant vers une nouvelle tombe. Il faut que ce soit aujourd'hui.

— J'ai affreusement mal au dos.

— On brûle, je le sais. Mes paumes deviennent moites, j'ai ce picotement dans l'estomac qui me dit que tout se met en place. C'est comme de fracturer un coffre. Je n'ai même pas besoin d'entendre le dernier clic pour savoir que j'y suis. Je le sais, c'est tout.

Il enfonça ses mains dans ses poches, s'étira le dos.

— De toute façon, je le trouverai, même si ça doit me prendre les dix prochaines années.

Whitney leva les yeux vers lui et, en soupirant, se remit péniblement debout. Comme elle posait la main sur une des pierres pour se rétablir, son pied s'emmêla dans une plante grimpante ; avec un juron, elle se pencha pour le libérer. Une fois que ce fut fait, son cœur fit un bond dans sa poitrine ; elle se pencha de nouveau, cette fois pour lire le nom qu'elle avait entrevu sur la pierre au passage. C'était le dernier clic dont Doug venait de parler.

— Ça ne te prendra pas dix ans, lui dit-elle.

— Quoi ?

— Je dis que ça ne te prendra pas dix ans !

Elle lui fit un grand sourire, si grand qu'il se redressa en le voyant et l'interrogea du regard.

— On a trouvé Danielle ! s'exclama-t-elle, et elle dut refouler ses larmes tandis qu'elle dégageait la pierre. « Danielle Lebrun, 1779-1795 », lut-elle. Pauvre fille, si loin de chez elle…

— Sa mère est ici, dit Doug, en désignant la tombe d'à côté.

Sa voix était calme, sans trace d'excitation particulière, mais il prit la main de Whitney.

— Elle est morte jeune, elle aussi, commenta-t-il.

— Elle devait mettre sa perruque poudrée, avec des plumes piquées dedans. Ses robes devaient lui descendre bas sur les épaules et balayer le sol.

Whitney s'appuya contre le bras de Doug.

— Puis elle a appris à cultiver un jardin, et à garder le secret de son mari.

— Mais lui, où est-il ? demanda Doug en s'accroupissant de nouveau. Pourquoi est-ce qu'il n'est pas enterré avec elle ?

— Il devrait…

Une idée lui traversa soudain l'esprit et elle tressaillit. Elle s'exclama :

— Il s'est tué ! Donc il n'a pas pu être enterré ici, c'est une terre consacrée ! Doug, il n'est pas dans ce cimetière !

— Qu'est-ce que tu dis ?

— Le suicide, expliqua-t-elle en se passant une main dans les cheveux. Il est mort en état de péché, donc il n'a pas pu être enterré en terre chrétienne.

Elle promena un regard plein de désarroi à la ronde.

— Je ne sais même pas où il faut chercher…

— Ils ont bien dû l'enterrer quelque part, quand même…, dit Doug en commençant à faire les cent pas entre les tombes. Qu'est-ce qu'ils faisaient, en général, avec ceux qu'ils ne voulaient pas mettre dans les cimetières ?

Elle fronça les sourcils, essaya de réfléchir.

— Ça dépendait, je suppose. Si le prêtre était suffisamment compréhensif, il devait les faire enterrer à proximité.

Doug baissa de nouveau les yeux vers les deux premières tombes.

— Mes paumes sont toujours moites, murmura-t-il.

Saisissant la main de Whitney, il l'emmena jusqu'à la clôture basse qui entourait le cimetière.

— On commence ici.

Ils passèrent une nouvelle heure à battre les broussailles alentour. Au premier serpent que vit Whitney, elle faillit repartir directement jusqu'à la Jeep, mais Doug lui tendit un bâton – sans un mot de sympathie ni de réconfort. Rassemblant son courage, elle frappa de toutes ses forces pour faire fuir l'animal. Un peu plus tard, quand Doug trébucha, jura et s'étala de tout son long, elle ne lui accorda d'abord aucune attention.

— Bon Dieu de merde !

Elle s'approcha tout de même et leva son bâton, prête à frapper.

— Oublie les serpents, je l'ai trouvé !

La pierre était petite et toute simple, à demi enterrée elle-même ; elle indiquait simplement GÉRALD LEBRUN.

Whitney posa la main dessus, en se demandant s'il restait encore quelqu'un pour le pleurer.

— Et bingo !

D'une autre pierre, Doug arracha une plante grimpante à la tige grosse comme son pouce, piquée de fleurs en forme de trompette. La pierre portait comme seule inscription MARIE.

— Marie, murmura Whitney. Peut-être un autre suicide.

— Non.

Il saisit Whitney par les épaules pour la tourner face à lui, la fixa dans les yeux.

— Il a gardé le trésor, comme il l'avait promis. Il avait déjà dû l'enterrer ici, quand il a écrit sa dernière lettre. Il a peut-être laissé une requête écrite pour qu'on l'enterre lui aussi à cet endroit précis. Il ne pouvait être enterré avec sa famille, mais il n'y avait pas de raison pour qu'ils n'accèdent pas à sa dernière volonté.

— C'est vrai, ça se tient, dit-elle d'une voix posée, mais elle avait la gorge sèche. Et maintenant ?

— Maintenant ? Je vais voler une pelle.

— Doug...

— Ce n'est pas le moment de faire des manières.

— D'accord, mais vite, alors.

— À peine le temps que tu reprennes ta respiration.

Il lui donna un rapide baiser, puis se releva et s'éloigna.

Whitney s'assit entre les deux pierres, les jambes repliées et le sang martelant sa tête. Était-il possible qu'ils soient vraiment si près du but ? Elle promena le regard sur cette petite parcelle de terrain anodine et plate à ses pieds. Gérald, confident de la reine, avait-il réussi à conserver le trésor pendant deux siècles à côté de lui ?

Et s'ils le trouvaient ? Que se passerait-il ? Whitney arracha quelques brins d'herbe au sol. S'ils le trouvaient, cela voudrait dire que Dimitri ne l'avait pas trouvé : c'était la seule chose à laquelle elle pouvait penser, et, pour le moment, elle s'en satisfaisait.

Quand Doug revint, il ne fit aucun bruit, même pas un bruissement d'herbe qu'on foule. Whitney ne s'aperçut de sa présence qu'en l'entendant murmurer son nom. Elle se redressa précipitamment, étouffa un cri.

— Tu le fais exprès ou quoi ?

— Disons que je préfère ne pas trop ameuter le voisinage.

Il lui montra une vieille pelle cabossée à la poignée trop courte.

— C'est ce que j'ai pu trouver de mieux.

Il demeura quelques instants à contempler le sol à ses pieds, histoire de goûter ce que ça faisait, d'être debout sur un trésor. Whitney lut dans ses pensées, et ressentit de nouveau un mélange de plaisir de ce qu'il était, et aussi de déception de ce qu'il n'était pas. Puis elle posa la main par-dessus la sienne, sur la poignée de la pelle, et lui donna un long baiser, avant de conclure par un :

— Bon courage…

Il commença à creuser. Pendant de longues minutes, on n'entendit rien d'autre que le choc régulier du métal frappant la terre. Pas un souffle de brise ne montait de la mer, aussi la transpiration ne tarda-t-elle pas à ruisseler sur le visage de Doug. La chaleur et le silence environnant leur pesaient sur les nerfs à tous les deux. À mesure que le trou s'agrandissait, ils se remémoraient les étapes qui les avaient conduits jusqu'ici.

Une folle poursuite dans les rues de Manhattan, puis une course éperdue à Washington. Un saut d'un train en marche, suivi d'une marche interminable à travers des collines arides. Le village mérina, Cyndi Lauper le long du canal des Pangalanes. Du caviar et de la passion dans une Jeep volée. L'amour et la mort, aussi inattendus l'un que l'autre.

Soudain, Doug sentit la pointe de la pelle heurter quelque chose de dur; l'écho étouffé du choc se répandit à travers les broussailles, tandis que leurs deux regards se rencontraient, brillants d'espoir. À quatre pattes, ils commencèrent à déblayer la terre avec les mains; puis, en retenant leur souffle, ils le sortirent du trou.

— Ô mon Dieu, souffla-t-elle. C'était donc vrai...

Le coffret ne mesurait pas plus de trente centimètres de long, un peu moins en largeur. Il était moisi et couvert de terre, mais on le reconnaissait bien tel que Danielle l'avait décrit – tout simple. Pourtant, même ainsi, Whitney savait qu'un collectionneur ou un musée paierait une petite fortune pour l'avoir. À eux seuls, les siècles étaient capables de transformer le cuivre en or.

— Ne casse pas la serrure, dit-elle à Doug, en voyant qu'il s'apprêtait à la forcer.

Malgré son impatience, il prit le temps de l'ouvrir délicatement. Puis il en souleva le couvercle et ils regardèrent à l'intérieur, hypnotisés.

Elle n'aurait pas su dire à quoi elle s'attendait au juste. Jusqu'alors, elle n'avait pu s'empêcher de considérer toute l'aventure comme une sorte de mirage. Même après s'être laissé gagner par l'enthousiasme de Doug, même après être entrée dans son rêve, jamais elle n'avait cru qu'ils trouveraient quelque chose de comparable à ça.

L'éclat des diamants, les reflets de l'or. Le souffle coupé, elle plongea la main à l'intérieur; le collier qui coula entre ses doigts était aussi brillant, froid, exquis qu'un clair de lune en hiver.

Se pouvait-il que ce soit le seul, l'unique? se demanda Whitney. Y avait-il la moindre possibilité que ce qu'elle tenait dans les mains fût bien le collier utilisé traîtreusement contre Marie-Antoinette, dans les derniers temps d'avant la Révolution ? Que la reine l'ait porté, ne fût-ce qu'une fois, en signe de défi, qu'elle ait vu ses pierres se transformer en glace et en feu sur sa peau ? Le pouvoir et la richesse avaient-ils véritablement perverti la jeune femme qui aimait les jolies choses – ou n'avait-elle été que frivole, inconsciente des souffrances qui s'étalaient au-delà des murs de son palais ?

C'étaient des questions dont seuls pouvaient trancher les historiens – même si Marie-Antoinette, au moins, avait su inspirer des loyautés indéfectibles. Gérald avait veillé jusqu'à la fin sur les joyaux, pour sa reine, pour son pays.

Doug tenait des émeraudes dans les mains ; sur trois rangées, en un collier si lourd qu'il risquait d'abîmer le cou de celle qui le porterait. Il l'avait lu dans le livre. Le nom de sa propriétaire – un nom de femme, Marie ou Louise, il n'en était plus très sûr. Mais comme Whitney l'avait dit une fois, les bijoux prenaient une tout autre signification quand on les voyait en trois dimensions. Et ce qui brillait dans ses mains n'avait plus vu la lumière depuis deux siècles.

Il y avait plus encore dans le petit coffret ; assez pour satisfaire à la fois la convoitise, le désir et la passion. Il regorgeait littéralement de pierres précieuses, mais aussi d'histoire. Avec précaution, Whitney y plongea la main pour saisir la petite miniature qui se trouvait dedans.

Elle avait déjà vu bien des portraits de la reine, mais jamais encore elle n'avait eu un tel chef-d'œuvre entre les mains. Marie-Antoinette, la frivole, l'imprudente, la trop prodigue Marie-Antoinette lui souriait comme si rien ne s'était passé, comme si elle était encore sur le trône. La miniature ne mesurait qu'une quinzaine de centimètres dans son cadre ovale, son cadre d'or. Elle ne voyait pas la signature de l'artiste et le portrait aurait nécessité une restauration méticuleuse, mais elle devinait sans peine sa valeur artistique.

— Doug…

— Bon Dieu.

Si haut qu'il ait laissé ses rêves s'envoler, jamais il n'aurait imaginé qu'ils pussent atteindre de tels sommets. Dans ses deux mains, il tenait la fortune, la gloire, la réussite ultime. Dans l'une, un diamant taillé en poire, d'une pureté absolue, dans l'autre, un bracelet scintillant de tous ses rubis. Il avait gagné la partie, il était le vainqueur. Se rendant à peine compte de ce qu'il faisait, il glissa le diamant dans sa poche.

— Regarde-moi ça… Whitney, c'est le monde entier qu'on a là, tout le sacré monde ! Vive la reine !

En riant, il lui fit ruisseler un collier de diamants et de saphirs sur la tête.

— Doug, regarde ça…

— Oui, quoi ?

Mais ce qui étincelait dans le coffret l'intéressait bien davantage qu'un petit portrait aux couleurs ternes.

— On doit pouvoir tirer quelques dollars du cadre, dit-il distraitement, tout en sortant de l'enchevêtrement un collier lourdement orné, avec des saphirs gros comme des bouchons de carafe.

— C'est un portrait de Marie-Antoinette.

— Alors, ça a de la valeur.

— Non, ça n'en a pas. Ça n'a pas de prix.

— Oh ! vraiment ? dit-il, et il prit le portrait pour l'examiner avec plus d'attention.

— Doug, cette miniature a deux cents ans. Personne ne l'a revue depuis, personne ne sait même qu'elle existe !

— Donc on en tirera une bonne somme.

— Tu ne comprends pas ?

Impatientée, elle la lui reprit des mains.

— Elle revient à un musée ! Ce n'est pas quelque chose qu'on peut apporter à un receleur, c'est de l'art ! Doug, dit-elle en soulevant le collier de diamants, regarde ceci. Ce n'est pas juste une poignée de jolies pierres, qui ont une grande valeur sur le marché – regarde un peu la facture, le style. C'est de l'art, de l'histoire ! Si c'est bien le collier de la fameuse affaire, cela jettera un nouvel éclairage sur toutes les théories avancées jusqu'ici !

— Pour moi, c'est plutôt une assurance sur l'avenir, corrigea-t-il, avant de remettre le joyau dans le coffret.

— Doug, ces bijoux ont appartenu à une femme qui vivait il y a deux siècles. Tu ne peux pas apporter son collier, son bracelet, à un receleur qui les démontera, c'est immoral !

— On parlera de morale plus tard, si tu veux bien.

— Doug...

Irrité, il referma le couvercle du coffret et se releva.

— Écoute, si tu veux apporter la miniature à un musée, peut-être un ou deux bijoux, d'accord, on en parlera. Mais j'ai risqué ma vie pour trouver ce coffret et, bon Dieu, la tienne aussi. Je ne vais pas renoncer à la seule chance que j'ai de m'en sortir et d'être quelqu'un juste pour que des gens puissent baver devant des pierres dans un musée.

Tandis qu'elle se levait à son tour et lui faisait face, elle lui lança un long regard dont il ne saisit pas tout à fait le sens.

— Mais tu *es* quelqu'un, lui dit-elle doucement.

Cela remua une fibre en lui, mais il secoua la tête.

— Pas encore assez, chérie. Les gens comme moi ont besoin de tout ce qu'ils n'ont pas reçu à la naissance. Je suis fatigué de jouer toujours au même jeu. Ceci me permettra de gagner la partie.

— Doug...

— De toute façon, quoi qu'on décide de faire de tout ça, on doit d'abord l'emporter loin d'ici.

Elle voulut continuer à discuter, puis y renonça.

— D'accord, mais on en reparlera.

— Comme tu veux, dit-il en affichant ce sourire charmeur auquel elle avait appris à ne jamais faire confiance. En attendant, si on ramenait le bébé à la maison ?

En hochant la tête, elle lui retourna son sourire.

— Ça me paraît s'imposer. Espérons qu'on y arrivera sans trop de mal.

Ils s'apprêtèrent à partir, mais elle laissa Doug commencer à tracer son chemin dans les broussailles, le temps de cueillir quelques fleurs sur les lianes environnantes, et de les déposer sur la tombe de Gérald. « Tu as fait ton devoir jusqu'au bout », prononça-t-elle en guise d'oraison funèbre. Après quoi elle rejoignit Doug à la Jeep. Il posa le coffret à l'arrière et tira une couverture par-dessus.

— Voilà, dit-il, et maintenant on trouve un hôtel.

— C'est la meilleure nouvelle de la journée.

Quand il en eut repéré un qui lui parut suffisamment cher et luxueux pour son goût, il s'arrêta le long du trottoir.

— Écoute, dit-il à Whitney, va réserver une chambre. Moi, je vais m'occuper de trouver deux billets pour le premier vol de demain matin.

— Et nos bagages à Tananarive ?

— On les fera rapatrier. Où veux-tu aller ?

— À Paris, répondit-elle aussitôt. Mon petit doigt me dit qu'on ne va pas s'y ennuyer.

— C'est comme si c'était fait. Tu pourrais lâcher quelques billets pour que je puisse m'occuper de tout ça, peut-être ?

— Bien sûr...

D'un air parfaitement naturel, et comme si elle ne lui avait jamais refusé le moindre cent, elle ouvrit son portefeuille.

— Tu ferais mieux de prendre ce bout de plastique, décida-t-elle en sortant une carte de crédit. En première, Douglas, s'il te plaît.

— Ça va de soi. Et toi, la meilleure chambre. Ce soir, on commence notre nouvelle vie, dans le luxe.

Elle sourit, mais ne s'en pencha pas moins sur le siège arrière et prit, en même temps que son sac à dos, le coffret enveloppé de sa couverture.

— Il vaut mieux que j'emporte ça avec moi.

— Tu ne me fais pas confiance ?

— Je ne le dirais pas comme ça. Pas exactement.

Puis elle sauta hors de la voiture et lui envoya un baiser de la main. Même dans son pantalon maculé de terre et son chemisier déchiré, elle pénétra dans l'hôtel comme une princesse. Doug vit trois hommes se précipiter pour lui tenir la porte et admira une fois de plus la classe qu'elle avait. Elle en était pétrie, des pieds à la tête. Il se souvint qu'elle lui avait réclamé une fois une robe de soie bleue : il allait lui rapporter quelques surprises.

Elle approuva la chambre qu'on lui proposa et le fit savoir au groom par le biais d'un généreux pourboire. Une fois seule, elle dégagea le coffret de la couverture et l'ouvrit.

Elle ne s'était jamais considérée jusqu'alors comme une fanatique des œuvres d'art ni comme une moraliste, pourtant, tandis qu'elle contemplait cette masse de bijoux, de diamants et de pièces d'or d'un autre âge, elle sut qu'elle ne pourrait pas se résoudre à les transformer en une denrée aussi vulgaire que de l'argent. Des gens étaient morts pour ce qu'elle tenait dans les mains. Certains par fidélité à leurs principes, d'autres par cupidité, d'autres simplement parce qu'ils s'étaient trouvés au mauvais moment au mauvais endroit. Si toutes ces choses n'étaient que de vulgaires bijoux, cela voulait dire que ces gens étaient morts pour rien. Elle pensa à Juan et à Jacques. Non, c'était bien davantage que des bijoux.

Ce qui était là, au bout de ses doigts, ne leur appartenait pas. La seule difficulté, ç'allait être d'en convaincre Doug.

Refermant le couvercle, elle gagna la salle de bains et ouvrit les robinets de la baignoire en grand. Cela lui rappela la petite auberge sur la côte, et Jacques.

Il était mort, mais peut-être qu'on se souviendrait de lui quand la miniature et le reste du trésor seraient à leur place, leur bonne place. Une petite plaque dans le musée, à New York, et qui porterait son nom. Elle sourit à cette idée : oui, Jacques l'aurait appréciée.

Pendant que l'eau coulait, elle alla à la fenêtre regarder la vue : la baie qui s'étendait de part et d'autre vers l'horizon, la ville fourmillant de vie à ses pieds... Cela lui donnait envie d'arpenter les rues encombrées, de s'imprégner de l'atmosphère du port. Des bateaux, des marins... Il devait y avoir quantité de boutiques regorgeant de marchandises, du genre qu'une femme exerçant son métier recherchait toujours. Ce serait malheureux si elle ne rapportait pas à New York quelques caisses d'articles malgaches typiques.

Tandis qu'elle laissait son esprit vagabonder, une silhouette sur le trottoir attira son attention, la fit s'approcher de la vitre. Une silhouette coiffée d'un panama blanc. C'était absurde, songea-t-elle, beaucoup d'hommes portaient des panamas sous les tropiques. Cela ne pouvait pas être... Pourtant, plus elle le regardait, plus elle était persuadée que c'était bien l'homme qu'elle avait déjà vu à plusieurs reprises précédemment. En retenant son souffle, elle attendit qu'il se tourne, pour voir son visage. Quand il pénétra dans une maison et disparut, elle en soupira de déception. Mais non, tâcha-t-elle de se raisonner, c'était juste parce qu'elle était si nerveuse ; qui donc aurait pu

suivre leur chemin en zigzag jusqu'à Diégo-Suarez ?
Elle espéra quand même que Doug n'allait pas tarder
à arriver. Elle voulait prendre un bain, se changer,
dîner, et sauter dans un avion.

Elle pensa à Paris, ferma les yeux. Une semaine à
ne rien faire, juste se détendre. Faire l'amour, boire
du champagne. Après ce qu'ils venaient de traverser,
ils le méritaient bien. Ensuite... Elle retourna vers la
baignoire. Ensuite, on verrait.

Elle se pencha pour fermer les robinets, puis se
redressa et commença à déboutonner son chemisier.
Ce fut alors qu'elle rencontra le regard de Remo dans
le miroir qui surplombait le lavabo.

— Mademoiselle MacAllister, dit-il avec un sourire,
puis il toucha légèrement du doigt la cicatrice sur sa
joue. C'est un plaisir...

14

D'abord, elle songea à crier mais elle rencontra le regard d'acier de Remo et comprit qu'il serait trop heureux de la réduire au silence. Elle ne cria pas.

Dans un second temps, elle songea à fuir, à se ruer vers la porte si brusquement qu'il ne parviendrait pas à l'arrêter. Elle recula de deux pas, le bouton du haut de son chemisier toujours entre les doigts. Dans la petite salle de bains, sa respiration précipitée résonnait, et cela fit sourire Remo ; quand elle s'en rendit compte, elle lutta pour se maîtriser. Être allée si loin, avoir œuvré si dur pour être acculée ainsi... Ses doigts se crispèrent sur le rebord en porcelaine du lavabo. Non, elle ne laisserait pas échapper une plainte, elle se le promit, pas plus qu'un mot de supplication.

À un mouvement qui se fit derrière Remo, Whitney tourna les yeux et aperçut ceux, amicaux et stupides, de Barns. Elle fit l'expérience alors de ce que la peur pouvait avoir d'irrationnel et de primitif – du genre de celle qu'éprouve une souris quand un chat commence à jouer avec elle du bout de sa patte. Son instinct l'avertit que Barns représentait un bien plus grand danger que l'homme brun qui braquait son pistolet sur elle. Dans la vie, il y avait un temps pour l'héroïsme, un temps pour la peur, et un autre pour jouer à quitte ou double. Elle se força à détendre ses doigts, et fit une rapide prière.

— Remo ? Vous avez fait vite.

Son esprit était rapide lui aussi, passant fiévreusement en revue les différents aspects du problème, et les issues possibles. Il n'y avait guère plus de vingt minutes que Doug était parti, elle ne pouvait compter que sur elle-même.

Remo avait espéré qu'elle crierait ou qu'elle tâcherait de s'enfuir, afin d'avoir une raison pour l'abîmer un peu. Son amour-propre n'avait toujours pas digéré la cicatrice sur sa joue ; mais il avait trop peur des réactions de Dimitri pour la frapper sans une provocation de sa part. Il savait que Dimitri aimait qu'on lui amène ses femmes intactes – quel que soit l'état dans lequel elles seraient quand il en aurait fini avec elles. Mais l'intimider, cela, il pouvait se le permettre. Il lui mit le canon de son pistolet sous le menton, juste là où sa gorge était le plus douce et le plus vulnérable. Au frisson qui la parcourut, son sourire s'élargit.

— Lord ! lança-t-il. Il est où ?

Elle commença par hausser les épaules, incapable d'articuler le moindre son : elle n'avait jamais été aussi terrifiée de sa vie. Pourtant, quelques secondes plus tard, quand elle parla, sa voix était parfaitement froide et calme. Même la trace humide sur sa lèvre supérieure avait séché.

— Je l'ai tué.

Le mensonge lui vint si vite et si facilement aux lèvres qu'elle en fut presque étonnée. Les mensonges qui viennent spontanément ont des accents de vérité, du coup, sa propre détermination s'affermit. D'un geste naturel, elle leva un doigt et repoussa le canon loin de sa gorge.

Remo la contempla quelques instants. Son intelligence ne lui permettait guère d'aller au-delà de l'apparence des choses, aussi vit-il le défi briller dans ses yeux, pas la peur qui se cachait derrière. Puis il lui saisit le bras, l'entraîna dans la chambre et la fit asseoir dans un fauteuil.

— Où est Lord ? répéta-t-il.

Assise très droite dans le fauteuil, elle lissa de la main la manche de son chemisier ; cette manche était passablement déchirée, certes, mais le geste ne visait qu'à déguiser le tremblement de sa main. Si elle voulait réussir, elle allait devoir jouer serré.

— Vraiment, Remo, je vous aurais cru plus stylé qu'un petit voleur ordinaire.

Remo adressa un bref signe de la tête à Barns, qui s'approcha avec en main un vilain petit pistolet. Pas un instant, il n'avait cessé de sourire.

— Jolie, grogna-t-il, douce et jolie.

Il en bavait presque.

— Il aime tirer sur les gens, à des endroits comme les genoux, lui dit Remo. Alors, où est Lord ?

Whitney se força à ignorer le revolver que Barns braquait maintenant sur son genou gauche. Si elle le regardait, ou si elle y pensait seulement, elle s'effondrerait aussitôt et se mettrait à les supplier lamentablement.

— Je l'ai tué, se borna-t-elle à répéter. Vous avez une cigarette ? Ça fait des jours que je n'ai pas fumé.

Son ton était à la fois si désinvolte et si impérieux que Remo tira son paquet de sa poche avant même d'avoir pu s'en empêcher. Puis, furieux de sa propre réaction, il lui braqua son pistolet juste entre les deux yeux. Elle sentit une brûlure à cet endroit, comme s'il l'avait frappée, qui se propagea à tout son crâne.

— Je vais vous poser la question gentiment encore une fois. Où est Lord ?

— Je viens de vous le dire, répondit-elle avec un petit soupir de contrariété. Il est mort.

Elle sentait le regard de Barns fixé sur elle, l'entendait marmonner, presque ronronner. Elle attendit que son estomac ait fini de faire des bonds pour demander, en regardant ses ongles d'un air désapprobateur :

— Vous ne savez pas où je pourrais trouver une manucure dans ce bled, bien sûr ?

— Comment l'avez-vous tué ?

Son cœur s'accéléra. S'il lui demandait comment, c'est qu'il n'était pas loin de la croire.

— Je lui ai tiré dessus, bien sûr.

Elle sourit distraitement, croisa les jambes. Remo fit signe à Barns de baisser son arme, mais elle n'eut même pas un soupir de soulagement.

— Ça semblait la manière la plus sûre, non ?

— Pourquoi ?

— Pourquoi quoi ?

— Pourquoi vous l'avez tué ?

— Je n'avais plus besoin de lui, répondit-elle simplement.

Barns fit un pas vers elle, passa une main potelée dans ses cheveux, puis émit un son qui pouvait ressembler à de l'approbation. Elle commit alors l'erreur de tourner la tête, de sorte qu'elle croisa son regard, et ce qu'elle y lut figea son sang dans ses veines. Elle parvint à ne pas perdre son calme et à ne pas laisser paraître sa peur – juste de la répugnance.

— C'est votre singe de compagnie, Remo ? demanda-t-elle d'une voix suave. J'espère que vous savez le faire obéir.

— Bas les pattes, Barns.

Celui-ci caressa les cheveux de Whitney jusqu'aux épaules.

— Je veux juste toucher, grogna-t-il.

— Bas les pattes !

Le regard de Barns, quand il se tourna vers Remo, n'échappa pas à Whitney. Tout sentiment humain en était désormais absent ; on n'y lisait plus que de la stupidité, une stupidité noire et perverse. Elle avala sa salive, se demandant s'il allait obéir ou bien abattre Remo sur place. Si elle devait n'avoir plus affaire qu'à un seul des deux, elle aurait préféré que ce ne soit pas Barns.

— Messieurs, commença-t-elle d'une voix claire et posée qui les fit se retourner tous les deux, si vous devez en avoir pour longtemps, j'aimerais vraiment fumer une cigarette. J'ai eu une matinée très fatigante.

Remo plongea sa main gauche dans sa poche et en tira son paquet, pour lui en offrir une. Elle la prit puis, la tenant entre deux doigts, attendit la suite. Il lui aurait tiré une balle dans le crâne sans hésitation, mais ça ne l'empêchait pas d'avoir de bonnes manières. Sortant son briquet, il l'alluma pour elle.

Sans le quitter des yeux, elle lui sourit, puis souffla un nuage de fumée.

— Merci.

— C'est bon. Alors vous me dites que vous avez descendu Lord, et vous pensez que je vais vous croire ? Ce n'est pas un imbécile…

Elle se cala dans son fauteuil, approcha de nouveau la cigarette de ses lèvres.

— Nos opinions diffèrent à ce sujet, Remo. Lord est un parfait imbécile, au contraire. C'est ridiculement facile de rouler un homme dont le cerveau, si l'on peut dire, loge en dessous de la ceinture.

Une goutte de sueur coula le long de ses omoplates et elle faillit en tressaillir dans son fauteuil.

Remo l'examina : son visage était calme, ses mains ne tremblaient pas. Soit elle avait plus de cran qu'il ne l'aurait pensé, soit elle lui disait la vérité. En d'autres circonstances, il aurait peut-être apprécié qu'on fasse le travail pour lui, mais là, il aurait préféré tuer Doug lui-même.

— Écoutez, poupée, vous étiez main dans la main avec Lord. Vous l'avez aidé depuis le début…

— Bien sûr. Il avait quelque chose que je voulais avoir.

Elle tira sur sa cigarette, craignit de s'étrangler avec la fumée tant elle avait la gorge nouée.

— Je l'ai aidé à sortir du pays, je l'ai même aidé financièrement.

Elle donna une légère tape à sa cigarette, dans le cendrier posé à côté d'elle. Elle ne pouvait pas gagner indéfiniment du temps, s'ils étaient encore ici quand Doug reviendrait, tout serait fichu. Pour lui comme pour elle.

— Il faut bien l'avouer, ça n'a pas été désagréable au début, même si Douglas manquait beaucoup de style. Mais c'est le genre de type dont une fille se lasse vite, si vous voyez ce que je veux dire.

Elle sourit à Remo à travers un nuage de fumée.

— De toute façon, je ne vois pas pourquoi j'aurais dû rester scotchée à lui, ni pourquoi j'aurais partagé le trésor avec lui.

— Donc vous l'avez tué.

Elle nota qu'il n'y avait dans sa voix nulle trace de répugnance ni même d'indignation. Il semblait évaluer une hypothèse, sans plus.

— Bien sûr. Il était devenu absurdement vaniteux après avoir volé la Jeep. Ç'a été un jeu d'enfant de le persuader de s'arrêter et de s'éloigner un petit moment de la route.

Elle joua négligemment avec le bouton du haut de son chemisier, n'ignorant rien du regard de Remo qui glissait irrésistiblement vers lui.

— J'avais les papiers, j'avais la Jeep, je n'avais plus besoin de lui. Je l'ai tué, j'ai abandonné son corps dans les broussailles et je suis revenue en ville.

— Il s'est vraiment fait avoir bêtement.

— Disons qu'il était… occupé, susurra-t-elle.

Mais l'histoire avait du mal à prendre, elle s'en rendit compte et haussa les épaules.

— Vous pouvez perdre votre temps à aller vérifier sur place, si vous voulez, mais j'ai le trésor. Vous qui avez l'air de bien connaître Douglas, vous pensez vraiment qu'il me l'aurait confié ?

Elle pointa l'un de ses doigts élégants vers la commode. Remo marcha jusqu'à celle-ci, fit basculer le couvercle du coffret, et ne put retenir une exclamation de surprise.

— Impressionnant, n'est-ce pas ? dit-elle en éteignant sa cigarette à petits coups délicats. Bien trop impressionnant pour le partager avec quelqu'un comme Lord. Mais... (elle laissa sa phrase en suspens jusqu'à ce que le regard de Remo soit revenu se poser sur elle)... avec un homme d'une autre classe et d'une autre éducation, ce serait tout différent.

C'était tentant ; ses yeux sombres étaient pleins de promesses. Pleins de promesses et de sensualité, comme la chaleur qu'il sentait presque irradier du petit coffret qu'il avait sous les doigts. Mais il se souvenait aussi de Dimitri.

— Il va falloir que vous changiez d'air, dit-il à Whitney.

— D'accord.

Elle se leva, comme si la situation ne l'inquiétait pas le moins du monde. De toute façon, il fallait qu'elle parte d'ici, et rapidement. Où qu'ils l'emmènent, cela valait mieux que prendre une balle dans le genou. Ou n'importe où ailleurs.

Remo s'empara du coffret, en songeant que Dimitri allait être satisfait. Très satisfait, même. Il fit un mince sourire à Whitney.

— Barns va vous emmener à la voiture. Si j'étais vous, je ne tenterais rien – sauf si vous avez envie qu'on vous broie les os de la main droite.

Le coup d'œil qu'elle jeta au visage de Barns la fit frissonner, mais elle n'en répondit pas moins d'une voix mondaine :

— Être grossier n'a jamais rien arrangé, Remo.

Réserver deux allers pour Paris ne prit pas longtemps à Doug, mais le shopping un peu plus. Il prit beaucoup de plaisir à acheter à Whitney (même s'il paya avec sa carte de crédit à elle) de la lingerie vaporeuse. Puis il passa près d'une heure, pour le plus grand plaisir de la vendeuse, à choisir une robe de soie bleu roi avec un haut tout en drapé, un bas au contraire brillant et près du corps.

Très content de lui, il en profita pour s'offrir un fort seyant costume sport. C'était exactement ainsi qu'il avait l'intention de vivre dans les mois à venir : élégant mais néanmoins décontracté.

Sur le chemin de l'hôtel, il était chargé de paquets et sifflotait. Cette fois, ils étaient sur la bonne voie. Demain soir, ils boiraient du champagne chez Maxim's, puis feraient l'amour dans une chambre dominant la Seine. Plus de motels ni de packs de bières pour Doug Lord. En première classe, avait dit Whitney : il allait apprendre à vivre ainsi.

Il fut étonné que la porte de la chambre ne fût pas verrouillée. Whitney ne savait-elle pas qu'il n'avait nul besoin d'une clé pour quelque chose d'aussi rudimentaire qu'une serrure de chambre d'hôtel ?

— Hé, chérie, prête pour faire la fête ?

Posant les paquets sur le lit, il en sortit la bouteille de champagne qu'il avait payée l'équivalent de soixante-quinze dollars, et commença à l'ouvrir tout en se dirigeant vers la salle de bains.

— Le bain est toujours chaud ?

Il était froid, et il était vide. Pendant quelques secondes, Doug resta planté au milieu de la pièce à contempler l'eau claire. Le bouchon finit de glisser tout seul et jaillit de la bouteille avec un « pop » joyeux, mais il n'y fit pas attention, pas plus qu'il ne remarqua le champagne qui lui coulait sur les doigts. Il revint dans la chambre, l'estomac noué.

Le sac de Whitney était bien là, à l'endroit où elle avait dû le laisser tomber en arrivant ; mais il n'y avait pas la moindre trace du coffret. Il fouilla la chambre de fond en comble, mais dut se rendre à l'évidence : le coffret avait disparu, comme tout ce qu'il contenait. Comme Whitney.

Sa première réaction fut violente. Être doublé par une femme aux yeux d'ambre et au sourire tranquille était pire, mille fois pire que l'être par un nabot aux jambes torses. Au moins, le nabot était du métier, lui. En jurant, il posa violemment la bouteille sur la table.

Les femmes ! Depuis la puberté, elles avaient toujours été son principal problème. Quand cesserait-il de se faire embobiner ? Elles souriaient, roucoulaient, battaient des cils – et vous extorquaient jusqu'à votre dernier dollar.

Comment avait-il pu être aussi idiot ? Il avait vraiment cru qu'elle éprouvait quelque chose pour lui. La façon dont elle l'avait regardé quand ils avaient fait l'amour, dont elle s'était tenue à son côté, battue à son côté. Il était littéralement *tombé* amoureux d'elle, comme une pierre tombe dans un lac froid et profond. Il avait même fait des projets d'avenir, le pauvre ballot – et résultat, à la première occasion, elle avait filé.

Il baissa les yeux vers son sac posé au sol. Elle l'avait trimballé sur son dos pendant des kilomètres et des kilomètres, riant, râlant, se moquant de lui. Et tout ça pour... Instinctivement, Doug tendit la main et le ramassa. À l'intérieur, il y avait des fragments d'elle – des sous-vêtements de dentelle, un poudrier, une brosse à cheveux ; en l'ouvrant, il pouvait presque sentir sa présence dans la pièce.

Non. Le démenti s'imposa à lui d'un seul coup, il en jeta même le sac contre le mur. Non, elle n'avait pas pu le laisser tomber ainsi : même s'il s'était trompé quant à ses sentiments, elle avait tout simplement trop de classe pour manquer ainsi à sa parole.

Donc, si elle n'était pas partie, c'est qu'on l'avait enlevée.

Il demeura quelques instants immobile, la brosse de Whitney entre les mains, tandis que la peur s'insinuait dans ses veines. Enlevée. Finalement, il aurait encore préféré croire à sa trahison, croire qu'elle volait en ce moment même pour Tahiti, et qu'elle riait en pensant à lui.

Dimitri. La brosse se cassa net entre ses mains. Dimitri l'avait fait enlever. Il jeta les morceaux à travers la pièce : il ne la garderait pas longtemps.

Il quitta la chambre sans attendre, et cette fois il ne sifflotait plus.

La maison était magnifique mais sans doute, songea Whitney, ne pouvait-on en attendre moins d'un homme comme Dimitri. D'allure extérieure, elle était presque féminine – blanche et nette, avec des balcons de fer forgé d'où l'on devait avoir une vue merveilleuse sur la baie. Le parc était vaste et bien entretenu, rempli d'une profusion de parterres de fleurs tropicales, à l'ombre de nombreux palmiers. À mesure qu'elle examinait l'ensemble, la peur ne faisait que croître en Whitney comme une fièvre, une nausée.

Quand Remo stoppa la voiture au bout de l'allée de gravier blanc, elle sentit son courage l'abandonner et lutta pour se ressaisir. Après tout, un homme capable d'acquérir une telle demeure avait forcément quelque chose dans la tête – et quand un homme avait quelque chose dans la tête, on pouvait toujours discuter avec lui.

Barns l'inquiétait davantage, avec ses drôles d'yeux voraces et son sourire avide.

— J'avoue que je préfère ceci à l'hôtel...

322

Elle descendit de la voiture avec l'air de quelqu'un qui se rend à une réception mondaine. Cueillant une fleur d'hibiscus au passage, elle remonta l'allée en la faisant tournoyer sous son nez.

Au coup que frappa Remo, la porte s'ouvrit devant un homme qui portait le même genre de costume sombre que lui. Dimitri exigeait toujours de ses employés une allure irréprochable, une allure d'hommes d'affaires. Ils devaient tous porter des cravates, en plus de leurs colts 45.

— Ça y est, vous l'avez… Où est Lord ?

Remo n'eut pas même un regard pour lui : il répondait aux questions d'un seul homme.

— Garde un œil sur elle, lui ordonna-t-il, puis il s'éloigna pour aller rendre compte à Dimitri.

Étant donné ce qu'il transportait, il marchait avec l'assurance d'un homme qui sait qu'il sera bien reçu. La dernière fois qu'il avait rendu des comptes à son patron, il rampait presque au sol.

— Alors, Barns ? C'est quoi, l'histoire ?

L'homme en costume sombre lança un long regard à Whitney. Plutôt jolie à regarder. Dimitri devait avoir d'intéressants projets en tête pour elle.

— Et les oreilles de Lord pour le boss, tu les as oubliées ?

Le ricanement de Barns fit courir un frisson sur la peau de Whitney.

— Elle l'a tué, affirma-t-il, ravi.

— Oh, vraiment ?

Elle se passa la main dans les cheveux d'un air dégagé.

— Il n'y a pas moyen d'avoir quelque chose à boire, ici ?

Sans attendre la réponse de l'homme, elle traversa le vaste hall de marbre blanc et pénétra dans une pièce qui devait être un salon d'apparat. Celui qui en avait fait la décoration aimait les fioritures. Si on l'avait confiée à Whitney, elle l'aurait aménagé de façon plus dépouillée.

Les fenêtres, immenses, étaient festonnées de brocart rouge. Tout en se promenant dans la pièce, elle se demandait si elle ne pourrait pas en ouvrir une et s'éclipser discrètement. Doug devait être revenu à l'hôtel maintenant, calculait-elle en faisant courir la pointe de son doigt le long d'un guéridon aux formes compliquées. Mais elle ne pouvait guère espérer le voir arriver à la tête du 7e de cavalerie pour donner l'assaut à la maison. Elle était livrée à elle-même.

Consciente que deux hommes surveillaient le moindre de ses pas, elle alla jusqu'à une carafe de Waterford et s'en remplit un verre. Ses mains étaient moites, ses doigts engourdis ; elle songea qu'un peu de réconfort ne lui ferait pas de mal. D'autant qu'elle ignorait ce qui l'attendait désormais. Comme si elle avait tout son temps, elle s'assit dans un fauteuil Queen Anne à haut dossier et commença à siroter son vermouth. Un excellent vermouth.

Son père avait coutume de dire qu'on pouvait toujours négocier avec un homme qui possédait un bon bar. Elle reprit une gorgée, et espéra qu'il ne se trompait pas.

Plusieurs minutes passèrent ; elle était toujours assise dans son fauteuil et elle buvait toujours, tâchant de refouler la terreur qui montait en elle. Après tout, se raisonnait-elle, s'il voulait simplement la tuer, cela serait sans doute déjà fait. Voulait-il l'échanger contre une rançon ? L'idée d'être échangée contre quelques centaines de milliers de dollars ne lui souriait peut-être guère, mais c'était toujours mieux que d'être assassinée.

Doug lui avait parlé de la torture comme d'un passe-temps pour Dimitri. Brodequins, estrapade et le reste. Elle reprit une gorgée de vermouth, consciente qu'elle ne tiendrait jamais le coup si elle pensait trop fort à l'homme qui avait désormais sa vie entre les mains.

Doug était en sécurité, au moins pour le moment. Elle se concentra sur cette idée.

Quand Remo revint, elle sentit chacun de ses muscles se raidir. D'une main qui ne trembla pas, elle porta de nouveau son verre à ses lèvres.

— N'est-ce pas très grossier de faire attendre une invitée plus de dix minutes ? lança-t-elle d'une voix désinvolte.

Il toucha la cicatrice sur sa joue, et son geste n'échappa pas à Whitney.

— M. Dimitri aimerait que vous partagiez son déjeuner. Il a pensé que vous souhaiteriez peut-être prendre un bain et vous changer d'abord.

Un petit sursis, donc.

— Très aimable de sa part.

Elle se leva, posa son verre sur la table.

— Malheureusement, notre départ de l'hôtel a été un peu précipité, vous vous souvenez ? Je n'ai pas eu le temps de prendre mon bagage, je n'ai rien à me mettre.

— M. Dimitri y a pensé.

Il la prit par le bras – un peu trop fermement à son goût – et lui fit retraverser le hall, puis monter le vaste escalier jusqu'au second étage. L'odeur fade et compassée, du genre qu'on respire dans les funéra-riums, qu'elle avait sentie en bas dans l'entrée sem-blait avoir envahi toute la maison. Arrivé là-haut, Remo poussa la porte d'une chambre.

— Vous avez une heure, lui dit-il. Soyez prête, M. Dimitri n'aime pas qu'on le fasse attendre.

Elle pénétra à l'intérieur, entendit la porte se refer-mer et la clé tourner dans la serrure derrière elle.

Prise de tremblements incontrôlés, elle se couvrit le visage avec les mains. Une minute, songea-t-elle en prenant des respirations profondes, c'était l'affaire d'une minute. Elle était vivante et c'était l'essentiel. Quand ses tremblements se furent un peu calmés, elle abaissa lentement ses mains et promena le regard autour d'elle.

Au moins, Dimitri n'était pas mesquin. La suite qu'il lui avait préparée était aussi élégante que l'aspect extérieur de la maison le laissait espérer. Le salon était aussi large que long, avec des vases de porcelaine remplis d'une profusion de fleurs fraîchement coupées. Les couleurs du papier peint étaient féminines, dans les roses et les gris perle, rappelant les tons du tapis d'Orient qui garnissait le sol. Le lit d'appoint qui s'y trouvait, dans une teinte plus sombre, était couvert d'oreillers brodés à la main. Dans l'ensemble, d'un point de vue de professionnel, c'était du travail bien fait et qui ne manquait pas de style. Puis elle alla à la fenêtre, et l'ouvrit sans effort.

C'était sans espoir, il lui suffit d'un regard pour s'en persuader : le petit balcon de fer forgé dominait le vide d'une trentaine de mètres. Aucun moyen de filer d'ici en douce comme ils l'avaient fait de l'auberge sur la côte. Elle referma la fenêtre et commença à arpenter la suite, en quête d'une éventuelle possibilité.

La chambre à coucher était très réussie elle aussi, avec son grand lit de bois poli Chippendale et ses délicates lampes de porcelaine. L'armoire en bois de rose était déjà ouverte, révélant un choix de vêtements devant lequel aucune femme normalement constituée n'aurait fait la fine bouche. Elle tâta entre ses doigts la soie légère d'une manche, couleur ivoire, puis se détourna pour réfléchir. Manifestement, Dimitri comptait la garder à demeure pour quelque temps. On pouvait considérer cela comme un bon signe – ou au contraire s'en inquiéter.

Comme elle tournait la tête, elle saisit son reflet dans une psyché, s'approcha. Sa figure était pâle, ses vêtements déchirés et tachés. Et la peur n'avait pas disparu de ses yeux. Déprimée par cette vision, elle commença à retirer son chemisier.

Dimitri ne déjeunerait pas en face d'une femme en haillons ni d'une femme tremblant de tous ses membres, elle se le promit : à défaut d'autre chose, elle pouvait au moins veiller à cela. Whitney MacAllister savait faire face en toutes circonstances.

Elle vérifia les différentes portes d'accès à sa suite : elles étaient toutes fermées de l'extérieur. Quant aux fenêtres, elle trouva la confirmation en les ouvrant qu'elle était bel et bien prise au piège. Pour l'instant en tout cas.

Comme on l'y avait invitée, elle s'accorda le luxe d'un bain dans la profonde baignoire de marbre, un bain généreusement parfumé avec les huiles que Dimitri avait veillé à ce qu'on lui fournisse. Il y avait aussi tous les produits de maquillage nécessaires sur la coiffeuse, depuis le fond de teint jusqu'au mascara ; les produits étaient ceux des grandes maisons et dans les teintes qu'elle préférait.

Il faisait vraiment bien les choses, songea Whitney pendant qu'elle se prélassait dans la baignoire ; c'était l'hôte parfait. Une bouteille de cristal améthyste contenait son parfum favori. Elle se lava les cheveux, les brossa longuement, puis les fit tenir grâce à deux peignes de nacre.

Ensuite, elle se dirigea vers la garde-robe et consacra au choix de la tenue qu'elle allait mettre la même attention qu'un guerrier au choix de ses armes. Dans sa situation, tous les détails comptaient. Elle sélectionna une robe bain de soleil, couleur menthe, avec une longue jupe mais un dos nu, et lui donna un peu de volume au moyen d'un foulard, qu'elle enroula et noua autour de sa taille. Quand elle se fut contemplée dans le miroir en pied de la chambre, elle eut un hochement de tête satisfait. Ainsi vêtue, elle était prête à tout affronter.

Un petit coup fut frappé à la porte du salon, puis celle-ci s'ouvrit. Elle se leva, très droite, et toisa Remo de ce regard de princesse que Doug admirait.

— M. Dimitri vous attend.

Elle passa devant lui sans un mot ; ses paumes étaient moites, mais elle sut résister à l'envie de serrer les poings. Pour occuper ses mains, elle laissa courir ses doigts sur la rampe pendant qu'elle descendait l'escalier. Si elle était en route vers son exécution, au moins qu'elle le fasse avec style. Les lèvres à peine crispées, elle traversa la maison à la suite de Remo, puis sortit sur une vaste terrasse bordée de fleurs.

— Mademoiselle MacAllister, enfin.

À quoi s'était-elle attendue ? Elle ne le savait pas au juste. Sans doute, après les histoires horribles qu'elle avait entendu raconter et les aventures qu'elle avait traversées, à quelqu'un de cruel, de féroce et d'excessif. L'homme qui se leva pour l'accueillir, de derrière une table d'osier et de verre fumé, était petit et falot. Il avait un visage rond et quelconque, un maigre toupet de cheveux bruns rejetés en arrière. Sa peau était si pâle qu'on aurait dit qu'il ne voyait jamais le soleil. Une idée traversa l'esprit de Whitney, comme un flash : si elle posait un doigt sur sa joue, il s'y enfoncerait comme dans de la farine. Ses yeux aussi étaient presque sans couleur, d'un bleu délavé, sous de maigres sourcils bruns. Elle était incapable de décider s'il avait quarante ans, ou soixante ans. Ses lèvres étaient minces, son nez petit, et ses joues rondes avaient l'air rehaussées d'une légère couche de fond de teint.

Le costume blanc qu'il portait, plutôt bien coupé, ne parvenait pourtant pas tout à fait à dissimuler son embonpoint. Un homme devant lequel on aurait pu passer dix fois sans le remarquer – mais elle vit alors ses neuf ongles légèrement vernis, et le moignon qui lui tenait lieu d'auriculaire. Par rapport à son apparence replète et soignée, la difformité jurait étrangement. Il avançait la main pour l'accueillir, paume ouverte, de sorte qu'elle voyait fort bien le bourrelet de peau à l'endroit de sa cicatrice. Sa paume était aussi lisse et rosée que celle d'une jeune fille.

Quelle que fût son apparence extérieure, mieux valait ne pas oublier que Dimitri était aussi malin, et dangereux, qu'une créature surgie des marais. Et puissant, également. Il congédia Remo, qui le dépassait d'une bonne tête, en le gratifiant à peine d'un regard, et celui-ci s'exécuta aussitôt.

— Je suis si heureux que vous vous joigniez à moi, ma chère. Il n'y a rien de plus triste que de déjeuner seul. J'ai un délicieux Campari, dit-il en avançant la main vers la bouteille. Puis-je vous en offrir ?

Elle ouvrit la bouche pour répondre, mais rien ne sortit. Ce fut la lueur de plaisir qu'elle discerna dans ses yeux qui lui donna le courage de faire un pas en avant.

— J'adorerais, dit-elle en marchant vers la table, avec une lenteur qu'elle fit passer pour de la maîtrise de soi.

En réalité, plus elle approchait de lui, plus elle sentait la peur croître. C'était irrationnel : il avait tout au plus l'air d'un petit bonhomme prétentieux. Soudain, elle se rendit compte que ses yeux semblaient ne jamais ciller. Elle dut faire un grand effort sur elle-même pour empêcher sa main de trembler alors qu'elle saisissait le verre qu'il lui tendait.

— Votre maison est une véritable œuvre d'art, monsieur Dimitri.

— J'apprécie le compliment, venant de quelqu'un qui a votre réputation professionnelle. J'ai eu de la chance de la trouver dans des délais suffisamment rapides.

Il but une petite gorgée, puis s'essuya délicatement la bouche avec une serviette blanche.

— Les propriétaires ont été assez aimables pour me la... confier quelques semaines. Je raffole de ses jardins. C'est si appréciable quand il faut subir cette chaleur tropicale, vous ne trouvez pas?

Courtoisement, il vint vers elle pour lui tenir sa chaise pendant qu'elle s'asseyait. Elle dut réprimer un mouvement de panique et de répulsion.

— Vous devez être affamée après votre voyage, je suppose...

— En fait, répondit-elle, parvenant à sourire, j'ai fort bien dîné hier soir, grâce à votre générosité.

Une lueur de curiosité passa sur son visage, pendant qu'il retournait vers sa propre chaise.

— Vraiment?

— Dans la Jeep que Douglas et moi avons empruntée à vos... collaborateurs?

Il hocha la tête et elle poursuivit.

— Il y avait une délicieuse bouteille de vin et un excellent béluga.

Elle avisa le monticule de caviar juste à côté d'elle, noir et brillant, sur un lit de glace, et se servit.

— Je vois...

L'histoire l'avait-elle irrité ou amusé? Elle n'aurait su le dire. Elle prit une bouchée dans son assiette, sourit.

— Sachez que j'apprécie votre hospitalité.

— J'espère que vous continuerez longtemps à la trouver à votre goût. Il faut que vous essayiez aussi ma bisque de homard, chère amie. Laissez-moi vous servir.

Il plongea une louche dans la soupière, avec une grâce qu'elle n'aurait pas attendue de lui.

— Remo m'a informé que vous aviez supprimé M. Lord.

— Merci. Ça sent délicieusement bon.

Elle prit le temps de goûter au potage avant de répondre.

— Disons qu'il devenait franchement ennuyeux.

C'était un jeu, après tout, et la partie venait tout juste de commencer. Le petit coquillage qu'elle portait au cou se balança doucement au bout de sa chaîne, alors qu'elle se penchait pour prendre son verre. Elle voulait gagner.

— Je suis sûre que vous me comprenez.

— Tout à fait.

Dimitri mangeait lentement, avec des gestes délicats.

— M. Lord était devenu un homme très désobligeant.

— Voler ces papiers sous votre nez, n'est-ce pas...

Elle vit les doigts blancs et manucurés se crisper sur le manche de la cuillère. Elle était allée un peu trop loin. Dimitri ne devait guère apprécier qu'on lui rappelle qu'il lui arrivait de se faire berner. Elle réussit pourtant à garder son flegme, et même à sourire.

— Douglas était astucieux à sa manière, dit-elle avec insouciance. Dommage qu'il ait été si fruste.

— J'imagine qu'on peut lui trouver une certaine forme d'astuce, oui. Même s'il a beaucoup profité des faiblesses de ma propre équipe.

— Il y a sans doute un peu des deux...

Il approuva, d'un imperceptible hochement de tête.

— Il vous comptait comme alliée, Whitney. Vous permettez que je vous appelle Whitney ?

— Bien sûr... Je reconnais que je l'ai aidé. Disons que j'aime regarder d'abord de quel côté les cartes tombent.

— Très sage de votre part.

— Mais il m'est arrivé plusieurs fois de...

Elle laissa sa phrase en suspens et retourna à sa bisque avant de reprendre :

— Je n'aime pas dire du mal d'un mort, monsieur Dimitri, mais Douglas agissait souvent de manière irrationnelle, et il était très imprudent. Cela dit, il n'était pas difficile à manipuler.

Il la regardait manger, admirant la finesse de ses mains, la fraîcheur de sa jeune peau sous le tissu vert de la robe. Quel dommage ce serait de gâcher tout cela. Peut-être pourrait-il trouver à l'utiliser. Par exemple en l'installant chez lui, dans le Connecticut, élégante et décorative comme maîtresse de maison, soumise et docile au lit.

— Il était aussi jeune et plutôt séduisant, non ? Dans son genre fruste, comme vous disiez.

— C'est vrai.

De nouveau, elle parvint à sourire.

— Disons que pour quelques semaines, il pouvait être une distraction agréable. Sur le long terme, j'attache plus d'importance à la classe et au style qu'au physique. Un peu de caviar, monsieur Dimitri ?

— Volontiers.

Comme elle lui tendait le plat, il fit en sorte que leurs peaux se frôlent, la sentit se raidir au contact de sa main mutilée, et ce bref aveu de faiblesse l'excita. Il se souvint du plaisir qu'il éprouvait à voir une mante religieuse capturer un autre insecte – la façon dont la longue et intelligente bête attirait sa proie affolée plus près d'elle, attendait patiemment que ses soubresauts s'espacent et s'épuisent, jusqu'à ce qu'elle puisse enfin la dévorer tranquillement. Tôt ou tard, ce qui était faible, jeune ou délicat se soumettait. Comme les mantes, Dimitri était patient et cruel.

— J'avoue que j'ai du mal à croire qu'une femme aussi sensible que vous puisse tuer un homme. Cette salade vient d'être cueillie, je suis sûr qu'elle vous plaira beaucoup.

Tout en parlant, il avait commencé à mélanger la laitue dans son grand saladier.

— C'est parfait, pour une journée lourde comme celle-ci, approuva-t-elle. La sensibilité, poursuivit-elle, en observant le liquide qui remplissait son verre, doit parfois céder le pas aux nécessités de la vie, vous ne croyez pas, monsieur Dimitri ? Après tout, je suis une femme d'affaires, il faut savoir saisir les occasions. Et comme je vous l'ai dit, Douglas devenait un peu embarrassant.

Elle leva son verre, lui sourit par-dessus le rebord.

— Je me suis débarrassée de quelqu'un qui était devenu encombrant, et je me suis approprié les papiers. Après tout, ce n'était qu'un voleur.

— C'est juste.

Il commençait à l'admirer. Même s'il n'était pas convaincu que son attitude calme soit tout à fait réelle, elle savait indiscutablement se tenir en société. Lui-même fils illégitime d'une fanatique religieuse et d'un musicien itinérant, Dimitri éprouvait un immense respect envers l'éducation et le savoir-vivre. Avec les années, il avait appris à se satisfaire de ce qui s'en rapprochait le plus : le pouvoir.

— Donc, vous avez pris les papiers et trouvé le trésor vous-même ?

— C'était assez facile. Les papiers étaient très clairs. Vous les avez vus ?

— Non, dit-il, et de nouveau ses doigts se crispèrent. Juste un échantillon.

— De toute façon, maintenant, ils ont rempli leur office, dit-elle en plongeant sa fourchette dans sa salade.

— Que pensiez-vous faire du trésor ?

— Mais en profiter, bien sûr...

— Je comprends, approuva-t-il. Et maintenant c'est moi qui l'ai.

Elle garda le silence une fraction de seconde, les yeux dans ceux de Dimitri.

— Quand on joue, on doit envisager de perdre.

— Vous voyez les choses avec beaucoup de lucidité, Whitney. Ça me plaît. Ça me plaît aussi d'avoir une beauté comme vous à portée de main.

Le repas s'agita désagréablement dans son estomac. Elle tendit son verre pour qu'il le remplisse, ne l'arrêta pas avant qu'il fût presque plein.

— J'espère que vous ne trouverez pas malséant que je vous demande combien de temps vous comptez me faire profiter de votre hospitalité…

— Pas du tout, répondit-il en remplissant son propre verre puis en le choquant contre celui de Whitney. Aussi longtemps qu'il me plaira.

Elle fit courir le bout de son doigt sur le pourtour de son verre.

— L'idée m'a traversé l'esprit que vous envisagiez de demander une rançon à mon père.

— Je vous en prie, ma chère, dit-il avec un mince sourire, et une touche de désapprobation dans la voix. Ce ne sont pas des sujets à aborder autour de la table d'un déjeuner. Détendez-vous plutôt et profitez de votre séjour. J'espère que votre suite vous convient ?

— Elle est parfaite.

Elle se rendit compte qu'elle avait davantage envie de crier que lorsqu'elle s'était retournée et qu'elle avait vu Barns à l'hôtel. Les yeux pâles de Dimitri étaient immobiles et grands ouverts, comme ceux d'un poisson. Ou d'un mort. Elle baissa brièvement les cils, dit :

— Je ne vous ai pas remercié pour la garde-robe. J'en avais justement un grand besoin.

— Je vous en prie. Peut-être aimeriez-vous faire un petit tour dans le jardin ?

Il se leva, vint lui tirer sa chaise en arrière pendant qu'elle se levait.

— Après quoi, j'imagine qu'une sieste serait la bienvenue. La chaleur est oppressante au milieu de l'après-midi.

— Vous êtes très prévenant, dit-elle en lui posant la main sur le bras, et en forçant ses doigts à ne pas se crisper.

— Vous êtes mon invitée, ma chère, et je suis très heureux de vous avoir ici.

— Une invitée, répéta-t-elle.

Son sourire témoignait de son calme retrouvé et elle réussit même, à son propre étonnement, à prendre une voix ironique.

— Avez-vous pour habitude d'enfermer vos invités dans leurs chambres, monsieur Dimitri ?

— J'ai l'habitude, répondit-il en soulevant les doigts de Whitney jusqu'à ses lèvres, d'enfermer mes trésors.

Elle rejeta ses cheveux en arrière. Elle trouverait comment sortir d'ici. Tout en lui souriant, elle se promit qu'elle trouverait comment. Car sinon – elle sentait encore le contact des lèvres froides de Dimitri sur sa peau – elle mourrait.

15

Jusque-là, ça allait. Pas idéal comme communiqué de victoire, mais Whitney ne pouvait prétendre à mieux. Cette première journée en tant qu'« invitée » de Dimitri, elle l'avait passée sans problème même si aucune idée lumineuse sur la manière de s'évader ne lui était venue.

Il s'était montré courtois et bien disposé envers elle, ses moindres caprices avaient été exaucés. Elle en avait fait l'expérience en laissant entendre qu'elle adorait le soufflé au chocolat : il lui en fut servi un à la fin d'un extraordinaire dîner qui avait compté pas moins de sept plats.

Elle avait eu beau réfléchir, pendant les trois heures où elle était restée enfermée cet après-midi-là, elle n'avait rien trouvé. Pas de portes qu'elle pût forcer, aucune possibilité de sauter par la fenêtre. Le téléphone de son salon ne permettait que des appels à l'intérieur de la maison.

Elle avait bien songé à prendre la fuite pendant qu'ils se promenaient dans le jardin, mais au moment même où elle essayait d'échafauder un plan, Dimitri lui avait cueilli une rose rouge et confié combien c'était pénible de devoir placer des gardes armés tout autour du parc. Les mesures de sécurité étaient la rançon de la réussite, lui avait-il affirmé.

Un peu plus tard, comme ils arrivaient au bout du parc, il lui avait négligemment désigné l'un de ces gardes. L'homme, aux larges épaules, portait un costume sombre et bien coupé, une élégante moustache et une mitraillette Uzi, petite mais meurtrière. Whitney en avait conclu qu'il devait exister des moyens d'évasion plus subtils que de s'élancer en terrain découvert devant des hommes armés.

Tôt ou tard, son père s'inquiéterait de son absence prolongée ; mais il pourrait se passer encore un mois avant que ça n'arrive.

Dimitri finirait sûrement par vouloir quitter l'île. Sans doute bientôt, maintenant qu'il avait le trésor. Qu'elle parte ou non avec lui – et que cela lui donne, éventuellement, davantage d'occasions de s'enfuir – ne dépendait que de son humeur à lui. Et Whitney n'aimait pas que son sort repose sur le bon vouloir d'un homme qui se mettait du fond de teint et payait les autres pour tuer à sa place.

Ainsi passa-t-elle l'après-midi à arpenter la suite, en imaginant puis rejetant différents plans ; certains aussi rudimentaires qu'attacher des draps ensemble et sauter par la fenêtre, d'autres aussi hasardeux que creuser les murs avec un couteau à beurre.

Pour finir, elle s'était choisi une robe de soie ivoire, légère comme de la gaze, qui épousait subtilement chaque courbe de son corps et brillait de minuscules paillettes de perles. Puis, pendant les presque deux heures qu'avait duré le dîner, elle avait fait face à Dimitri par-dessus une longue table d'acajou, qui reflétait délicatement la lueur de deux douzaines de bougies. Depuis les escargots jusqu'au soufflé et au dom Pérignon, le repas fut exquis, sans la moindre faute de goût. Chopin jouait discrètement en fond sonore, les accompagnant tandis qu'ils parlaient art et littérature.

On ne pouvait nier que Dimitri fût un fin connaisseur de ces choses : il aurait pu faire partie du club le plus sélect sans provoquer le moindre haussement de sourcils. Avant la fin du repas, ils avaient disséqué une pièce de Tennessee Williams, discuté des subtilités de l'impressionnisme français, et débattu du statut complexe du Mikado.

Mais, alors que le délicieux soufflé fondait dans sa bouche, elle pensait avec nostalgie au riz gluant qu'elle avait partagé un soir avec Doug dans une grotte ; la conversation avec Dimitri n'était qu'amabilités et politesses, et elle songeait avec émotion à toutes les fois où elle s'était disputée avec Doug. La soie était fraîche et légère sur ses épaules – mais elle aurait échangé sans une hésitation sa robe à cinq cents dollars pour l'espèce de sac de coton rêche qu'elle portait sur la route de la côte.

Étant donné les circonstances – sa vie était en jeu –, il était difficile de croire qu'elle s'était ennuyée et pourtant ce fut le cas.

— Vous avez l'air un peu distante, ce soir, ma chère.

— Comment ? dit-elle, puis elle se ressaisit. Ce dîner est délicieux, monsieur Dimitri.

— Mais cela manque peut-être de divertissement. Une jeune femme dynamique comme vous doit difficilement supporter l'inactivité.

Avec un sourire affable, il pressa un bouton à côté de lui ; presque aussitôt apparut un Asiatique en costume blanc.

— Mlle MacAllister et moi prendrons le café dans la bibliothèque. Elle est assez bien fournie, ajouta-t-il tandis que le domestique ressortait de la pièce. Et je suis content que vous partagiez mon goût pour les livres.

Elle aurait pu refuser, mais visiter la maison l'aiderait peut-être à trouver un moyen de s'enfuir. Elle sourit à Dimitri puis, songeant qu'il ne fallait rien négliger, fit discrètement glisser son couteau dans son petit sac à main qu'elle avait posé, ouvert, près de son assiette.

— Il est toujours agréable de passer une soirée raffinée.

Elle referma son sac, se leva ; puis elle accepta le bras qu'il lui offrait, tout en songeant qu'à la première occasion, elle lui enfoncerait son couteau dans le corps sans l'ombre d'un remords.

— Quand un homme voyage autant que moi, affirma-t-il, il est important pour lui d'emporter quelques objets qui comptent, comme de bonnes bouteilles, un peu de bonne musique et un minimum de livres.

Il traversa la maison à petits pas, Whitney à son bras ; il sentait un discret parfum d'eau de Cologne et son smoking blanc était admirablement coupé, sans aucun faux pli.

Il se sentait dans un état d'esprit plein de bienveillance, de tolérance même. Cela faisait trop longtemps qu'il n'avait plus dîné avec une jeune et jolie femme. Il ouvrit la grande porte à double battant de la bibliothèque et la fit entrer.

— Voyez si vous trouvez quelque chose qui vous tente, ma chère, dit-il en lui montrant les livres.

La pièce avait des portes-fenêtres qui donnaient sur la terrasse. Si elle pouvait sortir de sa chambre pendant la nuit, ce serait peut-être le moyen de s'enfuir d'ici. Il ne lui resterait plus ensuite qu'à affronter les gardes. Et leurs mitraillettes.

Chaque chose en son temps, se rappela Whitney, tout en effleurant du doigt le dos des reliures de cuir.

— Mon père a une bibliothèque comme celle-ci, commenta-t-elle. J'ai toujours trouvé que c'était un endroit confortable pour passer la soirée.

— Plus confortable avec du café et du cognac.

Dimitri servit le cognac lui-même, une fois que l'Asiatique fut arrivé avec le plateau d'argent, puis dit à Whitney :

— Soyez aimable de donner votre couteau à Chan, ma chère. Il est très pointilleux avec la vaisselle.

Whitney se retourna vers Dimitri. Il la fixait avec un petit sourire et un regard qui lui rappela celui d'un serpent – fixe, froid, plein d'une dangereuse patience.

Sans un mot, elle sortit le couteau de son sac et le tendit au domestique. Tous les jurons qu'elle avait sur le bout de la langue, la colère qu'elle refoulait avec peine, ne l'auraient pas aidée à se tirer d'affaire.

— Du cognac ? lui demanda Dimitri quand Chan les eut laissés seuls.

— Oui, merci.

Aussi calme que lui en apparence, Whitney traversa la pièce et tendit la main en direction du verre.

— Pensiez-vous me tuer avec votre couteau de table, ma chère ?

Elle haussa les épaules, puis but une gorgée de cognac. Il lui mit d'abord le feu à l'estomac, puis eut un effet apaisant sur ses nerfs.

— L'idée m'en a traversé l'esprit, oui.

Il rit, ou plutôt il émit une sorte de long gargouillis fort désagréable à entendre. De nouveau il songeait à la mante religieuse, et aux insectes qui se débattaient désespérément entre ses pattes.

— Je vous admire, Whitney. Vraiment.

Il fit tinter son verre contre le sien, puis tournoyer son cognac, et but.

— Je crois savoir que vous n'avez pas eu le temps de contempler le trésor à votre aise…

— En effet. Remo était assez pressé.

— C'est ma faute, ma chère, dit-il en lui effleurant l'épaule de la main, j'étais impatient de vous rencontrer. Pour me faire pardonner, je vais vous laisser maintenant tout le temps qu'il vous plaira.

Il se dirigea vers les rayonnages, le long du mur de gauche, et en retira une rangée de livres. Whitney ne fut pas surprise de voir le coffre apparaître : c'était une cachette assez courante.

Il ne chercha même pas à lui dissimuler la combinaison pendant qu'il faisait tourner le bouton. Fichtrement sûr de lui, songea-t-elle en la mémorisant. Un homme aussi sûr de lui méritait un bon coup de pied aux fesses.

— Voilà…

Dans sa bouche, alors qu'il sortait le vieux coffret, on aurait dit le murmure qu'on prononce en respirant le fumet d'un bon plat. Il l'avait déjà fait nettoyer et le bois brillait.

— Quelle pièce de collection, n'est-ce pas ?

— Oui.

Whitney faisait doucement tournoyer le cognac dans son verre. Il était plus doux, plus chaud que tous ceux qu'elle avait goûtés jusqu'alors. Elle imaginait combien ce serait délicieux de le lui jeter à la figure.

— J'ai pensé la même chose moi aussi.

Il le tenait avec précaution dans ses mains, presque en hésitant, comme un jeune père le ferait d'un nouveau-né.

— J'ai un peu de mal à vous imaginer en train de creuser la terre avec vos mains délicates.

Whitney sourit en repensant à tout ce que ses mains délicates avaient connu depuis une semaine.

— Je n'ai pas beaucoup d'aptitudes pour le travail manuel, mais c'était nécessaire.

Elle tourna et retourna sa main, pour l'examiner d'un œil sévère.

— Je dois dire que j'avais prévu une séance de manucure avant que Remo ne me transmette votre invitation. Mes mains ont beaucoup souffert de toute cette petite aventure.

— Nous arrangerons ça demain. En attendant, dit-il en posant le coffret sur la grande table de la bibliothèque, je vous laisse en profiter.

Whitney ne se le fit pas dire deux fois ; elle s'approcha de la boîte et en ouvrit le couvercle. Les joyaux n'étaient pas moins impressionnants qu'ils l'avaient été le matin même. Mettant la main à l'intérieur, elle en sortit le collier de saphirs et de diamants que Doug avait admiré. Ou plutôt qu'il avait dévoré des yeux, se rappela-t-elle avec un demi-sourire. Comme elle en ce moment.

— Fabuleux, souffla-t-elle, absolument fabuleux. Alors qu'on se lasse si vite de jolis petits rangs de perles.

— Vous tenez environ un quart de million de dollars dans la main.

— Ça fait chaud au cœur, murmura-t-elle.

Le cœur de Dimitri s'accéléra en la voyant tenir ainsi les bijoux près d'elle – comme la reine avait dû le faire, peu de temps avant son humiliation puis sa mort.

— De tels joyaux sont bien à leur place contre la peau d'une femme.

— Oui…

En riant, elle les souleva tout contre elle : les saphirs brillaient comme des yeux profonds et mystérieux, quant aux diamants, on aurait dit qu'ils étincelaient d'une fièvre intérieure.

— Il est merveilleux et sûrement hors de prix, mais celui-ci…

Elle remit le premier collier dans le coffret, en sortit celui qui avait plusieurs rangs de diamants.

— Celui-ci raconte une histoire. Comment croyez-vous que Marie a réussi à l'obtenir de la comtesse ?

— Donc vous pensez que c'est bien le collier de l'affaire, le tristement célèbre ? demanda-t-il – et visiblement cela faisait une remarque de plus qu'il appréciait, venant d'elle.

— J'ai envie de le penser, en tout cas.

Whitney laissa le collier ruisseler à travers ses doigts pour accrocher la lumière au passage. Comme

Doug l'avait dit une fois, c'était comme tenir dans ses mains le feu et la glace en même temps.

— Et j'aime à croire qu'elle était assez intelligente pour retourner la situation à son avantage, face à ceux qui voulaient se servir d'elle.

Elle prit aussi un bracelet de rubis dans le coffret, le contempla, le passa à son poignet pour en essayer la taille.

— Gérald Lebrun a vécu comme un pauvre, avec une fortune sous son plancher. C'est bizarre, vous ne trouvez pas ?

— La loyauté est toujours bizarre. Sauf quand la peur l'explique et lui donne une autre dimension.

Il lui prit le collier des mains pour l'examiner à son tour ; pour la première fois, elle perçut de l'avidité sous le vernis de l'homme du monde. Ses yeux s'étaient mis à briller, ressemblant beaucoup à ceux de Barns quand il lui avait pointé son pistolet sur le genou. Quand il parla de nouveau, il avait la ferveur d'un prêcheur.

— La Révolution est une période fascinante, faite de troubles, de morts et de châtiments. Est-ce que vous ne le sentez pas quand vous tenez ces objets dans vos mains ? Le sang, le désespoir... La convoitise, le pouvoir... Des paysans et des politiciens qui renversent une monarchie vieille de plusieurs siècles. Et comment ?

Il lui sourit, et les diamants brillaient dans ses mains comme la fièvre brûlait dans ses yeux.

— Par la peur. Quel nom plus puissant, plus évocateur que la Terreur, n'est-ce pas ? Et quel butin plus excitant que la vanité d'une reine morte ?

Il se délectait, Whitney le voyait à son regard. Ce n'étaient pas seulement les bijoux qu'il convoitait, mais le sang répandu sur eux. Elle sentit la peur de lui qu'elle avait éprouvée disparaître sous une vague de répulsion. Doug avait raison, songea-t-elle, ce qui comptait c'était de gagner, et elle n'avait pas encore perdu.

— Lord aurait vendu tout ça à un receleur pour une petite partie de sa valeur.

Elle leva à nouveau son verre.

— Un homme comme vous doit avoir des projets différents, j'imagine.

— Perspicace. Aussi perspicace que belle.

Il avait épousé sa seconde femme parce que sa peau était pure comme neige, puis s'en était débarrassé en s'apercevant que son esprit était fait de la même matière ou à peu près. Whitney, elle, se révélait bien plus intéressante. Son excitation quelque peu retombée, Dimitri égrena le collier entre ses doigts.

— Je prévois de profiter de ce trésor. Sa valeur matérielle importe peu. Je suis déjà un homme très riche.

Ce n'était pas dit avec ostentation, mais avec un plaisir sincère. La richesse était pour lui aussi importante que la virilité ou que l'intelligence. Plus, même, parce que l'argent pouvait compenser l'absence des deux autres.

— Collectionner les objets (il effleura du doigt le bracelet, et par là même le poignet de Whitney) est devenu pour moi un hobby. Qui tourne parfois à l'obsession.

Il osait appeler cela un hobby. Il avait tué plusieurs fois pour ce coffret et son contenu, pourtant cela ne représentait pas autre chose pour lui qu'une poignée de pierres joliment colorées pour un petit garçon. Elle fit un effort pour chasser de son visage la répulsion qu'il lui inspirait, et les reproches de sa voix.

— Est-ce que vous me trouveriez mauvaise joueuse si je vous avouais que j'aurais aimé que vous réussissiez moins bien dans ce hobby-là ?

Elle passa la main sur les bijoux étincelants, soupira.

— Je préférerais posséder tout cela moi-même.

— Au contraire, j'apprécie votre franchise.

Dimitri la quitta un moment pour aller servir le café.

— Et je comprends que vous avez travaillé très dur pour trouver le trésor de Marie-Antoinette.

— Oui, je...

Elle s'interrompit, puis :

— Je suis curieuse de savoir une chose, monsieur Dimitri... Comment avez-vous appris, pour le trésor ?

— Les affaires. Un peu de crème, ma chère ?

— Non, merci, noir, dit-elle en le rejoignant près du plateau du café.

— Est-ce que Lord vous a parlé de Whitaker ? lui demanda son hôte.

Whitney prit la tasse et s'assit.

— Il m'a juste dit qu'il avait acquis les papiers, et qu'ensuite il avait décidé de les mettre sur le marché.

— Whitaker était assez stupide dans son genre, mais parfois il avait des idées. À un certain moment, il a fait des affaires avec Harold R. Bennett. Le nom vous dit quelque chose ?

— Bien sûr.

Elle avait répondu comme si ça allait de soi, mais son esprit tournait à plein régime. Est-ce que Doug n'avait pas mentionné une fois un général ? Oui, un général qui avait négocié avec lady Smythe-Wright pour les papiers.

— Bennett est un général à la retraite, un général à cinq étoiles, et aussi un homme d'affaires. Il a été en relations professionnelles avec mon père et son partenaire de golf, ce qui d'ailleurs revient à peu près au même.

— Personnellement, j'ai toujours préféré les échecs au golf, commenta Dimitri.

Dans sa robe de soie couleur ivoire, elle scintillait tant qu'elle aurait pu remplacer la reine de verre, qu'il avait brisée.

— Donc, vous connaissez le général Bennett de réputation.

— Il est bien connu comme mécène, et comme collectionneur d'objets anciens et rares. Il y a quelques années, il a monté une expédition aux Caraïbes et retrouvé l'épave d'un galion espagnol. Il a récupéré quelque chose comme cinq millions et demi de dollars en objets, pièces et bijoux. Quand Whitaker parlait, Bennett agissait, lui.

— Je vois que vous êtes bien informée. J'aime ça.

Il ajouta de la crème dans son café, et aussi deux généreuses cuillerées de sucre.

— Bennett aime la chasse, dirons-nous. L'Égypte, la Nouvelle-Zélande, le Congo... il a cherché et trouvé l'inestimable. D'après Whitaker, il était en pourparlers avec lady Smythe-Wright, afin de récupérer les papiers dont elle avait hérité. Whitaker, lui, avait ses relations, et aussi une certaine dose de charme qui l'aidait avec les femmes. Il a emporté le marché sous le nez de Bennett. Hélas pour lui, c'était un amateur.

Avec un pincement au cœur, Whitney se rappela ce que Doug lui avait raconté sur l'épisode.

— Alors il vous a appris où étaient conservés les papiers, et vous avez engagé Doug pour les voler.

— Disons pour en prendre possession. Whitaker refusait, même sous la contrainte, de me révéler le contenu complet des documents. Il m'avait quand même informé de l'intérêt de Bennett pour la valeur culturelle du trésor, son histoire. Naturellement, l'idée d'acquérir un trésor qui avait appartenu à Marie-Antoinette, que j'admire particulièrement à la fois pour sa richesse et pour son ambition, était une idée irrésistible.

— Naturellement. Si vous ne comptez pas vendre le contenu du coffret, monsieur Dimitri, que voulez-vous en faire ?

— Voyons, Whitney, répondit-il en lui souriant, le caresser, le contempler. Le posséder…

Alors que l'attitude de Doug l'avait mise en colère, ça, au moins, elle le comprenait. Doug ne voyait le trésor que comme un moyen pour arriver à une fin, Dimitri comme quelque chose en soi, qu'il avait plaisir à détenir. Il y avait certes beaucoup à y redire, et une douzaine d'arguments surgirent dans son esprit, mais elle les repoussa.

— Je suis sûre que Marie-Antoinette aurait approuvé.

En réfléchissant à ce qu'elle venait de dire, Dimitri leva les yeux vers le plafond. La royauté était une autre de ses fascinations.

— Elle aurait approuvé, oui. L'envie est considérée comme un des sept péchés capitaux, mais si peu de gens comprennent le plaisir qui se cache derrière.

Il se tamponna la bouche avec sa fine serviette de batiste avant de se lever.

— J'espère que vous me pardonnerez, ma chère, mais j'ai l'habitude de me retirer tôt.

Il alla presser un petit bouton, dissimulé dans un des motifs sculptés du manteau de la cheminée.

— Peut-être aimeriez-vous choisir un livre avant de monter ?

— Je vous en prie, ne vous inquiétez pas pour moi, monsieur Dimitri. Je serais tout à fait heureuse de rester seule, à les feuilleter.

Il lui fit une légère caresse sur la main, accompagnée d'un fin sourire.

— Peut-être une autre fois, Whitney. Pour l'instant, je suis sûr que vous avez besoin de vous reposer, après vos exploits de ces derniers jours.

Un petit coup fut frappé à la porte.

— Remo va vous raccompagner jusqu'à votre chambre. Dormez bien.

— Merci.

Elle posa sa tasse à café, se leva, mais elle n'avait pas fait deux pas que Dimitri la retenait par le poignet. Elle baissa les yeux vers les ongles discrètement vernis et le moignon de doigt.

— Le bracelet, ma chère...

Ses doigts serraient assez fort pour la pincer, mais elle ne grimaça pas.

— Désolée, dit-elle d'un air dégagé en lui tendant son autre main, d'où il dégrafa le joyau d'or et de rubis.

— Vous prendrez le petit déjeuner avec moi, j'espère ?

— Bien sûr...

Elle gagna la porte, s'arrêta pendant que Dimitri l'ouvrait. Pendant quelques secondes, elle se sentit prise au piège entre lui et Remo.

— Bonne nuit.

— Bonne nuit, Whitney.

Une fois dans sa suite, elle garda le silence jusqu'à ce que Remo ait verrouillé la porte du salon derrière elle, puis elle jura :

— Salaud...

Écœurée, elle retira les délicates mules italiennes qu'on lui avait offertes et les projeta contre le mur. Piégée. Verrouillée aussi étroitement que le coffret du trésor. Pour être contemplée, caressée, possédée elle aussi. « Contemplée par les yeux d'un porc », s'exclama-t-elle tout haut. Elle avait envie de pleurer, de hurler, de marteler du poing la porte fermée.

Elle trouverait un moyen de sortir d'ici, se promit-elle en se déshabillant. Et Dimitri paierait pour chaque minute où elle avait été sa prisonnière.

Pendant un moment, elle garda le front posé contre la porte de la penderie. Après s'être reprise, elle l'ouvrit pour y prendre un kimono bleu canard. Elle avait besoin de réfléchir, juste de réfléchir. Le parfum des fleurs inondait la pièce : de l'air, décida-t-elle, et elle marcha vers les portes-fenêtres ouvrant sur le petit balcon, qu'elle ouvrit d'un geste brutal.

L'atmosphère était lourde, le temps allait se gâter : tant mieux, qu'il pleuve, qu'il vente, cela lui éclaircirait les idées. Les mains posées sur la balustrade, elle se pencha par-dessus, en regardant vers la baie.

Comment en était-elle arrivée là ? La réponse tenait en deux mots : Doug Lord.

Après tout, elle vaquait tranquillement à ses affaires quand il avait fait irruption dans sa vie et l'avait mêlée à ses histoires de chasse au trésor, de voleurs et de tueurs. Quelques minutes avant leur rencontre, elle était confortablement assise dans son coupé Mercedes, en train de rêver à la meilleure manière de finir la soirée. Peut-être un club, au milieu de gens ravis d'exhiber leur nouvelle tenue ou leur nouvelle coiffure. Bref, la vie normale.

Et maintenant, où était-elle ? Enfermée dans une maison à Diégo-Suarez avec un tueur sadique, d'un âge indéfinissable, et ses petits copains ! À New York, personne n'aurait osé verrouiller une porte sur elle !

— Doug Lord…, gronda-t-elle tout haut, quand elle sentit une main se poser sur la sienne.

Elle ouvrait la bouche pour hurler quand une tête surgit.

— Ouais, c'est moi, siffla Doug entre ses dents. Aide-moi à passer par-dessus, bon sang…

Aussitôt, elle oublia tout ce qu'elle venait de penser à son sujet, et se pencha pour le couvrir de baisers. Qui avait dit que la cavalerie arrivait toujours trop tard ?

— Écoute, ma chérie, j'apprécie l'accueil, mais je vais bientôt lâcher prise. Donne-moi la main, s'il te plaît.

— Comment m'as-tu trouvée ? lui demanda-t-elle, en l'aidant à franchir la balustrade. Je croyais que tu n'arriverais jamais… Il y a des gardes là dehors avec leurs horribles mitraillettes, mes portes sont toutes fermées de l'extérieur, et…

— Bon Dieu, si je m'étais rappelé que tu parlais autant, je me serais moins pressé…

Il sauta au sol, atterrit souplement sur ses pieds.

— Douglas…

Elle avait de nouveau envie de pleurer mais ravala ses larmes, se forçant plutôt à la légèreté.

— C'est vraiment gentil à toi de passer me voir comme ça, à l'improviste.

— Ouais ?

Il pénétra tranquillement par la porte-fenêtre dans l'opulente chambre.

— Je n'ai pas prévenu, je n'étais pas sûr que tu apprécierais ma compagnie… surtout après ton petit dîner intime avec Dimitri.

— Tu nous as vus ?

— Disons que je n'étais pas loin.

Il se retourna pour tâter du doigt la riche soie de son kimono.

— Joli cadeau, dis donc…

Les sourcils de Whitney se froncèrent, ses yeux se rétrécirent.

— Qu'est-ce que tu insinues, au juste ?

— Tu m'as l'air plutôt bien installée, non ?

Il marcha jusqu'à sa commode, souleva le bouchon d'un flacon de parfum en cristal.

— Tout le confort du foyer, c'est ça ?

— Je déteste enfoncer des portes ouvertes, mais tu n'es qu'un imbécile, tu le savais ?

— Et toi, qu'est-ce que tu es ? dit-il en remettant brutalement le bouchon sur le flacon. À te balader dans les robes de soie raffinées qu'il a achetées pour toi ? À boire du champagne avec lui, le laisser poser les mains sur toi ?

— Poser les mains sur moi ?

Elle répéta les mots lentement, comme pour mieux s'en pénétrer. Doug lui jeta un long regard comme s'il la déshabillait, depuis ses jambes nues jusqu'à la peau laiteuse de sa gorge.

— Tu sais sourire à un homme, n'est-ce pas, chérie ?

Whitney s'approcha de lui à pas comptés et le gifla de toutes ses forces. Pendant de longues secondes, il n'y eut rien d'autre dans la pièce que le bruit de leurs respirations, et le vent qui faisait battre les fenêtres ouvertes.

— Ne recommence jamais ça, lui dit doucement Doug en se passant le dos de la main sur la joue. Je ne suis pas un gentleman comme ton Dimitri.

— Sors d'ici, murmura Whitney, sors d'ici, bon Dieu. Je n'ai aucun besoin de toi.

La douleur intérieure qu'il ressentait l'emportait de loin sur la brûlure de sa joue.

— Tu crois que je n'ai rien vu ?

— Tu n'as rien vu du tout.

— Je vais te dire ce que j'ai vu, ma chérie. J'ai vu une suite vide à l'hôtel. J'ai vu que toi et le coffret aviez disparu. Et je t'ai vue ici, en train de roucouler avec ce bâtard au-dessus d'un carré d'agneau.

— Tu aurais préféré me trouver attachée au pied du lit, avec des pointes de bambou enfoncées sous les ongles ! Désolée de te décevoir ! dit-elle en se détournant.

— Mais alors, explique-moi ce qui se passe, bon sang !

— Et à quoi ça servirait que je le fasse ?

Furieuse, elle essuya une larme du dos de la main. Elle détestait pleurer, et plus encore pleurer à cause d'un homme.

— De toute façon, tu as déjà un avis tranché sur la question !

Doug se passa la main dans les cheveux et regretta de ne pas avoir quelque chose à boire.

— Écoute, ça fait plusieurs heures que j'ai l'impression de devenir fou. Il m'a fallu l'après-midi ou presque pour trouver cet endroit, ensuite j'ai dû éviter les gardes.

Il ne précisa pas que l'un d'entre eux gisait dans les buissons, la gorge tranchée.

— Quand je suis arrivé ici, je t'ai vue habillée comme une princesse, en train de sourire à Dimitri par-dessus la table, comme si vous étiez les meilleurs amis du monde.

— Qu'est-ce que tu aurais voulu que je fasse, bon sang ? Me promener à poil pour ne pas mettre ses vêtements, lui cracher à la figure chaque fois que je le croisais ? C'est ma vie qui est en jeu, quand même ! Alors si je dois le jouer, ce jeu, jusqu'à ce que je trouve un moyen d'en sortir, je le jouerai ! Tu peux me traiter de poltronne si tu veux, mais pas de putain !

Elle se retourna de nouveau, les yeux noirs, mouillés de larmes et pleins de colère.

— Pas de putain, tu comprends ?

Il eut l'impression qu'il venait de frapper un adversaire inoffensif et désarmé. Alors qu'il avait craint le pire, il l'avait retrouvée, si calme, si belle... Pis, si sûre d'elle. Mais n'aurait-il pas dû deviner la vérité, n'aurait-il pas dû se méfier des apparences ?

— Je ne voulais pas dire ça. Je suis désolé.

Nerveux, il commença à faire les cent pas dans la pièce. Il retira une rose d'un vase au passage, cassa la tige à la moitié.

— Bon sang, je ne savais pas ce que je disais. Je suis devenu fou quand je suis arrivé à l'hôtel et que tu avais disparu. J'ai imaginé toutes sortes de choses... entre autres que j'arriverais trop tard pour les empêcher de te tuer.

Il regarda d'un air froid la goutte de sang perler sur son doigt, là où une épine avait percé sa peau. Il fallait qu'il prenne une grande inspiration et qu'il s'explique calmement.

— Mince, Whitney, je me faisais du souci, je me faisais vraiment du souci. Je ne savais pas du tout ce que je trouverais quand j'arriverais ici.

Elle essuya une autre larme, renifla.

— Tu étais inquiet pour moi ?

— Ouais.

Il haussa les épaules, jeta la rose brisée au sol. Comment lui expliquer, ou s'expliquer à lui-même, tout ce qu'il avait vécu pendant ces heures interminables, la douleur, la peur affreuse, la culpabilité ?

— Je n'avais pas du tout l'intention de t'agresser ainsi au départ.

— C'est une excuse ?

— Oui, bon Dieu !

Il se détourna pour ne pas lui laisser voir son visage, mélange de colère et de frustration.

— Tu veux que je rampe devant toi ?

— Peut-être, sourit-elle, puis elle marcha jusqu'à lui. On verra ça plus tard.

— Je...

Ses mains tremblaient un peu quand elles se posèrent sur le visage de Whitney.

— J'avais si peur de ne jamais te revoir...

— Je sais.

Elle se serra contre lui, éperdue de soulagement.

— Prends-moi dans tes bras, juste une minute.

— Une fois qu'on sera sortis d'ici, autant de temps que tu voudras, mais tu vas me dire ce qui est arrivé, et comment les choses se passent ici.

Elle hocha la tête, puis se laissa tomber sur le bord du lit. Pourquoi ses genoux la lâchaient-ils juste maintenant, alors que l'espoir avait l'air de renaître ?

— Remo et ce type, Barns, sont venus.

Il la vit avaler sa salive avec peine et se maudit à nouveau.

— Ils t'ont fait du mal ?

— Non. Tu n'étais pas parti depuis très longtemps. Je venais juste de me faire couler un bain.

— Pourquoi est-ce qu'ils ne t'ont pas retenue là-bas jusqu'à ce que je revienne ?

— Parce que je leur ai dit que je t'avais tué.

Il la fixa quelques instants, incrédule.

— Hein ?

— Je n'ai pas eu de mal à les convaincre que j'étais bien plus intelligente que toi, sourit-elle, et que je t'avais tiré une balle dans la tête pour garder tout le trésor pour moi. C'était quelque chose qu'ils pouvaient comprendre. Et j'ai été convaincante.

— Plus intelligente que moi ?

— Ne le prends pas mal, chéri.

— Et ils ont avalé ça ?

Pas très heureux, visiblement, il plongea les mains dans ses poches.

— Ils ont cru qu'une petite bonne femme pourrait me rouler comme ça ? Alors que je suis un professionnel ?

— J'ai détesté ternir ta réputation, mais ça m'a paru la meilleure idée sur le moment.

— Dimitri l'a cru lui aussi ?

— On dirait, oui. J'ai joué la femme matérialiste et sans cœur, qui ne voit que son intérêt. Je crois que je l'ai complètement vampé.

— Ça ne m'étonne pas.

— J'aurais voulu lui cracher à la figure, dit-elle, si violemment que Doug leva un sourcil étonné. J'espère toujours avoir l'occasion de le faire. Pour moi, ce n'est même pas un être humain, il glisse juste d'un endroit à l'autre en laissant une traînée visqueuse, en bavant sur les jolies choses au passage. Il veut avoir le trésor pour lui comme un petit garçon veut amasser des plaques de chocolat dans sa chambre. Il veut pouvoir ouvrir le coffret, le regarder, le caresser, et penser aux hurlements des gens quand la guillotine tombait. Il veut revivre cette peur, revoir le sang, ça signifie plus pour lui comme ça. Toutes les vies qu'il a supprimées pour l'avoir ne représentent rien pour lui, absolument rien, ajouta-t-elle, et ses doigts se refermèrent sur le coquillage de Jacques.

Doug s'approcha d'elle et s'agenouilla au sol, pour avoir les yeux à la hauteur des siens.

— On va lui cracher au visage, je te le promets, dit-il, et pour la première fois depuis qu'il était là, il referma les doigts sur les siens, sur le coquillage. Tu sais où il l'a caché?

— Le trésor? Oui, il a même pris beaucoup de plaisir à me le montrer. Il est si sûr de lui, si sûr de sa victoire définitive...

Doug la fit se relever.

— Alors on va le lui reprendre, chérie.

Il ne lui fallut pas deux minutes pour venir à bout de la serrure. Entrebâillant à peine la porte, il chercha des yeux des gardes dans le vestibule et n'en trouva pas.

— On y va, en vitesse et en silence.

Whitney glissa la main dans la sienne et sortit dans le vestibule.

On n'entendait pas un bruit dans la maison; apparemment, quand Dimitri s'était retiré, tout le monde l'avait imité. Ils descendirent l'escalier vers le premier étage, dans l'obscurité. L'odeur de salon funéraire, de fleurs et de cire flottait toujours dans l'air, douceâtre et lourde. De la main, Whitney indiqua le chemin à Doug, et ils gagnèrent la bibliothèque en longeant les murs.

Dimitri ne s'était pas donné la peine de fermer la porte, Doug fut un peu déçu que ce soit si facile. Ils se glissèrent à l'intérieur, tandis que la pluie commençait à tambouriner contre les vitres. Whitney se dirigea droit vers les rayonnages de gauche et tira la rangée de livres en arrière.

— Il est là-dedans, murmura-t-elle. La combinaison, c'est cinquante-deux à droite, trente-six à
gauche...

— Comment se fait-il que tu la connaisses ?

— Je l'ai vu l'ouvrir.

Mal à l'aise, Doug mit la main sur le bouton et commença à le tourner en marmonnant :

— Pourquoi est-ce qu'il ne cherche pas à brouiller
ses traces, bon sang... Voilà, c'est fait, et ensuite ?

— Encore cinq vers la gauche, puis douze à droite.
Elle retint sa respiration pendant que Doug baissait
la poignée. La porte du coffre s'ouvrit sans un bruit.

— Reviens voir papa, murmura Doug en sortant le
coffret.

Il jaugea son poids, avant de sourire à Whitney d'un
air satisfait. Il avait envie de l'ouvrir juste pour y jeter
un coup d'œil, pour le plaisir, mais il aurait bien
d'autres occasions de le faire.

— Filons d'ici.

— Ça me paraît une excellente idée.
Elle glissa une main sous son bras et prit la direction des portes-fenêtres, vers la terrasse.

— Si on sortait par là, pour ne pas déranger notre
hôte ?

— Je crois que ce serait plein de délicatesse.

Mais au moment où il posait la main sur la poignée, les portes s'ouvrirent brutalement et ils se trou-
vèrent face à trois hommes, dont les pistolets
brillaient sous la pluie. Au centre, Remo souriait.

— M. Dimitri ne veut pas que vous partiez avant de
vous avoir offert un verre.

— C'est vrai, dit en écho une voix derrière eux.

Ils se retournèrent pour voir les portes de la bibliothèque se rouvrir ; toujours vêtu de sa veste blanche
du dîner, Dimitri les franchit sans hâte.

— Je ne peux pas laisser mes invités s'en aller sous
la pluie. Revenez et asseyez-vous, je vous en prie.

Avec des manières fort urbaines, il se dirigea vers le bar et leur servit des cognacs.

Doug sentit le canon du pistolet de Remo en bas de sa colonne vertébrale.

— Nous ne voudrions pas nous imposer…

— Voyons, voyons…

Il se retourna, tout en faisant tournoyer le cognac dans les verres. D'un simple effleurement de son doigt sur un bouton invisible, la pièce s'inonda de lumière. Whitney aurait juré qu'à cet instant, ses yeux n'avaient pas de couleur du tout.

— Asseyez-vous…

L'ordre, à peine chuchoté, avait quelque chose du sifflement d'un serpent. Pressé par le canon du pistolet, Doug s'avança, le coffret dans une main et la paume de Whitney dans l'autre.

— Rien de tel qu'un cognac par une nuit pluvieuse.

— Tout à fait d'accord, approuva Dimitri avec un sourire courtois. Whitney, soupira-t-il, tout en lui désignant un fauteuil de la main, vous m'avez déçu.

— Je ne lui ai pas vraiment laissé le choix, dit Doug en défiant Dimitri du regard. Une femme comme elle se soucie de sa peau, ça peut se comprendre.

— J'admire cette tentative de sauvetage chevaleresque, même si, venant de vous, elle peut paraître surprenante, dit-il, trinquant avec Doug avant de boire. Je crains d'avoir été conscient dès le départ de l'absurde attachement que Whitney a pour vous. Ma chère, pensez-vous véritablement que j'aie cru que vous aviez tiré sur M. Lord ?

Elle haussa les épaules.

— J'imagine que je dois encore travailler mes scènes de comédie…

— En effet. Vous avez des yeux très expressifs, trop expressifs. « Même derrière les vitres de tes yeux, je vois ton cœur qui souffre », dit-il d'une voix lisse et

posée, citant *Richard II*. Mais j'ai quand même apprécié notre soirée.

Whitney passa négligemment la main sur son court
kimono.

— Quant à moi, j'ai peur de m'être un peu ennuyée.

Dimitri fit la moue. Tout le monde dans la pièce le
savait, il n'avait qu'un mot à dire et elle mourrait.
Mais il choisit d'en rire.

— Les femmes sont des créatures si imprévisibles…
Vous êtes d'accord, monsieur Lord ?

— Je trouve que certaines ont un goût plutôt sûr.

— Ça me stupéfie que quelqu'un ayant la classe de
Mlle MacAllister puisse éprouver de l'affection pour
un homme comme vous. Mais il est vrai que l'amour
a toujours été un mystère pour moi, dit-il en haussant
les épaules. Remo, débarrasse M. Lord du coffret, s'il
te plaît. Et aussi de ses armes. Pose-les simplement
sur la table pour l'instant.

Tout en donnant ses ordres, il sirotait pensivement
son cognac.

— J'avais pris le pari que vous voudriez retrouver à
la fois Mlle MacAllister et le trésor, finit-il par dire.
Après tout ce temps, et cette partie d'échecs assez
bizarre que nous avons jouée ensemble, je suis déçu
de vous avoir aussi facilement vaincu, je l'avoue. J'aurais souhaité un peu plus d'éclat sur la fin.

— Si vous vouliez éloigner vos types, on pourrait
sans doute faire mieux tous les deux.

Il rit à nouveau, de son rire dur et glacial.

— J'ai bien peur de ne pas être en mesure de relever ce genre de défi, monsieur Lord. Je préfère
employer des moyens plus subtils pour régler les dif-
férends.

— Comme un coup de couteau dans le dos, par
exemple ?

Dimitri haussa à peine un sourcil à la question de
Whitney.

— Je suis forcé d'admettre qu'à un contre un, vous me domineriez largement, monsieur Lord. C'est pourquoi je concours avec un petit avantage, l'aide de mon personnel. Voyons un peu, dit-il en se passant un doigt sur les lèvres, comment allons-nous organiser les choses ?

Oh, ça l'amuse, songea Whitney avec colère et dégoût. Il est comme une araignée, il aime filer sa toile et capturer des mouches pour leur sucer le sang. Il veut les voir trembler.

Alors, parce qu'ils n'avaient aucun moyen d'en sortir, elle glissa sa main dans celle de Doug et la serra. Ils ne ramperaient pas devant Dimitri. Et surtout, ils ne trembleraient pas.

— Tel que je le vois, monsieur Lord, votre destin me paraît tout à fait clair. En réalité, cela fait déjà plusieurs semaines que vous êtes un homme mort. Il ne reste plus qu'à choisir la méthode, c'est tout.

Doug avala son cognac et sourit.

— Si vous comptez sur moi pour trouver des idées…

— Oh, je vous remercie, j'ai déjà beaucoup réfléchi à la question. Malheureusement, je n'ai pas ici les instruments nécessaires pour mener l'affaire dans le style que j'aime. Mais Remo a exprimé avec beaucoup d'empressement le désir de s'en occuper personnellement, et bien qu'il ait pas mal tâtonné dans cette entreprise, il me semble que son succès final mérite une petite récompense.

Il sortit de son étui une de ses cigarettes de luxe.

— Je vais te donner M. Lord, Remo, dit-il, puis il alluma sa cigarette et laissa s'exhaler un fin nuage de fumée. Tue-le lentement.

Doug sentit le froid canon du pistolet en dessous de son oreille gauche.

— Ça vous ennuie si je termine mon cognac avant ?

— Je vous en prie, dit Dimitri avec un signe de tête aimable, puis il tourna son attention vers Whitney.

Quant à vous, ma chère, j'aurais aimé passer quelques jours de plus en votre compagnie, j'avais même pensé que nous pourrions partager quelques petites choses dont nous avons le goût commun. Mais...

Il tapota le bout de sa cigarette dans un cendrier de cristal, repoussa sa maigre mèche de cheveux sur son front.

— Étant donné les circonstances, cela ne ferait qu'ajouter des complications. Un membre de mon personnel vous admire depuis que je lui ai montré une photo de vous, un vrai coup de foudre à ce qu'il m'a semblé. Barns, elle est à toi, avec ma bénédiction. Mais fais les choses bien cette fois-ci.

— Non !

Doug se leva d'un bond de son fauteuil mais, en l'espace d'une seconde, il se retrouva avec les bras immobilisés dans le dos, un pistolet enfoncé dans sa gorge. En entendant le ricanement de Barns, il se débattit quand même.

— Elle vaut bien plus que ça ! dit-il d'un ton désespéré. Son père paierait un million, deux millions pour elle ! Ne faites pas l'idiot, Dimitri... Si vous la donnez à ce rat, elle ne vaudra plus rien pour vous.

— Nous ne raisonnons pas tous en termes d'argent, monsieur Lord, dit tranquillement Dimitri. Il y a aussi des questions de principes, voyez-vous. Je crois autant dans la nécessité de la récompense que dans celle de la discipline, affirma-t-il, et il baissa brièvement le regard vers sa main mutilée. Emmène-le, Remo, il se fait beaucoup trop remarquer.

— Retirez vos sales pattes de moi !

Avec un saut de côté, Whitney jeta le contenu de son verre au visage de Barns, qui s'était approché d'elle ; puis, ivre de fureur, elle ferma le poing et le lui envoya dans le nez. Le cri qu'il poussa et le sang qui jaillit procurèrent un soulagement passager à Whitney.

Doug prit exemple sur elle et, rassemblant toutes ses forces pour desserrer l'étreinte de l'homme qui le tenait par-derrière, il parvint à balancer son pied dans le menton de celui qui lui faisait face. Whitney comme lui auraient pu être abattus dans la seconde si Dimitri en avait donné l'ordre, mais il prenait plaisir à contempler cette lutte désespérée. Calmement, il prit son Derringer dans sa poche intérieure et tira dans le plafond voûté.

— Ça suffit maintenant, leur dit-il comme s'il s'adressait à des adolescents turbulents.

Il regarda, avec un plaisir manifeste, Doug serrer Whitney contre lui. Il aimait tout particulièrement les tragédies de Shakespeare où il était question d'amants pourchassés par le destin – pas seulement à cause de la beauté des mots, mais du désespoir qu'elles enfermaient.

— Je suis un homme raisonnable, et j'ai le cœur romantique. Mlle MacAllister peut rester avec M. Lord pendant que Remo procède à l'exécution.

— Exécution ! lui cracha Whitney au visage, avec tout le venin dont une femme désespérée pouvait être porteuse. C'est un meurtre, oui, Dimitri, même si le mot fait moins policé ! Quelle absurdité, de vous prendre pour un homme cultivé ! Vous croyez qu'une veste de smoking peut cacher ce que vous êtes vraiment, et aussi ce que vous ne serez jamais ? Vous n'êtes rien d'autre qu'un chacal, Dimitri, un chacal qui mange des charognes, vous ne tuez même pas vous-même !

— Normalement, non.

Sa voix était devenue glaciale, et ceux de ses hommes qui avaient déjà entendu ce ton dans sa bouche se figèrent.

Au moment où il abaissait son Derringer, les portes de la terrasse s'ouvrirent brutalement, dans un fracas de vitres brisées.

— Haut les mains !

L'ordre était autoritaire, lancé en anglais mais avec un accent français chic. Sans attendre de voir quel résultat il allait produire, Doug poussa Whitney derrière un fauteuil. Il vit Barns tenter fébrilement de saisir son pistolet, tout sourire envolé de son visage, puis comprendre que c'était sans espoir.

— La maison est cernée !

Dix hommes en uniforme se ruèrent dans la bibliothèque, fusils prêts à tirer.

— Franco Dimitri, vous êtes en état d'arrestation pour meurtre, tentative de meurtre, kidnapping…

— Mince alors, murmura Whitney alors que la liste se poursuivait. C'est vraiment la cavalerie, alors…

— Ouais.

Doug laissa échapper un soupir de soulagement, en la serrant fort contre lui. Mais c'était aussi la police, songea-t-il. Il risquait fort de ne pas en sortir tout à fait indemne lui-même. Puis, avec un sentiment de fatalité, il vit l'homme au panama pénétrer à son tour dans la pièce.

— J'aurais dû flairer le flic, marmonna-t-il.

Un autre homme entra derrière lui, à grands pas, un homme avec une crinière de cheveux blancs sur la tête et l'impatience peinte sur le visage.

— Alors, où est ma fille ?

Doug vit les yeux de Whitney s'agrandir démesurément ; puis, secouée par un joyeux fou rire, elle se leva d'un bond de derrière son fauteuil.

— Papa !

16

Il ne fallut pas longtemps à la police malgache pour faire le ménage dans la pièce. Whitney les regarda passer les menottes aux poignets de Dimitri, en dessous de ses gros boutons de manchettes sertis d'émeraudes.

— Whitney, monsieur Lord...

Sa voix restait douce, posée et courtoise ; un homme dans sa position savait affronter les échecs provisoires. Mais les yeux qu'il posait sur eux étaient plus froids et pâles que jamais.

— Je suis tout à fait sûr que nous nous reverrons un jour.

— Nous vous verrons au journal télévisé, lui dit Doug.

— Je suis votre débiteur, déclara Dimitri avec un petit signe de tête, et je paie toujours mes dettes.

Puis il croisa rapidement le regard de Whitney, et elle sourit. Une fois de plus, elle effleura du doigt le coquillage qu'elle portait autour du cou.

— En mémoire de Jacques, lui dit-elle doucement, j'espère qu'ils trouveront un trou assez profond pour vous y enfermer.

Après quoi elle enfouit la tête dans la veste de son père, qui sentait si bon.

— Je suis tellement contente de te voir...

— Si tu nous expliquais un peu, Whitney, commença MacAllister (mais en même temps, il la tenait étroitement serrée contre lui), si tu nous expliquais un peu comment les choses…

Elle s'écarta, les yeux rieurs.

— Expliquer quoi ?

Il lutta pour ne pas sourire, tenta de protester.

— Rien ne change, à ce que je vois.

— Comment va maman ? J'espère que tu ne lui as pas dit que tu me recherchais…

— Elle va bien. Elle croit que je suis à Rome pour affaires. Si je lui avais dit que je suivais notre fille unique à travers toute l'île de Madagascar, elle n'aurait pas été capable de jouer au bridge pendant plusieurs jours.

— Tu es si intelligent…, dit-elle en plaquant un vigoureux baiser sur sa joue. Comment tu as su qu'il fallait me suivre à travers toute l'île de Madagascar ?

— Je crois que tu as déjà rencontré le général Bennett, n'est-ce pas ?

Whitney se retourna pour se trouver face à un grand homme à la silhouette élancée et aux yeux sévères.

— Bien sûr, dit-elle en lui offrant sa main à saisir, comme s'ils étaient dans un cocktail mondain. Chez les Stevenson, il y a deux ans. Comment allez-vous, général ? Je ne pense pas que vous connaissiez Douglas. Doug ?

Whitney lui fit signe à travers la pièce ; il était lancé dans des explications confuses à l'intention d'un policier malgache et vint aussitôt à elle, soulagé par la diversion.

— Papa, général Bennett, voici Douglas Lord. Doug est l'homme qui a volé les papiers, général.

Le sourire vira quelque peu au jaune sur le visage de Doug.

— Ravi de faire votre connaissance…

— Vous devez beaucoup à Douglas, dit Whitney au général.

— Je lui dois quoi, moi, fulmina Bennett, à ce voleur?

— Il a mis les papiers en sécurité, en les protégeant des mains de Dimitri. Au risque de sa vie. En fait, tout a commencé quand Dimitri a embauché Doug pour voler ces papiers. Bien sûr, Doug a tout de suite compris que leur valeur était inestimable, et qu'on ne devait pas les laisser tomber entre de mauvaises mains. Il a littéralement mis sa vie en danger pour les sauvegarder! Il m'a répété je ne sais combien de fois que si nous trouvions le trésor, nous rendrions un service inestimable à la société... N'est-ce pas, Doug?

— Eh bien, je...

— Il est si modeste... Il faut vraiment que tu acceptes qu'on reconnaisse tes mérites. Sauver le trésor pour la fondation du général Bennett t'a presque coûté la vie, quand même.

— Ce n'était rien, marmonna Doug, qui voyait le mirage se dissiper devant lui.

— Rien? répéta Whitney en secouant la tête. Général, vous qui êtes un homme d'action, vous saurez apprécier tout ce que Doug a affronté pour empêcher Dimitri d'accaparer le trésor. Oui, l'accaparer, répéta-t-elle en jetant un regard oblique à Doug. Il avait l'intention de le garder pour lui seul, de le monopoliser. Alors que, nous sommes tous bien d'accord, il appartient à la société.

— Oui, mais...

— Avant que vous ne nous exprimiez votre gratitude, général, j'aimerais que vous m'expliquiez comment vous êtes arrivé ici. Nous vous devons la vie.

Flatté, et quelque peu perplexe, le général se lança dans des explications circonstanciées.

Le neveu de Whitaker, effrayé par le sort de son oncle, était venu lui confesser tout ce qu'il savait. Aussitôt alerté, le général n'avait pas hésité; avant même que Whitney et Doug soient descendus de l'avion à

Tananarive, les autorités étaient déjà sur la piste de Dimitri.

Celle-ci les avait conduites à Doug, et celle de Doug, à cause de leur escapade à New York et Washington, à Whitney. Elle pouvait remercier les paparazzi (qu'elle se plaignait souvent d'avoir à ses basques) pour plusieurs photos d'elle bien nettes parues dans les tabloïds et que la secrétaire de son père avait fournies aux enquêteurs.

Après une brève conversation avec l'oncle Max à Washington, le général et MacAllister avaient embauché un détective privé. L'homme au panama avait retrouvé leur piste et les avait suivis de près, exactement comme Dimitri le faisait de son côté. Quand ils avaient sauté du train menant vers Tamatave, le général et MacAllister étaient tous deux dans l'avion pour Madagascar. Les autorités y avaient coopéré avec empressement à la capture d'un criminel international.

— Fascinant, intervint Whitney, quand il fut clair que le monologue du général allait durer jusqu'à l'aube, tout à fait fascinant. Je comprends pourquoi vous avez gagné ces cinq étoiles.

Elle passa le bras sous le sien et sourit.

— Vous m'avez sauvé la vie, général, j'espère que vous m'accorderez le plaisir de vous montrer le trésor.

Et, non sans lancer un sourire satisfait par-dessus son épaule, elle l'emmena.

— Personne ne raconte des salades comme Whitney, dit MacAllister d'un air dégagé. Je ne pense pas que vous connaissiez Brickman, si ?

Il fit un geste de la main vers l'homme au panama.

— Il avait déjà travaillé pour moi, c'est un des meilleurs dans sa partie. D'ailleurs il dit la même chose de vous.

Doug se tourna vers l'homme et ils se saluèrent.

— Vous étiez au canal, juste derrière Remo.

Brickman repensa aux crocodiles et sourit.

— Enchanté.

— Donc...

Le regard de MacAllister alla de l'un à l'autre; il n'aurait pas réussi en affaires s'il n'avait pas su deviner ce qu'il y avait dans la tête des gens.

— ... si nous prenions un verre et que vous me racontiez ce qui s'est vraiment passé?

Doug regarda MacAllister. Il avait le visage lisse et bronzé, signe évident de bonne santé, sa voix avait le timbre de l'autorité, ses yeux étaient couleur d'ambre comme ceux de sa fille, avec ce même pétillement amusé qu'on trouvait dans ceux de Whitney. Doug sourit.

— Dimitri est une ordure, mais il a un bar bien rempli. Scotch?

L'aube s'annonçait quand Doug baissa les yeux sur Whitney. Elle était lovée, nue, sous le drap mince; un léger sourire flottait sur ses lèvres, comme si elle rêvait encore de leurs ébats de la nuit après leur retour à l'hôtel. Mais sa respiration était profonde et elle dormait du sommeil du juste.

Il avait envie de la toucher mais ne le fit pas; il avait songé à lui laisser un mot, mais ne le fit pas.

Il était ce qu'il était, rien d'autre. Un voleur, un nomade, un solitaire.

Pour la deuxième fois de sa vie, il avait eu le monde à portée de main, et pour la deuxième fois il s'était échappé. Au bout d'un certain temps, il pourrait se dire que oui, il avait bien connu cette folie-là, ce mirage-là. Tout comme il pourrait, au bout d'un très long temps, se dire que Whitney et lui avaient eu une aventure ensemble. Une aventure pour le plaisir, pour le jeu, rien de sérieux. Il se le dirait un jour, plus tard – parce que, pour le moment, ces fichus liens se resserraient autour de lui, il le sentait bien. Et il fallait les trancher maintenant, ou jamais.

Il avait toujours le billet pour Paris en poche, et un chèque de cinq mille dollars que le général lui avait fait, après que Whitney eut ému aux larmes le vieux soldat avec son récit.

Mais Doug avait bien vu le regard des policiers et du détective privé, qui savaient reconnaître un voleur et un arnaqueur quand ils en voyaient un. Il avait gagné un répit, mais des moments difficiles l'attendraient à coup sûr s'il s'attardait.

Il jeta un coup d'œil sur le sac à dos et pensa au carnet de Whitney. Il savait que sa petite note auprès d'elle dépassait les cinq mille dollars qu'il avait à sa disposition. Tout en récapitulant mentalement, il fouilla dans le sac jusqu'à ce qu'il ait trouvé son bloc et son crayon.

Après être arrivé au total définitif, qui lui fit hausser un sourcil, il rédigea un bref message.

RECONNAISSANCE DE DETTE, mon chou.

Puis il remit le tout dans le sac, jeta un dernier coup d'œil à Whitney qui dormait, et se glissa hors de la pièce comme un voleur : rapidement et silencieusement.

À la seconde où elle se réveilla, elle sut qu'il était parti. Non pas seulement parce que le lit était vide à côté d'elle. Une autre femme aurait pu penser qu'il était sorti prendre un café ou faire un tour. Une autre femme aurait pu l'appeler d'une voix ensommeillée.

Elle savait qu'il était parti.

C'était dans sa nature d'affronter les choses en face, quand il n'y avait pas d'autre choix. Elle se leva, ouvrit les stores et commença à faire ses valises. Parce qu'elle ne supportait pas le silence, elle tourna le bouton de la radio, sans même prendre la peine de chercher une station.

Ce fut alors qu'elle remarqua les boîtes sur le sol. Pour s'occuper, elle entreprit de les ouvrir.

Ses doigts glissèrent sur la lingerie fine que Doug avait choisie pour elle. Elle eut un sourire de biais en voyant le reçu, avec l'empreinte de sa carte de crédit. Mais, parce qu'elle avait décidé que le recul et le détachement seraient encore sa meilleure défense, elle enfila le body bleu pâle. Après tout, elle l'avait payé.

Poussant la première boîte sur le côté, elle ouvrit la suivante. La robe était d'un bleu chaud, très chaud – exactement la couleur, se souvint-elle, des papillons qu'elle avait vus et admirés. Le détachement et toutes ses autres défenses intérieures menaçaient dangereusement de s'effriter. En ravalant ses larmes, elle remit la robe dans la boîte. Ça ne voyagerait pas bien, décida-t-elle, et elle tira de son sac à dos un pantalon chiffonné.

Dans quelques heures elle serait à New York, dans son milieu, entourée de ses amis ; Doug Lord ne serait plus qu'un lointain (et coûteux) souvenir, rien de plus. Habillée, ses valises prêtes et parfaitement calme, elle descendit régler sa note d'hôtel et retrouver son père.

Il était déjà dans le hall à faire les cent pas, impatient de repartir. Les affaires n'attendaient pas : dans la crème glacée, on ne se faisait pas de cadeaux.

— Où est ton petit copain ? demanda-t-il à Whitney.

— Papa, vraiment…

Whitney signa sa note d'une main pleine d'assurance.

— Une femme n'a pas de petits copains, elle a des amants.

Elle sourit au groom et le suivit jusqu'à la voiture que son père avait louée. Il gronda, guère satisfait de la terminologie qu'elle employait.

— Alors, où est-il ?

— Qui ? Doug ?

Elle jeta à son père un regard indifférent, avant de s'engouffrer sur le siège arrière de la limousine.

— Je n'en ai pas la moindre idée. À Paris, peut-être.

Bougon, MacAllister se renfonça contre le dossier de son siège.

— Qu'est-ce qui se passe, Whitney, bon sang ?

— Tiens, je crois que je passerais bien quelques jours à Long Island quand nous serons rentrés. Tous ces voyages sont vraiment épuisants, je t'assure.

— Whitney ! s'exclama-t-il, de ce ton qu'il avait pris régulièrement avec elle dès qu'elle avait eu deux ans, et qui n'avait jamais donné de résultat ou à peine. Pourquoi est-il parti ?

— Parce qu'il est comme ça. Du genre à se glisser dehors au milieu de la nuit sans un bruit, sans un mot. C'est un voleur, tu sais.

— Oui, c'est ce qu'il m'a dit hier soir, pendant que tu étais occupée à raconter tes salades à Bennett. Bon sang, Whitney, j'en avais les cheveux qui se dressaient sur la tête. C'était pire que lire le rapport du détective ! Tous les deux, vous avez failli y passer une demi-douzaine de fois…

— Oui, ça nous a un peu inquiétés sur le moment, nous aussi.

— Tu sais que tu aurais fait beaucoup de bien à mon ulcère si tu avais épousé ce crétin de Carlyse, avec son menton fuyant…

— Oui, mais alors j'en aurais eu un moi aussi, désolée…

— J'ai eu l'impression que tu étais… attachée à ce jeune voleur que tu as rencontré sur ta route.

— Attachée… Non, c'était une relation d'affaires.

Les larmes se mirent à couler sur ses joues, mais elle continua à parler du même ton calme et maîtrisé.

— Je m'ennuyais, alors il assurait le divertissement.

— Le divertissement ?

— Un divertissement coûteux. Ce salaud est parti en me devant douze mille trois cent cinquante-huit dollars et quarante-sept cents.

MacAllister sortit son mouchoir et lui sécha les joues.

— Rien de tel que perdre quelques dollars pour déclencher les grandes eaux, murmura-t-il. Ça m'arrive souvent.

— Il ne m'a même pas dit au revoir…

Maintenant blottie contre son père, elle pleurait parce qu'elle ne voyait pas quoi faire d'autre.

New York au mois d'août peut vous mettre les nerfs à rude épreuve. La chaleur peut y flotter, y enfler, y éclater et y dégouliner. Même l'homme le plus fortuné, capable de faire surgir une limousine à air conditionné rien qu'en claquant dans ses doigts, a tendance à tourner au grincheux après deux semaines à plus de trente-deux degrés. C'est une période où tous ceux qui le peuvent s'envolent pour les îles, pour la campagne, pour l'Europe.

Mais voilà, Whitney en avait assez des voyages.

Elle tint le coup à Manhattan, alors que la majorité de ses amis et connaissances abandonnait le navire. Elle refusa des invitations à une croisière sur la mer Égée, une semaine sur la Riviera italienne, et une lune de miel d'un mois dans le pays de son choix.

Elle travailla, parce que c'était un bon moyen d'ignorer la chaleur ; elle joua, car cela valait mieux que de broyer du noir. Elle réfléchit à un voyage en Orient, mais – juste pour ajouter à sa réputation d'entêtée – en septembre, quand tous les autres seraient revenus à New York.

À son retour de Madagascar, elle s'était offert de folles virées dans les magasins. La moitié de ce qu'elle avait acheté pendait encore dans ses placards, sans avoir jamais été portée. Elle était allée en boîte tous les soirs pendant plus de deux semaines, passant de l'une à l'autre et tombant dans son lit après le lever du soleil.

Quand ça ne l'avait plus amusée, elle s'était lancée dans le travail, avec tant d'énergie qu'on s'était mis à murmurer parmi ses amis. C'était une chose de la voir se tuer à faire la fête, une tout autre chose de la voir se tuer au travail. Elle choisit la meilleure réponse à leurs inquiétudes : elle les ignora.

— Tad, ne te ridiculise pas une fois de plus... Je ne peux tout simplement pas le supporter.

Sa voix était indifférente, mais plus indulgente que moqueuse. Au cours des dernières semaines, il avait été tout près de la convaincre qu'il s'intéressait presque autant à elle qu'à sa collection de cravates en soie.

— Whitney...

Blond et légèrement ivre, dans son costume sur mesure, il se tenait dans l'embrasure de sa porte, tentant par tous les moyens de se glisser à l'intérieur. Elle l'en empêchait sans difficulté.

— On ferait une bonne équipe, toi et moi... On s'en fiche, si maman dit que tu es volage.

Volage... Whitney faillit pouffer en entendant le terme.

— Écoute ta maman, Tad. Je ferais une épouse effroyable. Maintenant redescends, s'il te plaît, pour que le chauffeur puisse te ramener chez toi. Tu sais très bien que tu ne peux pas boire plus de deux Martini sans perdre les pédales.

— Whitney...

Il parvint à l'attraper et l'embrassa, avec passion, sinon avec style.

— Laisse-moi renvoyer Charles... Je passerai la nuit ici.

— Ta mère enverrait la garde, lui rappela-t-elle en glissant pour se dégager de ses bras. Allez, rentre chez toi et cuve ton troisième Martini. Tu te sentiras beaucoup mieux demain.

— Tu ne me prends pas au sérieux.

— Je ne *me* prends pas au sérieux, corrigea-t-elle en lui tapotant la joue. Va-t'en et écoute ta mère, dit-elle en lui refermant la porte au nez, puis elle ajouta pour elle-même : La vieille chipie…

Laissant échapper un long soupir, elle traversa la pièce jusqu'au bar. Après une soirée avec Tad, elle méritait bien un dernier verre. Si elle n'avait pas été aussi nerveuse, si… peu importe quoi, elle ne se serait jamais laissé convaincre qu'elle avait besoin d'une soirée à l'Opéra et d'une compagnie agréable. L'Opéra n'était pas sa distraction préférée, et Tad n'avait jamais incarné le compagnon idéal à ses yeux.

Elle se versa une solide dose de cognac dans un verre.

— Prépares-en un deuxième, tu veux bien, ma chérie ?

Ses doigts se crispèrent sur le verre et son cœur se bloqua dans sa poitrine, mais elle ne tressaillit pas. Calmement, elle prit un second verre et le remplit.

— Tu passes toujours par les trous de serrure, Douglas ?

Elle portait la robe qu'il lui avait achetée à Diégo-Suarez. Il l'avait imaginée une bonne centaine de fois en train de la porter ; mais il ne savait pas que c'était la première fois qu'elle la mettait, ni qu'elle l'avait fait par défi. Tout comme il ignorait qu'à cause de cette robe, elle avait pensé à lui toute la soirée.

— Tu rentres assez tard, on dirait…

Elle songea qu'elle était assez forte pour supporter cela. Après tout, elle avait eu des semaines pour l'oublier. Haussant les sourcils, elle se retourna.

Il était vêtu de noir et ça lui allait bien. T-shirt noir uni et jean noir souple aux entournures. Une sorte d'uniforme, songea-t-elle en lui tendant le verre. Elle pensa que son visage était plus maigre qu'avant, son regard plus intense, puis elle essaya de ne plus penser du tout.

— C'était comment, Paris ?

— Génial.

Il prit le verre, parvint à résister à l'envie de lui toucher la main au passage.

— Et toi, comment ça s'est passé ?

— À ton avis ? J'ai l'air comment ?

C'était un défi direct : « Regarde-moi, lui demandait-elle, regarde-moi bien. » Ce qu'il fit.

Ses cheveux flottaient sur une de ses épaules, retenus de côté par une épingle en diamant, en forme de croissant. Son visage était exactement tel qu'il se le rappelait : pâle, frais, gracieux. Mais le regard qui l'observait par-dessus le rebord de son verre était, lui, ardent et sombre.

— Tu as l'air superbe.

— Merci. Alors, à quoi est-ce que je dois ce plaisir inattendu ?

Ce qu'il allait dire, et la façon dont il allait le dire, il l'avait répété plusieurs douzaines de fois tout au long de la semaine précédente. C'est-à-dire depuis qu'il était rentré à New York, hésitant entre aller la voir ou l'éviter.

— Je voulais juste passer voir comment ça allait, fut tout ce qu'il trouva à répondre, le nez dans son verre.

— Bien aimable à toi.

— Écoute, je sais bien ce que tu dois penser, que je t'ai laissée tomber…

— À hauteur de douze mille trois cent cinquante-huit dollars et quarante-sept cents.

Il émit un son qui pouvait ressembler à un rire.

— Tu n'as pas changé.

— Tu es venu honorer ta reconnaissance de dette ?

— Je suis venu parce que je devais le faire, bon sang !

— Oh…

Elle écarta son verre, affectant une parfaite indifférence, et parvint à se retenir de le projeter contre le mur.

— Pourquoi? Tu as en tête une autre petite aventure qui nécessite un capital facile à trouver?

— Tu veux décocher quelques coups, vas-y, ne te gêne pas.

Elle le regarda un moment en secouant lentement la tête, puis elle se détourna, posa son verre et s'appuya des deux paumes sur la table. Pour la première fois depuis qu'il la connaissait, il vit ses épaules s'affaisser, et quand elle parla sa voix était lasse.

— Non, je n'en ai pas envie. Écoute, je suis un peu fatiguée. Tu as vu que j'allais bien, alors pourquoi est-ce que tu ne repartirais pas maintenant, comme tu es venu?

— Whitney…

— Ne me touche pas, murmura-t-elle, avant qu'il ait pu faire deux pas dans sa direction.

Sa voix, calme et régulière, ne parvenait pas à dissimuler tout à fait la nuance de désespoir en dessous. Il leva les mains en signe d'impuissance, avant de les laisser retomber.

— Ne crains rien.

Il fit quelques pas dans la pièce, essayant de retrouver son plan d'attaque initial.

— Tu sais, j'ai eu une sacrée chance à Paris. J'ai vidé cinq chambres à l'hôtel Crillon.

— Félicitations.

— J'étais dans une période faste, j'aurais pu passer les six prochains mois à dévaliser des touristes.

— Alors, pourquoi est-ce que tu ne l'as pas fait?

— C'est juste que je n'y prenais aucun plaisir. C'est là qu'on a des problèmes, tu sais, quand on commence à s'ennuyer au travail.

Elle se retourna, en songeant que c'était lâche de ne pas le regarder en face.

— J'imagine, oui. Et tu es revenu aux États-Unis pour quoi ? Changer de décor ?

— Je suis revenu parce que je ne pouvais plus rester loin de toi.

L'expression de Whitney ne changea pas, mais il vit ses doigts se nouer.

— Oh..., répondit-elle simplement. C'est une chose étrange à dire, non ? Je ne t'ai pas chassé de la chambre d'hôtel à Diégo-Suarez, que je sache.

— Non, tu ne m'as pas chassé, dit-il lentement, et il examinait son visage avec attention, comme s'il y guettait un certain signe.

— Alors, pourquoi es-tu parti ?

— Parce que si j'étais resté, j'aurais fait ce que je vais sans doute faire maintenant.

— Quoi, voler mon sac ? demanda-t-elle d'un ton désinvolte.

— Te demander de m'épouser.

C'était bien la première fois qu'il la voyait ainsi, bouche bée, le menton pendant. On aurait dit que quelque chose venait de lui écraser les orteils et qu'elle se demandait ce que ça pouvait bien être. À vrai dire, il aurait espéré un peu plus d'émotion dans sa réaction.

— Ça t'en bouche un coin, hein ?

Il retourna au bar, pour se resservir.

— Quelle drôle d'idée, un type comme moi demandant en mariage une femme comme toi... Je ne sais pas, peut-être que c'était l'air ou quelque chose d'autre, mais à Paris j'ai commencé à avoir de drôles d'idées comme fonder un foyer, s'installer... Avoir des enfants...

Whitney parvint à refermer la bouche.

— Vraiment ?

Comme Doug, elle décida qu'un autre verre s'imposait.

— Tu es vraiment en train de me parler mariage ? Comme dans « jusqu'à ce que la mort nous sépare », « déclaration des revenus du ménage » et le reste ?

— Ouais. Je me suis rendu compte que j'étais vraiment vieux jeu.

Quand il voulait obtenir quelque chose, il allait jusqu'au bout. Une politique qui ne fonctionnait pas toujours, mais c'était la sienne. Il fouilla dans sa poche et en sortit une bague.

Le diamant capta la lumière, étincela ; Whitney fit un grand effort pour empêcher sa mâchoire inférieure de tomber de nouveau.

— Où as-tu… ?

— Je ne l'ai pas volée, commença-t-il d'un ton sec.

Puis il se sentit un peu ridicule et, pour se donner une contenance, lança la bague en l'air avant de la rattraper dans sa paume.

— Plus exactement, rectifia-t-il avec un demi-sourire, le diamant vient du trésor de Marie-Antoinette, je l'ai empoché… Par réflexe, on pourrait le dire comme ça. J'avais pensé à le garder tel quel, mais finalement je l'ai fait monter à Paris.

— Je vois.

— Écoute, tu voulais que le trésor aille aux musées, je le sais, et la plus grande partie y est. (Ça lui faisait encore mal.) Il y a eu un paquet d'articles dans les journaux de Paris : « La fondation Bennett a retrouvé le trésor tragique de la reine », « Un collier de diamants suscite de nouvelles théories », et ainsi de suite.

Il soupira, essayant de chasser de son esprit le souvenir de toutes ces magnifiques pierres, si brillantes.

— J'ai décidé de me contenter d'une seule. Même si rien que deux de ces bracelets m'aurait mis à l'abri du besoin pour le restant de mes jours.

Avec un haussement d'épaules, il tint la bague en l'air par son mince anneau d'or.

— Si ça titille vraiment ta conscience, j'expédie cette fichue pierre à Bennett.

— Ne sois pas grossier, je t'en prie.

D'un mouvement adroit, elle s'en empara.

— Ma bague de fiançailles n'ira dans aucun musée. De plus, ajouta-t-elle avec un sourire radieux, je pense que certains objets historiques sont faits pour être touchés plutôt qu'enfermés derrière une vitrine. Est-ce que tu es assez vieux jeu pour faire ta demande en mettant un genou en terre ?

— Non, ma chérie. Même pas pour toi.

Il la saisit par le poignet gauche et, lui retirant la bague des mains, la fit glisser sur son majeur. Le regard qu'il lui jeta était intense.

— Ça marche ?

— Ça marche, accepta-t-elle, puis elle se jeta dans ses bras en riant. Douglas, salaud, je suis si mal depuis deux mois.

— Ah oui ? Je vois que tu aimes la robe que je t'ai achetée…

— Tu as un goût excellent.

Elle retourna sa main, derrière le dos de Doug, pour regarder la lumière réfléchie par la bague.

— Mariée, répéta-t-elle, comme si elle essayait le mot. Tu as parlé de s'installer… Ça veut dire que tu as prévu de te retirer des affaires ?

— Disons que j'ai envisagé cette possibilité, oui…

Il plaqua son visage dans son cou pour respirer son parfum, qui l'avait hanté à Paris.

— Je n'ai jamais vu ta chambre…

— Vraiment ? Il va falloir que je te fasse tout visiter. Mais avant, est-ce que tu n'es pas un peu jeune pour prendre ta retraite ? Qu'est-ce que tu as prévu de faire de ton temps libre ?

— Eh bien, quand je ne serai pas en train de te faire l'amour, je pensais que je pourrais diriger une affaire.

— Une boutique de prêteur sur gages ?

— Un restaurant, mademoiselle Je-sais-tout, corrigea-t-il en lui mordillant la lèvre.

— Bien sûr…

Il la laissa pour aller chercher son verre.

— Commencer ici, puis en ouvrir d'autres à Chicago, San Francisco… Le fait est que je vais avoir besoin d'un commanditaire.

— Naturellement. Des idées à ce sujet ?

Il lui lança son sourire charmeur, et qui n'inspirait aucune confiance à Whitney.

— J'aimerais que ça reste dans la famille.

— Comme à l'époque de l'oncle Jack.

— Écoute, Whitney, tu sais que je peux y arriver. Quarante mille, non, disons cinquante, et je monterai le restaurant le plus chic du West Side.

— Cinquante mille, rêva-t-elle tout haut en se dirigeant vers son bureau.

— Ça sera un bon placement. J'élaborerai le menu moi-même, je superviserai la cuisine, je… Qu'est-ce que tu fais ?

— Ça nous mettrait le total à soixante-deux mille trois cent cinquante-huit dollars et quarante-sept cents, tout compris.

Elle écrivit la somme sur son carnet puis, avec un petit signe de tête, la souligna deux fois.

— À douze et demi pour cent d'intérêts.

— Intérêts ? répéta-t-il, en jetant un regard mauvais sur les chiffres. Douze et demi pour cent ?

— Un taux plus que raisonnable, je sais, mais je suis une sentimentale.

— Écoute, on va se marier, exact ?

— Absolument.

— Une épouse ne fait pas payer d'intérêts à son mari, pour l'amour du ciel !

— Cette épouse, si, murmura-t-elle en continuant à noter des chiffres. Je peux te calculer les versements mensuels, c'est l'affaire d'une minute. Disons sur une période de quinze ans, d'accord ?

Il baissa les yeux vers ses mains délicates, pendant qu'elle continuait à gribouiller : on aurait dit que le diamant lui faisait des clins d'œil.

— Oh, qu'est-ce que ça peut faire ?

— Et à propos du nantissement ?

Il retint d'abord un juron, puis ne put s'empêcher de rire.

— Voyons… si on disait notre premier fils ?

— Intéressant, dit-elle en tapant le bloc contre sa paume. Oui, ça pourrait me convenir… sauf que nous n'avons pas encore d'enfants.

Il marcha jusqu'à elle, lui retira le bloc des mains pour le lancer derrière lui, puis la prit par le bras.

— Si on s'en occupait tout de suite, chérie ? J'ai vraiment besoin de ce prêt.

Elle remarqua avec satisfaction que le bloc était tombé dans le bon sens, face en dessus.

— C'est bon signe pour la transparence des comptes, commenta-t-elle.

8332

Achevé d'imprimer en France (Malesherbes)
par Maury-Imprimeur le 8 janvier 2012.
Dépôt légal janvier 2012. EAN 9782290039809
N° d'impression : 170410

Éditions J'ai lu
87, quai Panhard-et-Levassor, 75013 Paris
Diffusion France et étranger : Flammarion